寐熊

A NOVEL

行動

SLEEPING BEAR

CONNOR SULLIVAN 康納・沙利文 著 楊睿珊 譯

Army veteran seeking solitude in the Alaskan wilderness after her husband's death—only to find herself a pawn in a deadly game with Russia.

獻給艾倫

自一九八八年以來，阿拉斯加州警已記錄七萬多起失蹤人口報告。許多人的最後目擊地點都是在北緯六十度緯線上方一片巨大的三角形荒野及其周邊，也就是美國最偏遠的一州寒冷刺骨、環境惡劣的中心地帶。

序章

阿拉斯加奇金

五月十五日星期三

保羅．布雷迪猛地驚醒，立刻伸手去拿步槍。他汗如雨下，溼透的棉質T恤都黏在睡袋上了。他坐在原地將近一分鐘，一邊深呼吸，一邊試圖弄清楚自己身在何處。

他不在拉馬迪。

那是將近十四年前的事了。

也不在卡林哥山谷。

那是十二年前的事了。

他的心臟怦怦狂跳，他在黑暗中摸索，打開頭燈，照亮了單人小帳篷。

外面傳來淙淙的流水聲、樹葉的沙沙聲，以及樹木的嘎吱聲。

他想起來了。

現在是二〇一九年，他在阿拉斯加奇金鎮以南六英里的四十里河河畔露營。

他本以為來到阿拉斯加會讓他理清思路，希望新鮮的空氣和與世隔絕的環境可以減輕這四年來揮之不去的壓力與焦慮。

兩年多前，保羅．布雷迪在聖地牙哥榮民醫院被診斷出患有創傷後壓力症候群。這樣就能解釋他為什麼會做惡夢、脾氣暴躁和易怒了，憂鬱、焦慮和躁症發作等症狀也都說得通了。

保羅．布雷迪在海豹部隊服役將近十七年，身為第二隊伍的前士官長，他從來沒想過自己必須面對那段時間經歷的創傷，他還以為海豹隊員不會受這種症狀影響。他確實目睹了許多可怕的景象，戰爭即地獄，這點毫無疑問，但他在那種環境簡直如魚得水。直到他離開部隊，並與家人從維吉尼亞州搬到聖地牙哥，他的人生才開始失控。

一開始是夜驚症，後來嚴重到他甚至無法保住工作。

美國退伍軍人事務部資助的心理治療沒有效果。

吃藥也沒用。他把所有人都推開，包括他的妻子和兩個兒子，他們雖然想盡辦法幫助他，但經過將近兩年的努力，最後還是收拾行李離開了。

他在離婚時幾乎失去了一切：工作、房子、小孩和大部分的錢。

離婚後，這位前海豹隊員發現他只剩下自己的那輛福特卡車和活期存款帳戶裡的一小筆錢，而這些錢很快就花在百威淡啤和威士忌上了。

三個月來，他都在米申海灘附近徘徊，像流浪漢一樣住在卡車上，那裡靠近科羅納多，也就是他接受基礎水下爆破訓練的地方。有一天，他突然萌生了一個念頭。

何不拋開這一切呢？

何不遠走高飛，到天涯海角去過活呢？

他花了三天的時間清醒起來，花了五天開車到加拿大的育空地區，並入住阿拉斯加邊境附近一間古樸別緻的旅館。

旅館老闆和老闆娘十分熱情，聽到他打算夏天在阿拉斯加露營時，便推薦自己喜歡的露營地點給他。

多虧如此，他才找到了河邊這一小塊天堂。

布雷迪踢開睡袋，並拉開帳篷門的拉鍊。他一把抓起獵熊步槍，踏出帳篷，迎向涼爽的夜色，站在沙灘上。

火坑裡的餘燼冒出縷縷輕煙，隨風飄過河面。午夜時分，在這片北方大地可以看到星星和銀河，在這短短三小時的黑暗中，森林終於稍作休息，進入夢鄉。

布雷迪繞著營地踱步，試圖平復情緒，因為他發現走來走去可以幫助自己冷靜下來。他已經清醒將近十一天了，這是他好幾年來撐得最久的一次，但他現在好想來一罐啤酒，真該死。

他用頭燈照亮帳篷後方二十碼的樹林，抬頭看高掛在枝頭的食物盒，想著盒中的內容物。那瓶傑克丹尼威士忌是他在離開南加州時，為了考驗自己而買的。

為了考驗自制力。

他已經借酒澆愁太久了。

結果我卻落到這步田地。

不能再重蹈覆轍了。

掛在枝頭上的食物盒在風中搖曳，布雷迪別過頭，停下腳步，並閉上眼睛。

你來到這裡是為了重新開始，是為了恢復正常。

在往北開的長途車程中，他不斷默念著這句箴言，類似一句幫助自己走上正途的自我肯定。

這位前海豹隊員站在原地將近十分鐘，終於開始放鬆下來。突然，一個清脆的聲響打破了他的冥想狀態。

他立刻寒毛直豎，感官都變得更加敏銳。他猛然轉身，看向後面漆黑的森林。

他的食物盒繼續在風中擺盪，他睜大眼睛，尋找任何潛在的威脅。

剛剛那清脆的聲響聽起來像一根粗樹枝被重物壓斷的聲音。

周遭的森林鬼影幢幢，他突然有種詭異的感覺，好像有人在看著他一樣。這種感覺他並不陌生，就是突襲前的寧靜。

布雷迪打開步槍的保險栓，將槍托抵住肩膀，仔細觀察四周，不放過任何動靜。他的腦海閃過阿拉斯加荒野可能會出現的掠食者，包括狼、山獅和灰熊。

啪！

布雷迪迅速將槍管轉向左側，對著聲音傳來的方向。

啪！

右方又傳來樹枝折斷的聲音。布雷迪開始側身往河邊移動，減少潛在的威脅可以襲擊的角度。這時，一個巨大的身影從森林裡走了出來。

那個身影看起來一點也不像動物，比較像——

「喂！」布雷迪大喊。「你到底在幹什麼？」

他將步槍直接瞄準那個身影，開始扣下扳機。他正要再次大喊，突然「啪」的一聲巨響劃破了午夜的空氣，有個東西重重落在他腳邊的沙地上。

布雷迪瞇起眼睛，低頭看那個神祕的物體，它在星光下看起來像是某種保溫瓶。突然，一聲爆炸把布雷迪震倒在地，他失去重心，撲倒在沙灘上，橘紅色的明亮閃光太過刺眼，導致他一時看不見。

有某個東西發出很大的嘶嘶聲。布雷迪的耳朵嗡嗡作響，他在沙地上胡亂摸索，拚命尋找他的步槍，最後終於抓住了木製槍托。

突然一陣天旋地轉，四周充滿了萬花筒般的鮮豔色彩。

接著，布雷迪猛地倒抽一口氣，一陣劇烈的灼熱感襲來。

他的身體瞬間僵住，整個人往後倒，意識淪為黑暗的俘虜。

1

加拿大育空地區

六月二十一日星期五

在凱西．蓋爾失蹤前的三十二小時，她開著她的綠色Toyota Tundra沿著育空二號公路往西行駛，穿過茂密的雲杉和白楊森林。雖然已是六月下旬，但空氣卻很涼爽，灰濛濛的雲層下著小雨，彷彿能聞到秋天的氣息。

公路兩側的樹林時不時會變得稀疏，得以瞥見未受破壞的山谷和遠處的山峰。自然美景映入眼簾，凱西慢慢平靜下來，放鬆身心，彷彿已把三天前離開蒙大拿州時，那個心神不寧的自己拋諸腦後。

但很快，陰暗濃密的樹林就吞噬了美景，緊挨著公路，不僅會讓人有幽閉恐懼，甚至影響了她的心情。凱西一時衝動，把手伸向中控臺。端坐在副駕駛座上的雄性德國牧羊犬看到她這麼做，便把頭歪向一邊，並瞇起眼睛。

在碰到中控臺前，凱西抑制住自己的衝動，並靠意志力把手放回方向盤上。

「抱歉，馬弗里克。」她說，並伸手搔了搔德牧的頭。「我答應過今天會忍住的，對吧？」

馬弗里克用鼻子蹭了蹭凱西的手臂。她開車經過一塊路牌，上面寫著：育空地區道森市，50公里。

謝天謝地，凱西心想，一邊強忍住打哈欠的衝動。再三十英里就到了。

那時是晚上七點多，她已經開車將近十二小時了。她從育空地區東南部的沃森湖鎮千里迢迢開過來，一路上碰到了數十次夏季公路施工延誤的狀況。她很期待到道森市後可以好好沖個澡、吃個晚餐、喝一兩杯冰涼的啤酒，最後在乾淨的床上進入夢鄉。在前往未知的世界之前，她非常希望能再好好睡一覺。

她這麼一想，感覺就好多了。未知的世界、大冒險、原始荒野，暫時擺脫現代世界的喧囂和她拋在後頭的痛苦回憶。想到這裡，她不禁微笑，並打量著後視鏡中的自己。

凱西三十歲出頭，身高一百六十五公分左右，有著健康的體態、一頭銀灰色短髮和一雙深藍寶石色的眼睛。她只化了淡妝，而且由於她長年生活在極端的環境中，皮膚被曬得黝黑，還長了曬斑。因此比起漂亮，說她俊美還更貼切，而在她目前的人生階段，她也欣然接受這樣的狀態。跟馬弗里克一起旅行也讓她感到自在。凱西相信任何情況都難不倒她和她的牧羊犬好夥伴，她只想好好享受下一個轉彎處那純粹的新鮮感。

但在她的內心深處，一股熟悉的痛苦席捲而來。她再次把手伸向中控臺，但又停了下來。

她把手放回方向盤上，肩膀往後轉，抬頭挺胸。這是她小時候情緒低落時，父親教她的方法。

凱西，妳要把自己當成世界之后，抬頭挺胸，好像妳是統治這該死世界的女王一樣，這樣一切都會過去，不好的事情都會消失。她小時候因為一些雞毛蒜皮的小事而悶悶不樂時，父親都會這樣安慰她。

過橋時，她看了一眼下方的小溪，高處雪原的徑流挾帶大量泥沙流入，導致河水湍急氾濫。泛著泡沫的河水勾起了另一個回憶，一個不好的回憶，她還沒回過神來，強烈的情感宛如下面氾濫又翻騰的溪水，灌入她的胸口和喉嚨，讓她難受不已。淚水模糊了她的視線，她只好在過橋後停車。

她打了P檔，把額頭靠在方向盤上，開始啜泣。馬弗里克嗚嗚叫，並聞了聞她的臉頰和耳朵。

「我知道。」凱西說，她拭去淚水，然後擁抱那隻狗。「我也愛你，大傢伙。」馬弗里克搖著尾巴，舔掉她臉上的淚水。通常這樣就夠了，凱西會沐浴在狗狗無條件的愛之中，然後繼續往目的地開。但這次，她卻掀起中控臺蓋，拿出她的Globalstar GPS衛星電話。

「我知道你不喜歡，但我必須這麼做。」凱西說，並將電話開機。

雖然腦中有個聲音命令她停下來，但她還是一有訊號就撥電話了。線路的另一端，電話響了四聲，然後轉到語音信箱。

「我是德瑞克。」錄製的語音訊息從電話另一頭傳來。「我不在，但你知道該怎麼做。別忘了，只有死魚才會隨波逐流。」

隨波逐流，凱西心想，然後聽到了一聲「嗶」。

她擦了擦眼淚，對著話筒說：「嗨，我知道我保證過不會打給你，但我很想你，而且……我們之前一直說要去阿拉斯加，我現在就在路上，可能明天就會到了，然後我……我很好，基本上啦，就是走一步算一步。」她停頓了一下，說道：「德瑞克，我必須告訴你一個祕密，就是——」

電話響了一聲，代表衛星訊號斷了。

凱西咒罵了一聲，但也只能把電話放回中控臺裡，並發動車子。

她再次向西行駛，並打開收音機，收聽海恩斯交匯處調幅電臺的天氣預報，播報員說局部地區有陣雨，未來幾天才會放晴且天氣回暖。

很好，幸好這裡沒有下大雨。

她才剛萌生這個念頭，鐵灰色的天空便降下傾盆大雨，雨勢大到她只能龜速前進。

雨水打在擋風玻璃上時，凱西回想起多年前的記憶。她當年十四歲，蹲在懸崖下，看著一場壯觀的夏季風暴席捲杳無人煙的高山野谷，山谷四周的花岡岩峭壁像大教堂一樣高聳入雲。懸崖下生著火，咖啡的香氣撲鼻而來，她從未感到如此安心又篤定。

我那天幾歲啊？十四歲嗎？

我才十四歲，就已經知道了。

他是我的真命天子。

2

暴風雨來得快，去得也快，轉眼間，太陽就從雲端探出頭來。她在接近晚上八點時抵達道森市。小鎮坐落在育空河和克朗代克河匯流點一個狹窄的岩棚上。

那裡著實讓凱西大開眼界。她原本以為道森市是個荒涼、廢棄的十九世紀採礦小鎮，沒想到這麼熱鬧。不少遊客在大街上走來走去，拍攝育空河和各個歷史遺跡的照片。

路面是泥土路，大部分建築物的門面近幾年都粉刷成美國西部前沿地帶的風格，曾經的鬼鎮經過改造和重建，現在才得以迎接夏天的旅遊旺季。

凱西從旅館找到汽車旅館，發現月底前所有客房都訂滿了。最後一間旅館的接待員很友善，也很同情她的處境，便建議她去北風旅館及煙燻小酒吧問問看，只要沿著九號公路往西開一小時左右就到了。

「那裡是抵達阿拉斯加前，文明世界的最後一站。雖然不是什麼五星級飯店，但食物不錯，老闆人也很好。」接待員說。「總之比睡車上好。」

凱西道了謝，便開車離開道森市，等待載他們過育空河的汽車渡船。她付了通行費，把卡車開到駁船上，抵達對岸後就開上九號公路，往西行駛三十七英里，看到旅館綠色的「空房」標誌還亮著時，不禁鬆了一口氣。北風旅館及煙燻小酒吧是一棟兩層樓的小木屋建築，側面連接著一間看起來相當簡陋的酒吧。凱西從九號公路轉進一條泥土路，開到旅館，道路則在建築物後方繼續往北延伸。

凱西一把抓起她的黃色防水外套，開門然後下了車。她穿上外套，注意到馬弗里克在看著她，便吹了口哨，那隻狗立刻跳下卡車，乖乖坐在她面前。

「馬弗，去尿尿。」

馬弗里克小跑步穿過停車場，嗅了嗅灌木叢，方便完就回到凱西身邊。

「乖狗狗。」凱西說。「跟我來，要乖喔。」

德牧跟在她旁邊，一起走進旅館，那是一座油漆剝落、上了清漆的原木建築，大廳有穹頂，翼部則向兩側延伸。石壁爐旁的休息區上方懸掛著一盞美麗的加拿大馬鹿鹿角吊燈，壁爐上則掛著一個巨大的公駝鹿頭標本，掌形鹿角的寬度長達五英尺。駝鹿實在太過宏偉，凱西忍不住駐足欣賞。

「很大吧？」

凱西轉身，發現一個身材豐滿、銀髮緊緊紮成包包頭的女人站在木櫃檯後面對她微笑。

「牠看起來好像史前動物，是當地的嗎？」凱西問道。

「誰？妳說鮑里斯嗎？牠不是當地的。」女人用親切友好的態度回答。她別在前襟上的名牌寫著「達琳」。

「鮑里斯？」凱西走到櫃檯，問道。

「鮑里斯．巴德諾夫❶，我老公奈德很堅持要這麼稱呼牠。奈德是在堪察加半島射殺牠的，哇，已經是十一年前的事了。親愛的，妳是來住宿的嗎？」

「是的。」

「哇，看看這個大帥哥。」達琳傾身向前，越過櫃檯，說道。「而且好乖喔。牠也要住一晚嗎？」

「如果可以的話。」

「當然可以啊，只要支付押金並用牽繩就好了，這是保險的規定。」

凱西把信用卡交給達琳，然後掏出護照。

「只有你們兩個一起旅行嗎？」達琳翻開護照，問道。

「對，只有我跟馬弗里克。」

達琳再次對德牧微笑，打招呼道：「嗨，馬弗里克。」

達琳看到狗狗開始搖尾巴，不禁咯咯笑了起來；她低頭看護照，說道：「卡珊卓拉．安．蓋爾，來自蒙大拿州林肯。親愛的，看來妳是遠道而來。」

---

❶ 取名靈感源自於一九六〇年代美國卡通《波波鹿與飛天鼠》（*The Adventures of Rocky and Bullwinkle and Friends*）中的反派角色鮑里斯．巴德諾夫（Boris Badenov）。他和搭檔娜塔莎．法塔萊（Natasha Fatale）這對間諜雙人組總是想要抓住飛鼠洛基和牠的駝鹿朋友。

「我們明天早上要前進阿拉斯加。」

「前進阿拉斯加，我想也是。很多旅客都跟妳一樣呢！」

達琳輸入凱西的信用卡資料，然後遞出一把房間鑰匙，說道：「二零一號房，可以俯瞰小溪，是整個旅館風景最好的一間。」

「酒吧裡的廚房還有供餐嗎？」

「開到半夜十二點，沒有什麼山珍海味，但食物好吃，價格也合理。」

凱西向女人道謝。

「不會，歡迎妳入住。對了，有含早餐喔，六點到九點。」

她走出旅館時，太陽仍高掛在天空。她到車上拿過夜小提包、日用小背包，以及馬弗里克的碗和飼料。她本想打開卡車蓋，取出埋在後車斗裡好幾個旅行包下面的鋼製箱子，但最後決定作罷。加拿大有一些法律她不太認同，但她可不會為了堅持原則而藐視法律並因此入獄。她帶著馬弗里克到二零一號房。

房間採光、通風良好且充滿了鄉村風格傢俱。凱西將包包放在床上，然後打開通往小陽臺的雙開玻璃門，低頭看著下方小溪的潺潺流水。她在陽臺站了一會兒，欣賞小溪的景色，這時，她的腦海中突然浮現出一個十四歲男孩拿著飛蠅竿走進河裡的畫面。男孩在急流旁拋竿，蜉蝣在暖銅色的光芒中盤旋。

馬弗里克嗚嗚叫，打斷了那段溫暖卻令人心碎的回憶。凱西把粗磨狗糧倒入一個碗裡，另一個碗則裝了水。牧羊犬口水直流，但還是乖乖坐在碗前面，等待媽媽的指示。

「吃吧。」凱西說。德牧馬上開動，並舔著喝碗裡的水，凱西則趁這個時間去洗澡。

洗完澡後，她感到神清氣爽，換上乾淨的牛仔褲、靴子和薄毛衣，然後搔了搔馬弗里克的耳後。牠在床尾為自己做了一個窩，準備在飯後小睡片刻。凱西一如往常，幫狗狗打開電視，接著走到門邊。

「媽咪要去吃晚餐，待會就回來。」說完，她就離開了。

3

加拿大育空地區

六月二十一日星期五

酒吧各處的老式煤氣燈發出溫暖的光芒，照亮了油面原木牆壁、粗製的木板地板，以及店內的沙發和椅子，裝有軟墊的座椅支撐著酒客的重量，表面的紅色皮革早已裂開。

酒吧生意興隆，擠滿了濃眉大眼的客人，似乎都是辛苦工作一天後來這裡喝啤酒放鬆的。有一群人特別吵鬧，在自動點唱機旁打撞球。

凱西穿過酒吧，感覺到不少人的目光都在她身上。她在吧檯唯一一張空凳子上坐下來，一邊是個邋遢的年輕男子，正在滑手機，另一邊則坐了兩名穿著牛仔背心的年長女性，兩人共享一瓶黑美人威士忌，聊得不亦樂乎。凱西在她們旁邊坐下來時，兩人忽然哈哈大笑，笑到她們長長的黑色辮子左右晃動。要不是幾十年來的酗酒和抽菸殘害了身體，她們那榛果色的皮膚應該會看起來像高級義大利皮革。

酒保靠著吧檯，盯著上方的電視，全神貫注在看《創智贏家》。

凱西往撞球桌的方向瞥了一眼，看到六個人對她投以好奇的眼神。一個穿著鮮紅色法蘭絨襯衫、長了鬍碴的高個子男人舉起啤酒杯，給了她一個飛吻。其中一個人推了推他，那夥人都笑了。

「換作是我的話，就不會鼓勵他們。」

凱西看向左邊那個邋遢的小夥子，他正在滑IG，目光從來沒有離開手機螢幕。「鼓勵誰？」她問道。

「這個鬼地方的每個人。」

「這裡有Wi-Fi嗎？」凱西問道。

「有跟沒有差不多。」

凱西把手伸進口袋，拿出自己的iPhone，放在吧檯上。廚房出餐時，酒保將注意力從《創智贏家》上移開，把一盤香氣四溢的豬排放在小夥子面前。

「密碼是『Northern』，第一個N要大寫。」酒保對凱西微笑道。

小夥子放下手機，聞了聞他的豬排，然後第一次看向凱西，咧嘴一笑。他戴著一頂深綠色的Sitka棒球帽，遮住了一頭亂蓬蓬的金髮，Oakley太陽眼鏡則放在帽簷上。他似乎好幾個月沒刮鬍子了。對凱西來說，他看起來就像典型的環境科學系學生，熱愛戶外運動，而且原本只要念四年，卻拖到第七年才要畢業。他看起來很友善，所以凱西也對他報以微笑。

小夥子把叉子戳進豬排，說道：「宇宙中存在著一股強大的善的力量，我再次見證了這點。」

凱西右邊的兩個女人對著酒杯噗哧一笑，酒保用手巾擦拭酒杯，說道：「說真的，小子，那片荒野把你搞得不正常了。」

小夥子嘴裡塞滿食物，沒辦法回答。

酒保將一隻手放在凱西面前的吧檯上，問道：「小姐，要吃晚餐，還是喝一杯就好？」

「來一份豬排好了。」她回答，一邊端詳酒保。

銀髮藍眼，鬍子刮得乾乾淨淨的，光看臉會猜測他六十歲出頭，但他的體格看起來只有四十幾歲。他的身材瘦而結實，前臂的肌肉時不時會繃緊，看起來就像拉緊的電話線，凱西的父親會稱之為「低調的筋肉男」。他穿著牛仔褲、牛仔襯衫和圍裙，圍裙的胸前印著花押字：奈德的地盤，奈德說了算。

「沒問題。」

「你是達琳的老公奈德嗎？」凱西問道。

「今年九月就結婚滿三十二年了。」奈德回答，並拉了拉袖子，露出了褪色的錨形刺青。

「要喝點什麼嗎？」

凱西仔細端詳那眼熟的刺青，然後點了當地的麥芽啤酒。

「妳叫什麼名字？」小夥子問道。

「凱西。」

「我叫比利。」他伸出一隻手，自我介紹道。

兩人握手。「比利，你剛從野外回來嗎？」凱西問道。

「對啊，我一個人去自由健行八十天。」

「是類似短期流浪生活嗎？」凱西問道。

凱西右邊的其中一個女人說：「新世代的嬉皮白人小孩都是這樣尋找自我的啦。」

「明明就是侵入我們祖先的土地。」另一個女人又補了一句。

比利放下叉子，反駁道：「我之前就說過了，我去的地方都是公有土地。」他看向凱西，回答：「對啊，有點像短期流浪生活，應該說是一種靈境追尋。簡單來說，就是義無反顧投身於最大片的荒野，完全與外界斷聯，當然也沒有這種東西。」

他拿起自己的iPhone，說道：「全世界都對這個裝置上癮了。我快三個月沒用手機，結果一回到文明世界，第一件事就是開機然後開始滑。轉眼間，三小時就過去了，一下就被我浪費掉了。所以我決定明天就回去，我得繼續淨化自己。」

比利說他在奧勒岡州長大，在波特蘭的里德學院取得哲學學位，然後下定決心在接下來幾年要效法克里斯多夫．麥肯迪尼斯❷的精神。「說真的，《走入荒野》改變了我的人生，但我不像那小子一樣那麼笨，我是在森林裡長大的，已經做好準備了。」

---

❷ 克里斯多夫．麥肯迪尼斯（Christopher McCandless）是一位美國浪人，帶著少量的食物和裝備徒步進入阿拉斯加荒野地帶，試圖過著隱居生活，但五個月後就死於飢餓。後來，美國作家兼登山家強．克拉庫爾（Jon Krakauer）寫了一本關於克里斯多夫生活的書《走入荒野》（*Into the Wild*）。

奈德回來了，並將凱西的餐點放在她面前。

比利繼續說：「如果妳有機會在原始、純粹的荒野中獨處一段時間，一定要試試看。」

凱西一邊切豬排，一邊說：「我們家在蒙大拿州的鮑勃馬歇爾荒野經營一家戶外用品店和觀光牧場，我是在那裡長大的。」

比利不禁吹口哨表示讚賞，說道：「我去年夏天從洛磯山脈那一側進入鮑勃馬歇爾荒野，那裡很美，只是人太多了。如果想要獨自深入荒野，就要來阿拉斯加或是育空地區，相比之下，蒙大拿州就像是迪士尼樂園一樣。」

凱西實在是太餓了，懶得跟小夥子吵。這些年來，她認識的阿拉斯加朋友也不少，她知道爭論哪個州更「危險」或「杳無人煙」一點意義也沒有。當然，蒙大拿可不是等閒之州，但阿拉斯加和育空地區又是截然不同的野獸。

她咬了一口豬排，立刻讚不絕口，奈德對她比了個讚。

在她身後，撞球桌傳來了竊笑聲。凱西瞥了一眼吧檯後面的鏡子，看到那個穿著紅色法蘭絨襯衫、身材高大魁梧的男子朝她走來。

凱西右邊的女人也看到他了，評論道：「就像狼看到馬鹿屍體一樣。」

男人手裡拿著啤酒，走到吧檯旁，他身材高大，體格像牛仔一樣健壯。他靠在凱西和比利中間，直盯著她的胸部，還一副光明正大的樣子。

「有什麼問題嗎？」凱西問道。

「一點問題也沒有。」那傢伙回答。

撞球桌又傳來笑聲，凱西看了那些人一眼，發現一個矮胖的紅髮男子正在用手機錄影。

高個子男人用頭示意撞球桌，說道：「我叫傑克，要不要來一場？」

「不用了，謝謝。」

「別這麼不領情嘛，來吧，我請妳喝一杯，妳要喝什麼？」

「我已經點一杯了。」凱西說。「而且我不是不領情，只是餓了而已。」

傑克抿起嘴唇，面露不悅道：「在這裡，如果有人請妳喝啤酒和打撞球，答應是基本的禮貌。」

「拒絕也可以不失禮貌啊。」

在撞球桌旁竊笑的人頓時安靜了下來。

傑克傾身向前，嘴巴散發著酒味，說道：「要不妳就喝完妳的酒，我們再去別的地方——」

「喂，老兄。」比利用手指輕拍傑克的肩膀，說道。「她已經說她沒興趣了。」

傑克看了一眼自己的肩膀，好像很驚訝比利竟敢碰他那神聖的加拿大法蘭絨襯衫一樣。

凱西把那盤豬排推開，挪動了一下身體，讓自己能把右手肘撐在吧檯上。

「不好意思喔，」傑克說道，「我剛剛有問混蛋嬉皮小子的意見嗎？」

紅髮男子靠了過來，好拍得更清楚。

比利好像一開口就後悔了，左手的叉子不住顫抖。「她……她沒興趣。」他說。

傑克說：「那你覺得她對誰有興趣，你嗎？」

比利偷偷瞄了一眼凱西平靜的神情，目光又回到傑克臉上。他似乎在苦苦思索該如何回應，最後決定把叉子放到盤子上，起身面對那男人。

傑克比小夥子高三十公分，應該至少也比他重三十公斤。比利盯著他那壯得離譜的身材。

「我沒有說她對我有興趣……她只是對你沒興趣而已。」

「毛都沒長齊就以為自己翅膀硬了啊？」傑克笑道，然後喝了一口啤酒，一副自信滿滿的樣子。他看著酒瓶，將其在手中轉動把玩。「小子，你好像腦筋不太清楚，我來讓你清醒清醒吧。」語畢，他便舉起酒瓶，把泛起泡沫的啤酒倒在比利頭上。

比利閉上眼睛，任由啤酒從臉上流下來，並伸手摘下帽子，擦了擦眼睛。

在錄影的紅髮男子把手伸得更長了。

凱西起身道：「你知道我最受不了什麼嗎？」

傑克轉了過來。

凱西繼續說：「加拿大人一向以禮貌聞名，總是把『先生女士、抱歉、不好意思、你還好嗎』掛在嘴邊，但你們一旦喝醉，就跟其他喜歡沾菸和曲棍球、穿著法蘭絨衣服和牛仔靴的混蛋沒兩樣。」

她把臉湊到傑克面前，說道：「所以你和你的狐朋狗友何不讓我們安靜吃飯呢？」

傑克哈哈大笑，接著對全酒吧的人說：「她說話毫不留情耶。」

「快點走吧，老兄。」比利說道。

傑克猛然轉身，將右拳打向比利的左眼，骨頭和軟骨發出響亮的撞擊聲，就像獵鹿步槍開火一樣。比利往後踉蹌幾步，連人帶凳子摔了個倒栽蔥。傑克抬起手肘，準備再打一拳。

凱西抓住那男人握起的拳頭，找到他的小指，然後猛地一拉。

傑克痛得大叫。

凱西緊抓著小指不放，並加大力道，讓傑克痛得無法反抗，再把他的頭和上半身壓到吧檯上。

「放開我，妳這個賤人！」

奈德衝出了廚房。「現在到底是——！」看到這一幕，他的臉頓時因憤怒而扭曲。他繞過吧檯，抓住傑克的衣領，凱西放開小指，奈德把傑克拖到牆邊。

奈德說：「傑克，你如果再在我的酒吧裡鬧事，就給我滾蛋，聽到了沒？永遠不准回來！」

「奈德，冷靜點，他只是鬧鬧而已。」紅髮男子放下手機，說道。

奈德轉頭說：「柯提斯，你不應該在那邊搧風點火。無論是在這裡還是外面都不能魯莽行事，聽到沒？」他轉了回去，再次把傑克往牆上撞，說道：「聽懂了沒，孩子！」

傑克顯然很不高興，但還是點點頭，奈德放開後，他揉了揉自己被掐的脖子。奈德對撞球桌的那群人說道：「所有人都給我上柯林頓溪，三班制，我說休息才能停。」

一行人心不甘情不願，丟下撞球桿，開始收拾東西。傑克握住受傷的小指，低聲咕噥了幾句，經過凱西時還不忘瞪她一眼。

奈德拉比利起來，把倒下的凳子扶正，然後扶他回到座位上。「我去拿東西給你冰敷。」說完，他便走到吧檯後面，從冷藏箱裡舀出冰塊，放入夾鏈袋並遞給比利，讓他冰敷眼睛。

奈德把灑在吧檯上的啤酒擦乾淨，看向凱西，說道：「那些男孩們工作勤奮，但有時還是會做蠢事。在妳退房前，吃的我們都免費招待。」

「你人真好。」

「應該的。」

凱西又坐了下來，問道：「那些人替你工作嗎？」

「我在北方柯林頓溪河邊還有經營一家小型伐木公司，多少貼補家用。手指那招是在哪學的啊？我第一次看到。」

「在軍中學的。」

「美軍嗎？哪個軍種？」奈德問道。

「陸軍。」凱西回答。

「妳在軍中是做什麼的？」比利問道，放下冰塊時，他痛得皺起眉頭。

「就軍人的工作啊。」凱西含糊回答。

「我以前也是軍人。」奈德說道。「在加拿大武裝部隊。」

凱西指著奈德前臂的錨形刺青，上面寫著：Parati Vero Parati。「你之前是加拿大皇家海軍嗎？」她問道。

奈德笑道：「對啊，不過以前叫做『海上司令部』。我職業生涯的大部分時間都待在埃斯奎莫爾特的哈利法克斯級巡防艦上，花了大半輩子在白令海上巡邏，防範蘇聯入侵，都快凍死了，所以我發誓退伍後絕對不要再忍受那麼寒冷的天氣了。」

凱西笑道：「那你怎麼住在道森市？」

「這裡算是介於道森市和荒郊野外之間，但其實我很喜歡這裡的夏天。冬天我們不營業，所以我和達琳會去溫暖的地方度假。我的目標是退休後在加勒比海買一艘船，或許住在聖托馬斯島吧……」他指著他們的空啤酒杯，問道：「要不要再來一輪？」

4

加拿大育空地區

六月二十二日星期六

隔天早上，凱西靠著櫃檯，低頭研究攤開在她和奈德之間的阿拉斯加大地圖。

「我想找個地方露營一、兩天。」她說。「稍微放鬆一下，也許去釣魚之類的。只要來得及在週一早上到費爾班克斯工作就好了。」

馬弗里克用鼻子碰了碰凱西的腿，她摸摸牠的頭，說：「我待會就幫你弄早餐喔。」

奈德的手指在地圖上移動。「如果妳要去阿拉斯加，我通常會推薦遊客到這裡」——他的手指停在育空河的一條支流上——「就在伊格爾北方，那是我們最愛的露營地點之一。」

他替凱西指出直達伊格爾的路線，那裡是泰勒公路的終點，育空河則流入幅員遼闊的阿拉斯加荒野。他標記一條往北的泥土路，並指出一個可以露營和釣魚的偏僻地點。

達琳端著一杯熱騰騰的咖啡走進來時，馬弗里克開始嗚嗚叫。

「我想再次為昨晚發生的事道歉。」她說道。「一想到這件事，我就覺得很生氣。我們想提供妳免費住宿。」

「不用啦。」凱西說。「奈德已經幫我出晚餐錢了，我想付住宿費。」

聽到她這麼說，達琳也只好接受，然後站在她丈夫旁邊。

凱西繼續研究地圖，問道：「那裡有熊出沒嗎？」

「當然還是小心為上。」奈德回答。「我會建議帶防熊噴霧，如果有槍的話也帶在身上，不過我已經好幾年沒在那一帶看到灰熊了。」

在提供更多資訊和說明注意事項後，奈德和凱西握手，凱西謝謝夫妻倆的盛情款待。達琳再次為昨晚在酒吧發生的事道歉。

奈德說：「說到這個，看看是誰來啦。」

比利走進大廳，一肩背著一個塞滿東西的背包。雖然左眼青一塊紫一塊，但他看到他們時還是露出微笑。

「你接下來要去哪？」達琳問道。

「我要搭便車回到美國邊境，然後再想辦法，可能會再回去阿拉斯加荒野吧。」他說，然後低頭看到了馬弗里克。「噢，嗨，你好啊！」

他本想摸馬弗里克的頭，但那隻狗發出低吼。

「沒事，馬弗，他是朋友。」凱西說。「抱歉，牠的保護欲很強。」

「哇，牠看起來好像警犬之類的。」

「其實是前海軍軍犬啦。」

「妳以前在軍中是訓犬師嗎？」比利問道。

「不是，馬弗是我的家人。」凱西說，並搔了搔德牧的耳後。

比利看起來一頭霧水，但沒有再多問，向眾人道別後便走向大門。凱西看著那個小夥子的背影。

「比利，你今天早上有洗澡嗎？」凱西叫住他。

「有啊，怎麼了？」

「我可以載你過邊境，帶你到……」她看向奈德。

「到傑克韋德就要沿著泰勒公路往北開了。」奈德說。

「傑克韋德，除非你要去伊格爾。」凱西說道。

比利考慮了一下，就說：「那我就欣然接受妳的好意。」

在停車場，凱西要比利把東西放在幾乎已經塞滿的後車斗裡。

「裡面那是捲起來的橡皮艇嗎？」比利問道。

凱西把粗磨狗糧倒入馬弗里克的碗裡，德牧立刻開始狼吞虎嚥，三兩下就吃個精光。

「對啊。」凱西回答。「槳在上面。」

「妳要去泛舟嗎？」

「下週要去。」她說，然後鎖上卡車蓋，並拿走馬弗里克的空碗。德牧坐在副駕駛座的車門外，開始嗚嗚叫。

「不行，馬弗，你去坐後座，人類坐前座。」

德牧看起來不太高興，凱西只好抱起牠，把牠放在後座。

「這個大傢伙有點固執耶。」比利說。

「對啊，牠有時會鬧脾氣。」

他們看著馬弗里克在後座的一堆行李中為自己做了一個窩。

比利坐上副駕駛座，凱西發動引擎，將卡車開上育空九號公路，前往位於小金溪的美國邊境管制站。

「妳要去哪裡泛舟啊？」比利問道。

「北極國家野生動物保護區。」

「真的假的？走空路嗎？」

「我會從費爾班克斯飛，在某個沙洲降落。」

「有導遊會去接妳嗎？」

「我就是導遊。」凱西說。「有兩個導遊，我是其中一個。」

「看來妳真的很內行。」

「還可以啦。」

「妳要帶什麼團啊？」

「來自日本的生態旅遊團。」

「妳結婚了嗎？」

這個問題讓凱西嚇了一跳，她便看了比利一眼，他指著她無名指上一圈沒被曬黑的白皮膚。

比利抬起手，說道：「抱歉，不關我的事。」

「說來話長。」

「了解。」

在路上，凱西得知比利從小就喜歡背包旅行和大自然，他說他存的錢還夠他到荒野進行好幾次長途背包旅行。一直到兩人抵達小金溪的邊境管制站，凱西才知道他姓弗倫奇。

美國邊境巡警一副百無聊賴的樣子，只是隨便瞥一眼護照就揮手讓他們通過，進入阿拉斯加。開了五英里後，比利說：「可以在前面靠邊停一下嗎？」

他指著聳立在前方樹林裡的三棵雲杉，凱西便把車子停在路肩，並打開警示燈。

「馬上回來。」他說，便跳下卡車，跑下路堤，衝進高至大腿的草叢中。

凱西伸手撫摸後座的馬弗里克，心想比利應該只是去小解而已，但他很快就回來了。他拿著一個防水日用小背包和一個鋼製步槍箱，從副駕駛座的車窗探頭進來，問道：「可以幫我打開後車斗嗎？」

凱西照做，並問道：「那是你的步槍嗎？」

「當然是啊。」他一邊說，一邊把步槍箱和背包塞到馬弗里克下方。「妳覺得我會赤手空拳進入阿拉斯加荒野嗎？」他坐回副駕駛座，問道：「妳有槍吧？」

「我有兩把。」她說。

「妳有登記嗎？」

她挑起一邊眉毛。「沒有。」她笑著承認道，一邊開回公路上。「只要藏好就好了。」

一小時後，兩人抵達傑克韋德的廢棄採礦社區。凱西讓馬弗里克下車尿尿，以及在附近的小溪跑來跑去，旁邊有一臺舊永動淘金機的遺跡。

比利把腳泡在小溪裡，丟樹枝給德牧撿，並看著淘金機，說道：「這東西竟然到現在還是屹立不搖。」

凱西盯著那臺生鏽的機器，說道：「早在二十世紀，人們就用這種設備從溪流中淘出價值幾十萬美元的黃金了。」

比利低聲吹了一聲口哨，指著破舊的宿舍，鏽跡斑斑的錫製壁板染上了橘色和棕色。宿舍的旁邊是一個大車庫，老舊的木門外裝了鐵捲門，鐵捲門和建築物外牆之間還加裝了沉重的鋼製門。

「不懂他們為何要把這裡弄得像諾克斯堡一樣固若金湯，明明看起來隨時都有可能倒塌。」比利說。

凱西看著散落在河床上的啤酒瓶，回答：「可能是為了防止喝醉的年輕人闖入吧。」

在兩人身後，他們可以聽到馬弗里克在茂密的草叢中聞來聞去。

「牠好像聞到什麼囉。」比利說。

話音剛落，一隻松雞就衝出草叢，馬弗里克也追了上去。凱西喊牠的名字，但牠已經跑掉了。

「靠，我得去找牠。」凱西說。「可以跟我來嗎？」

凱西步履維艱，一邊穿過茂密的針葉樹和柳樹林，一邊呼喚著德牧。前方傳來牠興奮的喘息聲和小樹枝折斷的聲音，她加快腳步，直到抵達一大片樹木全被砍伐的空地。

空地被茂盛的樹林所圍繞，宛如一個小小的盆地，鬱鬱蔥蔥的草隨著慵懶的微風飄揚，馬弗里克的尾巴在草地裡時隱時現。

比利追了上來，上氣不接下氣，問道：「這裡是什麼地方？」

「看起來像是伐木空地。」凱西說，便穿過高高的草叢，一邊呼喚馬弗里克。

走到空地中央時，他們停了下來。有一部分的草被壓扁了，形成兩條長長的平行線，橫跨整片空地。

「這看起來像是飛機跑道。」比利說。「這種地方怎麼會有跑道？」

正當凱西跪下來查看被壓扁的草地時，馬弗里克就叼著一隻死松鼠跑了過來。

「馬弗里克，放下！」

德牧把松鼠放在她腳邊，然後開始搖尾巴，似乎感到相當自豪。

「很好。」凱西說，為牠套上牽繩後，便朝樹林走去。比利又駐足了一會，盯著飛機跑道半晌，才跟在她後面。

回到卡車後，凱西將馬弗里克的腳掌擦乾淨，再次把牠抱回後座。

比利靠著引擎蓋，問道：「妳要去哪啊？」

凱西關上車門，回答：「伊格爾以北。奈德有推薦一個露營地，在育空河的一條支流沿岸。」

「嗯，我也在考慮這麼做。」

凱西滿腹狐疑地看著他，說道：「我打算一個人露營，因為我需要一些時間來理清思緒。」

「噢，沒有啦，我不是要提議一起露營。如果妳可以載我到伊格爾北方的保護區，我就會沿著河底走，找地方搭帳篷。我可以付妳油錢。」

「不用啦，我剛好也順路。」凱西說，便打開車門，坐上駕駛座。「走吧，我想在中午前到。」

5

他們在接近中午時抵達伊格爾，凱西將卡車停在伊格爾貿易公司，也就是鎮上唯一一間食品雜貨店的停車場，然後下車。

「要一起吃午餐嗎？」

「好啊。」比利說，便掏出錢包。

凱西揮揮手，要他收起來。「如果你帶馬弗里克到河邊動一動，我就請客。」

比利接受了她的提議，凱西便走進店裡，在熟食櫃檯拿了兩個現成的三明治，用信用卡付款，接著離開雜貨店，走到岸邊，看到比利把樹枝丟到河裡，讓馬弗里克去撿。凱西在碎石河岸的一張野餐桌旁坐了下來，看著比利和馬弗里克，再將目光轉向伊格爾。這裡讓她想起了自己在蒙大拿長大時看過的無數小鎮，那些彷彿活在過去的城鎮，原本是為了在西部生存而建立的，但在二十一世紀初就被棄之如敝屣。不過考量到阿拉斯加嚴酷的環境，伊格爾仍有其魅力，而且居民看起來都無憂無慮，彷彿現代社會的諸多煩惱都與他們無關，或許確實是如此，凱西心想。

「妳知道這裡有機場嗎？」比利走了過來，並在野餐桌坐下，說道。「在原住民的村莊以東大概四分之一英里處。」在開往伊格爾的途中，比利滔滔不絕，分享關於空地上那條飛機跑道的陰謀論。「搞不好是用作野生動物交易。」

「什麼？」

「那個著陸場啊，萬一是用來走私熊和珍禽異獸的怎麼辦？我讀過一篇文章說這些野生動物在黑市上價值不菲。」

「應該是給消防人員用的，或是為地方當局提供物資吧。我覺得你可能一個人在荒野中待太久了，才會變得疑神疑鬼。」

比利大笑，咬了一口三明治，然後說：「對啊，或許奈德說得沒錯。但我跟妳說，在野外待了五十天左右時，我就開始看到不該看的東西。」

「不該看的東西？」

「就是幻覺啦。」

「你看到了什麼？」

「我死去的母親。她十五年前就過世了，那時卻出現在我面前。」

凱西似乎不相信他。

「我再解釋得詳細一點好了。」比利把三明治放在桌上，開始娓娓道來：「第五十天，我在一條小河邊露營，距離最近的文明世界至少三十英里。我感覺到了什麼，宛如一陣溫暖的微風拂過肌膚；我抬起頭來，發現她就站在小溪中央，對著我微笑。」他「啪」的一聲雙手合十。「說時遲，那時快，我對她所有的美好回憶和感情瞬間湧上心頭，然後她就消失了。從那一刻起，我感覺她雖然死了，但仍活在我心中。」

比利十指交扣，撐著下巴，看著河水緩緩流過，說道：「但另一方面，我也有一些不好的經驗，感覺像是嗑藥後產生可怕的幻覺，也許是惡靈作祟吧，原住民都稱之為『Kigatilik』。」

凱西挑起一邊眉毛。

「我知道我聽起來像個瘋子。」他說。「但妳有沒有過四下無人，自己卻寒毛直豎、背脊發涼的經驗？好像妳的身體察覺到大腦無法理解的威脅一樣？」

「有啊。」

「代表那裡有惡靈，至少當地薩滿是這麼說的啦。」比利說道。「我在里德學院有修一堂以北美原住民為主軸的人類學課程，這是我來這裡的原因之一。我很確定這一帶原住民的祖先是汗─火欽人，意思是『沿河而居的人』，也是這裡最早與歐洲人接觸的部落之一。」

馬弗里克跑了過來，全身都溼透了。牠甩甩身體，把水甩到兩人身上，喘著氣，同時咧嘴一笑。凱西傾身向前，吻了德牧的頭，說道：「只要馬弗在我身邊，我就不用怕惡靈了。」

比利露出了燦爛的笑容，說道：「那是當然的。」

十分鐘後，他們上了車，沿著前街向北行駛。育空河一側的泥土路坑坑窪窪，危機四伏，比利甚至兩度下車引導凱西開過深深的車轍和裂隙。

車子開了約四英里後，比利請凱西讓他在一片茂密的樹林下車。他拿了全部的行李，從副駕駛座的車窗探進頭來說再見。

凱西祝他好運，說道：「要小心惡靈喔。」

「我不會有事的。謝謝妳載我一程，凱西。」

「不客氣，比利。」

他拿起行李，轉身走向河邊。凱西目送他離開，等到看不見他的身影才繼續開車。

半小時後，凱西又向北開了將近三英里，終於來到了一片平坦的路段，路邊的樹林裡有一個空地，小小的露營地中央有個火坑。

她停車查看地圖，確認這裡就是奈德標記的地點，便向馬弗里克宣布已經到了。

凱西下了車，也放德牧下車，然後環顧四周。營地三面被枝葉低垂的柳樹、蕨類植物和低矮雲杉所包圍，北邊則矗立著一棵高大的白楊樹，感覺很適合掛她的防熊食物盒。東邊傳來淙淙的流水聲，凱西在草木稀疏處發現了一條可能是通往河邊的小徑。

奈德沒有騙她，這裡真的是露營的絕佳地點。

凱西在卡車的後車斗翻找，拿出她藏在座位底下的手槍盒，並從中取出一把柯特蟒蛇.357麥格農手槍，骨白色的握把上刻著一匹弓背跳躍的馬以及「卡珊卓拉」這個名字。

凱西打開彈巢，裝了六顆子彈，再將其歸位。接著，她從座椅下方取出一個手槍皮套，繫在皮帶上，把.357手槍掛在腰間。

她在一小時內就紮好營了。她從樹林裡拖了一根枯木，放在火坑旁邊，這樣她才有地方坐。由於擔心會有熊出沒，她決定和馬弗里克一起睡在卡車後座，但她還是搭起紅色帳篷，用來存放衣服和用品。

一切就緒後，她拿出衛星電話，把食物盒鎖在卡車上，然後開始組裝飛蠅竿。她去找馬弗里克，一起沿著狩獵小徑向東走到河邊。

夏天的阿拉斯加化為一幅由綠色森林和藍色遠山構成的掛毯，遠方的山脈如詩如畫，讓人幾乎不敢相信是真實存在的。

馬弗里克曬著太陽，凱西則在一塊平頂巨石旁的小漩渦邊緣釣魚。兩小時後，她釣到了一條相當大的鱒魚，便拿出衛星電話，爬上巨石。

她躺了下來，把電話放在肚子上，閉上眼睛，感受著陽光照在她的臉上。雖然豔陽高照，她卻想起了山上飄落的雪花。她彷彿看見了父親的背影，在及膝深的雪地中步履維艱，越走越遠，也聽到了姊姊艾蜜莉的聲音。

他很自責，凱西，妳不能跟他一樣。

凱西回憶起那天艾蜜莉的臉色有多麼蒼白，她端著一碗熱騰騰的雞湯麵，用顫抖的雙手放在凱西床邊的桌子上。

凱西猛地睜開眼睛。

西邊有一片漆黑的雨雲徘徊在地平線上，雨水的味道撲鼻而來。凱西看著衛星電話半晌，接著坐起來撥號。電話直接轉接到熟悉的語音信箱：嗨，我是德瑞克——

語音訊息結束後，電話答錄機「嗶」了一聲。凱西揉捏著鼻梁，淚水在眼眶中打轉。幾個月來壓抑在心中的情緒和痛苦，她在家人、朋友和醫生面前所掩蓋的一切都必須釋放出來。

凱西終於哽咽道：「德瑞克，我的祕密是……」

她欲言又止，低頭看著波光粼粼的水面，喉嚨緊縮，最後終於開口：「在內心深處，我知道是我的錯，我看到了徵兆卻視而不見。我……事實是，我過得很不好，一切都是假象，我並沒有——」

電話「嗶」了三次，系統語音告訴她語音信箱已滿，她只好掛斷，並把電話放在旁邊。自從悲劇發生的那個早晨，已經過了半年多，而她不顧所有人的勸阻，遲遲不願意取消德瑞克的電信服務，因為她需要聽他的聲音。

凱西回想起那個冬天的早晨，外面下著雪，穀倉的門似乎被狂風吹開，一大早就把她吵醒了。她記得自己走到外面要把門關上，但看到穀倉裡的景象就兩腿發軟，跌坐在雪地上。她聽到如野獸般的哭嚎聲，但沒有意識到那是自己發出的聲音。接著，父親強而有力的雙手將她扶了起來。她想起之後那幾天，自己的喉嚨有多痛。

凱西坐在巨石上，眺望阿拉斯加荒野，並把手放在平坦的腹部上。她不禁懷疑自己在這個世界上是否有一席之地，以及這次旅行的衝動是否又是為了逃避過去一年種種殘酷的現實，還是她正是需要透過這種方式來療傷。

不知道是不是肌肉記憶使然，凱西從錢包裡拿出一張舊照片並攤開來，凝視著自己最喜歡的家庭照片。德瑞克、艾蜜莉、特拉斯克、她父親、馬弗里克，還有她自己，三年前在班寧堡拍了這張照片，雖然烈日當空，但大家都笑容滿面。這是她一生中最快樂的日子之一，她記得每個人都以她為榮。

德瑞克當時有多麼以我為榮啊。

起風了，凱西的眼淚也奪眶而出。她身體往後傾，看著藍得不可思議的天空，再望向滾滾而來的烏雲。

她想著德瑞克，以及兩人本可共度的幸福人生。

她不知道沒有了他，自己的人生是否還有意義。

6

阿拉斯加育空河

六月二十三日星期日

剛過午夜時分，馬弗里克在卡車後座蜷縮成一顆球，窩在主人的紫色睡袋旁邊。一場夏日暴雨很快就過去了，凱西晚上大部分的時間都在火坑旁試著看書，但思緒卻一直回到德瑞克身上。十點左右，她索性放棄，收拾營地，把食物放入食物盒，並將其掛在白楊樹高處的枝頭上。

她鑽進睡袋時，把.375 H&H麥格農步槍放在伸手可及之處，並將柯特蟒蛇手槍連同槍套塞在充氣床墊和輪艙之間。接著，她關上卡車蓋的後窗並鎖好，再檢查側窗是否已上鎖。阿拉斯加荒野中危機四伏，她可不會掉以輕心。

今天不會。

永遠都不會。

幾小時後，凱西被馬弗里克的低吼聲吵醒。

德牧已經站了起來，豎起耳朵，似乎聽到了什麼。凱西摸透了馬弗里克的性格，知道牠可以從家裡的愛犬瞬間轉換成訓練有素的海軍軍犬。

「馬弗里克，坐下。」

那隻狗立刻坐下，但仍抬頭挺胸，豎起耳朵。凱西打開卡車蓋的側窗。

早已過了午夜，森林並非一片漆黑，而是籠罩在深藍色的陰影中。河水潺潺，蟋蟀唧唧，除此之外，營地幾乎寂靜無聲。一陣微風從西邊吹來，讓即將熄滅的營火升起縷縷輕煙。

她把手放在馬弗里克的背上，發現牠的背毛豎起。牠再次從喉嚨發出低吼，鼻子嗅了嗅，豎起耳朵仔細傾聽。

啪！砰！

聲音從河邊的方向傳來，她看不到是什麼，但聽起來像一根粗樹枝被重物壓斷的聲音，還有……某個東西掉下來的聲音？

馬弗里克又站了起來。凱西一把抓起步槍，打開頭燈，對著聲音傳來的方向。映入眼簾的是營地北邊那棵高大的白楊樹，也就是她存放食物的地方。

「靠。」她說，腦海裡浮現出一隻熊闖入營地的畫面。

馬弗里克張大了鼻孔。

凱西扛起步槍，將槍管伸出窗外，再次用頭燈照亮她掛食物盒的白楊樹。毫無動靜，沒有任何生物從河邊茂密的樹林中現身。

五分鐘後，凱西關上窗戶並關掉頭燈，繼續睡覺。可能只是駝鹿吧。

一小時後，她被遠方引擎低沉的轟鳴聲吵醒，便坐了起來。馬弗里克又站了起來，眼睛盯著後窗外。引擎聲不是從道路的方向傳來的，而是從河邊傳來的。

凱西看了一眼手錶：現在是凌晨三點零五分。

大半夜的，誰會在這種時候開船啊？

引擎的轟鳴聲越來越大，是從東南方來的。

引擎減速，船隻慢慢靠近。凱西聽到引擎空轉了一會兒，接著發出劈啪聲，差點熄火，接著又轟鳴大作，經過她的營地，很快就消失了。她把一隻手放在德牧身上。

「回去睡覺吧，馬弗——」

砰！

馬弗里克又跳了起來。凱西再次在黑暗中摸索，找到步槍後便推開窗戶。

有個微弱的光芒在河岸的方向閃爍著。

她似乎隱約聽到了人聲。

她開始思考各種可能性。有人遇到麻煩了嗎？還是只是幾個醉鬼半夜開船出來玩？為什麼要停在她的營地前面？

凱西戴上頭燈，開燈後找到了手槍和槍套。她將槍套穿過皮帶，打開後窗，然後爬下後車斗。

「馬弗里克，過來。」

德牧跳下車，立刻來到她身邊。槍套扣子已解開，手槍觸手可及。她端起步槍，把頭燈指向河邊，掃過柳樹叢和狩獵小徑。她經過火坑，跨過圓木，在帳篷旁停了下來。

森林突然出奇地安靜，凱西後頸的汗毛豎起，產生一種說不上來的詭異感，好像有人在看著她一樣。

「有人在嗎？」

沒有回答。馬弗里克開始低吼。

她等了不知道多久，終於聽到左手邊白楊樹後面傳來乾泥土嘎吱作響的聲音。

馬弗里克率先做出反應，轉向左邊。凱西猛然轉身，她的頭燈照亮了白楊樹，以及站在樹下的人影。

爆炸從她身後傳來，發出橘紅色的明亮閃光，把她震倒在地。

凱西摔了個狗吃屎。她被震得頭暈目眩，耳朵嗡嗡作響，這才發現頭燈不見了。

她的下一個念頭是步槍。她在地上胡亂摸索，看到馬弗里克在幾英尺外，搖搖晃晃站了起來。牠開始狂吠，但凱西耳鳴到幾乎聽不到牠的聲音。接著，那隻狗進入全面攻擊模式，直立起後腿，便衝進樹林。

「馬弗里克！」

但牠已經不見蹤影。

她硬是爬了起來，跪在地上，右手立刻掏出柯特蟒蛇手槍。

她聽到一聲巨響，好像兩個龐大的身軀在森林裡相撞一樣。接著，馬弗里克痛苦的嚎叫聲劃破了空氣。

凱西迅速站了起來，同時用拇指把手槍的擊錘往後撥。

「馬弗里克!!」

在她右側二十碼處，某個金屬物體發出喀噠聲，凱西追蹤聲音傳來的方向，開了一槍。手槍「砰」的一聲，槍口焰瞬間照亮了營地，她看到一個黑乎乎的龐然大物在陰影中移動。她用力眨眼，又開了一槍，然後繼續舉著槍，試圖確定是否有擊中目標。

她聽到砰的一聲悶響，似乎有什麼東西落在她腳邊的泥土上。

嘶嘶聲傳遍了整個營地，一團水霧飄過她的臉，讓她的眼睛刺痛不已。凱西倒抽了一口氣，一股刺鼻的化學氣味彷彿在灼燒她的肺部。

她呼吸困難，口吐白沫，感到頭暈目眩。她無法控制四肢，身體開始痙攣，整個人便倒在地上。

遠處傳來馬弗里克的哀號聲，凱西胡亂抓著泥土，想讓不住顫抖的身體停下來，拚命抵抗逐漸逼近的黑暗。

但痙攣卻變得更嚴重，她很快就失去了意識。

7

蒙大拿州林肯

六月二十六日星期三

吉姆．蓋爾把注意力從西方地平線上的滾滾紅雲和從天而降的灰燼上移開，看著那頭臭不可當的年輕騾子，牠正在畜欄裡來回踱著腳，好像想要宰了誰一樣。

蓋爾吐出菸草，說道：「阿爾文，我寧願馴服十匹生氣的母馬，也不要再馴服一頭該死的騾子。」

蓋爾六十五歲左右，雖然他的體格非常好，但現在正因為久坐而全身痠痛，腦袋也鈍鈍的，連續開車六個多小時後，會有這種感覺很正常。不僅如此，野火和煙霧還害他那該死的過敏變得更嚴重。

比格斯凱的破紀錄高溫更是火上加油，蓋爾感覺自己好像一直待在烤箱裡一樣。

阿爾文．佩提是蓋爾的牧場副手，他把一個皮革馬鞍袋扛在肩上，並將被曬到褪色的牛仔帽壓低，使帽簷遮住眼睛。他靠著畜欄生鏽的鐵門，看著那頭憤怒的騾子在裡面繞圈子。

佩提說道：「騾子馴服後可是絕佳的馱獸呢。」

「我們不需要另一頭騾子，我也不想要。」

佩提微笑道：「還是要讓你的新女婿幫你馴服牠？」

蓋爾看向畜欄的另一頭，小屋前面有一隊運貨的馬，三名牧場工人正在把馬鞍袋和皮革馱籃放到馬背上。其中個頭最大的是蓋爾的新女婿彼得·特拉斯克，他不小心把其中一個大馱籃弄掉了，另外兩個工人在一旁邊笑邊搖頭。

「他會慢慢上手的。」蓋爾對佩提說。

事實上，蓋爾開始喜歡上他的新女婿了。雖然特拉斯克的外表看起來好像控制慾很強，但蓋爾知道他心地善良，就像一個溫柔的巨人，對他的大女兒百般呵護。因此蓋爾想讓特拉斯克盡可能順利適應牧場生活，但佩提可不這麼想。

「你不能太慣著他，不然他什麼也學不會。」佩提說道。「而且你給他免死金牌，其他人會不爽。」

「阿爾文，我沒有給他免死金牌，他只是還不熟悉這些工作而已。」

「我只是說一下啦，戴維斯兄弟已經在這裡工作兩年了，他們覺得自己受到了差別待遇。」

「差別待遇？」

「吉姆，是時候對他們網開一面了。」

「不可能。」蓋爾說。「他們既然在城裡開始酒吧鬥毆，就必須承擔後果。員工的行為也會影響我的聲譽。」

「吉姆，已經兩個月了，他們很想要離開牧場去放假。」

「我已經說了，在狩獵季節開始之前，他們都會在我的黑名單上，沒被炒魷魚就已經很幸運了。我當時還得想盡辦法跟警長套關係呢。」蓋爾搖搖頭說。

佩提看向蓋爾停在畜欄旁，還沒熄火的卡車，用好奇的眼神看著蓋爾，問道：「旅途還好嗎？」

「政客想要錢，而大牧場主沒辦法跟開發商競爭。每次都是同樣的鳥事。」

「那博茲曼市的大牧場主怎麼說？」

「博茲曼市哪來的大牧場主？整個加拉廷郡看起來就像個小型波特蘭，到處都是近郊高級住宅區，搞不好哪天就會有一間連鎖超市冒出來了。阿爾文，蒙大拿州正在改變。」蓋爾眺望著他的牧場中那連綿起伏的金色山麓小丘，說道：「我們這片小小的天堂遲早也會淪陷的。」

佩提嘆了口氣，說道：「我知道我已經講了好幾百遍，但你應該要參選。找搖搖馬兒牧場的比爾·克朗寧來助選，他不只會在郡內，還會在全州號召支持者。吉姆，如果你參選的話，一定會贏。」

「阿爾文，你明明知道以我的背景，必須低調生活，不能上報或上電視。而且我不能讓我的家人再次成為媒體的焦點。」蓋爾說道，並看向穀倉，回想起那個可怕的場景。「自從德瑞克——」

蓋爾語塞，沒辦法把話說完。

「退伍軍人也會投給你；劉易斯與克拉克郡一半的人都有服役過。」佩提輕聲說道。

「他們只會覺得我把一場悲劇加上政治色彩而已。」

「不，他們——」

蓋爾舉起一隻手，說道：「我在回來的路上有順道去塔克公墓。阿爾文，你真是選了個美麗的地方。」

「我什麼都沒選。」佩提說道。「是他同排的男孩們選的。他們是群好孩子，你應該會喜歡他們。」

蓋爾低下頭，盯著他那雙髒兮兮的牛仔靴，挪了挪身子，然後皺眉。

「你的髖部還好嗎？」

「它不喜歡長途車程。」蓋爾回答，一邊伸展腿後腱，一邊看著那頭騾子。「還是按照原定計畫，三點出發嗎？」

佩提看向馱隊，說道：「艾蜜莉還需要半小時才能準備好所有東西，因為有兩個客人對特定食物過敏。」

陣陣大笑聲從小屋的方向傳來。

蓋爾轉身，看著他經營的白馬牧場小屋。偌大的木屋有著三百六十度的露天平臺以及大落地窗，北方鮑勃馬歇爾荒野的壯麗景色一覽無遺。木屋大部分都是蓋爾和牧場工人在將近三十年前建造的：西翼有四間配有上下鋪床的房間，中間那棟有一間工業用廚房、客廳和餐廳，東翼則是蓋爾住的地方。

十幾個男人從前門走了出來，站在露天平臺上俯瞰馱隊，一邊喝著啤酒，準備踏上山間之旅。他們都戴著同款的骨白色牛仔帽，穿著新的LEVI'S牛仔褲和與之相配的藍色法蘭絨襯衫。

佩提抱怨道：「沒想到還要帶男的上山。」

「就像我說的，蒙大拿州正在改變。」蓋爾看著那群人，說道。「那裝扮是怎樣？他們是來表演脫衣舞的嗎？」

佩提笑道：「他們是來自矽谷的開發人員，來這裡員工旅遊，穿同樣的衣服可能是想培養感情什麼鬼的吧。他們帶的無麩質啤酒多到可以淹死一群牛了。」

「或許我們應該叫他們去博茲曼市。」蓋爾說。「那裡正適合——」

馱隊傳來一聲大喊。

特拉斯克向後踉蹌幾步，撞到領頭的馬，受驚的馬匹一邊嘶叫，一邊踢著後腿，大塊頭被一腳踢中，摔倒在地。

後面的十幾匹馬也連帶受到影響，開始恐慌，紛紛直立起後腿，拚命想掙脫牽引繩。

「現在又是怎樣！」佩提吼道。

蓋爾根本沒聽見；他已經翻過畜欄的飼料門，從騾子旁邊飛奔過去。他翻過對面的門，衝到女婿身邊，托住他的腋下並把他拖走，遠離在空中揮舞的馬蹄。佩提來到他們身後。

特拉斯克指著領頭馬旁邊地上的一堆馬鞍毯，大喊：「有蛇！很大條！」

蓋爾先是聽到了響聲，才看見那條西部菱背響尾蛇，牠距離馬的前腳僅僅三英尺，採取了盤旋的防禦姿勢。受驚的馬直立起後腿，接著前腳重重落下，西部菱背響尾蛇把頭往後縮，便發動攻擊，帶有毒液的獠牙距離馬腳只差幾英寸。

隊伍中間的馬匹猛地撞上拴馬柱，劇烈扭動身體，試圖掙脫繩子的束縛。

「解開繩子，把馬帶進畜欄裡！」蓋爾大喊，一邊把他的女婿拉起來。「特拉斯克，把門打開！」

慌亂的馬匹弓背跳躍，踢出後蹄，佩提和戴維斯兄弟奮力解開牠們身上的繩子。

蓋爾溜到響尾蛇身後，牠又盤起身體，準備再次發動攻擊。蓋爾向牧場工人喊道：「捕蛇器在哪?!」

特拉斯克打開圍欄的門，大喊：「不知道！」

蓋爾知道他必須立刻採取行動。他從蛇的背後偷襲，抓住尾巴末端的響板，接著腰一扭，腳跟一轉，把響尾蛇甩了一圈並摔在地上。

牠還在動。

蓋爾的手立刻伸向腰間，從槍套抽出他的柯特巨蟒.44麥格農左輪手槍。

砰！

西部菱背響尾蛇的身體抽搐了一下，就一動也不動了。

蓋爾收起槍，特拉斯克和佩提來到他身後。

蓋爾拿起那條蛇，交給他的女婿。

「這裡的規則是殺什麼就吃什麼。還有從現在開始，顧我的馬時一定要隨身帶著捕蛇器，懂嗎？」

「好的，吉姆。」特拉斯克回答。

蓋爾看向女婿的身後。戴維斯兄弟正試圖讓領頭的馬冷靜下來，但牠仍躁動不安，不斷嘶鳴。

蓋爾叫兄弟倆退開，自己則朝馬走近。

「乖，沒事了。」他用輕柔的聲音安撫道。

馬兒稍稍冷靜下來，直盯著蓋爾。

客人站在露天平臺上，看得目瞪口呆。

蓋爾從牽引繩下面鑽過去，馬兒噴著鼻息，跺著前腳。蓋爾把一隻手輕輕放在馬的鼻子前面，指關節感受到了熱呼呼的鼻息。

「乖，沒事了，慢慢來。」蓋爾一邊說，一邊用另一隻手解開牽引繩。「走吧，我們去散個步。」

蓋爾牽著馬走上車道的死胡同，帶著牠慢慢繞圈。

露天平臺上的其中一個傢伙拍著手大聲說：「哇賽，真不愧是蒙大拿州！」

蓋爾牽著馬回到拴馬柱，在騷動中，一個尖銳的聲音響起。

「外面發生了什麼事！」

小屋門口站著一名身材嬌小、漂亮的年輕女子，她有著烏黑的短髮和一雙銳利的綠眼睛。

佩提把手在工作服上擦了擦，一邊走向她，一邊指著身後。

「妳那該死的丈夫差點害我們的馬變成西部菱背響尾蛇的晚餐！」

特拉斯克丟下那條蛇，抓著自己的右手臂，急急忙忙跑向妻子。

蓋爾的大女兒跳下樓梯，跑到丈夫身邊。蓋爾也走了過去，並叫特拉斯克捲起袖子。

他的肘部以下被馬踢中的地方腫了一個棒球大小的包。

「我沒事。」特拉斯克嘟囔道。

蓋爾說道：「出發前先去冰敷一下。」

「還有看在上帝的分上，不要把馬鞍毯放在外面過夜，讓響尾蛇有機會爬進去，這裡可不是該死的都市！」佩提說完便衝進小屋。

「那個老混蛋需要冷靜一下。」艾蜜莉咕噥道。「彼得還在學習啊。」

「阿爾文畢竟是不同世代的人，給他一點時間吧。」蓋爾看著老牛仔進屋，說道。

「你是什麼時候從海倫娜回來的？」艾蜜莉問她父親。

「大概十分鐘前吧。」他用頭示意東方地平線上的一大片雲，說道：「沃爾夫溪的那場野火越過了高速公路，所以我不得不掉頭走赫爾姆維爾那條。」

「一切都還好嗎？」

「晚點再跟妳說。三餐都帶了嗎？」

「有五天份的早餐和午餐。佩提說冰箱裡有鹿肉和麋鹿腰肉，他要帶上去當晚餐。」艾蜜莉回答。

「很好，我們也把西部菱背響尾蛇剝皮，放進冷藏箱吧，這些加州男孩們一定等不及想吃吃看了吧。」蓋爾說道，並露出狡黠的笑容，然後走向小屋。

艾蜜莉在他身後喊道：「對了，爸，有人整個早上都一直打電話到辦公室，我跟他說你出城了，手機也沒開機。他的電話號碼在你桌上。」

「嗯，好。」蓋爾的回應有些心不在焉。「特拉斯克，把我的車停進車庫，車鑰匙還插著。還有別再給客人喝啤酒了，我不想要一群醉鬼騎我的馬。」

蓋爾脫下牛仔帽，走進小屋的主廳。寬敞的客廳裡有一組全皮沙發、一臺液晶電視和一張撞球桌，牆上裝飾著巨大的公麋鹿和公騾鹿的頭骨標本。他穿過客廳，走到樓梯旁，聽到佩提在廚房裡咒罵。

蓋爾爬樓梯到二樓，走進凌亂的辦公室。他的鍵盤上放了一張藍色的便利貼。他走到窗邊，打開空調，並鬆開衣領。

蓋爾一屁股坐進辦公椅，拿起便利貼。草草寫下的電話號碼區碼是907。是從阿拉斯加打來的電話。

電話號碼上面寫的名字是：丹尼斯．普萊斯。

「靠。」

他拿起辦公室電話的聽筒，撥了號碼。電話另一頭傳來一個粗聲粗氣的男聲：「這裡是激流泛舟探險公司，我是丹尼斯．普萊斯。」

蓋爾自我介紹，並傾身越過辦公桌，拿起一個迷你艾菲爾鐵塔雪花球。他搖了搖小雪花球，看著白色的塑膠碎片在他手中形成一場人造暴風雪。

普萊斯清了清喉嚨，說道：「我這裡有一位新導遊卡珊卓拉．蓋爾把你列為緊急聯絡人。她是你女兒嗎？」

蓋爾的手停了下來，不再搖晃雪花球。「是。」

「卡珊卓拉週一根本沒出現，我打了她提供的兩個電話號碼也都沒人接。」

「沒出現？」

「她要帶的團昨天出發前往北極保護區了。她有跟你聯絡嗎？」

蓋爾感覺到自己肩膀的肌肉繃緊，便把雪花球放在橡木桌上。午後的陽光從冷氣上方射了進來，灑滿鋪了地毯的地板。他跟普萊斯說自從凱西在八天前離開後，他就沒有她的消息了。

「她這樣讓我很為難耶。」普萊斯說道。「我還得臨時去找另一位導遊。請你聯絡她，叫她明天前一定要到，不然我們就得另尋人選了。」

蓋爾向對方道謝，並承諾會再聯絡他。掛了電話後，他盯著映照在電腦螢幕上的自己。他旁邊桌上的檯燈亮著，辦公室另一頭牆上的電漿電視正靜靜播放著沃爾夫溪野火的畫面。他不在的時候，佩提應該有使用這間辦公室吧，蓋爾心想，接著他的目光落在辦公桌上一張女人的裱框照片上。他盯著那張黑白照片，皺起眉頭，將注意力轉移到辦公室另一頭的牆上。

他起身並走到牆邊，目光落在牆上其中一張裱框照片，這張照片給他帶來了最快樂的回憶，因此也勾起了最悲傷的回憶——照片中有位年輕男子，用手摟住蓋爾小女兒的肩膀。她的姿勢很放鬆，合身的綠色制服充分展現出她那肌肉發達的嬌小身材。她的頭往後仰，露出潔白的牙齒和迷人的笑容。她當時多麼快樂啊，蓋爾心想，接著看向站在兩人旁邊的自己，照片中的他一手牽著家裡那隻大型德國牧羊犬，另一隻手摟著艾蜜莉的肩膀，她則靠在特拉斯克身上。那是他人生中最幸福的時刻之一，這張也是他最喜歡的照片之一。凱西也一樣，他知道她把這張照片印成錢包大小，一直帶在身上。

她當時多麼快樂啊，我們大家都是。

他用一隻髒拇指碰觸照片，輕聲說道：「凱西．蓋爾，妳這次又做了什麼？」

8

蓋爾先是打了凱西的手機，卻直接轉到語音信箱。他在辦公桌抽屜裡翻找，找到了他買給她的衛星電話的號碼，但電話跟手機一樣關機了。接著他打開電腦，查到了費爾班克斯阿拉斯加州警的電話號碼。

接電話的男子是一名執勤警員，聽起來一副百無聊賴的樣子。

蓋爾自我介紹後，便詢問這幾天當地有沒有發生車禍，或是系統裡有沒有「卡珊卓拉．安．蓋爾」這個名字，並提供卡車的品牌、型號和車牌號碼。州警察請他稍候，過了一會兒就回來了，說一週前，阿拉斯加東南部發生了兩起車禍，但其中並沒有綠色的 Toyota Tundra，受害者當中也沒有他的女兒。

接下來，他打給育空地區的加拿大皇家騎警。

騎警在資料庫中查詢凱西的資訊，卻一無所獲。

他打給蒙大拿州北部的斯威特格拉斯邊境管制站，以及從育空地區進入阿拉斯加的小金溪邊境管制站。小金溪的管制站沒人接電話，斯威特格拉斯的專員則表示他的主管會再回電。

蓋爾掛斷電話，站在辦公桌前面。

外面傳來矽谷員工旅遊團興奮的笑聲，他穿過房間，關上辦公室的門，然後坐了下來，凝視著窗外的鮑勃馬歇爾荒野。

凱西很可能只是手機關機，因為夏季施工延誤的狀況，所以來不及抵達費爾班克斯。也有可能她只是決定要多露營個一、兩天，蓋爾思忖道。但她改變計畫怎麼沒有跟別人說呢？這不像他的小女兒會做的事。先不說沒有事先通知，光是第一天上班沒出現這點就很奇怪了。事情不太對勁。

他有個令人不安的念頭，過去六個月，這個黑暗的想法天天都在他的腦海裡揮之不去，但他不允許自己想到那裡去，至少現在不行。蓋爾把那個黑暗的想法放進一個箱子，和其他箱子一起藏在內心深處。他再次拿起雪花球，看著映照在玻璃中的自己。

劃分開來，他心想。用客觀的角度分析問題，把情緒排除在外。

他打開辦公室的門，請佩提上樓找他。

老牛仔靠著門框，從口袋裡掏出一罐哥本哈根牌口嚼菸草，遞給蓋爾。見蓋爾搖頭拒絕，佩提便聳聳肩，打開罐子，把嚼菸放進嘴裡，再用舌頭推到下唇。

「如果你是要說我剛剛吼彼得的事，我只能說一定要有人嚴格指導，那男孩才學得會。」

「我不是要講特拉斯克的事。」蓋爾告訴佩提自己跟丹尼斯．普萊斯的通話內容，說完後，老牛仔在蓋爾辦公桌對面的沙發上坐了下來，沉默了三十秒左右，然後開口：「當局那裡沒有消息嗎？」

「沒有。」蓋爾回答。「美國邊境巡邏隊說會回電給我。」

佩提仔細端詳地毯上的圖案，說道：「如果你想留下來處理這件事，我今晚可以帶這團到山上的大本營。有特拉斯克和艾蜜莉的幫忙，跑完一週的行程應該沒問題。」

「不，艾蜜莉可以幫我找她，特拉斯克也是，他們兩個都很擅長這種事。我這週先暫時把戴維斯兄弟從黑名單上刪掉，但不准他們喝啤酒，無麩質的也一樣。」

「這點他們辦得到。」

「如果我們早上還沒到大本營，你們就按照計畫前往湖邊。一聯絡到凱西，我就會打給你，然後去跟你們會合。」

佩提起身準備離開時，蓋爾請他幫忙叫艾蜜莉和特拉斯克上來。

兩人走進來時，特拉斯克拿著冰袋敷受傷的前臂，艾蜜莉則一臉不高興，說道：「如果佩提還在抱怨那條蛇的事，我必須說——」

一看到父親的表情，她就停了下來，面露擔憂看著他。

「發生了什麼事？」

蓋爾靠著辦公桌，說明目前的狀況。

說明完畢後，他說：「我需要你們幫忙取得她的衛星電話數據，這樣應該就能知道她最後一次打電話時人在哪裡。」

艾蜜莉臉一沉，在沙發上坐了下來，搖搖頭，一副不敢置信的樣子，說道：「她該不會——」

「不會。」蓋爾一臉嚴肅道。「我們不能那樣想。把衛星電話資訊查給我就對了。」

兩人點頭答應，便下樓用家裡的電腦。

蓋爾的電話響起。

是斯威特格拉斯管制站的美國移民及歸化局主管打來的。他告訴蓋爾，除非有州或聯邦逮捕令，否則他無法提供任何關於凱西過境的資訊。他說最好的辦法就是向阿拉斯加州警察或加拿大皇家騎警報失蹤人口，並向移民及歸化局申請提供紀錄。

艾蜜莉探頭進來，說道：「彼得查到凱西的通話紀錄了。」

蓋爾道了謝，掛了電話，便跟女兒一起下樓。他從前窗望出去，看到佩提帶領矽谷員工旅遊團前往鮑勃馬歇爾荒野。

他的女婿在客廳，駝著高大的身軀坐在電腦前。

「吉姆，Globalstar帳號是用你的名字建立的。我查到她的時間紀錄了。」

「我看看。」

特拉斯克打開頁面，說道：「她十八號離開這裡後，總共打了十二通電話，看來有九次接通了，其他三次沒有，不過她都是打給同一個號碼。」

「爸，那是德瑞克的電話號碼。」艾蜜莉說。「她一直沒有取消他的電信服務。」

「最後一通電話是四天前，也就是六月二十二號，晚上六點三十二分從阿拉斯加打的。」

「公司會記錄撥打電話的GPS座標嗎？」蓋爾問道。

「應該要才對。」

「那把確切位置查出來。」

特拉斯克將最後一通電話的座標複製貼上到Google地球。螢幕鎖定阿拉斯加伊格爾西北方約八英里處的一條育空河支流。

該地區宛如一片由不相稱的色調拼湊出的海洋：嶙峋的高山與綠色的山谷相間，育空河則像一條棕色的蛇，蜿蜒穿過衛星影像。特拉斯克把影像放到最大。根據座標的精確定位，凱西是從育空河一條小支流的偏遠河岸打最後一通電話的。河流從伊格爾往北延伸，一條古老的泥土路與之平行，在她打電話的位置西北方約一英里處戛然而止。

「這個露營地點也太偏遠了吧。」特拉斯克說道。

「她就是想找荒涼的地方。你確定那是她打的最後一通電話嗎？」蓋爾問道。

「是最後一通有留下紀錄的電話。」

「我們可以運用這個新資訊。我要再打電話給州警，看能不能找人上去確認她的安危。」蓋爾說完便跑上樓梯，再次打電話到費爾班克斯的阿拉斯加州警辦公室。

接電話的是同一名執勤警員，蓋爾向他說明最新狀況。警員沉默了一會兒，最後說他會把蓋爾轉接到阿拉斯加調查局。

「我幫你轉接到負責那一區的警佐。」警員說道。

電話又響了，但很快就被接起來，一個尖銳的女聲從電話另一頭傳來，說自己是阿拉斯加調查局的梅勒迪絲・普蘭特警佐。

蓋爾以最快的速度一五一十說明情況，並再次詢問是否能請州警察上去那條支流確認凱西的安危。

「請稍等一下。」普蘭特說。五分鐘後，她回來了，說道：「那一帶唯一一名州警察駐紮在托克，距離伊格爾四百多英里，而且他接下來幾天要去德爾塔章克申執行任務。我看看能不能聯絡到伊格爾的村莊公共安全官。」

幾分鐘後，普蘭特的聲音從電話另一頭傳來。

「村莊公共安全官沒有接電話。這件事要交給他處理。我有留言請他回電──」

「他的電話號碼幾號？」蓋爾立刻拿起紙筆，警佐便唸給他聽。接著蓋爾問道：「如果聯絡不到他，可以請人從費爾班克斯飛過去嗎？」

普蘭特警佐嘆了口氣，語氣相當無奈。「我的小分隊負責的區域涵蓋兩千三百平方英里，但我底下只有十個州警察，而且他們已經勞累過度了。我不能因為你女兒上班遲到了幾天，就叫他們放下所有工作，大老遠趕過去。除非你認為她會因為自己或他人的關係深陷險境，不然我真的幫不上什麼忙，只能請你聯繫村莊公共安全官。」

蓋爾看著牆上的照片。

「蓋爾先生？」

「我女兒，」他盡可能控制自己的情緒，說道，「最近過得很不好。」

他向警佐說明過去六個月來發生在他女兒身上的事情。他說完後，電話另一頭的普蘭特沉默了一會兒。

「蓋爾先生，我很遺憾。」她終於開口。「我……真心為她感到難過。」

蓋爾用力吞了吞口水。

普蘭特繼續說道：「有鑑於情況特殊，我可以盡快把失蹤人口報告發送到資訊交換所。」

接下來十五分鐘，蓋爾向普蘭特警佐提供關於他女兒的所有資訊，也傳真了一張她的照片過去。特拉斯克和艾蜜莉走進辦公室，背靠著牆站著。

蓋爾掛電話後，艾蜜莉問道：「有人可以幫忙確認她的安危嗎？」

「等一下。」蓋爾說，一邊撥打伊格爾村莊公共安全辦公室的電話。電話轉接到語音信箱，蓋爾便留言詳細說明情況，並請對方盡快回覆。掛電話後，他看向艾蜜莉。

「我報了失蹤人口，州警察現在可以向移民及歸化局申請提供資料，但他們最快兩天後才能上去，而伊格爾的村莊公共安全官沒接電話。」

「那我們就自己去找她。」艾蜜莉說道。

「去伊格爾的車程要多久？」蓋爾問道。

「Google地圖說要四十一小時，要到那條支流就更久了。」特拉斯克說道。

「我來查航班，看我能不能今晚到費爾班克斯。」

「我們也要跟你去。」艾蜜莉說。

蓋爾動了動滑鼠，說道：「不行，我需要你們留在這裡。」

「打給比爾．克朗寧，他可以幫我們顧牧場，他們欠我們超多人情的。」

「小艾——」蓋爾搖頭道，目光和注意力始終沒離開電腦螢幕。

「我的妹妹可能有危險，如果你真的認為我會在這裡乾等的話，那你肯定是瘋了。萬一她受傷了怎麼辦？你整天腰酸背痛，難道你有辦法單槍匹馬把她從荒野背回來嗎？」

「我的腰沒問題，而且州警察可以幫我——」

「他們兩天後才會到耶！」

蓋爾沉默不語，思考女兒說的話，然後搖搖頭。

「萬一她摔斷了背或是生病怎麼辦——你需要我們的幫忙！」艾蜜莉大喊。

艾蜜莉在大多數情況下都不需要人操心，但蓋爾不太確定她能不能適應荒野的環境。小時候，她都不想去山上打獵，一滿十八歲就搬到鹽湖城過都市生活了。

和凱西相比，她也比較情緒化。他擔心如果到了那裡，情況比他們預想的更嚴重的話，他的大女兒會有什麼反應。萬一凱西打從一開始就計畫利用這趟旅行來逃避心理治療，甚至是永遠擺脫一切呢？

蓋爾考慮了這個可能性。他內心深處的一個黑盒子裂開了，伴隨著盒內記憶的恐懼像酸液一樣湧出，讓他的耳朵嗡嗡作響。嗡嗡聲越來越大，盒子也裂得越來越開。

「爸，回答我！」

「萬一情況更糟怎麼辦！」蓋爾自己也沒想到他的口氣會這麼差。「妳妹妹顯然騙了我們所有人，也騙了她的心理治療師。她一離開這裡，就一直打電話到德瑞克的手機。」他指著艾蜜莉，說道：「如果最後發現妳妹妹吊在某棵該死的樹上，妳有辦法承受嗎？」

艾蜜莉的表情看起來好像蓋爾打了她一巴掌一樣。

蓋爾捏著眉頭走到窗前，恐懼從意識中裂開的盒子湧出，如潮水般襲來。他的雙手不住顫抖，於是他把手放在冷氣上，再次往下看著畜欄裡那頭臭不可當的騾子。

「你竟敢說這種話。」艾蜜莉冷冷地說。「為了這個家庭，無論學業還是工作，我全都放在一旁了！整個一月坐在凱西床邊的是我，餵她吃東西，確保她不會傷害自己的也是我。而你當時在哪裡？你說啊！」

艾蜜莉氣勢洶洶，朝他走近了一步，說道：「獨自在山裡散步，躲進自己的殼裡，你連葬禮都沒來參加！」

「小艾。」特拉斯克說道，並朝妻子伸出手。

「不要！」艾蜜莉拍掉丈夫的手，瞪著她父親，說道：「我知道我的體格不像你和凱西那麼強壯，但大難臨頭時，我是唯一一個能夠維繫住這個家庭的人。妹妹十歲前幾乎都是我撫養長大的，在那十年間，你大部分的時間都在悼念媽媽，所以都是我在照顧凱西。酗酒成性，獨自跑到山上，棄自己的孩子於不顧，這算是哪門子的成熟大人？」

「住口！」蓋爾爆氣道。

「怎麼？不能講媽媽的事嗎？」艾蜜莉指著桌上那張黑白照片，說道：「你把照片放在那裡，好像在供奉她一樣，卻不准我們談論她！」

「妳根本不知道自己在講什麼。」

「是啊。」艾蜜莉回嗆道。「我當然不知道，因為你什麼都不說，你服役的那段時間、在莫斯科大使館的工作、住在巴黎的日子……媽媽的車禍，還有德瑞克。」

德瑞克的名字像烏雲一樣籠罩著整個房間。當她再次開口，她的聲音變得尖刻。「如果我妹妹出事了，或是萬一……萬一她真的找一棵樹上吊了，我絕對不會讓你縮回自己的殼裡，不會讓你把我們拒於門外。我要跟你一起去，就這樣。」

「我們兩個都要跟你一起去。」特拉斯克說。

蓋爾咬牙，用力到他覺得自己的牙齒都要裂開了。他站在原地，盯著他的大女兒和她丈夫。「好吧。」他終於開口。「把步槍從保險箱拿出來，放進硬殼步槍盒並上鎖。我們去阿拉斯加，今晚就出發。」

等他們離開後，他就關上辦公室的門並上鎖。艾蜜莉說的話仍在他耳邊迴盪，他感覺自己心跳加速，胸口的盒子滿到裝不下了，黑暗的念頭難以控制，滿溢出來，還有他最害怕的事情，也就是失去自己的女兒。

很多年前，他有一次差點失去了她們。當時的他和現在的他是截然不同的人。

蓋爾渾身顫抖，過去的記憶湧上心頭。莫斯科昏暗的鵝卵石街道、巴黎的高樓大廈——

他的注意力落到腳下的地毯，他在腦海中描繪出藏在地板下的東西。過了很長一段時間，蓋爾猛地掀開地毯，把手指卡進地板的縫隙，將半鬆動的木板抬起來，露出下方一片漆黑的空間。

更多回憶湧上心頭。

圍繞著克里姆林宮的灰色混凝土建築物，科希姆基森林刺骨的寒風和厚厚的雪堆。

蓋爾把手伸進地板下的空間，拿出一個綠色的鐵盒。

裡面是來自過去的信物——

他對自己做出的承諾。

他曾經差點失去自己的寶貝女兒們。

那種事絕對不會再發生了。她們會活得比他久，各自成家立業，生兒育女，含飴弄孫。

蓋爾一打開盒子，就立刻把盒內的信封塞進口袋。在他的妻子過世後，全家人搬到了蒙大拿州，他有將近十年的時間都一直隨身攜帶著那個信封。一月時也是，在——

但過去三十幾年來，他一次也沒有打開過。

一想到信封放在身上，他就堅定了信念，不再徬徨。

他絕對不會忘記自己曾經是什麼樣的人。

也不會忘記自己的所作所為。

凱西不會有事的。

他一定會確保這點。

9

阿拉斯加伊格爾

六月二十七日星期四

塞斯納172型天鷹劇烈震動，左右搖晃，然後下降七十英尺，進入厚厚的雲層。

蓋爾把腰間的安全帶繫得更緊，並抓住座椅。二十年前，他取得了私人飛行執照，淡季時就可以在牧場周圍尋找麋鹿的蹤跡。但他很快就發現自己其實不喜歡開飛機，而且飛行所需的燃料十分昂貴。他已經將近十八年沒有開飛機了，如果不能「腳踏實地」，就讓專業人士來駕駛吧。

飛行員透過耳麥大喊：「抓緊囉！」

飛機向左滾轉並下降時，狹小機艙的震動幅度大到蓋爾感覺自己好像電流的導管一樣，特拉斯克和艾蜜莉也在他身後呻吟。雨水從飛機的窗戶流下來，一聲雷鳴使駕駛艙劇烈震動。

蓋爾坐在飛行員旁邊，看著他鬆開油門。飛機上下顛簸，但飛行員緊抓著操縱桿，就在蓋爾覺得自己快受不了的時候，他們終於突破雲層，進入安全地帶。

蓋爾透過耳麥聽到飛行員鬆了一口氣，接著他指出窗外。

「伊格爾在那裡。」

蓋爾從塞斯納飛機的擋風玻璃望出去，看到卡布奇諾色的育空河在下方鋪展開來，無數條支流從主河道延伸出去，遠處的南側河岸邊有一點一點五顏六色的房屋。

前一天在辦公室吵完後，艾蜜莉和特拉斯克匆匆收拾行李，蓋爾則把一切都安排好，讓他們三人能盡快前往阿拉斯加。他告知普蘭特警佐他們北上的計畫，她說凱西的失蹤人口報告已經送到阿拉斯加的資訊交換所了，所以現在可以向美國邊境巡邏站申請提供紀錄。

他們順利從海倫娜飛到西雅圖，再搭紅眼班機，早上六點抵達費爾班克斯。蓋爾跟一間觀光公司包了一架單引擎四座位的小型塞斯納飛機，送他們到伊格爾。

他們把步槍箱和日用小背包放上飛機時，蓋爾趁這個空檔嘗試撥幾通電話到伊格爾的村莊公共安全辦公室。

沒有人接電話。

無法聯絡到對方讓他感到擔心。他透過普蘭特警佐得知該地區的村莊公共安全官叫做麥克斯・托貝盧克，是在阿拉斯加進行志工服務六年的老警察，普蘭特也一直聯繫不上他。

塞斯納飛機平穩地飛過廣闊的荒野，在小鎮上空轉向，然後打直，降落在一條充滿泥濘的跑道上。飛行員啟動剎車，滑行到一個可容納兩架飛機的小型飛機庫。建築物外有一個橘色的風向袋在風中飄動，旁邊還有牌子寫著「歡迎來到伊格爾機場」。

飛行員幫他們卸下行李，然後跟蓋爾握手，說道：「要離開時可以打給我。」

蓋爾向對方道謝，然後看著飛機在跑道上滑行並再次起飛。

現在是早上九點，小型機場空無一人。

「地圖上寫說這裡距離小鎮半英里左右，看來要用走的了。」

蓋爾從行李箱中取出柯特巨蟒的硬塑膠盒並解開扣環。他打開彈巢，裝填子彈，繫上槍套並放入手槍。

艾蜜莉也照做，特拉斯克則負責背大部分的行李。

他們抵達時，伊格爾似乎仍在睡夢中，但位於前街的村莊公共安全辦公室並不難找。那間簡陋的棕色小屋建在六英尺高的空心磚上，距離育空河河畔只有五十碼。蓋爾走上階梯，大力敲門，等了一會兒後從窗戶望進去，試圖透過百葉窗和窗臺之間的縫隙瞥見內部，卻徒勞無功。

「小艾，妳的手機有訊號嗎？」

「有兩格。」

「幫我打村莊公共安全官的電話。」

艾蜜莉打電話時，蓋爾把耳朵貼在門上；他聽到屋內傳來微弱的鈴聲，隨後轉接到語音信箱。

「要找人問問嗎？」特拉斯克說道。

蓋爾叫他們待在原地，然後繞到建築物後面，發現一輛白色的Ford Expedition停在車庫旁邊，車身畫了村莊公共安全辦公室的標誌。他本想回到前門，卻聽到對街有動靜。

一名梨形身材的男子拖著一輛兩輪手推車，走到堆在店面旁的箱子前。

蓋爾趕緊走向他。

「我們今天十點才開門。」男子頭也不抬，說道。「漁獲昨天深夜才送到，現在只有我一個人值班。」

「我在找村莊公共安全官，你知道他在哪嗎？」

男子把胖嘟嘟的臉轉向蓋爾，說道：「誰啊？托貝盧克嗎？」

「麥克斯．托貝盧克。他不在辦公室，也都沒接電話。」

「喔，這很正常。」

「為什麼？」

「他應該不知道在哪喝醉了吧。」那傢伙瞇起眼睛看著蓋爾，從他頭上的牛仔帽到腰間的手槍，上下打量了一番，問道：「你誰啊？條子嗎？」

「不是，我只是要找公共安全官。」

那傢伙看著蓋爾良久，才終於開口：「村民都不跟他往來了，他現在住在鎮上。如果他在這裡的話，可以去張伯倫街和第四大道路口那棟淡黃綠色的破爛房子看看，前院還有一輛廢棄卡車。」

蓋爾轉身，準備回辦公室找特拉斯克和艾蜜莉。

「對了。」那傢伙在他身後喊道。「敲門之前記得先出聲。那個喝醉酒的混蛋被嚇到的話可是會隨便亂開槍的。」

蓋爾向對方道謝，跟特拉斯克和艾蜜莉會合後，便帶他們沿著張伯倫街走到第四大道路口。

一間淡黃綠色的破舊小屋坐落在森林邊緣，前院停著一輛一九七〇年代的Ford Bronco，長長的雜草從空蕩蕩的底盤裡長出來。

蓋爾走近小屋，敲了敲變形的前門，一邊喊道：「麥克斯．托貝盧克！」屋內傳來一聲巨響，還有玻璃瓶碎掉的聲音，有人發出咒罵聲。

蓋爾又重重捶了幾次門。

門鎖開了，門嘎吱一聲打開，一名顴骨高、臉頰凹陷的男子赤裸上身，一隻手肘撐著門框，瞇起布滿血絲的眼睛看著他。

酒味重到蓋爾差點忍不住往後退。

「你想幹嘛，老兄？」

「你是公共安全官麥克斯．托貝盧克嗎？」

「抱歉，我下班了。」

托貝盧克試圖關上門，但蓋爾把一隻腳卡在門和門框之間。

「我從昨天就一直試著聯絡你。」

托貝盧克眨了眨眼。

「普蘭特警佐也聯絡不到你。」

男子聽到這句話，似乎瞬間清醒了，他看著蓋爾，好像現在才第一次看見他。托貝盧克和街上那個胖子一樣，先是盯著蓋爾的牛仔帽，接著目光落在他腰間的左輪手槍上。

「不好意思，你是誰？」

「吉姆．蓋爾。我需要你帶我到下游找我女兒。」他向托貝盧克簡短說明凱西最後一次打衛星電話的所在位置，以及她三天前沒去上班的事。「我需要有警官在現場，有需要的話才能請州警察來支援。」

托貝盧克搖搖頭說：「你得先報失蹤人口——」

「昨晚已經報了，普蘭特警佐傳真到你的辦公室了。」

托貝盧克搖搖晃晃，看到特拉斯克和艾蜜莉站在張伯倫街上，行李放在腳邊。

「你還帶了朋友來啊。」

「把衣服穿好，來辦公室跟我們會合，不然我就打給你長官，跟她說你上班時間在開趴。」

托貝盧克走上村莊公共安全辦公室的臺階，一邊摸索著找鑰匙，一邊看著艾蜜莉。他的棕色制服看起來像是好幾個月沒燙了，皮帶又繫得太鬆，導致電擊槍都垂到大腿了。他注意到艾蜜莉槍套裡的手槍，露出沾沾自喜的笑容。

「你們全家大小都有一把帶有牛骨握把的柯特手槍嗎？」

「每個村莊警察都有一把電擊槍嗎？」艾蜜莉回嗆道。

托貝盧克笑不出來了，便打開門。

辦公室很小，只有一張雜亂的辦公桌，上面有一臺閃著燈的傳真機和一部電話，傳真機托盤上的紙張多到灑得滿地都是。牆上掛著一幅該地區的巨大地形圖。托貝盧克開了燈，髒盤子和咖啡杯散落在水槽旁邊的流理臺上，整間辦公室充滿了黴菌、合板和來蘇爾清潔劑的味道。托貝盧克盡可能收拾髒盤子，將其放進水槽裡。凌亂的桌面上放著兩瓶空威士忌，他趕緊把酒瓶丟進垃圾桶，接著啟動Keurig咖啡機。

「有人要咖啡嗎？」

「我想趕快到下游。」蓋爾有點不耐煩，說道。

凱西的失蹤人口報告被傳真機吐到地板上了，托貝盧克撿起報告，坐在辦公桌後面，並按下電話答錄機上閃爍的燈。

他拿起聽筒，貼在耳邊，默默聽著語音訊息。結束後，他掛了電話，低聲咒罵，然後開始閱讀凱西的失蹤人口報告。

「你沒有手機嗎？」特拉斯克問道。

「上週掉到河裡了。」托貝盧克回答，然後看向蓋爾。「所以普蘭特說卡珊卓拉跟她的狗在一起嗎？」

「對，他叫做馬弗里克，是一隻德國牧羊犬。」

托貝盧克翻開報告的第一頁，在背面寫了些什麼，蓋爾注意到他的手在顫抖。

「你們有她最後一次打電話的座標，對嗎？」托貝盧克問道。

艾蜜莉拿出她的iPhone，打開Google地圖，給托貝盧克看凱西的最後已知位置。

「那裡要往下游走八英里，我們沒辦法走陸路。」

「為什麼？」

「上週下雨道路淹水，至少要好幾天才會開放通行。」他停下來思考，說道：「這搞不好就是卡珊卓拉沒去上班的原因，她可能被困在下游了，每年旅遊旺季都會發生幾次。」

蓋爾很想跟對方爭論，說凱西身上有衛星電話，遇到麻煩可以求救，但他知道提起這點，大家只會在辦公室耗更久，更晚去找他女兒，只好忍住不說。

「在出發去開船前，還有什麼是我需要知道的嗎？」托貝盧克問道。

「沒有。」蓋爾回答。「目前沒有。」

「好，那我們去找你女兒和她的狗吧。」

10

寒冷的育空河水濺到蓋爾的臉上，他用前臂擦了擦眼睛。村莊警察的 Zodiac 充氣船越過洶湧的白浪，重重落在水面上。蓋爾鬆開了油門。

托貝盧克在伊格爾把船充好氣後，宿醉症狀全面襲來，他就在河岸邊吐了。

蓋爾要求要負責開船，托貝盧克也欣然接受。

他們順流而下時，村莊警察坐在前面，下巴抵在胸前，艾蜜莉和特拉斯克則坐在他後面。艾蜜莉繫緊救生衣的帶子，坐到充氣船的長凳中間，目光從來沒有離開過 iPhone 上的 Google 地圖。

航行一小時後，艾蜜莉提高音量，蓋過引擎高速轉動的聲音：「距離匯流點還有一英里！」

蓋爾站直身子，放開了引擎。在接近中午的陽光下，淤塞的育空河水面波光粼粼，岩岸之外可以看到一望無際的山脊和森林。確認防水步槍箱仍放在長凳下後，蓋爾再次發動引擎。

「在那裡！」十分鐘後，艾蜜莉指著前方說道。一條小支流從寬廣的育空河分岔出去，蓋爾便將充氣船駛入狹窄的水域。這裡的水流沒有主河道那麼湍急，不到五分鐘，艾蜜莉就指著西岸一塊汽車大小的巨石，岸邊還有一個小漩渦。

「爸，GPS 顯示這裡就是她打電話的地方。」

蓋爾把船開上岸，並關掉引擎。

艾蜜莉把雙手放在嘴巴兩側，喊道：「凱西！」

流水聲蓋過了她的聲音。

蓋爾拿起步槍箱，取出他的.300溫徹斯特麥格農步槍，裝上彈匣後並上膛。艾蜜莉和特拉斯克也拿起各自的12口徑泵動式霰彈槍，裝上了霰彈塊和大號鉛彈。

托貝盧克跌跌撞撞下了船，一邊扶著額頭，一邊呻吟。

「你還好嗎？」特拉斯克問道。

托貝盧克揮手要他走開，摸索著找自己的.10口徑雷明頓870霰彈槍。

艾蜜莉又大喊了一次凱西的名字。

「地圖顯示道路距離河流四分之一英里，我們可能要到更內陸，她才聽得到我們的聲音。」蓋爾說道。

眼前的森林宛如一堵綠色的高牆。蓋爾沿著狹窄的河岸走動，尋找枝葉間的空隙。他找到了一條穿過柳樹叢的狩獵小徑，便把其他人叫了過來。

林床溼漉漉的，泥巴地彷彿抓著他們的靴子不放。蓋爾在前面帶路，每隔十幾碼左右，艾蜜莉和特拉斯克就會大喊凱西的名字並等待對方回應。

但他們遲遲等不到。

走了十分鐘後，森林變得開闊，藍天和陽光從樹冠層透了進來，遠處有某個東西閃閃發亮，看起來不像是大自然的產物。

「那是凱西的卡車！」艾蜜莉喊道。

蓋爾又往前一步，繞過一片灌木叢，卻突然停了下來。

「我的天啊。」艾蜜莉脫口而出，試圖繞過她父親。

「小艾，不要！」蓋爾制止道，並抓住他女兒的手臂，目光卻離不開眼前這令人難以置信的一幕。

凱西那頂紅色帳篷的殘骸散落在泥濘的空地和洩了氣的橡皮艇上，尼龍和聚酯纖維布料彷彿和電鋸進行過一番激戰。食物包裝紙、被戳破的罐頭和烹飪調味品像五彩碎紙一樣散落在營地各處。

凱西的 Toyota Tundra 停在路堤上，普利司通輪胎深陷八英寸深的淤泥。綠色卡車的後擋板和後車斗都開了，凱西的紫色睡袋有一半掉了出來。

但讓蓋爾心驚肉跳的不僅僅是營地的狀況，還有泥濘上鬆餅大小的腳印。

「凱——」

蓋爾用手摀住艾蜜莉的嘴巴，艾蜜莉雙眼圓睜，一臉困惑。蓋爾示意地上的腳印，艾蜜莉的眼睛又睜得更大了。他緩緩把手拿開，並豎起一根手指要她安靜。

他取下背在肩上的步槍並將其舉起，掃視森林周邊，注意有沒有任何動靜。

「那是大灰熊的腳印。」托貝盧克小聲說道。「而且很大隻。」

「大家別動。」蓋爾說，並用拇指打開步槍的保險栓。他小心翼翼踏出一步，走進被破壞的營地。比起有遮蔽的森林，空地的泥巴更深，他的靴子陷到了鞋舌的高度。他又走了三步，來到第一個腳印便停了下來。腳掌留下的深坑和四英寸長的爪痕中並沒有積水。

托貝盧克說得沒錯，這是大灰熊的腳印。

而且還是不久前留下的。

蓋爾緩緩側身移動，來到卡車打開的後擋板，並把頭探了進去。馬弗里克的毯子胡亂堆在凱西的睡袋旁邊。駕駛側的車門沒有上鎖。凱西的衛星電話和iPhone放在副駕駛座上，她的車鑰匙一如往常放在杯架裡。蓋爾沒有動任何東西，又走回腳印旁。

在蓋爾看來，灰熊是從東南方進入營地的，似乎把被摧毀的帳篷好好探索了一番，並時不時在打開的食物包裝紙附近停下來。泥巴裡沒有任何麵包屑或食物的痕跡。這隻熊不是第一隻來到營地的動物，他如此推斷。

蓋爾追蹤腳印，推斷那隻熊後來走向道路，然後往北走。

「爸，發生了什麼事？」

「雨是從哪一天開始下的？」蓋爾問托貝盧克。

那名村莊警察搖搖頭，目光始終沒有離開被破壞的帳篷。「呃……應該是……二十三號早上？」

蓋爾將注意力轉回卡車身上。輪胎陷入泥濘，槳固定在車頂。從目前的線索去分析，蓋爾心想，試圖不要胡思亂想。卡車陷入淤泥，她可能走回伊格爾了，但她為什麼沒打衛星電話求救？

我必須確認一下電話。

蓋爾走到卡車駕駛室，拿起Globalstar衛星電話並試圖開機，但它跟iPhone都沒電了。他一把抓起凱西的車鑰匙，將其插入點火裝置並發動引擎。衛星電話的充電器從中控臺露了出來，插上電源後，充電埠出現了紅燈。

電量不足，沒辦法打電話。

那她為什麼不充電呢？

「吉姆。」

蓋爾把頭伸出車窗外，看到女婿手裡拿著凱西那把沾滿泥巴的.375 H&H麥格農步槍。

「你在哪裡找到的？」

特拉斯克指著圓木旁邊，靠近石頭火坑的地方。

蓋爾接過步槍，取下彈匣底板並退彈。四顆子彈掉進泥巴裡。

「她沒用這把槍。」蓋爾拿著凱西的步槍，低頭看著被毀壞的帳篷，頓時背脊發涼，感到一陣恐慌傳遍全身。

「是熊嗎？」艾蜜莉用沙啞的聲音問道。

「不是。」蓋爾指著腳印，說道：「這隻只是來覓食的。」

蓋爾試圖根據營地的現狀，在腦海中描繪所有可能的情況——也許凱西和馬弗里克必須逃離一隻熊？她有可能帶著日用小背包和手槍逃走了。他試圖回想她是否有帶逃生裝備和另一頂小型帳篷。這時，托貝盧克跪在地上並推開帳篷的殘骸，發現了凱西的日用小背包。

除了沾滿泥巴外，棕黃色的Stone Glacier背包完好無缺，腰間掛了一瓶防熊噴霧。蓋爾從村莊警察的手上搶過背包並將其打開，凱西的急救包、照明彈和保溫毯在背包裡跟他大眼瞪小眼。

托貝盧克又拉了拉帳篷的殘骸，接著低聲咒罵。

凱西的鋼製食物盒沒有上鎖，直接打開放在地上，除了Wheat Montana麵包被撕得破破爛爛的塑膠包裝之外，裡面什麼也沒有。托貝盧克拿起包裝紙，說道：「她把食物盒打開留在帳篷裡。」

蓋爾盯著食物盒。

「不可能。」沉默片刻後，艾蜜莉終於開口。

蓋爾搖搖頭，一時難以置信。他的女兒凱西．蓋爾絕對不可能違反有熊國度最基本的規則。

切勿將開封的食物放在地面上。

艾蜜莉開始啜泣，哭道：「如果她被襲擊的話，我們必須趕快找到她，她可能不知道在哪裡受傷了！」

「吉姆，我們需要召集一支搜索隊。」特拉斯克看向托貝盧克掛在腰間的無線電，問道：「這裡有訊號嗎？」

村莊警察搖搖頭道：「必須更接近鎮上才行——」

「那凱西的衛星電話呢？」特拉斯克問道。

「我們需要一架飛機在空中搜索。」艾蜜莉說道。

「大家都安靜！」蓋爾咆哮道。「冷靜一點，先處理當務之急。艾蜜莉，給我妳的手機。」

她把手伸進口袋裡，將iPhone遞給他。蓋爾拍了帳篷、卡車、灰熊腳印和營地整體的照片，然後把手機還給她。

「待會把照片傳給州警察，請他們幫忙。凱西的衛星電話在卡車裡充電，等它開機後我們就打電話。在那之前，我們要仔細搜索這個地方。」

他指派特拉斯克搜索帳篷，艾蜜莉查看營地周邊，托貝盧克則繞著營地外圍，不斷擴大搜索範圍。

「如果有找到什麼就大叫，我們去找你。還有武器都要帶在身上。」

「你要做什麼？」特拉斯克問道。

「我要沿著道路找，看她和馬弗里克有沒有試著回到伊格爾。」

蓋爾背起步槍，跑了起來，踩在泥濘的道路和林木線的交界處。在每個轉角處，他都以為會看到女兒坐在路邊，焦急地等著他。

蓋爾跑了幾英里後，因為髖部劇烈疼痛而不得不停下來。他彎下腰，上氣不接下氣，周圍的樹木在午後的微風中嘎吱作響。

他的思緒又回到了營地。

破破爛爛的帳篷、被撕碎的食物包裝紙、落在地上的步槍。

他開始慌了。

振作一點。

你不知道發生了什麼事。

別忘了你許下的承諾，她不會有事的。

他腦中的聲音叫他站起來，回去營地，為了他的女兒，為了他的家人堅持下去。現在可不是逃跑的時候。

他必須採取行動。

「我們找到了一個東西。」蓋爾跑回營地時，艾蜜莉說道。

特拉斯克走到岳父身邊，遞給他一個形狀怪異的不鏽鋼罐，它跟一個小保溫瓶差不多大，瓶口較小，而且是打開的。蓋爾仔細研究這個東西。

「這是什麼？」

「不知道。」

「你在哪找到的？」

特拉斯克指著圓木旁的泥巴。

蓋爾把罐子轉過來，從瓶口往內看，鼻子湊過去一聞，卻立刻往後縮，因為裡面散發出極其刺鼻的化學氣味。

「爸，我們還找到了別的東西。」

艾蜜莉帶他來到營地北邊一棵高大的白楊樹前，並指著一條高掛在枝頭上的繩子。

蓋爾認得那條繩子，跟他們在牧場用的是同一款。繩子的一端綁在樹幹上，另一端掛在樹枝上，隨風擺盪，而且尾端有磨損跡象。

「凱西有把食物盒掛在樹上。」艾蜜莉說道。

蓋爾抬頭看著隨風飄揚的繩子，托貝盧克在這時回到營地。

「有發現什麼嗎？」特拉斯克問道。

托貝盧克靠著凱西的卡車，搖搖頭說：「沒有，你們呢？」

特拉斯克指著蓋爾手中的金屬罐，說道：「只有這個而已。」

村莊警察走了過來，從蓋爾手中搶走罐子，臉色從困惑轉為難以置信，問道：「你們在哪找到的？」

特拉斯克指給他看，並問道：「你知道這是什麼嗎？」

村莊警察搖搖頭，手裡仍拿著罐子。「不知道。」

蓋爾感到一頭霧水。事情很不對勁，這一切根本說不通——凱西到底在哪裡？馬弗里克到底在哪裡？

正當蓋爾試圖理清紊亂的思緒，身後的森林裡傳來一根粗樹枝被折斷的聲音。

他用肉身擋在艾蜜莉前面。

又一聲「啪」！

有什麼東西正朝他們衝過來。

蓋爾拔槍。

他聽見大型動物沉重、吃力的呼吸聲，白楊樹下的柳樹叢被推了開來。

他瞥見了棕色的毛皮。

蓋爾用食指扣住扳機，睜大雙眼瞄準那塊毛皮。

11

一個黑色的鼻子從柳樹叢中冒出，接著整顆頭都露了出來。

「馬弗里克！」蓋爾大喊並放下武器。

那隻德國牧羊犬跌跌撞撞走了出來，倒在地上，蓋爾和艾蜜莉趕緊跑到牠身邊。馬弗里克輕聲嗚嗚叫，牠那髒兮兮的毛還沾了乾涸的血跡。德牧掙扎著想站起來，蓋爾輕輕把牠按回地上。

「馬弗！」艾蜜莉喊道，並跪在狗旁邊，其他人也跟了過來。

馬弗里克的頭部從左眼到鼻梁有一道深深的紫黑色傷痕。

「牠需要喝水。」

「我有。」托貝盧克說，便拿著一個Nalgene水壺走了過來。

馬弗里克抬起頭，一看到那個男人就齜牙低吼，身體搖搖晃晃，試著重新站起來。蓋爾按住德牧，並叫托貝盧克不要過來，他立刻停下腳步。

「牠不信任陌生男性。」特拉斯克解釋道，並接過水壺遞給蓋爾。

馬弗里克開始喝水，蓋爾輕輕撫摸牠的毛。

「我們得抱牠，牠跛得很厲害。」蓋爾一邊說，一邊把手放在馬弗里克的臀部。德牧痛得叫了起來。

「沒事的，馬弗。」蓋爾說，並調整自己的位置，查看德牧的右後腿，發現牠的大腿外側也有一道很深的傷口。「牠需要看獸醫，那條腿可能斷了。」

馬弗里克嗚咽著，抬起頭用惆悵的眼神看著他們。蓋爾胃裡一陣翻攪，有一股不好的預感。他知道戰犬，尤其是德國牧羊犬，對訓犬師極其忠誠。除非萬不得已或因外力所迫，馬弗里克不會離開凱西身邊。

蓋爾看向馬弗里克現身的地方，心想他的小女兒可能也在茂密的森林中，受傷了，或是更糟。

「我得去看看。」

馬弗里克在艾蜜莉的懷裡繼續顫抖。

「給我二十分鐘。」蓋爾說，然後指著托貝盧克。「帶上你的霰彈槍，跟我一起來。艾蜜莉、特拉斯克，武器不離身，如果遇到麻煩就開槍。」

「我要跑到河邊看能不能聯絡州警察嗎？」艾蜜莉問道。

蓋爾起身說：「等我們回來再說，或許會有什麼新發現。」

蓋爾快步走進森林，托貝盧克緊跟在後。馬弗里克的足跡很容易辨識，所以蓋爾走得很快，托貝盧克則上氣不接下氣，一路跌跌撞撞跟在後面。十分鐘後，他們來到一小片窪地，有一棵樹被風連根拔起，吹倒在地。蓋爾沿著馬弗里克的足跡走到根系的一個小角落。

蓋爾把頭慢慢伸進空心的樹幹裡，看到結塊的土壤布滿了馬弗里克的腳印。

「牠在這裡休息。」蓋爾說道，接著他和托貝盧克繞著這個區域尋找他女兒的蹤跡。

托貝盧克開口道：「我從來沒看過狗在荒郊野外傷得這麼重……你覺得牠有跟熊搏鬥嗎？」

蓋爾不理他，仰頭喊道：「凱西！」

他的聲音穿過樹林，彷彿能一路傳到東邊白浪滔天的育空河。他再次大喊，這次有點聲嘶力竭。他閉上眼睛，聽到自己的心臟撲通撲通狂跳，滿腦子只有凱西受傷，獨自在荒野中的景象。

「等一下！」托貝盧克小聲地說。

蓋爾猛然睜開眼睛。

「你有聽到嗎？」

蓋爾豎起耳朵，仔細聆聽樹林裡的聲音。這時，他聽到遠處傳來一聲高亢的叫聲。

「就是那個！」

「閉嘴！」蓋爾爆氣道。

霰彈槍的槍聲在森林中迴盪。

「小艾！」蓋爾大喊並衝上窪地。他把步槍像盾牌一樣舉在身前，幫他擋下路上低垂的灌木叢。

他聽到托貝盧克在後面苦苦追趕。

蓋爾衝進營地，發現大女兒跪在地上，抱著一動也不動的馬弗里克。特拉斯克站在旁邊，手裡的霰彈槍仍冒著煙。

艾蜜莉抬起頭，說道：「我們在查看衛星電話時，牠就突然開始抽搐，現在完全沒有反應了！」

蓋爾馬上四肢著地，跪了下來，用手圍住狗的鼻子，說道：「牠幾乎沒有呼吸了。」他掀起馬弗里克的眼皮，看到牠的眼珠在眼窩裡打轉。

德牧開始劇烈顫抖，似乎快窒息了。

「牠會吞了自己的舌頭。」

托貝盧克衝進營地，汗如雨下。

蓋爾把手伸進馬弗里克的嘴巴，抓住牠的舌頭，然後向托貝盧克大喊：「伊格爾有獸醫嗎？」

「有馬獸醫，在教堂旁邊。」

馬弗里克停止抽搐，身體癱軟了下來。

蓋爾轉向特拉斯克，迅速給出指示：「彼得，把卡車熄火，電話都帶著，我們要走了。」

特拉斯克照做。蓋爾抱起失去意識的馬弗里克，衝到岸邊的充氣船，並把狗放在船的底部。托貝盧克和特拉斯克也趕緊跳上船，最後上船的艾蜜莉則順勢一腳把船踢入河中。蓋爾把油門催到底，駕駛充氣船沿著支流破浪前進，他的注意力從狗身上轉移到四面八方的荒野。烈日當空，曝曬著遼闊的大地、洶湧的河流和小小的充氣船。

艾蜜莉突然崩潰，彷彿殘酷的現實給了她一記當頭棒喝。她撲到丈夫的懷裡痛哭，身體不住顫抖。

托貝盧克低著頭，盯著手中那神祕的罐子。

「警官。」蓋爾提高音量，蓋過引擎的轟鳴聲。

托貝盧克抬起頭，臉色蒼白，冷汗直流。

「該聯絡州警察了，我們需要一支該死的搜救隊，現在就要。」

12

阿拉斯加伊格爾

六月二十七日星期四

蓋爾坐在托貝盧克Ford Expedition的副駕駛座，看著一架塞斯納185飛機降落並滑行到他們面前。綿綿細雨啪嗒啪嗒地打在擋風玻璃上。蓋爾打開車門並戴上牛仔帽，雖然他們開船回來已經是將近三小時前的事了，帽子卻還沒乾。他的髖部到股四頭肌隱隱作痛，雖然他早已熟悉這種火辣辣的刺痛感，但還是忍不住皺眉。

塞斯納飛機的門打開了，一名身材肥胖、穿著阿拉斯加州警制服的男子下了飛機，然後背起一個小背包和一把霰彈槍。他的手裡拿著一個馬尼拉文件夾。

「吉姆．蓋爾嗎？」州警察確認道，一聽就知道他是個老菸槍。他對蓋爾微微一笑，握手強而有力，接著目光落在車上的托貝盧克身上。

「我是葛倫．羅斯警官。那隻狗還好嗎？」

「牠遍體鱗傷，斷了幾根肋骨，脫水且筋疲力盡，但牠會沒事的。我女兒和女婿待在牠身邊。」蓋爾看向塞斯納飛機，問道：「你的駕駛員也會一起來嗎？」

「不會。」羅斯說道，並走向卡車。「在展開搜索之前，拉特利奇得先補充燃料。」托貝盧克下了車，羅斯把他的背包和霰彈槍塞到對方手中，說道：「麥克斯，把我的東西丟到後座，我來開車。蓋爾先生，請坐我旁邊。」

蓋爾坐進副駕駛座。托貝盧克似乎不太高興，但還是坐到後座。羅斯把馬尼拉文件夾放在中控臺上，開上通往伊格爾的泥土路。

那名州警察的臉像鬥牛犬一樣扁平，臉色紅潤，留著翹八字鬍，鼻尖有淡淡的老人斑。當他們沿著崎嶇的道路行駛，他的雙下巴也跟著上下晃動。

「我在來的路上稍微看了一下卡珊卓拉的失蹤人口報告。」羅斯拍拍文件夾，說道。「普蘭特警佐有把你在營地拍的照片傳給我。在展開搜索前，我也得先上去拍照。」

羅斯透過後視鏡看著托貝盧克，說道：「梅勒迪絲說你在地上找到某種罐子和一把步槍，是嗎？」

蓋爾在外套裡翻找，拿出他在伊格爾貿易公司買的夾鏈冷凍保鮮袋，金屬罐就裝在裡面。他把保鮮袋放在中控臺上。

「不知道這是什麼，味道很臭。」

「有誰碰過它？」

「我的女婿、我，還有托貝盧克警官。」

羅斯透過後視鏡瞪了托貝盧克一眼，然後問道：「那她的步槍呢？」

「沒有開過槍。」蓋爾回答。

「那灰熊只有留下腳印，沒有血跡嗎？」

「就算有也被雨水沖掉了吧。」

「好，我們會讓大家上去仔細搜索，他們知道該怎麼做。」

蓋爾好奇地看著他，問道：「這種事常發生嗎？」

羅斯動了動放在方向盤上的手指，說道：「在伊格爾附近嗎？每年夏天都有幾個，大部分的人都是沿著育空河往西克爾的方向漂流。去年有個滑皮艇的人被熊趕出營地，跳進河裡。漂流了幾英里後，他試圖走回營地卻迷路了。幾天後，有人發現他全身光溜溜在樹林裡親吻一棵樹，我猜他應該是肚子餓，所以吃了一些怪怪的毒菇吧。他還活著就已經很幸運了。」

「那其他人呢？」

「不是失蹤就是找到遺體了。」

蓋爾盯著羅斯，對方也看著他，但眼神並非毫無同情心，而是就事論事的理智態度。

「你女兒還處於黃金救援期。拉特利奇會在河岸展開地毯式搜索，而村民比任何人都更熟悉這個地方。」州警察說道，又從後視鏡看了托貝盧克一眼，然後把車開進村莊公共安全辦公室的停車場。艾蜜莉和特拉斯克坐在前門廊上，看到車子停下來便起身。艾蜜莉哭到眼睛紅腫。

還有三個人站在停車場裡。他們身材矮小，在歲月和嚴酷環境的摧殘下變得彎腰駝背。他們的臉就像龜裂的皮革，幾十年來，阿拉斯加的惡劣天氣在他們的皮膚上鑿出了深深的溝壑。其中兩人有著烏黑的頭髮，個子最小的是個女人，她的銀色長髮綁了辮子，一路垂到腰部。她的臉比其他人的更乾癟，太陽斑也更多，雙眼卻閃閃發亮，宛如兩顆晶瑩剔透的藍色彈珠。

在蓋爾看來，那名女子的年齡應該介於八十到一百歲之間。

「他們來了？」羅斯說道。

「她只願意跟你說話。」托貝盧克說道。

「你連長老都得罪了喔？」

「我真的有大力整頓村莊。」

「喔，這樣啊，你確定不是因為你一直酗酒的關係？」羅斯說道，接著轉向蓋爾。「蓋爾先生，你可以請大家進辦公室等我嗎？我要跟托貝盧克警官簡短說個幾句話。」

蓋爾答應了。他下了車，走向特拉斯克和艾蜜莉，一邊看著老婦人，對方也緊盯著他不放。經過那三位老村民時，他轉達了羅斯的話。

他們看著他，一臉茫然。其中最年輕的男子看起來六十幾歲，他用蓋爾聽不懂的奇怪方言輕聲對老婦人說了些什麼。

老婦人抿著嘴唇，用力搖頭，用鼻音很重的方言回應。

那名男子幫她翻譯。

「我們在這裡等。」他指著車上的羅斯，說道。

蓋爾去找特拉斯克和艾蜜莉，帶他們走進辦公室。艾蜜莉從小廚房的流理臺上隨手拿了一個玻璃杯，從水龍頭裝了一杯水喝。特拉斯克站在窗邊往外看，輕聲說話。

「獸醫說馬弗里克幾天後就可以出院了，他們現在會先給牠打鎮靜劑。」

「很好，等牠醒來時，我們可能會需要牠的鼻子。」蓋爾說道，並走到窗前，站在女婿旁邊，看著羅斯下車。那名州警察的臉氣得通紅，跟著他下車的托貝盧克則看起來像一頭被鞭打的閹公牛。

羅斯去找三位村民，帶他們進屋，托貝盧克跟在後面。

羅斯在托貝盧克的辦公桌一屁股坐了下來，把裝著罐子的夾鏈袋和馬尼拉文件夾「啪」的一聲放在桌上，彷彿那是他的位子似的。

嬌小的老婦人坐在他對面，兩名男子則站在她的左右兩側。

「這位是伊芙．阿特拉，」羅斯對蓋爾一家說道。「還有她的兒子艾薩克和孫子約翰。伊芙是汗─火欽村莊的長老，村民會協助我們一起尋找卡珊卓拉。」羅斯看向艾薩克，問道：「你們能召集多少人？」

艾薩克用古老的阿薩巴斯卡語詢問母親，她馬上就回答了。

「今天的話十個人。」約翰說道。「三艘船。」

羅斯轉向托貝盧克，問道：「那鎮民呢？」

「目前十五人，這樣是四艘船。」

托貝盧克說話時，老婦人對他怒目而視，用一根扭曲變形的手指指著他的方向，對他咆哮。

托貝盧克問道：「她在說什麼？」

艾薩克將一隻手放在母親的肩膀上，瞪著那名村莊警察，說道：「她說你就像一隻襲擊自己鳥巢的渡鴉。」

「跟她說我是在盡我的職責。」

伊芙發出厭惡的聲音。

「夠了。」羅斯說道。蓋爾先前有把凱西的照片傳真給阿拉斯加調查局，羅斯印出了五張黑白照片，將其交給村民。阿特拉女士仍緊盯著托貝盧克不放。

接下來十五分鐘，羅斯說明搜救行動的進行方式。他和蓋爾會開充氣船到凱西的營地，初步調查現場，另外兩個小組會在營地周圍徒步搜索。三艘船會北上，在下游的支流搜索。其中四位村民會被送到上游三英里處，距離營地五英里；他們的任務是沿著銜接道路行走，直到抵達凱西的卡車。伊芙、約翰與艾薩克會開船沿著靠近小鎮的南側河岸航行。

「每個人都會配備無線電。」羅斯說道。「托貝盧克會留在這裡顧無線電總機；如果有任何發現，就跟托貝盧克報告，他會將資訊轉達給飛行員，飛行員再轉達給地面上的人員，這樣可以避免頻道壅塞的狀況。如果有需要的話，他可以聯絡費爾班克斯。」

「那我跟我老公呢？」艾蜜莉問道。「我們可以做什麼？」

「你們可以跟我們來，也可以在飛機上幫拉特利奇一起搜索。」

他們選擇搭飛機。

羅斯繼續說：「不用我說你們也知道，但我還是要提醒一下：不可以單獨行動，一定要攜帶武器，每組都要帶一把信號槍。」他的目光從托貝盧克轉向艾薩克，說道：「你們跟志願者說明情況時，一定要特別強調這點，我不希望在尋找失蹤人口的過程中有任何人失蹤。如果找到卡珊卓拉的話，就發射信號彈，如果迷路的話，也要發射信號彈。除非有發現什麼，不然不要用無線電。知道了嗎？」

大家都點點頭。

「很好。」羅斯看了看手錶，說道：「還有九小時才會天黑，趕快出發吧。」

13

凱西的營地

六月二十七日星期四

空氣中瀰漫著雨水和剝落樹皮的味道。

在東邊，滾滾烏雲在高地上隆隆作響，逐漸逼近凱西的營地。蓋爾坐在Tundra卡車的後擋板上，看著羅斯仔細搜查現場。他戴著乳膠手套，小心翼翼地移動營地的碎片和殘骸，再用掛在脖子上的尼康相機拍照。

他們稍早順流而下，順利抵達營地。羅斯一開始只有稍微看過一遍，沒有花太多時間，然後請蓋爾帶他去看馬弗里克睡覺的地方。羅斯拍下了那棵被連根拔起的樹及其周邊的照片。

回到營地後，羅斯命令蓋爾坐在後擋板上，以免進一步破壞現場。

遠處的塞斯納185飛機聽起來像一隻發出嗡嗡聲的昆蟲。蓋爾望向天空，試圖在高大的樹木之間瞥見那架小飛機。

羅斯問蓋爾神祕罐子是在哪裡找到的，然後拍下該區域的照片，再將罐子從夾鏈袋取出並拍照。

他把帳篷留到最後才檢查。

蓋爾看著羅斯蹲在帳篷旁邊，從各個角度拍照，然後撫摸濃密的鬍鬚，一副若有所思的樣子。他叫蓋爾過去，抓起紅色帳篷並將其拉開，攤開在兩人面前。

「你覺得這看起來像什麼？」羅斯問道。

「如果你是指打開的食物盒，我女兒不可能——」

「不是，你看。」州警察用一根胖手指指著帳篷被劃破的痕跡。「你覺得這些看起來像熊的爪痕嗎？」

蓋爾仔細觀察那些痕跡。劃痕偏短且不成對，方向也各不相同，比起爪子，看起來更像是用鋸齒刃劃開的。

「如果是熊抓破的，我們應該會看到四到五條一組的對稱劃痕，但這個不是。」羅斯說道。

蓋爾把帳篷重疊的部分拉開，好看得更清楚。紅色的布料上到處都是那隻熊黏滿爛泥的大腳印。羅斯說得沒錯，這些劃痕看起來不像是熊抓的，熊似乎只是在尋找食物的過程中踩過去而已。

「我覺得可能是有人用刀劃破的。」

「這沒道理啊。」蓋爾搖搖頭道。他看著空空如也的食物盒，以及掛在樹上的白色繩子。為什麼會有人劃破凱西的帳篷，並砍斷她掛食物盒的繩子？

這時，蓋爾心中萌生了一個令人不安的念頭。

他稍早也有冒出同樣的念頭，但他很快就將其排除在外了。現在，看著那些劃痕，讓人想都不敢去想的可能性似乎變得無法忽視。

「蓋爾先生，」羅斯輕聲說道。「我需要問你一個敏感的問題。我剛剛沒在其他人面前問，但現在的時機或許比較恰當。卡珊卓拉……失蹤人口報告上寫說她過去有自殺傾向？」

蓋爾微微點頭。

「好。」羅斯說完，又輕聲說：「了解。」

「羅斯警官，我知道你在想什麼，你覺得這可能是她布置的場景，她故意弄得像是一場意外，然後再走進樹林裡……」接下來的話蓋爾說不出口。他搖搖頭，繼續說：「但她絕對不會傷害狗，她絕對不會傷害馬弗里克。馬弗里克是她已故丈夫的戰犬，也是兩人之間最後的連結。她以前的確有自殺念頭，但她現在好多了……」

兩人之間的沉默震耳欲聾。蓋爾意識到羅斯正用好奇的眼神靜靜看著他，開始感到緊張不安。州警察的無線電突然發出一陣靜電干擾聲，接著傳來含糊不清的話語，打破了寧靜。

羅斯按下通話鍵，目光沒有離開蓋爾身上。「請重複一遍。」

無線電再次傳來靜電干擾聲，羅斯便走到營地外圍，尋找訊號更好的地點。

拉特利奇的聲音伴隨著劈里啪啦的聲響傳來：「——警官……羅斯警官，有聽到嗎？」

「有，說吧。」

「六號船隊有發現了。」

羅斯向蓋爾招手要他過去。

「六號船隊是誰？」蓋爾問道。

「是阿特拉一家。」

無線電再次發出靜電干擾的劈啪聲。

羅斯說道：「我們得到河邊。」

他們匆匆穿過灌木叢，站在充氣船旁的河岸上，看到塞斯納飛機在北方盤旋。飛行員的聲音可以聽得更清楚了。

「他們在你們所在位置以南幾英里的河岸邊發現了一隻大灰熊。」他說。「牠似乎在弄什麼東西。要我飛過去嗎？」

羅斯按下通話鍵，說道：「收到，去看看吧。」

兩人看著飛機轉向他們的方向，從上空飛過，消失在南方的天空中。東邊的暴風雨正迅速逼近，風颳了起來，一道閃電劃過天空，接著雷聲大作。

「羅斯警官，這裡有東西——」

蓋爾頓時雙腿發軟。羅斯轉身將充氣船推入湍急的水流中，他的無線電繼續發出刺耳的靜電干擾聲。

「灰熊附近有東西——」

「在哪裡？」羅斯對著麥克風大喊。蓋爾努力涉水上船時，他幫忙穩住充氣船。

「西岸，三公里，黃色外套——」

「他剛剛說什麼？」蓋爾問道。

羅斯舉起一根手指頭，把耳朵靠近無線電，說道：「飛行員，再重複一遍，完畢。」

但另一頭只傳來更多靜電干擾聲。

「靠。」羅斯說道。「暴風雨在干擾訊號。我們走吧。」

「他剛剛說黃色外套嗎？」蓋爾問道。

羅斯把油門催到底，逆流而上，一邊對著無線電說：「我們要過去了。告訴地面上的人不要接近熊。我再說一遍，不要接近那隻熊。」

風勢增強，接著開始下起滂沱大雨。

他們從小支流轉進主河道，過程中羅斯完全沒有減速。塞斯納飛機出現在遠處，在翻騰的黑灰色烏雲和傾盆大雨中，只是一個小小的點。羅斯稍微鬆開油門，對著無線電說：「我看到你了。叫六號船發射信號彈。」

「收到。」雜音中傳來飛行員的回答。

充氣船的引擎噗噗作響，狂風呼嘯，大雨斜斜打在他們身上。蓋爾緊緊抓住牛仔帽，低頭抵擋雨勢。

一分鐘後，一道螺旋狀的灰色煙柱在前方一英里外升起，在雨中爆出了三道橘色的火焰。

「出發囉！」羅斯大喊並猛催油門，蓋爾差點往後跌坐在座位上。羅斯在急流中勇往直前，蓋爾緊緊抓住充氣船的兩側，在狂風暴雨中瞇起眼睛。塞斯納飛機向下俯衝，從他們上方飛過。前方有個彎道。

羅斯把油門催到底，他們絲毫沒有減速，直接繞過彎道。河道另一側的西岸映入眼簾，形狀很像彎曲的手肘，沙灘上到處都是被沖上岸的漂流木和土石。

閃電擊中了他們身後的山坡，雷聲轟隆作響，整個峽谷都為之顫動。

蓋爾看到一艘金屬製的無篷小船在湍急的水面上下浮動，距離沙灘約二十碼。船上有三個人，其中一人向他們揮手並指著岸邊。羅斯把充氣船轉向，駛向小船，蓋爾則努力站起來，好看得更清楚。

雷聲震天，但蓋爾只顧著掃視沙岸。

他看到了。一開始，他以為漂流木之中有一個大土堆，可能是深色的泥土被沖刷到河岸上，但土堆突然動了，變成了一顆巨大的頭，慢慢左右擺動。

「我的天啊，好大隻的熊！」羅斯大喊，並在距離岸邊十英尺處將引擎熄火。

蓋爾盯著那隻熊，牠低著頭，距離河岸約五十碼。小船在水流中奮力駛向充氣船，小馬達全速運轉。約翰．阿特拉站在船頭，喊道：「牠不知道在挖什麼，還有在吃東西，我們看到了一條毯子或一件外——」

接下來的話蓋爾就沒在聽了。那隻熊用爪子抓地，一個亮黃色的東西露了出來。

一件黃色防水外套。

凱西的黃色防水外套。

熊把外套甩到旁邊，蓋爾的心臟彷彿自由落體。白色的骨頭從沙子裡露出來，上面還沾有粉紅色的血跡——

蓋爾發出了一聲野獸般的怒吼。

黃色外套。

白骨。

凱西！

蓋爾一把抓起霰彈槍，直接跳下船。水比他預期的還要深，水流也比想像中湍急，將他拉到水面下，彷彿要把他捲入河底，冰冷的河水瞬間奪走了肺裡的空氣。蓋爾翻身，用力往下踢，並瘋狂擺動手臂，掙扎著浮出水面，大口喘氣，但帽子被捲入水中。

在狂風中，他幾乎聽不到身後的喊叫聲。在距離岸邊八英尺處，蓋爾用盡全身力氣踢腿，霰彈槍仍緊握在手中。他拚命往下踩，腳卻碰不到河底。大雨像機關槍一樣掃射水面，他知道如果現在不踢水，就會被沖到下游，於是他深吸一口氣，潛入水面下。

他用力踢腿並擺動手臂，肺部感覺快爆炸了，幾乎是憑著意志力慢慢往岸邊靠近。他的手碰到了某個東西，是一棵枯木。他抓住溼透的樹枝，硬是把自己拉上漂流木。水深及腰，他現在距離岸邊三英尺。

一道電光閃過。

蓋爾往前一撲，狼狽地摔倒在岸邊，發現自己還是有被河水沖到下游。那隻熊抬起了巨大的頭，鼻子在風中抽動，顯然察覺到了不速之客。

蓋爾爬了起來，把霰彈槍像破門錘一樣舉在身前，衝向那隻熊。

灰熊用後腿站了起來，足足有九英尺高，接著前腳重重往下踩，護住腳下的食物，朝蓋爾咆哮。

蓋爾毫不畏懼，怒火沖天，一股腦往前衝，舉起霰彈槍，並大吼一聲，氣勢絲毫不輸灰熊。

在距離灰熊二十五碼處，他的食指扣到扳機，立刻按下去……

喀嚓！

霰彈槍沒有射出子彈。蓋爾大吃一驚，踉蹌了一下，然後再次瞄準並扣下扳機。

喀嚓！

灰熊再次站了起來，露出底下的屍體。

蓋爾丟下霰彈槍，立刻往後退，卻一個踉蹌跌了個四腳朝天。他試圖站穩腳步，靴子卻在沙地上打滑，他的左手陷進沙子裡，右手胡亂摸索著腰間的柯特巨蟒。

灰熊向前猛衝。

重達五百多公斤的嗜血野獸如失控的火車頭般朝他衝來。

蓋爾放開槍套，蜷縮成一團，雙手抱住脖子。

砰！

一聲驚天動地的槍聲響徹河岸，劃破猛烈的暴風雨。

砰！

灰熊在距離蓋爾僅僅五碼處放慢腳步，轉過身，停了下來，看起來沒有受傷。槍聲來自上游處，距離很近，灰熊轉動巨大的頭，尋找聲音來源。

蓋爾順著熊的視線望去。

五十碼外，有個嬌小的身影在傾盆大雨中若隱若現，將一把步槍舉向天空。伊芙・阿特拉神不知鬼不覺地出現，銀色辮子像一條不受控制的鞭子一樣在空中飄揚。她的表情鎮定自若，圓臉沒有透露半點情緒。

她將下一發子彈上膛，踏出堅定的步伐。

砰！

大地震顫，槍口一閃，步槍在她的小手中一抖，又將一發子彈射入雲霄。

灰熊拒不讓步，對著那名老婦人吼叫，蓋爾離牠近到都能聞到牠嘴裡的腐肉味了。

蓋爾連動都不敢動，他的目光從伊芙回到了熊身上。

老婦人仍踏著穩健的步伐，最後一次將步槍上膛，這次直直瞄準那隻熊。

灰熊從喉嚨深處發出低吼，準備發動攻擊。

噗嘶——！

一團灰色煙霧從蓋爾的頭上方噴出，正中熊的臉。灰色煙霧附著在牠的口鼻部，侵入牠的眼睛。灰熊向後倒，發出痛苦的嚎叫。

羅斯跨過蓋爾，手臂往前伸直，手裡拿著一罐防熊噴霧。

「快起來！」他大叫，並抓住蓋爾的後領把他拉起來。

灰熊跌跌撞撞地跑進森林裡。

「你瘋了嗎，老頭？」羅斯喊道，並抓住蓋爾的衣領猛搖他。

蓋爾推開他，衝向地上血淋淋的屍體。

蓋爾跌跌撞撞往前走，可怕的場景映入眼簾，一股刺鼻的麝香味撲鼻而來。他看到了兩排肋骨，棕色的獸皮像一條毯子緊緊包住其中一部分。蓋爾的大腦試圖理解眼前的景象：一個黑色的蹄子，以及一對覆蓋著雲杉樹枝和沙子的鹿角。

「是一頭駝鹿！」羅斯在他身後喊道。「那隻熊在吃一頭小公鹿！」

蓋爾太過震驚，甚至無法鬆一口氣。那個血跡斑斑的沙堆大概有一個倒過來的浴缸那麼大，沒想到是灰熊建造的墳塚。

棕熊和灰熊喜歡將獵物埋在泥土裡，等它們腐爛，再定期回來飽餐一頓。

伊芙．阿特拉從屍骸中撿起那件黃色防水外套，遞給蓋爾。氯丁橡膠材質的袖子破破爛爛的，皺巴巴的兜帽上沾滿了乾涸的棕色血跡。

羅斯按下無線電的通話鍵，把最新狀況告訴飛行員：「叫其他船過來，我們要搜索西南河岸。」

蓋爾抓著外套，手指揉捏著上面的血跡，問道：「她的外套是怎麼到上游的？」

羅斯一臉困惑，顯然不知道答案。

伊芙．阿特拉從他們身邊走過，在風中低聲哼著，似乎在吟唱些什麼。那名嬌小的老婦人經過墳塚，走到森林邊緣，然後站著不動並閉上眼睛。她的吟唱聲越來越大。

約翰與艾薩克走近，停了下來。

羅斯轉向老婦人的兒子，問道：「她在做什麼？」

艾薩克在滂沱大雨中看著他的母親。伊芙的吟唱聲越來越大，在河岸邊傳開，為暴風雨增添了抑揚頓挫。她的頭開始前後搖晃，像壞掉的節拍器一樣。

她突然停了下來，接著睜開眼睛並踏入森林，也就是灰熊離開的方向。

「喂喂喂！」羅斯出聲制止，並準備追上去，約翰卻伸出一隻手阻止他。

「她到底在做什麼？」羅斯大叫。

「她看到了一些東西。」

「看到什麼？熊剛剛往那裡跑耶！」

「待在這裡。」艾薩克說道，並示意約翰跟他走，兩人便一起消失在茂密的樹林中。

「該死的原住民。」羅斯罵道。「真是不要命了。」

蓋爾低頭看著手中的外套，突然靈光一閃。他把外套翻過來，開始翻找口袋。他發現左胸口處縫了一條隱藏的拉鍊，便將其拉開，拿出兩張皺巴巴的白色紙片，幸好沒有被弄溼。原來是收據。

「羅斯警官，你看。」

羅斯走上前並接過收據仔細研究。第一張是在北風旅館住宿一晚的收據，日期是六月二十二日，早上七點二十三分付款，金額為八十九加幣。第二張是同一天中午十二點十三分，在阿拉斯加伊格爾的伊格爾貿易公司購買兩個火腿三明治的收據。

「好，這可以幫我們確定時間軸。」羅斯說道，並伸手拿無線電。

艾薩克突然從森林裡現身，臉上的表情極為嚴肅，說道：「你們兩個必須馬上過來。」

「現在到底是怎麼回事？」羅斯把手放下來，大喊道，顯然已經快沒耐心了。

樹冠層多少有遮雨的功效，但森林中的霧氣使行進變得困難。艾薩克像鹿一樣，以優雅的姿態在樹木間穿梭，蓋爾則把注意力集中在他的後背，以免跟丟。蓋爾正想搞清楚剛剛找到的收據所提供的新線索，卻在這時看到伊芙站在前方一片空地邊緣。她一邊吟唱，身體一邊前後搖晃，她的孫子則站在旁邊。

艾薩克在他母親身後停了下來，並示意要羅斯和蓋爾也照做。

「有誰可以告訴我她到底在說什麼嗎？」羅斯難掩怒氣，小聲問道。

伊芙吟唱得越來越大聲。

「這是個黑暗的地方，有惡靈住在這裡。」約翰輕聲說道。

「最好是有惡靈啦。」羅斯說道，並試圖推開人群，走進空地。

艾薩克牢牢抓住他的手臂，羅斯瞪著那名男子的手。

「等一下。」約翰說道。「等她結束。」

他祖母的聲音越來越大，身體也開始顫抖。

突然，她停止吟唱，頭垂到胸前。她打了個寒噤，深深吸了口氣，然後指著前方。

「Kigatilik。」她用顫巍巍的聲音說道。

約翰用悲傷的眼神看著蓋爾和羅斯，說道：「你們可以往前走了。」

蓋爾內心忐忑不安，向前踏出一步，再一步。他把凱西的外套夾在左腋下，掏出他的柯特巨蟒並拿在身側。他繞過低垂的樹枝，走進空地，似曾相識的感覺迎面襲來。

小小的空地周圍長滿了蕨類植物。中間有一個破爛不已的綠色小帳篷，還有打開的食物盒，裡面的東西散落一地。泥土上的灰熊腳印是不久前才留下的。

「我的天啊。」羅斯怒氣沖沖地說。

被摧毀的帳篷附近有一個背包，旁邊放了一個鋼製步槍箱。

一道閃電照亮了小小的營地，雷聲隆隆作響。蓋爾走到步槍箱前並打開它，裡面有一把.308溫徹斯特麥格農步槍。蓋爾檢查槍機，彈膛裡有一顆子彈，彈匣裡還有四顆。這把槍沒有被擊發過。

羅斯抓起背包並往裡面看。他拿出火種、淨水丸和一條快乾毛巾，摸到背包底部的東西時卻停下了動作。他看了那東西一會兒，臉上浮現出難以言喻的表情。蓋爾與他四目相接，他這才慢慢從背包裡掏出一把.357柯特蟒蛇手槍。

是凱西的柯特蟒蛇手槍。

蓋爾臉色煞白。他一把搶過手槍，確認凱西的名字刻在握把上。他把她的外套丟在泥巴裡，並打開六發裝的彈巢，讓子彈落在他的手掌上。其中四顆是已裝填的子彈，另外兩顆是空彈殼。

凱西的手槍有被擊發過，而且是兩次。

為什麼她的手槍在她營地上游三英里處的背包裡？

「這……這是誰的營地？」蓋爾問道。

伊芙．阿特拉蹲在一叢蕨類植物前面，她伸出手，從地上拾起一個棕色錢包，並將其遞給羅斯。那名州警察打開錢包並將其轉向蓋爾，裡面有一張奧勒岡州的駕照。

「他的名字是威廉．弗倫奇。」

14

俄羅斯東部堪察加半島

日期未知

凱西猛然睜開眼睛，坐了起來，大口喘氣。她的視線模糊，眼前只有無數綠色和藍色的斑點。

她頭暈目眩、口乾舌燥且神智不清，在潮溼的土地上坐了起來，一手扶住額頭，試圖減緩頭痛欲裂的感覺。

她的舌頭感覺就像一條脫水的蛞蝓，黏在上顎，喉嚨裡有種粉粉的化學味。

當她的視力逐漸恢復正常，她意識到自己身處茂密的樹林中。鬱鬱蔥蔥的綠色蕨類植物輕拂她的手臂、雙腿和臉頰。她在哪裡？發生了什麼事？她的腦袋一片混亂。這裡不是蒙大拿州，不是她的家鄉。

不對，她心想。我去了阿拉斯加……往北開，住在那間旅館……北風旅館！伊格爾河邊的營地，當時是晚上，有一聲巨響和刺眼的橘色閃光！還有——

「馬弗里克！」

她全都回想起來了，立刻跳了起來，差點昏倒。她感到身體虛弱、筋疲力盡且傷痕累累，於是她專注於自己的呼吸，直到能挺直身體，然後不斷呼喚馬弗里克，喊到聲音都沙啞了。

那隻狗不見蹤影。

襲擊他們的是什麼？她記得自己有聽到馬弗里克痛得尖聲大叫。

她不知道自己身處何方。

一股熟悉的恐慌感忽然湧上心頭，但凱西可是受過生存訓練的軍人，很快就抑制住這種感覺。

保持冷靜，評估周圍環境，制定行動計畫。

首先，她檢查自己的身體狀況。

她的褲子又髒又破，右腿到骨盆都是瘀青。她棕黃色的T恤上沾滿了泥巴，右前臂有一道嚴重的傷口，但看起來好像被……

縫起來了？

凱西眨了眨眼，感到一頭霧水。她數了一下，至少有二十條黑色縫線，而且縫的人顯然技術高超。

到底是怎麼回事？

她頓時心懷恐懼，猛然轉身，仔細觀察四周的森林。有人幫她縫了傷口，有人把她放在這個地方，他們是不是正在監視她？腎上腺素提升了她的感官能力，她眼觀四處，耳聽八方，每一陣風、每一片葉子的窸窣聲、每一聲鳥兒的鳴叫或沙沙聲都不放過。

她一動也不動，維持了長達十分鐘。

森林看起來很正常，但植物群感覺不太對勁，四周的灌木叢和樹木似乎不太一樣。

當凱西確信自己沒有被監視後，就繼續檢查自身狀況。她的身體狀況沒有差到不能走路，胃也不至於太空，但她實在渴得要命。

於是她制定了一個計畫。

爬到高處，然後回到文明世界。如果沒辦法的話，就尋找水源和棲身之處。

太陽就在她的正上方，陽光從樹葉間的縫隙灑落。除非爬到高處，不然無法確定方位，所以她選了一個方向，開始走路。

三十分鐘後，她偶然發現一條緩緩流入小溪的泉水。凱西渴到直接把頭浸入冰冷的水中，大口喝水，直到盡興為止。

泉水沖掉了她嘴裡那股難聞的化學味，也為她的身體補充水分。就在那瞬間，她嘴裡的味道喚醒了另一段記憶，她在營地也有嘗到那種味道，就是在馬弗里克慘叫，以及刺眼的橘色閃光後，那團籠罩著她的難聞煙霧。

她的腦海又浮現了另一段記憶。

一定是在閃光之後發生的事吧。

而且還過了好一段時間。

當時，她短暫恢復了意識。

她有一種被束縛的感覺，好像躺在棺材裡一樣。她的臉被面罩遮住了，眼前一片漆黑，她也無法移動四肢。

她還聽到了聲音。

響亮的噠噠聲，就像直升機旋翼運轉的聲音一樣。

她坐了直升機嗎？

就在這時，遠處傳來的嗡嗡聲把她拉回了現實。凱西抬起頭，透過枝葉間的縫隙望向清澈的藍天，看到了一個小白點，幾乎隱身在刺眼的陽光下。

它的移動方式不像飛機或鳥類，而是盤旋著，然後快速左右移動。

凱西瞇起眼睛，試圖弄清楚那是什麼。就在這時，她身後傳來了樹枝折斷的響亮聲響。她轉過身來，看向茂密的樹林。

兩個男人站在離她不到二十英尺遠的地方。

他們赤裸著上身。

他們的光頭、臉部和胸口都紋滿了刺青。

他們用飢渴的雙眼盯著她看，咧嘴笑著，露出泛黃的牙齒。

其中一人拿著一把刀。

另一人則朝她直直衝過來。

15

如果沒辦法逃跑，那就等攻擊者靠近，利用對方自身的動力使其失去平衡，然後快速打擊要害，直到目標不再構成威脅為止。

這是凱西在青少年時期，父親教她基礎防身術時一再重複的教誨，她在軍中受訓時也謹記在心。當紋身男子拉近他們之間的距離，她一時反應不過來，急忙往後退，腳一滑，便一屁股跌入冰冷的小溪，但那句箴言仍在她的腦海裡迴盪。

凱西手腳撐地，用蟹式往後爬回陸地上，男人跳入小溪，濺著水花跑向她。她沒時間起身逃跑，便順勢往後倒，躺在地上，膝蓋和手肘朝天，等待時機。

男人的雙手伸向她的喉嚨。

凱西等到他的全部體重都壓在她身上。

她往上一踢，再把男人往右甩，他重重摔在地上，身體一半在小溪裡，一半在陸地上。凱西爬到他身上。

快速打擊要害，直到目標不再構成威脅為止。

她握緊拳頭，手肘往後收，瞄準男人喉嚨柔軟的部位，一拳打在喉結左側的頸動脈上。男人的嘴巴一開一合，他瞪大眼睛，一臉驚訝，接著手臂無力地垂在身側，眼睛就閉上了。

凱西一個轉身，站了起來，然後立刻側身閃過刀刃。第二個男人撲了個空，跌跌撞撞衝到灌木叢裡。

男人的身材並不高大。

他其實很瘦，甚至可以說是營養不良。

他的背上紋了許多聖經圖像和外國符號，做工很粗糙，但凱西的注意力完全不在刺青上面；她站穩腳步，調整姿勢，準備應對下一次攻擊。

持刀的男人找到重心，轉身面向她。刀子在陽光下閃閃發亮，男人的眼睛望向天空，看著上方那個嗡嗡作響的白色斑點。

男人舔了舔嘴唇，凱西注意到連他的舌頭上都有刺青。

控制住拿刀的手，凱西心想。男人再次撲向她，她等到刀刃快刺進她的腹部時，一個轉身，抓住男人的手腕。她用另一隻手緊緊抓住他的手肘，用男人自身的動力旋轉他，同時扭轉持刀的那隻手。

男人痛得大吼，刀子掉在地上。凱西隨即改變方向，將一個膝蓋放在男人的腿後面，把他向後絆倒。

他往後倒地，凱西立刻壓在他身上，並瞄準喉嚨，但男人舉起手臂防禦，她的拳頭擦過男人的前臂。

她又打了他一拳。

再一拳。

男人用手護住自己的臉和喉嚨。

這傢伙知道怎麼戰鬥。

凱西改變策略，瞄準更下方，往他的橫膈膜灌了一拳。他頓時沒了氣，像一條擱淺的魚一樣喘不過氣來。

「你到底是誰！」凱西大叫。

她又揍了他一拳。

「你為什麼要攻擊我？」

她又揍了他一拳，這次是打在肋骨上。

「我們在哪裡？你為什麼要攻擊我？」

男人嘴裡吐出一連串的字句，絕對不是英語，而是帶有斯拉夫語言的刺耳聲調。

男人朝她臉上吐口水，並試圖出拳。凱西擋下攻擊，逮到機會，趁男人露出破綻時一拳打向他的喉嚨。

效果立竿見影。

凱西站了起來，全身發抖，搞不清楚狀況。她撿起地上的刀，握在手中，那把刀看起來很新，顯然才剛磨過，也保養得很好。

第一個男人仍然不醒人事，第二個男人則抓著自己的喉嚨。凱西無法理解剛剛到底發生了什麼事。

刀子在她手裡顫抖著，她還來不及跑，就聽見上方傳來響亮又刺耳的哨音。哨音越來越大，直到有東西砰的一聲重重落在她腳邊。

有個咖啡保溫瓶大小的不鏽鋼罐半埋在泥巴裡。

凱西彎腰查看，罐子的頂部卻突然爆開，向四面八方噴出橘色霧氣，一團難聞的化學煙霧籠罩著她，就跟之前一樣。

凱西向後踉蹌了幾步，試圖逃跑，卻失去平衡，摔倒在地。

她的眼前一片黑。

16

阿拉斯加伊格爾

六月二十九日星期六

蓋爾在油氈地板上蹲了下來，痛得皺起眉頭。他把手伸進狗窩，從馬弗里克的頭頂輕輕撫摸到後背。德牧正在熟睡，胸口上下起伏，牠的腿上插了留置針，用滴注的方式持續注射鎮靜劑。獸醫說德牧明天就可以出院了。馬弗里克臉上和腿上的傷口需要縫合，有兩根肋骨也裂了。

蓋爾仔細觀察馬弗臉上深長的傷口——毫無疑問，這是一把刀的傑作。有人砍傷了那隻狗。馬弗里克當時一定是在保護凱西，蓋爾對此深信不疑。

蓋爾揉了揉布滿血絲的眼睛。距離遭遇灰熊已經過了將近四十八小時。從發現凱西染血的黃色外套和威廉．弗倫奇的營地到現在，已經過了四十八小時。

自從來到伊格爾之後，蓋爾就幾乎沒有闔眼，他的腦袋開始變得遲鈍了。蓋爾看了看手錶，佩提、比爾．克朗寧和他在搖搖馬兒牧場的手下預計傍晚抵達。搜索隊發現威廉．弗倫奇的營地後，蓋爾就打電話回蒙大拿州，因為他知道這裡需要他可以信任，而且願意不計代價尋找凱西的人。

遭遇灰熊後，消息很快就在伊格爾傳開。突然間，大家都想幫忙並協助搜索。在威廉・弗倫奇的背包裡發現凱西的手槍後，羅斯打給梅勒迪絲・普蘭特警佐，要求立案刑事案件，因此新聞媒體和電視臺也盯上了這件事，飛到伊格爾。

「爸，她到了，飛機剛著陸。」

蓋爾搔了搔馬弗里克的耳後，站了起來，看到艾蜜莉和特拉斯克站在獸醫診所門口。

普蘭特警佐剛從費爾班克斯飛過來接手調查，因為羅斯堅持這個案子需要經驗豐富的調查員所具備的敏銳觀察力。

在普蘭特抵達伊格爾前的那段時間，羅斯召集了將近一百位鎮民和村民，搜索育空河沿岸的樹林和河岸。

兩個營地的所有證據都已蒐集完畢、貼上標籤，並送到安克拉治進行刑事鑑定。至於是什麼樣的鑑定，蓋爾就不知道了；他希望見到普蘭特後可以進一步了解狀況，尤其是關於在凱西營地發現的那個神祕罐子。

蓋爾看著艾蜜莉和特拉斯克。兩人都一臉憔悴，艾蜜莉的黑眼圈很重，特拉斯克的頭髮和鬍鬚都亂糟糟的。

「你們兩個還好嗎？」

「還撐得住。」特拉斯克回答。

「爸，你需要睡覺。」

蓋爾揮揮手，不把艾蜜莉的話當一回事，捏了捏她的肩膀，便繞過他們，走到小小的獸醫診所外的露天平臺。

天氣很好，蔚藍的天空萬里無雲。因為普蘭特警佐快到了，所以搜救志願者都被叫了回來，蓋爾可以聽到遠處人群的喧譁聲。村莊公共安全辦公室的停車場搭建了補給帳篷，蓋爾猜測大多數志願者應該在那裡吃午餐。

他們默默沿著張伯倫街走，在前街右轉，看到徘徊的人群。岸邊停靠了將近二十艘小船、充氣船和小艇。

蓋爾看到阿特拉一家在人群的一隅。約翰與艾薩克一邊吃午餐，一邊和村民聊天，伊芙則坐在露營椅上，面無表情，直盯著蓋爾。前一天，他感謝老婦人在河岸邊趕走了熊，並為自己的魯莽道歉。

伊芙沒有說話，只是凝視著他的雙眼，彷彿在刺探他靈魂深處最黑暗的角落。那種感覺令人不安，就好像老婦人知道他到底是誰一樣，知曉他的過去，了解他的現在，並且可以預見他的未來。

蓋爾硬是把注意力從老婦人身上移開，看到費爾班克斯的記者在食物補給帳篷旁採訪羅斯警官。麥克斯．托貝盧克站在羅斯旁邊，看起來很不自在，甚至面無血色，一副病懨懨的樣子。

汽車喇叭在人群的喧鬧聲中響起，一輛卡車駛進了停車場。一名瘦如竹竿的年輕州警察從駕駛座下車，戴上藍色的牛仔帽，環視人群。

一名身材嬌小的金髮女子從副駕駛座下車，走到駕駛座那側。她有著老鷹般銳利的棕色眼睛，以及尖尖的鼻子，在在散發著威嚴。她背著旅行包，穿著棕黃色工裝褲，皮帶上掛著一枚金色徽章，腰間掛了一把克拉克手槍。但真正讓蓋爾大吃一驚的是，那名女子懷孕了。

而且肚子很大。

她肯定就是普蘭特警佐了吧。

普蘭特穿過人群，引起羅斯的注意，他便結束採訪，走到她身邊。兩人聊了一會兒，然後羅斯請大家看過來。

他向大家介紹普蘭特警佐，以及她身邊那名瘦巴巴的州警察。他的名字叫做艾略特．凡斯，他同時也是有資格證書的阿拉斯加偏遠地區飛行員，就是他把普蘭特從費爾班克斯載過來的。凡斯和另一名飛行員拉特利奇會開他們的飛機協助搜索。

在接下來的十分鐘裡，羅斯在所有人面前向普蘭特報告搜索的狀況。他說明完畢後，普蘭特向大家道謝，並對他們的努力不懈表示讚賞。接著她告訴眾人，自己將帶頭進行卡珊卓拉．蓋爾和威廉．弗倫奇失蹤事件的刑事調查。

語畢，她把一名女士叫過去，兩人一起走上樓梯，進入村莊公共安全辦公室。

「我們要不要去跟她談談？」艾蜜莉問道。

蓋爾已經開始行動了。他在人群間穿梭，三步併成兩步走上樓梯，沒有敲門就直接打開門。

普蘭特警佐坐在辦公桌前，仔細閱讀一疊文件，另一名女子則站在她對面，臉上掛著漠不關心的表情。

艾蜜莉和特拉斯克跟在蓋爾後面，走了進來。

普蘭特抬起頭來，說道：「啊，你就是蓋爾先生吧，終於見到你了。請坐。」

蓋爾、艾蜜莉和特拉斯克在普蘭特對面坐了下來，那名一臉無聊的女子則往後退。

普蘭特指著那名女子，介紹道：「這位是美國邊境巡邏隊的雪莉．蒲魯特，在小金溪邊境管制站工作。」

蒲魯特點頭，但什麼也沒說。

普蘭特看了看手錶，說道：「加拿大皇家騎警的拉爾夫．坎登應該快到了。我昨天聯繫他們，取得了這個案子的國際刑事管轄權。跨國工作可能會很麻煩，但我和坎登合作過，他是個好人，也是個機敏的調查員。」

普蘭特實際上比在電話中聽起來還要年輕許多。蓋爾原以為對方將近五十歲，但普蘭特警佐看起來應該沒比艾蜜莉大多少。

普蘭特說道：「我很抱歉拖了這麼久，但我想讓你知道我們有些進展了，只是這裡的步調比較慢而已。」

「妳有線索嗎？」蓋爾問道。

「不知道算不算線索，或許可以說是往正確的方向邁出了一步吧。」

蒲魯特遞給普蘭特一個馬尼拉文件夾，普蘭特立刻打開來看。

蒲魯特說道：「卡珊卓拉・安・蓋爾於六月二十二日上午九點零三分入境阿拉斯加，同行者有一隻狗和另一個人，那個人叫做威廉・愛德華・弗倫奇。」

「她和威廉・弗倫奇同行？」艾蜜莉說道，簡直不敢相信。「凱西看起來有麻煩嗎？」

「正好相反。」蒲魯特說道，並指著普蘭特面前的馬尼拉文件夾。「每個通過邊境的人和車輛我們都會拍下照片。當時是我值班，弗倫奇和卡珊卓拉・蓋爾看起來都沒什麼異狀。」

蓋爾仔細研究凱西和威廉・弗倫奇坐在她車上的黑白照片，兩人看起來完全正常，甚至相當放鬆。

蓋爾開口問道：「關於弗倫奇，阿拉斯加調查局有查到什麼嗎？」

「奧勒岡州警局有傳他的檔案過來。十年前有酒駕，當時他還是個青少年，那筆紀錄後來被消除了。除此之外，沒有前科，過往也沒有暴力行為的紀錄。我們有聯絡到他的繼父，他們關係疏遠，已經將近十年沒有說話了。繼父說弗倫奇一直都有些孤僻。」

蓋爾從窗外看到志願者紛紛回到船上，準備展開下午的搜索行動，羅斯、托貝盧克和凡斯則爬上通往村莊公共安全辦公室的樓梯。他們拖著腳走了進來，羅斯和凡斯立刻走向流理臺上的Keurig咖啡機，托貝盧克則走到辦公室後方，看著普蘭特，似乎相當緊張。

蒲魯特警官說道：「卡珊卓拉・蓋爾和威廉・弗倫奇過境加拿大時都沒有申報槍枝。」

普蘭特揮揮手道：「現在這不重要了——」

「那你們送到安克拉治的證據呢？」蓋爾問道。

「取證鑑識專家正在分析證據，報告應該明天早上就會出來了。」普蘭特清了清喉嚨，對著辦公室裡的所有人說道：「好，既然人都到齊了，那我們就開始吧。從現在起，阿拉斯加調查局將負責這起失蹤案。鑒於案件的性質，我認為這是刑事案件，所以我們會以此為前提展開調查。」

她把手伸進包包裡，拿出一臺筆記型電腦和一疊文件，開口道：「根據兩天前在卡珊卓拉．蓋爾外套裡發現的收據，我們可以確定，她六月二十一號在北風旅館及煙燻小酒吧住了一晚，然後在六月二十二號早上與威廉．弗倫奇一起入境阿拉斯加。我已經聯繫了道森市的騎警拉爾夫．坎登，請他去北風旅館確認威廉．弗倫奇是否也有在那裡過夜。六月二十二號中午十二點零三分，卡珊卓拉．蓋爾在隔壁的伊格爾貿易公司買了兩個三明治。最後已知存活證據是六月二十二號傍晚六點三十二分從她的 Globalstar 衛星電話撥打的一通電話。我聯繫了 Globalstar，他們確認那通電話來自卡珊卓拉．蓋爾的營地，我也聽了通話內容，晚點會與家人確認那是不是她的聲音。

「卡珊卓拉原本應該是週一早上要到費爾班克斯工作，從她撥打電話到週一早上有六十二小時的時間間隔。在那六十二小時內，卡珊卓拉．蓋爾失蹤了，我推測威廉．弗倫奇也一樣。」

蓋爾馬上就對警佐有好印象。她聰明絕頂，而且完全不廢話。

「威廉．弗倫奇是嫌疑犯嗎？」特拉斯克問道。

「目前不排除任何可能性。」普蘭特回答。「我想去那兩個營地看看，但在那之前，我們先來回顧一下有問題的證據。卡珊卓拉．蓋爾的手槍在上游三英里處威廉．弗倫奇的營地被發現。在六發裝的彈巢中，有四顆實彈和兩個空彈殼，代表那把槍可能擊發了兩次，但因為環境和周圍樹林導致難以判斷子彈軌跡。我們必須搞清楚為什麼那把槍在弗倫奇的背包裡。

「還有一個重要的疑點是兩個營地帳篷的狀況。」她提到羅斯兩天前拍的照片，包括凱西的紅色帳篷和弗倫奇的綠色帳篷。「兩個營地都有留下大量的野生動物足跡。」她輕拍照片，繼續說：「不過呢，兩個帳篷看起來都不像是動物抓破的，而且這不只是我的個人觀點，實驗室得出結論後會再跟我們回報。如果這不是動物的傑作，那是誰做的？為什麼？最後還有那隻狗的傷。」

她拿出幾張照片，轉過來給大家看，是馬弗里克臉上和腿上傷口的特寫照。在馬弗里克被注射鎮靜劑，傷口縫合後，羅斯在獸醫診所拍下了這些照片。「X光檢查顯示狗有兩根肋骨也裂了，代表他受到了鈍性創傷。」

「那凱西的食物盒呢？」艾蜜莉問道。

普蘭特挑眉，艾蜜莉解釋說凱西絕對不可能在有熊國度把食物放在地面上。普蘭特把這點記錄下來。

「還有她的錢包和護照。」蓋爾補充道。「她的其他個人物品都留在營地，只有錢包和護照不見了。」

「她的錢包長什麼樣子？」

「是鞣製的牛皮錢包，相當破舊，正面有一個牛仔的蝕刻圖案。」普蘭特草草寫下這些細節，接著拿出一張照片，裡面是在凱西的營地找到的金屬罐。「還有這個」——她把照片推到辦公桌前方，讓大家都能看清楚。「實驗室會進行取樣檢查來釐清這到底是什麼鬼東西，希望能找到有力的線索。但我現在想先跟家屬講清楚，醜話說在前頭。卡珊卓拉可能一週前就失蹤了，弗倫奇也是。在阿拉斯加荒野，一週已經是黃金救援期的極限了。如果是綁架事件的話，我們也比綁架犯晚了一週，這是非常長的時間。我必須跟你們說明，我們這裡的資源有多麼少。我的上級給了我三天的時間在伊格爾進行調查，然後我就得回費爾班克斯——」

「才三天?!」蓋爾說道。

「連這三天都是得來不易的，蓋爾先生。」

「為什麼FBI不介入？」特拉斯克問道。

羅斯噗哧一聲笑了出來。蓋爾轉身，看到他一邊攪拌著咖啡，一邊搖頭道：「阿拉斯加一天到晚都有人失蹤，FBI才不在乎這種地方發生了什麼事呢。他們只顧著處理城市裡的大案子。」

「他說得沒錯，蓋爾先生。」

「如果這裡是下48州的話，就會有完整的搜救隊，還會有至少十幾名警察在外面找我的女兒。」

「但這裡不是下48州，蓋爾先生。」羅斯說，並啜飲了一口咖啡。「這裡是阿拉斯加，我已經告訴過你了。」

蓋爾望向普蘭特身後的窗外。停車場現在空無一人，志願者都開船到上游展開搜索了。他看著一輛加拿大皇家騎警的車駛進停車場，後面跟著一輛F-350紅色大貨卡，不禁感到絕望。兩輛車並排停放。

「蓋爾先生，老實說，這是我在阿拉斯加見過規模最大的搜救行動之一。」普蘭特說道。

蓋爾身後傳來一陣奇怪的咳嗽聲。每個人都轉過頭來，看到托貝盧克滿臉漲紅，盯著窗外的新訪客。

「很好，坎登來了。」普蘭特說道。

加拿大皇家騎警的拉爾夫．坎登率先走進辦公室，後面跟著四個人。與蓋爾年齡相仿的一對男女走了進來，隨後是一名矮胖的紅髮男子，最後是一名三十歲出頭，身材高大魁梧的男子。

蓋爾注意到那魁梧的傢伙低著頭，右手小指上有個白色夾板。

那夥人拖著腳走進來時，蓋爾注意到托貝盧克的雙手在顫抖，不知道那小子已經多久沒喝酒了。

「普蘭特警佐，」坎登說道。「這兩位是奈德和達琳．福格特，是道森市郊外北風旅館的老闆。而這兩位是他們的員工，柯提斯和傑克。」

矮胖的紅髮男子柯提斯微微點了點頭，大塊頭傑克仍然死盯著地板。

坎登繼續說道：「奈德和達琳得知消息後，就堅持要上來伊格爾一趟。」

達琳對蓋爾一家人投以同情的目光，說道：「我們一聽到消息，就決定要提供協助並消除誤會。老實說，我們真的很內疚——」

「消除什麼誤會？」普蘭特問道。

「上週凱西和比利住在旅館時，發生了一起小事件。」達琳說道。

這句話立刻引起了在場所有人的注意。

蓋爾從達琳看向傑克和柯提斯，最後再看向奈德，他那雙清澈的藍眼睛都快把房間另一頭的托貝盧克看穿一個洞了。

「上週發生了什麼事？」普蘭特問道。

奈德把視線從托貝盧克身上移開，說道：「在我的酒吧裡，我的幾個員工跟凱西和比利發生了口角。」奈德用頭示意傑克和柯提斯，解釋道：「這兩個笨蛋在我位於柯林頓溪的伐木場工作，他們跟凱西和比利在酒吧發生爭執。我當時在廚房裡，聽到騷動就跑出來，但凱西已經搞定了。」他指著傑克，說道：「她抓著傑克的手指，把他按在吧檯上——這傢伙體型是她的兩倍大，卻直接被打趴。」

傑克沒有抬起眼睛。

「比利．弗倫奇的一隻眼睛腫起來了，我們說不收他們住宿費，但凱西和比利都堅持要付，所以我們就請他們吃晚餐。」

有很長一段時間，沒有人說話。蓋爾腦袋發熱，他從椅子上站了起來，緊握拳頭，問道：「你們兩個攻擊我的寶貝女兒，是嗎？」

「我、我們沒有攻擊她……傑克只是想請她喝一杯而已。」柯提斯結結巴巴說道。

傑克第一次抬起頭，與蓋爾四目相接。起初，傑克面無表情，接著他的嘴角揚起了一絲幾乎難以察覺的微笑。

蓋爾的身體動了起來。

「爸，不要！」艾蜜莉大叫。

蓋爾向前猛撲，雙手抓住傑克襯衫的後領，把他拽倒在地。奈德、羅斯和凡斯見狀，全都急忙上前阻止。蓋爾舉起拳頭，卻立刻被強而有力的手臂抓住。蓋爾感覺自己被往後拉。

「你他媽做了什麼?!」蓋爾大吼。「你他媽對我女兒做了什麼?!」

17

「夠了！」普蘭特大喊。

奈德、凡斯和羅斯抓住蓋爾的肩膀，把他按在辦公室角落的小廚房。在普蘭特的指示下，他們放開了他。特拉斯克擋在岳父和北風旅館一行人之間。

「那混帳他媽的對我笑了！你們沒看到嗎？」

「爸，住手！」

「我明明啥都沒做！」傑克氣急敗壞地說道，並站了起來。

「大家都冷靜一點！」奈德說道。

「我說夠了！」普蘭特再次大喊，所有人立刻閉嘴。普蘭特用一根顫抖的手指指著坎登，問道：「為什麼沒有告訴我在北風旅館發生了這種事件？」

坎登在蓋爾爆發時毫無作為，這時才開口：「梅勒迪絲，我也是三小時前才得知這件事的，他們說要來這裡親口告訴妳，所以我想說等我們到了再說。」

「警佐，我可以為這些男孩做擔保。」奈德說道。「我也跟坎登說了，在那場酒吧鬥毆之後，我叫他們上柯林頓溪輪三班，他們今天才離開伐木場。」

「你可以證明這點嗎？」普蘭特問道。

「我底下的員工可以作證，還有我自己和達琳。」

普蘭特似乎不買單。

「柯林頓溪的監視器影像可以證明他們今天才離開。監視器會拍到所有經過那條路的人車，要離開也只能走那條路。」奈德解釋道，柯林頓溪位於北風旅館北方九英里處，曾經是個古老的淘金鎮，現已廢棄，而奈德擁有周邊地區的伐木權。

奈德解釋完後，蓋爾注意到他的眼神飄移到桌上那張金屬罐的照片上，並且目光停留的時間比其他人長。

「羅斯警官、凡斯警官，請護送來自北風旅館的朋友們出去，在我錄口供之前先把他們分開。」

羅斯和凡斯護送那四人出去了。

「警佐，我也可以離開嗎……我也應該要幫忙搜索。」托貝盧克說道，他看起來很緊張。

「不行，麥克斯，在我跟你好好聊聊之前，哪都別想去。」

托貝盧克又縮回角落裡了。

「蒲魯特警官，」普蘭特說道。「問出所有人的全名，在你們邊境巡邏隊的伺服器搜尋他們的資料，我要他們每一次出入境阿拉斯加的紀錄，也看看移民及歸化局能不能做全面背景調查。」

蒲魯特說她馬上去辦，便走出辦公室。

普蘭特把注意力轉向坎登，說道：「拉爾夫，你應該要立刻通知我這件事。」

「有差嗎？」

「這些傢伙跟我們的失蹤者打架——」

「梅勒迪絲，他們看起來很自責，還主動提出要過來，協助搜索……」

「所有人都必須接受訊問和詰問。」普蘭特說道，並轉頭看向仍在喘著大氣的蓋爾。「坎登，帶羅斯一起去柯林頓溪，跟那裡的工人談談還有調監視器，我要確認那兩個人是不是真的沒有離開過伐木場。」

坎登離開後，普蘭特又坐回椅子上。

「蓋爾先生，雖然我無法完全理解你現在的感受，但你不能魯莽行事，否則我將不得不請你退出搜索行動。你衝動攻擊灰熊是一回事，但我不能放任你襲擊別人。」

「那小子知道些什麼，妳有看到他笑吧？」

「不，蓋爾先生，我沒有看到他笑。」

「警佐，我看人很準，我的整個職業生涯都仰賴這樣的判斷力，那小子不是什麼好東西。」

「我會訊問每一個人，查清楚到底發生了什麼事。」她停頓了一下，問道：「你們多久沒睡覺了？」

「好幾天。」特拉斯克回答。

「我建議大家都去睡個幾小時，我要開始訊問那四個人了。結束後，我會請凡斯去找你們來查看凱西的Globalstar通話紀錄。」

蓋爾、特拉斯克和艾蜜莉起身準備離開，托貝盧克也想趁機溜出去。

「麥克斯，不准走。」普蘭特說道。「你給我待在這裡。」

兩天前，在遭遇灰熊之後，蓋爾就在伊格爾貿易公司訂了兩間客房，那兩個小房間位於小雜貨店樓上，可以看到育空河的景色。

蓋爾的手機響了，他從凹凸不平的床墊上坐起來，徹底放棄嘗試入睡。是阿爾文・佩提傳來的訊息，說他們再一個半小時就會到伊格爾了。

蓋爾決定洗個冷水澡，然後走到外面的停車場，一邊踱步一邊思考。他很氣自己稍早情緒失控，只要涉及到女兒們，他總是很難控制自己。

而現在凱西失蹤，他焦急不已，要冷靜下來根本是不可能的。

他的思緒回到三十年前引發這些情緒的事件，回到一個充滿暴力和報應的時代。他總是向自己保證，他會保護女兒們，不讓她們知道那個時代的真相。

他背後口袋裡的東西時時刻刻提醒著他。

他的腦海充斥著傑克臉上的微笑。*那該死的笑容。*

他想像用手掐住那個混蛋的脖子，榨乾他的生命會是什麼感覺。

冷靜點，吉姆，冷靜點。

在南邊，蓋爾注意到後面的停車場有動靜。他看到托貝盧克穿著便服，背著背包，匆匆走向白色的村莊公共安全公務車，上了車就揚長而去。

蓋爾還在想普蘭特警佐是不是開除了他，就有人在背後出聲。

「蓋爾先生？」

是凡斯。

那名瘦巴巴的州警察指著村莊公共安全辦公室，說道：「普蘭特想見你。你的女兒和女婿呢？」

「在睡覺。讓他們睡吧，他們晚點再跟普蘭特談。」

凡斯聳聳肩，便帶蓋爾走進辦公室。

普蘭特警佐坐在辦公桌後面。

「蓋爾先生，請坐。艾略特，謝謝你。」

凡斯走出去時稍微低下頭，然後關上門。

「他們說了什麼？」

普蘭特重重嘆了一口氣，回答：「四個人說詞一致，沒有任何矛盾之處。」

「有人在說謊。」

「到時候看坎登和羅斯在伐木場有什麼發現。聽說你們的人今天也會從蒙大拿州開車上來？」

「還有馬。」

「很好，我們需要人力。」普蘭特慢慢坐回位子上，一隻手放在腰上，另一隻手放在肚子上。

「幾個月了？」

「其實才六個月，但我的肚子大到我老公說一定是懷雙胞胎。」

「凱西也很大隻。」蓋爾說道。「超過九磅。」

「真的滿大的；是自然產嗎？」

「剖腹產。跟妳老公一樣，醫生也以為伊琳娜懷的是雙胞胎。」

「我再過不久就要臥床休息了。」普蘭特停頓了一下，問道：「如果你不介意的話，可以請問她們的媽媽在哪裡嗎？」

「她在凱西一歲，艾蜜莉三歲時出車禍過世了。」

「我很遺憾；是在蒙大拿州嗎？」

「我們當時住在國外。」

「國外？」

「我當時是低階政府官員，主要是做文書工作，在莫斯科工作時認識了她們的媽媽。」

普蘭特似乎很驚訝，她低頭看了一下文件，說道：「我不知道這件事……你的女兒們應該沒有雙重國籍吧？」

「沒有。」蓋爾搖搖頭說。「我們都有飛回美國生產，所以她們都是美國公民。我個人希望能把這段過往拋在腦後。」

「了解。」普蘭特說道，眼神卻流露出強烈的好奇心。「我想播放一段我從Globalstar衛星電話服務取得的錄音給你聽，是凱西在六月二十二日的最後已知存活證據。」

「我知道那通電話。」蓋爾想起了特拉斯克在牧場調出的通話紀錄。「她是撥打德瑞克的電話。」

「我需要你確認電話裡是不是凱西的聲音，你同意嗎？」

「我同意。」

普蘭特把筆記型電腦轉向他，然後打開一個壓縮檔，問道：「準備好了嗎，蓋爾先生？」

蓋爾點點頭。

她按下播放鍵。

18

凱西醒了過來，但光線太過刺眼，她立刻閉上眼睛。

「妳的眼睛需要一段時間才能適應。」一個帶著口音的低沉女聲說道。

凱西沒有睜開眼睛。她的喉嚨裡又有那股化學味了。

「水。」她用沙啞的聲音說道。「我需要水。」

她聽到有人倒水，並把玻璃杯放在她面前的聲音。凱西瞇起眼睛，看到木桌上的玻璃杯；她伸手去拿時，聽到鎖鏈鋃鐺作響，這才意識到自己被銬在一張金屬椅上。她的腳踝和手腕都上了銬，但鎖鏈給了她至少一英尺的活動空間。她一把抓起水杯，一飲而盡。

眼睛漸漸適應光線後，她開始觀察四周。房間四面都是白牆，其中一側有一面單向透明玻璃鏡，讓凱西想到她在電視節目中看到的警察審訊室。天花板的一角裝了一臺監視器，上面的綠燈不斷閃爍。

凱西把玻璃杯放回桌上，終於把注意力轉向坐在桌子另一頭的女人身上。她身材魁梧，有著濃密的棕色眉毛以及有稜有角的下顎，穿著白色的醫生袍，頭髮挽成一個很緊的髮髻。她面前的桌上放著一本紅色活頁夾。

「妳感覺如何？」

不已，搖搖頭，淚水布滿眼眶。

「這裡是哪裡？」

「我的研究中心。」

研究中心？凱西心想。她回想起在森林裡襲擊她的人，以及罐子和難聞的氣體。她感到困惑不已，搖搖頭，淚水布滿眼眶。

「妳現在精神恍惚，因為妳體內有一種強效鎮靜藥物，給它一點時間吧。」

「我的狗，妳有看到我的狗嗎？牠叫做馬弗里克。我……我不知道牠在哪裡。」

女人沒有回答，只是用一隻粗壯的手撫摸著掛在脖子上的鑰匙。

凱西低頭看著自己的手腕，問道：「我為什麼被銬起來？」

「為了妳的安全。」

「我需要電話，我得打給我的家人。」

「恐怕沒辦法。」

凱西感到暈頭轉向，只好又閉上眼睛，但還是無法正常思考。膽汁湧上喉嚨，她彎下身子，乾嘔起來。凱西回過神來時，再次看著那個女人，問道：「妳是醫生嗎？」

「我是心理醫生。」

凱西的目光落在被縫合的手臂上。「是妳幫我縫合傷口的嗎？」她問道。

「是我們的住院醫生縫的。妳的傷口滿嚴重的。」

「攻擊我的那兩個男人，他們也在這裡嗎？」

「不，不在這裡，他們在附近的另一個設施裡。妳現在在這裡很安全。」

「妳的口音，妳是——」

「俄羅斯人。」女人回答。「我是阿庫麗娜．伊爾馬科娃大尉。我知道這很令人困惑，但以妳的背景，我以為妳會更快反應過來。」她打開活頁夾，開始朗讀：「卡珊卓拉．安．蓋爾，來自蒙大拿州林肯，三十三歲，喪偶。美國陸軍退伍軍人，通訊專家，而且……」伊爾馬科娃停了下來，對凱西微笑，說道：「還小有名氣呢。」

小有名氣？

「我必須說，我的研究中心裡確實有不少受過軍事訓練的男性，待過特種部隊的，但從來沒有妳這種背景的女性。妳是第三位從遊騎兵學校畢業的女性，對吧？」

她怎麼會——

「我花了一個早上閱讀妳的相關報導。妳幾年前還真是掀起了軒然大波——主張開放女性擔任戰鬥職務……」

凱西看了一眼攤開的活頁本，看到了一排排數據、圖表、讀數和照片，包括凱西錢包、信用卡、軍人身分證、護照的照片，還有她放在錢包裡那張小小的遊騎兵學校畢業照。伊爾馬科娃大尉翻了幾頁，停在有腦部斷層掃描圖的頁面。

「妳的功能性磁振造影結果非常有趣。我們的神經科醫生說，妳的前額葉皮質和杏仁核對戰鬥壓力反應良好，即使是在退伍軍人身上也很少見。」

「抱歉，我不知道妳在說什麼，我可能需要躺下來休息。」凱西說道，突然感到疲倦不已且不知所措。

伊爾馬科娃大尉從桌子底下拿出一臺平板電腦，將其推向凱西。螢幕上可以看到一片森林的空拍影像，接著螢幕閃爍，切換畫面，凱西看到自己在被襲擊之前喝泉水的影片，差點倒抽一口氣。她看著自己站起來，猛然轉身，看著兩個紋身的男人先後朝她衝過來，看著自己一一制伏他們。她看到罐子從天而降，落在她腳邊。

螢幕黑了。

凱西感到難以置信，盯著那個女人，一時說不出話來。她的視野縮小，一股噁心感湧了上來，她暈到抓不住椅子的扶手。

伊爾馬科娃皺眉道：「阿圖爾需要減少劑量，以妳的體型來說，催眠藥劑量太高了。」她看向單向透明玻璃鏡，一根手指放在耳朵上，說道：「守衛、阿圖爾，快進來！」

凱西又吐了。房間門打開，一名身形瘦長的男人走了進來。他穿著白色實驗衣，戴著仿角質鏡架的黑框眼鏡，方形的臉幾乎像卡通人物一樣。兩個人跟在他身後走進房間，他們穿著黑色迷彩服，戴著黑色頭盔和鍍銀面罩，遮住了整張臉。

伊爾馬科娃說道：「阿圖爾，再給受試者注射硫噴妥鈉，我還有問題要問她。也順便打一劑安非他命混合藥物。」

凱西眼前出現一支筆形小手電筒。方臉男子檢查了她的瞳孔，用俄語說了些什麼，然後搖搖頭。

「那東莨菪鹼呢？」伊爾馬科娃問道。

阿圖爾用英語回答：「她太虛弱了，需要休息。現在注射可能會對她的大腦造成無法彌補的損害，等介入性藥物發揮作用吧。」

伊爾馬科娃哼了一聲，說道：「把她關在C區監視她。」

「C區，有必要這樣嗎？」

「你說什麼？」

阿圖爾低下頭，不再爭辯，向兩名黑衣守衛示意，他們便走向凱西，解開她的束縛，抓住她的腋下，把她拉了起來。

「對了，阿圖爾，叫情報部門的克利門捷夫中尉上傳她的個人資料和評估試驗。這位公主輕鬆解決了那兩個男人，想必會引起不小的騷動吧。」

「Da，大尉。」

凱西垂著頭，感覺自己被帶出了房間。

19

凱西在一片漆黑中醒來，發現自己躺在陰冷潮溼的水泥地板上。

她用一隻手肘撐起身子，做了幾次深呼吸，試著回想起自己身在何處。體內的藥物嚴重影響了她的記憶力、動作能力和時間概念。自從她和馬弗里克在營地遭到襲擊以來，已經過了多久了？距離那兩個刺青男在森林裡襲擊她已經過了多久了？還有那個女人，伊爾馬科娃大尉，從兩人在白色房間初次見面到現在，已經過了多久了？可能是幾個小時，也可能是幾天，甚至是幾週。

當她的眼睛逐漸適應黑暗，她注意到上方有個閃爍的綠燈，但太高了搆不著。凱西四肢著地，環顧四周，邊爬邊伸出手，直到碰到牆壁為止，結果爬沒多遠就碰到了。她身處一間近六英尺乘八英尺的混凝土小房間裡。

響亮又刺耳的聲音在她面前響起，一扇門哐啷一聲被打開了。光線灑進房間，凱西遮住了眼睛。兩名戴頭盔的守衛站在門邊，一名高個子醫生低下頭，走進小房間，凱西記得伊爾馬科娃叫他阿圖爾。凱西慢慢退到遠處的牆邊。阿圖爾抬頭看著閃爍的綠燈，凱西這才發現那是一臺監視器。阿圖爾打了個響指，小房間裡頓時亮了起來。

阿圖爾又打了個響指，守衛便繞過他，抓住了凱西。她試著掙扎，但他們抓住她的手臂，把她拖了起來，然後把她的雙臂高舉在身後，迫使她彎下身子。凱西疼痛難耐，但他們強迫她維持這個壓力姿勢，把她帶到一條空蕩蕩的陰冷走廊上，她這才意識到自己穿著一件鮮豔的紅色連身褲。

阿圖爾用俄語大聲下令，守衛便停下來，讓凱西直起身子。阿圖爾站在她面前，他那卡通人物般的臉露出幾乎可說是親切的表情，就像一位充滿愛心的醫生在照顧病人一樣。他再次拿出筆形小手電筒，照亮她的眼睛。

「瞳孔放大正常。妳感覺如何？應該比較進入狀況了吧？」

「進入狀況？」

「思考清晰？身體感覺很健康？一切正常？」

凱西不確定該怎麼回答。在這種情況下，什麼叫做「正常」呢？

阿圖爾把筆形小手電筒指向她被縫合的手臂，說道：「看來感染有控制下來，抗生素似乎起了作用。休息時間夠了，8831號受試者準備好下去紅區了。」

他向守衛點點頭。

凱西想出聲抗議，但守衛再次把她的手臂往後猛拉到空中，並用不透光頭套蓋住她的頭。凱西大聲喊叫，並劇烈扭動身體，試著踢守衛，但這個姿勢根本難以反抗，一切都是徒勞。守衛們帶著她右轉，左轉，再右轉。她聽到籠門打開的聲音，守衛押送她往前走了幾步，然後停下來。齒輪嘎嘎作響，她感覺自己正在下降，看來他們應該是在搭電梯下樓。

電梯停下來時，守衛押著她往前走。

二十步。

三十步。

前方傳來尖銳刺耳的摩擦聲，一扇感覺相當厚重的門打開了，冷空氣迎面而來。凱西被押送進一間寒冷的房間，她聽到守衛腳步聲的回音，以及潺潺的流水聲。

鑰匙叮噹作響，腐蝕的鋼筋和生鏽的鉸鏈發出摩擦聲。

凱西被往前猛推，摔在冰冷的水泥地上，門在她身後哐啷一聲關上，她聽到鑰匙插入門鎖，叮噹作響。

凱西扯下頭套，站了起來。

她被關在一間牢房裡，四面都是間隔四吋的鐵條，她確定牢房大小至少有十英尺乘十英尺。牢房另一頭有一塊架高的混凝土板，上面放了一條摺好的薄毯子，充當一張床，床的左邊則有一個不鏽鋼小馬桶。

她環顧四周，數了一下，發現包括她自己的總共有六間牢房，排列成六角形，圍繞著一座噴泉。噴泉的水流進一條混凝土水溝，水溝呈螺旋形往外繞，流經全部六間牢房。

噴泉上方掛著一顆燈泡，是房間裡唯一的光源。凱西看不到掛著燈泡的天花板，她似乎身處房間中央，但看不到牆壁，只知道空間很大，因為噴泉的聲音迴盪到很遠的地方。

她注意到左右兩側的牢房有動靜。兩個人從各自的混凝土床上起身，走到牢房的鐵條邊。他們的臉籠罩在陰影中，但凱西看到他們也跟她一樣穿著紅色連身褲。

她右邊的獄友操著美國口音。

「妳會說英語嗎？」

「會。」

「美國人？」

「對。」

「他們在哪裡抓到妳的？」

「什麼意思？」

「妳是在哪裡被抓的？」

「在伊格爾附近。」

「伊格爾？」

「阿拉斯加。」

「不會吧！」

男子從陰影中探出頭來，他大概四十幾歲，長得很粗獷英俊，右眼腫得睜不開，左耳纏了新的繃帶。

「到……到底是怎麼回事？這裡是哪裡？」

左邊牢房裡的男子大笑，用凱西聽不懂的語言說了些什麼，走到了有光線的地方。這名男子有一頭又黑又油膩的長髮，以及亂蓬蓬的鬍子。

「妳叫什麼名字？」第一名男子問道。

「凱西．蓋爾。」

「我叫做保羅．布雷迪。」他歪了一下頭，示意那名蓬頭垢面的男子，說道：「那位是馬爾科，他英文不太好。」

布雷迪注意到凱西在看那名蓬頭垢面的男子，接著她的注意力轉向腳邊的水溝。

布雷迪說道：「那水可以喝，妳吸入了催眠瓦斯，應該很渴吧。」

凱西跪下來，雙手合起，捧出水溝裡的水來喝。喝完後，她站了起來，說道：「我……不好意思一直重複同樣的話，但我真的很困惑——」

「妳不能問問題，我們先問。」馬爾科大聲打斷她。

「告訴我們妳知道的事。」布雷迪說道。

「我知道的事？」

「妳被抓之後，是在哪裡醒來的？發生了什麼事？」

凱西搖搖頭，還是一頭霧水。

「拜託，」馬爾科罵道。「妳體內一定還有魔鬼氣息吧？快回答問題！」

「魔鬼氣息？」

「東莨菪鹼和硫噴妥鈉，是他們用在我們身上的混合藥物，會剝奪自由意志，讓人變得溫順，也可以作為吐真藥使用。算是暫時殭屍化吧。」布雷迪指著馬爾科，說道：「樓上那些科學家在我朋友身上用太多了。」

「我受夠妳的把戲了，告訴我們妳是怎麼來到這裡的，告訴我們發生了什麼事。」馬爾科咆哮道。

凱西在混凝土床的尾端坐了下來，講述自己在森林中醒來，遭到紋身男子襲擊，她擊退他們後，有個罐子落在她腳邊，噴出化學氣體。

「是無人機。」布雷迪說道。「他們會從天上發射那種罐子，應該是某種催眠瓦斯，天知道成分是什麼。」

凱西眨了眨眼，想起自己在受到攻擊之前，有看到一個嗡嗡作響的白色物體。

「妳在研究中心醒來時，發生了什麼事？」布雷迪問道。

「我……我在一個白色房間裡，遇到了一位女士……她給我看了我和那些男人戰鬥的影片。」

「伊爾馬科娃大尉。」馬爾科罵道。

「那是妳的評估試驗。」布雷迪解釋道。「一個測試。伊爾馬科娃對妳說了什麼？」

凱西描述了她和伊爾馬科娃在白色房間度過的短暫時光，以及她太不舒服，無法進行測試的事。「我太累了，後來有另一位醫生進來，好像叫做阿瑟還是——」

「阿圖爾，他是神經科醫生。」布雷迪說道。「妳的身體肯定對魔鬼氣息產生了不良反應。」

凱西講述幾分鐘前，她在漆黑的房間裡醒來，然後被押送到這裡的事。

「妳受過軍事訓練？」布雷迪問道。

「你怎麼知道？」

「這裡大部分人都有。」他用頭示意馬爾科，說道：「馬爾科是烏克蘭軍隊的直升機飛行員，我以前在海豹部隊服役。妳是空軍嗎？還是海軍？」

「陸軍。」

「妳在軍中做什麼工作？」

「我本來是通訊專家，後來……後來我去念了遊騎兵學校。」

馬爾科笑道：「女遊騎兵耶！」

「我不是遊騎兵，只是有拿到臂章而已。」凱西說道。雖然她早已習慣了這種反應，但還是忍不住怒瞪那個蓬頭垢面的烏克蘭人。

「真的假的？」布雷迪問道。

「我是第三位從遊騎兵學校畢業的女性。」

布雷迪在昏暗的燈光下瞇起眼睛看著凱西，說道：「等一下……我好像讀過關於妳的報導。妳就是那個跟參議員提倡要開放女性擔任戰鬥職位的人。」

馬爾科又笑道：「現實世界的魔鬼女大兵耶！」

凱西又瞪了他一眼。她早已習慣了這個綽號。許多報紙和軍事部落格都以黛咪・摩爾在九〇年代同名電影中飾演的角色稱呼她。

「看來妳運氣不錯喔，魔鬼女大兵！」馬爾科說道。「妳的願望實現了。」

「什麼意思？」

「妳已經不在堪薩斯州了[3]，魔鬼女大兵！」

「別鬧了，馬爾科。」布雷迪說道。

「不，我認真想問，他這話是什麼意思？」

布雷迪露出不安的神色。

「有人可以告訴我現在是什麼狀況嗎？」

布雷迪說道：「我也是在阿拉斯加被綁架的，就在奇金鎮附近，伊格爾以南大概四百英里的地方。應該是一、兩個月前的事吧，我也不知道。但……但妳或許有注意到我們已經不在阿拉斯加了。妳可能有發現這裡的人都是——」

「俄羅斯人。」

「對。」布雷迪說道。「所以我們推測這裡是俄羅斯的某個地下設施，伊爾馬科娃稱之為八六六基地。」

俄羅斯，地下設施。凱西花了一些時間，試圖為這一切找出合理的解釋。「怎麼可能？我們

[3] 致敬電影《綠野仙蹤》（*The Wizard of Oz*）的臺詞：「我有種預感，我們已經不在堪薩斯州了。」

怎麼會在俄羅斯？」她問道。

「因為這裡是『沙拉什卡』所在的地方，魔鬼女大兵。」

「沙拉什麼？」

「那些可怕謠言所說的地方，根本不存在的地方。」馬爾科雙手舉向天空，說道：「像這樣的地方。」

這傢伙到底在說什麼？凱西心想，並追問道：「『沙拉什卡』是什麼？」

「就是地獄啊，魔鬼女大兵，而我們在第七圈，就在布魯圖斯❹旁邊。」馬爾科回答，臉上帶著病態的、近乎驕傲的微笑。

凱西突然注意到布雷迪右手邊的昏暗牢房裡有動靜，她這才發現床上有一坨被子。有個人影動了一下，抬起頭來。

「唉唷，睡美人終於醒啦！」馬爾科說道。

凱西看著那個人從床上起身，一跛一跛走到水溝旁，彎腰喝水。在昏暗的燈光下，她看到了亂蓬蓬的頭髮。

「感覺怎麼樣啊，弱雞？」馬爾科取笑道。「還是不說話嗎？」

「馬爾科，夠了。」布雷迪制止道。

水溝旁的人繼續喝水，好像他沒聽到那個烏克蘭人在嘲笑他一樣。

「幹嘛？」馬爾科對布雷迪說道。「他又不說話，只會睡覺。」

「隨他去吧，馬爾科。」

凱西下了床，走到牢房前面，盯著那個男人。不知為何，那亂蓬蓬的頭髮看起來有點眼熟，還有那蓬亂的鬍鬚——

那個人抬起頭，擦了擦瘀青的嘴巴，接著瞪大熟悉的雙眼，彷彿認出了她。

「凱西！」那個人用沙啞的聲音說道。

凱西驚訝到差點喘不過氣來。

「比利！」

❹ 馬爾庫斯・尤利烏斯・布魯圖斯（Marcus Junius Brutus Caepio），組織並參與了對凱撒的刺殺行動。

20

阿拉斯加伊格爾

六月二十九日星期六

蓋爾深吸了一口氣，做好心理準備聽普蘭特電腦裡的音檔。一開始音訊很模糊，然後他聽到了已故女婿熟悉的聲音。

我是德瑞克。我不在，但你知道該怎麼做。別忘了，只有死魚才會隨波逐流。

語音信箱「嗶」了一聲，一陣沉默後，他聽到了凱西哽咽的啜泣聲。

德瑞克，我的祕密是……在內心深處，我知道是我的錯，我看到了徵兆卻視而不見。我……事實是，我過得很不好，一切都是假象，我並沒有——

電話「嗶」了三次，系統語音提醒語音信箱已滿。

普蘭特停止播放錄音檔，蓋爾簡直不敢相信自己的耳朵。那是凱西說的最後一段話，她騙了他們，騙了她的家人、她的諮商師，騙了所有人。

她還在自責。

蓋爾開始顫抖，愧疚感如排山倒海而來，他不禁淚水盈眶。原來他的寶貝女兒這麼痛苦。

普蘭特沉默了片刻，然後開口道：「你能證實錄音中是卡珊卓拉的聲音嗎？」

「是她沒錯。」蓋爾回答，努力讓自己冷靜下來。「我知道妳在想什麼，羅斯也問了同樣的問題。妳覺得可能是凱西上演了一齣戲碼，讓大家以為發生了什麼狀況，再跑到其他地方自我了結。但那是不可能的，她絕對不會傷害馬弗里克。那隻狗是她與德瑞克最後的連結，她絕對不會——」

「我沒有那樣想，蓋爾先生。」普蘭特說道。「我認為凱西正在經歷創傷，但不認為這是她設下的布局。證據顯示這可能是一起被倉促掩蓋的綁架事件，但不是自殺。」

蓋爾擦了擦眼睛，凱西痛苦的聲音仍在耳邊迴盪。

普蘭特說道：「上週你在電話中簡短說明凱西經歷了什麼，關於她丈夫的事。希望你可以進一步說明，幫助我更了解你女兒一點。」她把筆電轉回去面對自己，繼續說：「就我在網路上查到的資料，你女兒是一名十分出色的年輕人，是第三位從遊騎兵學校畢業的女性，還捲入了政治醜聞。凱西感覺很堅強。」

「堅強這個詞根本不足以形容她。」蓋爾說道。「我從來沒有看過像她那樣的人。她很有愛心，充滿熱情，十分聰明自律，而且意志堅定。」

「無論什麼狀況都能自己搞定。」

蓋爾用力吞了吞口水，說道：「在凱西十歲以前的人生，我在情感上缺席了。我無法面對妻子的死亡，因此縮進了自己的殼裡。牧場工人和艾蜜莉撫養凱西長大，我永遠不會原諒自己把責任丟給他們。過了很久之後，我終於走了出來。我意識到自己必須參與女兒的生活，她們需要時，我必須在她們身邊。我必須成為她們的榜樣。」

「蓋爾先生，從我的立場來看，你做得非常好。根據我讀到的內容，那個蒙大拿州參議員似乎是別有用心，把凱西當成棋子。」

「凱西不在乎，她臉皮一向很厚，就跟她媽媽一樣。」

「那今年呢？告訴我她丈夫發生了什麼事。」

蓋爾挪動身子，說道：「我女兒嫁給了她的青梅竹馬德瑞克．哈爾彭，他就像我的兒子一樣。兩人在十八歲時結婚，後來他就加入了海軍陸戰隊武裝偵察部隊，十三年間在海外執勤七次。我們都沒注意到徵兆。去年十二月他休假回家，二月要再出去，他說那是他最後一次執勤。當時凱西已經退伍了，他們有在討論要不要搬到阿拉斯加。他們看起來很快樂……凱西還宣布她……」

接下來的話，蓋爾說不出口，他只有將目光投向普蘭特的肚子，看到她瞪大眼睛，一臉震驚。

「懷孕了？」

「他們在聖誕大餐時宣布了這個消息。」

蓋爾感覺到淚水奪眶而出，流到這幾天沒刮的鬍子上，便用袖子擦掉眼淚。

「一週後，新年第一天的早晨，我睡得比較晚，這時外面卻傳來我這輩子聽過最可怕的尖叫聲。我跑了出去，穿過雪地，發現凱西坐在穀倉前，叫得聲嘶力竭。穀倉的門是開的，德瑞克的屍體吊在橫梁上。凱西在同一天流產了。」

蓋爾看到普蘭特的臉漲得通紅。

「一週後，我們把凱西送進米蘇拉的一間精神病院，她在第一個月處於自殺觀察狀態。醫生在五月下旬讓她出院，心理治療師說她的狀況好很多，她準備好展開人生的下一個篇章了。凱西看起來很好，似乎已經沒事了……但我想她都是在騙我們吧。」

普蘭特似乎不知道該說什麼，於是站了起來，繞到蓋爾那側，靠著桌子，輕聲說道：「蓋爾先生，我會盡我所能找到你的女兒。」

「北風旅館的那些人——」

「我不能讓你和他們說話，至少要先等坎登和羅斯回報再說。我會再次訊問他們，只要有必要，要訊問幾次都沒問題，但我必須請你和他們保持距離。他們入住了街上的伊格爾汽車旅館，凡斯會看著他們，等到羅斯回來，他就可以加入空中搜索了。」

「那我要做什麼？」

「我建議你再多睡一點，但請讓我做好我的工作。」

「妳在這裡只有三天的時間，之後怎麼辦？」

「我會回費爾班克斯，在那裡繼續調查，如果有必要的話就從不同角度著手。」

蓋爾對這個答案並不滿意，但他太累了，無力爭論，而且佩提和克朗寧應該快到了。

蓋爾向普蘭特警佐道謝，便走出辦公室。

蓋爾沿著與前街平行的育空河岸漫步，傍晚仍高掛在天空的太陽溫暖了他的頭頂。他不斷回想起在錄音檔中，凱西那沙啞、痛苦的聲音。

他怎麼會沒看出來她仍飽受折磨呢？

他的牛仔靴踩過柔軟的沙子，腳下圓形的鵝卵石嚓嚓作響，他才意識到自己閒逛到小鎮的北邊了。他回頭看著伊格爾這個被遺忘的小聚落，才發現在一座大停車場的另一頭，緊緊依偎著森林的建築物，就是北風旅館一行人住的伊格爾汽車旅館。蓋爾走到分隔前街和育空河岸的護欄邊，一隻腳放上去，以減輕髖部的疼痛。

他看過很多醫生，他們都說了同樣的話：蓋爾必須在幾年內進行髖關節置換術。他的骨盆損傷得太嚴重，子彈碎片已經深深嵌入球窩關節。

蓋爾回想起髖關節中彈的那一晚。他記得那片森林裡有多冷，懸崖有多高，還有河水他媽的冷到爆。

蓋爾稍微改變身體重心，發現凡斯警官坐在伊格爾汽車旅館兩個房間之間的柱廊下。蓋爾瞇起眼睛，想看得更清楚，汽車旅館距離不到兩百碼，而凡斯似乎很專心在滑手機，沒有注意到蓋爾。

十秒後，凡斯左右兩扇門幾乎同時打開，奈德和達琳從一邊走出來，柯提斯和傑克則從另一個房間出來。四人都走到凡斯身邊，他把手機放進口袋，站了起來。在蓋爾看來，似乎都是奈德在說話。蓋爾決定放下跨在護欄上的腳並蹲下來，以免被發現他在偷窺。

奈德與凡斯說話的方式，無論是他的肢體語言還是凡斯回應的態度，都讓蓋爾認為北風旅館一行人跟凡斯很熟。

他們又聊了幾分鐘，接著凡斯匆匆走向他的車，開車駛出停車場。但他不是往南開到前街的村莊公共安全辦公室，而是往西開進小鎮裡。

蓋爾沒有時間思考這個行為的奇怪之處，因為他忙著盤算要怎麼偷偷溜進汽車旅館，單獨與傑克和柯提斯談談。他知道這群人對調查員說了謊，傑克那抿起薄唇的微笑已經告訴了蓋爾他所需要知道的一切。

達琳回到自己的房間並關上門，奈德又對傑克和柯提斯說了些什麼，他們才回到房間。蓋爾正打算跳過護欄，以樹林為掩護繞到汽車旅館時，奈德一個轉身就看到了他。

兩人一動也不動，站在原地很長一段時間，就像兩名準備單挑的槍手一樣。接著，奈德看向南方，也就是村莊公共安全辦公室的方向，再看向另一頭，也就是前街往北銜接到通往凱西營地的道路。

四下無人，奈德便直直朝蓋爾走來。

「靠。」蓋爾喃喃道，但也只好站起來。想當年，他絕對不會讓自己當場被逮個正著。想當年，他一定會花好幾個小時調查目標周遭環境，找到主要、次要和第三條逃生路線，再進行反監視，直到找到最佳時機和地點執行任務。

奈德・福格特停在前街邊，拿出一支香菸點火。

「蓋爾先生，你知道我們不應該互相交談。」

「那你幹嘛跟我搭話？」

「不要讓普蘭特知道就好。」奈德吸了一口菸，說道。「而且我想為在北風旅館和稍早在辦公室發生的事親自向你道歉。我們洗脫嫌疑後，希望你能允許我們一起協助尋找凱西和比利。」

蓋爾打量面前這個銀髮藍眼的男子。他的舉止看起來就像是一個習慣發號施令的人。

見蓋爾沒有回答，奈德挪了挪身子，說道：「達琳很自責，北方那幾個露營地點是我們告訴凱西和比利的。」他指著那條道路，說道：「那裡是我們最喜歡的地方之一，多年來都是如此。」

「你們叫他們來這裡？」

「對。我們滿喜歡凱西的，你女兒聰明又勇敢，不是每個人都敢對抗像傑克這種大塊頭。總之，如果有什麼需要幫忙的話，儘管跟我們說。」

奈德轉身準備離開時，蓋爾突然想起稍早發生的事，便叫住了他。「之前在村莊公共安全辦公室，你似乎一直瞪著麥克斯・托貝盧克，而他好像很怕你們，為什麼？」

奈德停下腳步，轉過身來，嗤之以鼻道：「那小子是個酒鬼，只會惹是生非。幾年前，我和達琳上來露營，他就一直找我們麻煩，後來情況糟糕到我們不得不請警察介入。有一次，凡斯還特別飛上來跟他談談，那之後他就安分點了。」

蓋爾提到剛剛他們一行人和凡斯之間的互動很自然。

「你認識這裡大部分的州警察嗎？」

「東阿拉斯加這一帶只有兩名州警察，你如果跟我們一樣常來，遲早會認識所有人。對了，凡斯剛剛說普蘭特警佐找不到麥克斯．托貝盧克。」

蓋爾想起不到一小時前，他才在停車場看到那名村莊警察匆匆走向自己的卡車，便把這件事告訴奈德。

「是喔。」奈德說道，似乎陷入沉思。

蓋爾聽到柴油引擎的轟鳴聲，轉身望向前街，看到一輛輛熟悉的黑色卡車拖著運馬的拖車進城，停在伊格爾貿易公司的停車場。

阿爾文．佩提和比爾．克朗寧終於來了。

靠在護欄上的蓋爾直起身子。

「你的人嗎？」奈德問道。

「我的人馬。」

說完，蓋爾便轉身離去，沿著前街走向停車場。佩提和比爾．克朗寧都從領頭的卡車上下來，至少有十幾個克朗寧的手下也紛紛下了車，連戴維斯兄弟都來了。

走到停車場時，蓋爾轉身，發現奈德．福格特仍站在原地。北風旅館的老闆雙手叉腰，一動也不動，盯著蓋爾和新來的人。

蓋爾在腦中制定一個祕密計畫。福格特夫婦和北風旅館的小夥子們有些不對勁，他們太努力想要營造好印象了，有點太殷勤、太友善了。

不管坎登和羅斯在柯林頓溪發現了什麼，不管普蘭特警佐是否排除了北風旅館一行人的嫌疑，蓋爾決定是時候親自處理這件事了。

他必須跟柯提斯和傑克私下談談。

到目前為止，他們是唯一有動機的人，打架輸給凱西，想報仇也不奇怪。傑克看起來不像是被女生打趴還能嚥得下這口氣的人。

事情不單純，傑克那抿起薄唇的微笑證明了這點。

凱西已經失蹤將近一週了。

是時候採取激烈的手段了。

蓋爾盡可能打起精神，向來自蒙大拿州的朋友們打招呼，然後他們圍在他身邊，宛如等待他下令的士兵。

「在開始之前，」蓋爾開口道，「我需要請你們幫我一個忙，而且不能被發現。」

21

「凱西！妳怎麼在這裡?!」

「你們兩個認識？」布雷迪問道。

「喔，弱雞終於說話了。」馬爾科說道。

「我聽到下游有聲音。」比利用嘶啞的嗓音說道。「我聽到爆炸聲，還有槍聲。我不知道該怎麼辦，所以就到了河邊。我聽到尖叫聲，然後……然後我聽到後面有人。有一道刺眼的光芒……然後我就在這裡醒來，在這個——」

「沙拉什卡！」馬爾科幾乎是放聲大叫。

「對不起，凱西……我有試著想幫忙。」

「沒有什麼好道歉的。」凱西說道。看到認識的人，她心裡鬆了一口氣。

接下來五分鐘，她告訴比利自己在昏過去之前，在營地發生了什麼事。

布雷迪也加入話題：「我也有類似的經驗。」

他詳細描述自己和妻子不歡而散，以離婚收場，因此他離開了聖地牙哥，往北開到阿拉斯加。「我想要拋開這一切，想要去世界上最荒涼的地方過活。」他解釋道。後來他在奇金鎮南方的四十里河河畔找到了露營地。第二天晚上，他被某個聲音吵醒，以為是灰熊，就拿出步槍，碰到的卻是刺眼的橘色閃光和難聞的氣體。「後來我在一個箱子還是袋子裡醒來，那就像是一口棺材，我動彈不得，身體不聽使喚。我又睡著了，下一次醒來是在森林裡，有三個男人想要殺我，他們營養不良，精神也不正常……根本就是瘋子。」

「你成功逃脫了嗎？」凱西問道。

「我殺了他們。」布雷迪一臉嚴肅，回答。

馬爾科大笑。

「我的經驗跟你們的完全不一樣耶。」比利說道。「我在一個白色房間裡醒來，他們給我注射不知道什麼東西。」他秀出手臂內側的針孔痕跡。「他們把電極貼在我的頭皮上，連接到一些機器；那些藥物引起了可怕的幻覺，還有身體疼痛，我的大腦感覺好像在燃燒一樣——」

「這就是為什麼你不說話嗎？」馬爾科說道。「因為他們拿針刺你？把魔鬼氣息注入你體內？」

「馬爾科。」

「你們都不懂。」馬爾科說道。「你們都不了解。」

「了解什麼？」凱西問道。

「歷史啊，這個地方。」他說，並朝天空張開雙臂。

「請你解釋給我們聽吧。」

「你們知道亞歷山大・索忍尼辛嗎？」

「知道。」比利回答。「他是一個俄羅斯作家。」

「答對了，弱雞。對，他是有名的作家，他寫的是蘇聯國家的虛偽。他住過古拉格，也住過沙拉什卡。索忍尼辛寫很多好書，其中一本叫做《第一圈》，是根據他在蘇聯沙拉什卡的時光寫的虛構故事。沙拉什卡就像古拉格，但比較好，科學家、工程師、數學家、物理學家和化學家都被判要在那裡為國家工作。蘇聯監視技術就是在莫斯科北邊一個叫做『馬爾費諾』的知名沙拉什卡發明出來的。」

「那些科學家是囚犯嗎？」比利問道。

「對，但他們過得很好。他們有食物、床、自己的牢房，但毫無疑問，他們是囚犯。」

「他們為什麼被抓到那裡？」

「因為他們的專業啊。」

凱西問道：「那我們為什麼在這裡？我又不是科學家——」

「我們是白老鼠啊，魔鬼女大兵！索忍尼辛寫道，作為科學家被送到沙拉什卡，就像是爬到地獄最高也是最好的那一圈。」他指著自己，說道：「至於我們呢，我們在第七圈。阿圖爾那些醫生……他們在第一圈。」

「這都只是猜測吧。」布雷迪說道。

「你們美國人喔，」馬爾科罵道。「你們不像我一樣了解俄羅斯人，我這輩子都在跟俄羅斯人戰鬥。」馬爾科停頓了一下，語氣突然嚴肅起來。「很久以前，我的直升機在阿夫迪伊夫卡墜毀後，我就被抓了。我看過很多人住這些牢房。我是在頓巴斯跟親俄分離主義分子作戰時被抓的。在成長過程中，我有聽說過蘇聯人會把囚犯關在醫療型的祕密沙拉什卡。有傳言說，被俘虜的戰士，例如西方人、烏克蘭人和猶太復國主義者會被送到祕密設施當白老鼠。這裡不只是醫療型沙拉什卡，是更糟的地方。他們會拿我們做實驗……但這也是伊爾馬科娃的遊戲。」

「遊戲？」

「伊爾馬科娃會讓我們在試驗中戰鬥，想活下去就要戰鬥。他們會錄下來，樹上有攝影機，空中也有攝影機，就是他們的無人機。這對他們來說是一種娛樂節目。」

「他們是誰？」

「啊，妳問到重點了，魔鬼女大兵。是誰在看我們？」

響亮又刺耳的聲音在黑暗中迴盪，跟凱西被押送進來時聽到的聲音一樣。

馬爾科突然臉色發白，退到牢房深處，好像鐵條著火了一樣。凱西看向布雷迪，發現他也面無血色。他開始來回踱步，一邊用手梳理頭髮，一邊喃喃自語：「太早了。」

「什麼東西太早了？」凱西問道。

黑暗中傳來響亮的腳步聲，越來越近。

伊爾馬科娃大尉走到燈光下，身後跟著十幾名守衛。她的臉上掛著殘忍的笑容。

「馬爾科，你又在講故事了嗎？」

馬爾科縮進牢房深處。伊爾馬科娃走到凱西的牢房旁邊。

「恭喜妳啊，8831號。」她說道。「我們要舉辦一個小型的歡迎派對。」她向守衛示意，命令道：「把美國人帶走。」

凱西看到其他守衛走進比利和布雷迪的牢房。布雷迪跪下並將雙手放到頭上，比利也照做。四名守衛走進凱西的牢房。她看著布雷迪和比利被蒙上眼睛並帶走。凱西往後退，試圖在守衛身上尋找弱點，任何可以扭轉情勢的手段，但他們全身上下都穿著盔甲。守衛抓住她，把她按倒在地，並用頭套蓋住她的頭。

伊爾馬科娃的聲音在她耳邊響起：「來看看這位小名人在第一次的正式試驗中表現如何吧。」

凱西的頭被往下壓，雙手被猛拉到空中，被帶出了牢房。

她聽到馬爾科在身後大吼大叫，他那瘋狂的聲音在巨大的牢房中迴盪：

「是誰在看妳，魔鬼女大兵！是誰在看妳！」

22 俄羅斯莫斯科

維克托．亞歷山大羅維奇．索科洛夫大將是俄羅斯聯邦對外情報局非法人士處的負責人，他凝視著對面牆上的X光片，以及點綴在上面的白色雪花。腫瘤醫生是俄羅斯聯邦軍隊總參謀部情報總局醫療服務室的中尉，他坐在索科洛夫的胸部X光片下方，嘴巴一開一合，似乎在說些什麼，但索科洛夫半個字都沒聽進去，目光完全離不開X光片。一股平靜的暖流在索科洛夫體內擴散開來，他感覺到一種此生無憾的解脫感。這間位於莫斯科國立大學醫學中心十五樓的辦公室寒冷又狹小，現在卻不知為何溫暖起來，似乎有點人情味了。

「大將？」腫瘤醫生說道。「請問您明白我的意思嗎？」

肺部的灼熱感、咳個不停的早晨、無數條手帕上的血跡——八十一歲的索科洛夫回到了現實。

「當然，醫師，我明白。」

腫瘤醫生是一名五十幾歲的壯漢，他把雙手放在膝蓋上，指尖不斷撫摸著褲子，透露出內心的緊張，思考接下來要說的話。但索科洛夫揮手示意他不必說了，他不需要聽，因為看X光就知道了。他得了癌症，無法動手術，也無法治療，就這麼簡單。不管出問題的是肺、喉嚨還是淋巴結，都沒差了。

真是太好了。

索科洛夫拿起手杖，站起來走向門口，腫瘤醫生緊張地看了一眼護理師。

「大將，有一些積極治療的方法，尤其是以當今的醫療技術——」

「醫師，我不打算治療。我看過你們把那些藥物注入患者體內。如果我要死的話，我要死得有尊嚴。」說完，索科洛夫就走出辦公室，踏入鋪了大理石地板、一塵不染的走廊。他的四名護衛立正，跟著大將走出醫院，來到急診室入口，一輛防彈賓士車在車隊中等著他們。

索科洛夫抬頭仰望著莫斯科藍灰色的天際線，太陽彷彿隨時都會從厚厚的雲層裡探出頭來。要下雨了，索科洛夫聞到了雨的味道。

他很喜歡下雨，因為雨水會洗淨這座城市。今天下雨再適合不過了，畢竟這是一個特別的日子，一個紀念、哀悼的日子。

在這一天得知自己時日無多，也許是天意吧。

命運般的巧合。

「要回家嗎，大將？」他的特別助理迪米崔問道。

索科洛夫凝視著天際線，思考要在家裡的圖書館喝一杯印度奶茶或伏特加，度過一個悠閒的下午，還是要回到亞先涅沃，在四樓趕一些高度機密的工作。索科洛夫深深吸了一口氣，感受著肺裡癌細胞的重量。不，今天不是獨處的日子，也不適合在亞先涅沃那些令人倍感壓抑的辦公室裡沉思——今天應該要無憂無慮，盡情享受才對。

應該要來點娛樂活動。

畢竟他都要死了。

還有什麼更好的慶祝方式呢？

「我想去盧比揚卡，帶我去『Peshchera』。」索科洛夫一邊說，一邊上車。帶我去洞穴。

車隊由四輛防彈裝甲Land Rover組成，前後各兩輛，帶著索科洛夫的黑色賓士穿過車水馬龍的莫斯科街道。索科洛夫喝著一杯伏特加，看著他心愛的灰色城市。莫斯科是祖國的中心，幾個世紀以來，這座城市都屹立不搖，堅不可摧，是個穩紮穩打、經得住時間考驗的怪物。

在遠處，他可以看到那棟高聳的九層樓混凝土建築，它名為盧比揚卡大樓，曾經是國家安全委員會（Komitet Gosudarstvennoy Bezopasnosti），也就是KGB的總部，現在也是總統新KGB的總部，只不過改制為俄羅斯聯邦安全局（Federal'naya Sluzhba Bezopasnosti），簡稱FSB。

車隊駛入熟悉的地下入口，沿途經過六、七個安全檢查站，政府官員一看到那輛插著外交政府旗、閃爍著藍色燈光的賓士，就揮手讓他們通過。地下通道越繞越深，最後停在由聯邦安全局高階警衛保護的電梯前。索科洛夫下了車，將手上那杯伏特加遞給迪米崔，然後一瘸一拐地走向電梯，並伸出右手。其中一名警衛走上前來，遞出一臺平板電腦。索科洛夫將手掌放在螢幕上，直到平板震動並響起。

見他已完成驗證，另一名警衛便打開電梯，索科洛夫進去後，電梯開始下降。他從電梯的鏡門裡看到了自己衰老的臉龐、駝背的肩膀，以及眼睛和顴骨下鬆弛的皮膚。他面色蒼白，看起來就像醫院裡奄奄一息的病人，但那雙黑眼睛宛如悶燒的煤炭，仍然炯炯有神，充滿了生命。

電梯下降，接著門「咻」的一聲打開，映入眼簾的是燈火通明的黑色大理石走廊，通往一扇鮮紅色的門，這個地方索科洛夫再熟悉不過了。入口處還有兩名手持輕機槍的警衛，兩人都指著紅色門中央的虹膜掃描器。

老將軍把右眼對準掃描器，一道綠色的光束掃過他的虹膜，門就打開了。

裡面很溫暖，燈光昏暗，裝飾華麗。

索科洛夫站在俄羅斯聯邦最高檔俱樂部的入口。

Peshchera。

洞穴。

十幾個男人坐在幾張桌子旁聊天，人手一杯伏特加，卻都停了下來，抬頭看著這位臭名昭著的老將軍，也就是對外情報局非法人士處的負責人。

索科洛夫對他們不理不睬，他早已習慣人們的目光，習慣有權有勢的男人在他面前畏畏縮縮。這是因為他的背景特殊，權力總有辦法讓地位較低的人俯首稱臣。就連那些盯著他看的男人，也就是俄羅斯最有權勢的人，都是總統親自挑選的。索科洛夫用懶洋洋的目光掃過政府機構的各個局長、部長、寡頭政治家、將軍，以及俄羅斯聯邦安全會議的祕書。

他們是西羅維基，總統的核心集團，老男孩俱樂部。

索科洛夫不理會眾人的目光，看向覆蓋了俱樂部另一頭一整面牆的螢幕。那片熟悉的螢幕上可以看到山上森林的空拍影像，大量統計數據在畫面左側閃過，是賠率和賭注。

真幸運，剛好有一場試驗要開始了。

索科洛夫走下鋪著地毯的臺階，在俱樂部後面他最喜歡的桌子坐了下來，這樣就可以在觀賽的同時，觀察其他賓客。

酒保來到將軍身邊，西羅維基便繼續喝酒聊天。索科洛夫一如往常，點了世界上最貴的羅索波羅伏特加。在這裡，金錢不是問題。

酒保離開前，將一本皮革裝訂的檔案放在老將軍面前。

索科洛夫翹起腳，並掏出一支壽百年黑俄羅斯香菸，這正是他抽了幾十年，最終導致他罹癌的菸草。

索科洛夫已經好幾個月沒有光臨洞穴了。由於不想跟聲名狼藉的西羅維基一起喝酒廝混，索科洛夫通常會選擇能親自動手的放鬆方式，在辛苦工作一週後好好放鬆身心。雖然洞穴觀賞殺戮行為的性質令人毛骨悚然，但賭博從來都不是索科洛夫的強項。他更喜歡他的其他惡習：飲酒、吸菸，以及在布提爾卡監獄燈火通明的地窖和列福爾托沃監獄滿目瘡痍的刑求室度過的時光，在那裡，他可以盡情享受自己最愛的消遣活動。

「Pytki」，也就是酷刑。

即使在「Novorossiya」，也就是新俄羅斯，像索科洛夫這樣位高權重的人物還是可以沉溺於前蘇聯的惡習，也不須承擔責任。但今天他不想這麼做。

參加「pytki」很耗體力，對生病的老將軍會造成很大的負擔。不，今天他要在洞穴欣賞這個病態的娛樂節目，喝一、兩杯羅索波羅伏特加，心情好的話，他或許還會久違地下注呢。

索科洛夫翻閱檔案，找到了今晚試驗的資料。地點是一個林木茂密的山坡。他查看分數賠率；今天是三名受試者對上六名囚犯。

這些囚犯是世界上最殘暴的六個男人，都是從奧倫堡州俄羅斯聯邦監獄管理局第六號勞教所，也就是臭名昭著的黑海豚監獄中精心挑選出來的。從猥褻兒童者、殺人犯、恐怖分子、食人魔到瘋狂連環殺手，全都是被判無期徒刑的囚犯，要跟被抓的外國人互相殘殺。外國人通常是從世界上某個骯髒的角落抓來的士兵，包括敘利亞人、伊拉克人、阿富汗人，還有少數猶太復國主義者，都是有經過特種部隊訓練的人。不過，對索科洛夫和西羅維基來說，最稀有，也是最有娛樂價值的參加者是被俘虜的西方人。

索科洛夫翻閱介紹黑海豚囚犯的頁面，心想對上他們的三個可憐人是誰，看到時揚起了一邊眉毛。

三個都是美國人。

其中一個是平民，還是個孩子，另一個是前海豹隊員，而第三個是……

是個女人。

酒保在索科洛夫面前放了一杯羅索波羅伏特加。

「大將，請問要幫您下注嗎？」

索科洛夫舉起一根手指要酒保安靜，開始閱讀那個女人的介紹：

> 8831 號受試者：姓名：卡珊卓拉・安・蓋爾，美國公民，一九八六年一月二十七日出生於美國華盛頓特區，現居住於蒙大拿州林肯。喪偶。二〇〇六年至二〇一五年擔任陸軍通訊專家。自二〇一五年起居住在班寧堡，在此期間成為**第三位**從美國陸軍遊騎兵學校畢業的女性。於二〇一七年退伍。受試者的丈夫**已過世**。科迪亞克誘捕小隊於阿拉斯加伊格爾擄獲 8831 號受試者。

第三位從遊騎兵學校畢業的女性，索科洛夫心想，不禁對她刮目相看。

毫無疑問，能抓到卡珊卓拉・安・蓋爾這麼好的貨色，俄羅斯軍事情報機構總參謀部情報部（Glavnoje Razvedyvatel'noje Upravlenije，簡稱 GRU，音譯為格魯烏）的伊爾馬科娃大尉這次的表現又更上一層樓了。

伊爾馬科娃大尉隸屬於格魯烏的科學處，是個臉色蒼白的惡魔。這個乳臭未乾、莫斯科國立大學出身的偽心理學家十分渴望得到總統的青睞，她會不擇手段往上爬以引起總統的注意，靠著慘無人道的人體實驗成為第一位進入核心集團的女性。

想到伊爾馬科娃大尉用那種不正規的荒謬方式爬上高位，索科洛夫不禁嗤之以鼻。在八〇年代，她在西方國家的「rezidentura」，也就是蘇聯大使館工作，算是很幸運的了。她經驗豐富，是格魯烏數一數二的操縱高手，很多人都失敗了，她卻脫穎而出。而且她還想到了一個異乎尋常的點子來娛樂西羅維基，也就是重啟臭名昭著的醫療型沙拉什卡「八六六基地」，以促進科學進步。還有作為娛樂活動。

酒保挪動身子，有點緊張，等待索科洛夫瀏覽完格魯烏情報部門對卡珊卓拉．蓋爾的調查報告。

索科洛夫選擇了標準的輸贏盤。

「一百萬盧布，賭美國女孩贏。」

酒保鞠了個躬，便離開了。

有越來越多西羅維基的成員走進洞穴，因為大家都知道試驗有女性參加者，而且還是受過特種部隊訓練的女性有多麼稀奇。

消息在核心集團裡傳得真快。

索科洛夫閱讀檔案中關於卡珊卓拉．蓋爾的美國新聞剪報，那些政治醜聞，華盛頓的大人物爭論是否要開放女性擔任戰鬥職位。接著他翻到卡珊卓拉．蓋爾個人物品的彩色照片，是在誘捕過程中拍攝的。他查看州政府核發的身分證，仔細研究牛皮錢包、她的軍人身分證、護照、社會安全卡，以及一張錢包大小的照片影本。在照片中，她穿著綠色軍裝，摟著一名年輕男子，旁邊有一隻大型德國牧羊犬，握著牽繩的是一名個子高大、年紀較長的藍衣男子——

索科洛夫正把那杯羅索波羅伏特加舉到唇邊，手卻開始顫抖，而且並不是關節炎導致的。酒杯在桌上摔碎，價值數十萬盧布的高級俄羅斯伏特加灑在華麗的紅色地毯上。索科洛夫不斷顫抖，差點從椅子上跌下來，附近的西羅維基成員紛紛轉頭看他。他死盯著那張照片，目光離不開那個握著牽繩的男人的臉，他那方正的下巴，還有那雙銳利的藍眼睛。

不會吧。

不可能吧。

索科洛夫的胸口像一把火在燒，彷彿癌細胞在幾秒鐘內轉移並擴散了十倍。他用顫抖的手指抓著貼有那張照片的頁面，感到驚慌失措、震驚不已。有人在跟他說話，那個聲音把他拉回了現實。

「大將？大將，您還好嗎？」

索科洛夫抬頭看著酒保，試圖將紊亂的思緒化為言語，他的目光從酒保身上移到西羅維基，又移到開始顯示倒數計時的螢幕上。畫面上有卡珊卓拉．蓋爾的照片，下方的賭注金額不斷增加。

黑暗的回憶湧入索科洛夫的腦海裡，他盯著卡珊卓拉．蓋爾的臉，發現了相似之處。實在是太明顯了，她長得真的很像那傢伙。

「試驗！」索科洛夫喘息道。「停止那該死的試驗！」

酒保後退了一步，難掩內心的緊張，眼睛四處張望，想尋求協助。西羅維基坐在位子上，一動也不動，沒人知道對外情報局非法人士處的負責人到底怎麼了。

「停、停、停止？」酒保支支吾吾道。

索科洛夫已經站了起來，一手拄著手杖，另一手拿著那本皮革裝訂的檔案，說道：「快聯絡伊爾馬科娃大尉，叫她立刻停止試驗！絕對不能開始！」

「大將，我們沒有直接聯絡沙拉什卡的電話，沒辦法——」

「克留奇科夫！」索科洛夫用手杖指著一名頭髮日漸稀疏的矮胖男子，他也是西羅維基的成員之一，穿著聯邦安全局的軍禮服，一聽到自己的名字就漲紅了臉。

伊凡·米哈伊洛維奇·克留奇科夫大尉是聯邦安全局第十五部門的負責人，也是聯邦安全局與格魯烏祕密沙拉什卡的聯絡人。他發出不由自主的咯咯聲，搖搖晃晃站了起來。

「你有直接聯繫伊爾馬科娃大尉的電話，不是嗎？」索科洛夫厲聲問道。「你的部門負責管理對八六六基地的安全FAPSI[5]線路，不是嗎？」

「呃……是的，但我們不能——」

「我能不能做什麼，不是你說了算！」索科洛夫吼道，並往臺階移動。他再次用手杖指著克留奇科夫，問道：「在哪裡？告訴我聯繫沙拉什卡的電話在哪裡！」

「在樓上，在五樓。」

---

[5] 聯邦政府通訊與資訊局，縮寫為FAPSI，負責訊號情報和政府通訊的安全性，於二〇〇三年解散。

「帶我過去。」

克留奇科夫穿過俱樂部時，索科洛夫瞥見另一頭牆壁上的螢幕。他看到那三名受試者：卡珊卓拉・安・蓋爾、前海豹隊員，還有那個小子，他們坐在Mi-24雌鹿直升機上，正飛往那個樹木繁茂的山坡。試驗在幾分鐘後就要開始了。

索科洛夫必須加緊腳步。

23

他們被押送出紅區，進入一個房間，凱西猜測那應該是某種準備室。

三名美國人都被守衛脫光衣服，換上綠色迷彩服。

伊爾馬科娃大尉也在房間裡，她低頭看著平板電腦，似乎激動得飄飄然。他們換好衣服後，守衛在每個人的左手腕都戴上一個黑色手鐲。

「我們會用手鐲監測你們。」伊爾馬科娃說道。「包括GPS和心跳，實驗所需的一切資料。不要試圖逃跑，因為無處可去，也不要試圖取下手鐲，它是拿不下來的。」

神經科醫生阿圖爾隨後進入房間，重新檢查手鐲；完成後，他向伊爾馬科娃點點頭。

他們又被戴上手銬和頭套，押送出準備室。凱西試圖記住他們走了幾步，轉了幾次彎，但根本就不可能。不知道過了多久，他們終於被帶到外面。

她能感覺到陽光溫暖了她的頭套，直升機旋翼刺耳的噠噠聲蓋過了其他所有聲音。

他們坐著直升機，飛了很長一段時間才落地。被守衛押著走了兩百步後，他們被迫背靠背坐下。

伊爾馬科娃開口道：「手銬會自動解開，然後試驗就會開始。你們唯一的目標就是存活下來。」

直升機再次起飛後，凱西感覺到手銬解開了。

她掙脫手銬並摘下頭套，布雷迪和比利也一樣。布雷迪已經站了起來，朝一棵大樹走去。

凱西觀察周遭環境。他們在一個林木茂密的山坡上，右邊是嶙峋的懸崖，左邊則是用砍伐的樹木堆成的陡峭堤圍。

「我們運氣不錯。」布雷迪一邊說，一邊從樹下走回來，手裡拿著三把實木槍托的舊步槍。「莫辛－納干M1944卡賓槍，每把槍有兩顆子彈。」說完，他就將其中一把槍遞給凱西。她檢查保險栓，退彈並查看彈匣。布雷迪說得沒錯，有兩顆子彈。

「這是我第一次拿到槍，他們通常只會給我一把刀。」布雷迪說道。

「你覺得這意味著什麼？」

「我們的對手一定不簡單。總共六顆子彈，代表可能至少有六個瘋子在狩獵我們，或許還有更多。我也不知道，之前都只有我一個人。」他走向仍坐在地上的比利，把步槍遞給他，比利頭也不抬，就接過那把槍。

「你參加過幾次試驗了啊？」凱西問道。

「包括評估試驗的話，這是第六次。」布雷迪回答，並向比利伸出了一隻手。「起來吧，小子，我們得走了。」

比利不理會那隻手，只是嘀咕了些什麼。

「你說什麼？」

「倒楣鬼比利。」比利說道，接著抬起頭。「我家鄉的朋友都是這麼叫我的，因為我總是有辦法陷入很糟糕的情況。我又沒受過軍事訓練，要怎麼存活下來？」

「只要聽我和布雷迪的話，你就能存活下來。幸好我們有海豹隊員作為夥伴。」凱西微笑道，並看向布雷迪，後者挪了挪身子，似乎有些不自在。凱西繼續說：「比利，你會打獵，你知道怎麼用步槍，只要照我們說的去做，你就會沒事的，我保證。」

比利低頭看著手中的古董步槍，一臉不放心的樣子。

「來吧，我們會撐過去，再想辦法離開這裡。」

凱西拉比利站了起來。

布雷迪瞇起眼睛看著天空，說道：「攝影機無所不在，樹上有，空中也有無人機，你們一定會看到一些，不要理它們，只要想著如何在試驗中存活下來就好了。」

他們擬定了一個計畫。

他們要上山，試圖找到可以勘查地形的空曠處，再決定要進攻還是防守。布雷迪建議比利可以走中間，比較不會那麼緊張。

他們花了將近三十分鐘才登頂。山頂布滿了嶙峋的岩石，布雷迪帶著大家慢慢走出森林，來到一塊巨石附近的岩石上。

「壓低身子，不要把頭和身體探出去。」

凱西眺望著下方一望無際的荒野，綿延的山脈之間點綴著深綠色的山谷。在遠處，她可以看到白雪覆蓋的火山，還有一條寬闊的河流往地平線的方向延伸。

「這跟之前的試驗地點完全不一樣。」布雷迪搖搖手道。「我從來沒看過這種地貌。」

凱西抬起頭，看到三架無人機，三個小斑點在天空中飛來飛去。「有什麼計畫嗎？」她問道。

比利在巨石後面躺了下來，布雷迪仍眺望著荒野，似乎沒有聽到。

凱西真希望伊爾馬科娃有先給他們一些食物和水。她希望自己根本沒去阿拉斯加，希望德瑞克還活著。她的思緒又回到一月的那一天，她早早醒來，走到穀倉。她記得自己叫得有多大聲，然後跌坐在雪地上，她父親從房子裡衝出來並抱住她。

凱西發現下方的森林裡有動靜，馬上被拉回現實。

她抓住布雷迪的手臂，正要警告他，卻在這時聽到「砰」的一聲巨響，一顆子彈從他們的頭頂上方呼嘯而過。

24

俄羅斯莫斯科
盧比揚卡大樓

聯邦安全局第十五部門的克留奇科夫大尉帶著索科洛夫大將走出洞穴，回到電梯裡。克留奇科夫從口袋裡掏出一把鑰匙，插入電梯的控制面板，並按下通往盧比揚卡大樓五樓的按鈕，同時也一直用眼角餘光觀察大將的舉止。

老人渾身顫抖，用扭曲變形的手緊抓著那本皮革裝訂的檔案，用力拍打大腿。

當電梯「叮」的一聲停在五樓，克留奇科夫幾乎是直接跳到走廊上。「我沒辦法保證能夠及時聯絡到伊爾馬科娃大尉。試驗已經開始了，從莫斯科到沙拉什卡的多重加密作業可能需要幾分鐘，接收和傳輸加密FAPSI線路的衛星——」

索科洛夫走出電梯，猛然轉身面對克留奇科夫。克留奇科夫看到老人眼中醞釀的強烈怒火，頓時僵住了。聯邦和外國情報圈的人都聽過關於對外情報局非法人士處負責人的傳聞，克留奇科夫也不例外，包括他在國家安全委員會的功績，以及他訓練和管理至今的菁英暗殺小隊。那是一個由對外情報局特工所組成的超機密單位，成員沒有名字，專門從事深入作戰、破壞行動和祕密調查工作，而他們全都聽命於站在他面前的這個老人。

如果傳聞屬實（克留奇科夫相信是真的），聯邦至今最高機密的暗殺行動，包括前KGB成員利特維年科、記者波利特科夫斯卡亞、石油公司創辦人戈盧別夫，以及英國輻射專家普徹爾之死，幕後黑手就是維克托・亞歷山大羅維奇・索科洛夫大將和他的菁英殺手團隊。

這位老將軍寫了一本關於現代俄羅斯間諜活動和反間諜活動的書，握有當時的蘇聯和現在的俄羅斯聯邦最黑暗、最不可告人的祕密，畢竟滲透到西方國家的「非法人士」就是由他掌管的。

所謂的「非法人士」是受過特殊訓練的俄羅斯間諜，會偽裝成平民，過著正常生活，但實際上是深入敵營執行任務。除了對外情報局非法人士處的人員之外，只有總統知道這些非法人士的真實身分。

話雖如此，最讓克留奇科夫害怕的不是索科洛夫在對外情報局的過去和地位，不是他出了名的壞脾氣，也不是他殘忍施暴的本領。克留奇科夫之所以瑟瑟發抖，是因為索科洛夫與全俄羅斯最有權勢的人關係十分密切。

而那個人就是俄羅斯總統。

不只是克留奇科夫，只要是情報圈的人都聽說過關於索科洛夫過去的傳聞。在失去自己的兒子後，他輔佐一個在東德工作、默默無聞的年輕KGB探員一路爬到總統之位，將其塑造成現今這個令人畏懼且狡猾多詐的領導者。

大家都知道總統叫索科洛夫「Dyadya Viktor」，也就是維克托叔叔，索科洛夫則稱他為

「plemyannik」，也就是姪子。

想到索科洛夫握有多大的權勢，克留奇科夫便不寒而慄，結結巴巴說道：「我、我、我帶您去電話那裡。」

克留奇科夫帶著老將軍走過另一條鋪了紫褐色地毯的寬敞走廊，急急忙忙打開一扇貼有「V561」牌子的門，並替將軍扶住門。

房間內有一張小桌子，上面放了一部黑得發亮的電話，站在桌子旁的聯邦安全局警衛馬上立正站好。

「這條線路可以直接聯絡到沙拉什卡。」克留奇科夫說道。

「是安全的嗎？」

「百分之百是，不會被竊聽，正如我剛才所說，這條線路經過層層加密，可能會需要幾分鐘。」

「你們兩個都給我出去。」索科洛夫厲聲道。

警衛立刻離開，但克留奇科夫仍站在原地，說道：「大將，這部電話每一次的通話我都必須在場，這是我的職責，如果我不遵守規則，就代表我沒有善盡職責，畢竟我是第十五部門和格魯烏沙拉什卡之間的聯絡人。」

索科洛夫把聽筒舉到耳邊，鈴聲在電話另一頭響起。他稍微放下聽筒，瞪著克留奇科夫，說道：「大尉，我勸你最好趕快出去。聯邦安全局無權監聽對外情報局非法人士處的通話，尤其是這一通。」

克留奇科夫大尉仍一動也不動，索科洛夫便再度開口。

「還是要我打電話到元老院？或許我應該把這種不當行為告訴我的『plemyannik』。」

克留奇科夫瞪大雙眼，一臉驚恐，索科洛夫則不露神色。

電話繼續響。

克留奇科夫猶豫了一、兩秒，便鞠了個躬，退出房間後關上門。

索科洛夫屏住氣息，等了一分鐘後，電話另一頭終於傳來阿庫麗娜·伊爾馬科娃大尉低沉的嗓音，她聽起來很煩躁。索科洛夫保持聲音平靜，雙手穩定，低頭看著藍衣男子牽著狗的照片影本。

「我是維克托·索科洛夫大將，妳知道我是誰嗎？」

伊爾馬科娃大尉的語氣頓時由惱怒轉為驚恐。「是的，大將，我當然知道您是誰。」

「妳試驗中的那個女孩，卡珊卓拉·蓋爾，不要讓她進行試驗，立刻把她安置在安全的地方，直到我抵達那裡。」

「抵達這裡？大將，試驗已經開始了，受試者目前正在——」

「停止試驗！」索科洛夫怒吼道。「立刻停止試驗！萬一受試者出了什麼事，該負責的人就等著在布提爾卡監獄的地窖度過悲慘的餘生吧，我會親自確保這點！」

「大將，我——」

「伊爾馬科娃，這比妳那愚蠢的遊戲還要重要，這不是娛樂，現在不是了！」

「我不能就這樣停止試驗，我們目前正在對受試者進行實驗，而且西羅維基已經下了注，錢已經交由格魯烏保管了。」

「誰管妳那些騙錢的實驗，我他媽根本不在乎西羅維基的錢！」

伊爾馬科娃又要出聲反駁，但索科洛夫打斷了她。

「卡珊卓拉．蓋爾的事情是政府最高層的事務，由我親自處理——」索科洛夫用嘴巴吸了一口氣，發出了幾乎難以察覺的吸吮聲。他內心的怒火不斷積聚，快要真的「火冒三丈」了。

「大尉，」索科洛夫說道。「妳知道我是誰，也知道我不是好惹的。妳要停止試驗，還是要我請總統親自聯絡妳？」

「Nyet，不需要這麼做，我……我會盡我所能停止試驗的。」

「這樣不夠。」索科洛夫爆氣道。「在事情處理好之前，我不會掛電話。」

「Da，大將。」

索科洛夫再次低頭看著照片影本中的卡珊卓拉．蓋爾和牽著狗的男子，幾十年來埋藏在內心深處的餘燼再次燃起熊熊怒火。

25

堪察加半島
八六六基地

阿庫麗娜·彼得羅芙娜·伊爾馬科娃大尉站在沙拉什卡的控制室裡，俯瞰著正在實況轉播試驗的十英尺LED螢幕，並將黑色的話筒放回桌上。

沙拉什卡控制室裡的數十名無人機飛手、技術人員和科學家全都盯著她，沒有人在注意螢幕上的戰鬥場面。伊爾馬科娃大尉掃視著人群半晌，試圖為剛剛的通話內容找到合理的解釋。

令人畏懼的對外情報局非法人士處負責人維克托·索科洛夫大將要求她停止試驗，自從沙拉什卡重啟以來，這種事從來沒有發生過。大將一定是透過聯邦安全局第十五部門，也就是克留奇科夫大尉那個無能的傻瓜才能使用FAPSI線路的。

伊爾馬科娃仔細考慮現有的選擇。在螢幕上，她看到那群美國人剛開始與囚犯交戰。如果停止試驗的話，西羅維基的錢就要全數退還，所有人都會敗興而歸。

那會對她的聲譽造成什麼影響？

這會害她沒辦法成為第一個加入核心集團的女性嗎？整個沙拉什卡作為一項娛樂活動兼偉大

的實驗，是為了讓她步步高升，向莫斯科的菁英證明自己的能力與價值。

她還必須考慮到醫療實驗。她瞥了一眼阿圖爾的工作站，他緊盯著螢幕，上面顯示著囚犯和美國人的所有統計數據，包括心率、血壓、荷爾蒙壓力指數等。如果試驗不得不結束，阿圖爾的數據就會不準確，等於是前功盡棄——

伊爾馬科娃看向擔任首席無人機飛手的格魯烏中尉，說道：「格雷戈里，停止試驗。」

格魯烏中尉瞪大雙眼，問道：「要怎麼停止試驗？」

「我不管你怎麼做。」伊爾馬科娃說道。「用催眠瓦斯。馬上派一個小隊，不，兩個小隊下去，他們唯一的目標就是帶回8831號受試者，那個叫做卡珊卓拉．蓋爾的女孩。」

阿圖爾抬起頭，抗議道：「妳這樣會毀了整個實驗！」

還會出盡洋相，伊爾馬科娃心想。

這場試驗將不會有優勝者，數千萬盧布將全數退還，只因為維克托．索科洛夫大將如此下令。她指著操控無人機主系統的格魯烏中尉。

「現在立刻把直播畫面切到洞穴，然後丟催眠瓦斯，把他們全都迷昏。」

一連串的子彈劃破空氣，打中岩石，布雷迪用全身的重量撲向凱西和比利，兩人臉朝下被撞倒在巨石後面的淺坑裡。

「壓低身體！」布雷迪大叫。

凱西爬了起來，用手和膝蓋著地，確保自己有壓低身體。從來沒有人真的朝她開過槍，她進行過無數次實彈演習，但這是第一次有人想要置她於死地。奇怪的是，她感到異常平靜。

按照訓練，他們必須要立刻反擊。交火的第一分鐘是最重要的，一定要盡快建立火力優勢。同樣躲在巨石後面的布雷迪也爬了起來，身體壓得跟她一樣低。

「再繼續待在這裡一定會完蛋！」凱西說道。

「我們有上坡優勢，但沒有足夠的彈藥可以壓制他們！」布雷迪大叫。更多彈藥朝他們襲來，攻擊者顯然有現代化的自動射擊槍枝和大量彈藥，在人數方面也擁有壓倒性的優勢。「妳剛剛看到幾個人？」

凱西回想對方開火前，樹林裡的動靜，回答：「可能有五、六個。」

敵人突然停止射擊，下面傳來喊叫聲。

「他們越來越接近了。」布雷迪說道。「我們必須一一擊斃他們，殺出一條路，然後想辦法逃出去。小子，你準備好逃跑了嗎？」

比利用胎兒一樣的姿勢蜷縮在他們腳邊，凱西看了布雷迪一眼，不確定該怎麼做，卻在這時看到布雷迪身後有動靜。一個有刺青的彪形大漢繞過巨石，手裡的機關槍瞄準著三人組。

凱西沒有時間思考，直接把槍舉過布雷迪的肩膀並扣下扳機。

她把槍上膛，又開了一槍。

兩槍都正中紅心。大漢低頭看著胸前的傷口，武器從手中滑落，他便倒地不起。布雷迪睜大眼睛，猛然轉身，急忙跑去拿死者的機關槍。那是一把老式的蘇聯AKM突擊步槍，他檢查彈匣，發現子彈還剩一半，便向凱西點頭表示感謝。

凱西低頭看著手裡的步槍，感到不可思議。

她剛剛用這把槍殺了人。

她沒有太多時間思考，因為比利拉著她的褲管，正在大喊些什麼。布雷迪站了起來，瞄準凱西的頭頂上方。她回頭，看到三個男人出現在將近五十碼外的地方，他們應該是從左邊的岩場爬上來的。

砰砰的槍聲從三個不同方向傳來。

布雷迪的槍口爆出光焰，他低頭閃躲，四面八方都是彈飛的子彈。凱西匆匆爬向布雷迪丟在腳邊的莫辛－納干M1944卡賓槍，一把抓起槍，卻在這時發現上面有動靜。

是另外兩個男人。

看來他們繞過了山頂，打算從另一側夾擊。

他們被團團包圍，簡直成了敵人的活靶。

凱西舉起布雷迪的武器並開槍。

沒射中。

她把槍上膛，瞄準後又開了一槍，其中一個男人腳步踉蹌。她丟下武器，一把抓起比利的步槍，還剩兩發。與此同時，布雷迪正在向左邊的敵人還擊。

凱西舉起比利的武器並瞄準，這時卻有某個熾熱的東西削過她的左手臂，衝擊力大到她整個人轉了半圈，跌在比利身上。

槍聲彷彿吞噬了一切。布雷迪在大喊大叫，比利在尖叫——她聽到布雷迪的槍「喀嚓」一聲，沒子彈了。

凱西呆坐在地上，低頭看著自己的手臂。她的左二頭肌上有一個紅色的小洞，鮮血不斷滲出。接著布雷迪的臉出現在她面前，他看起來驚慌失措，一邊大喊大叫，一邊拉著她的衣服，想讓她站起來。

突然，她聽到了尖銳的呼嘯聲，總共三聲。

凱西和布雷迪看向天空。

槍聲戛然而止。

白色的凝結尾在他們上方劃出一道道弧線，呼嘯聲越來越大，凝結尾轉向，直直朝他們飛來。

凱西看到至少六條白色尾跡。

布雷迪又開始拉她，比利站了起來，就在這時，有兩個金屬罐擊中了幾英尺外的岩石。

凱西低頭看著金屬罐，彷彿被催眠了。在遠處，她似乎聽到了直升機的聲音。

凱西看著布雷迪彎下腰，抓起其中一個罐子，把它丟下山。

但他還來不及去拿，第二個罐子就閃爍著紅燈打開了。

一團橘色煙霧在他們面前擴散開來。

凱西沒有試圖反抗。

她吸了一口氣，感覺大腦裡有什麼東西鬆動了。她全身癱軟無力，周圍的世界消失在一片黑暗中。

26

八六六基地
控制室

伊爾馬科娃大尉透過空中無人機的畫面，看到8831號受試者和其他美國人陸續失去意識。那個女人的健康監測手環顯示她的生命跡象變得很不穩定。

「她中槍了。」阿圖爾說道，他繃著臉，面有慍色。

「我又沒瞎；快去實驗室準備動手術。」伊爾馬科娃回答，阿圖爾立刻跑出控制室。螢幕上，軍用直升機迅速飛向8831號受試者的位置。伊爾馬科娃按下控制臺上的通話按鈕，直接對直升機上的守衛下達命令：「優先帶回8831號受試者，第二小隊可以晚點再回去帶其他人。」

直升機上的守衛確認收到命令後，伊爾馬科娃便叫飛手操控無人機，飛到高空拍攝整座山頂。兩名黑海豚囚犯死亡，另外四人因為大量投放的催眠瓦斯而不醒人事。伊爾馬科娃看著8831號受試者被抬上直升機，心裡終於鬆了一口氣。

「預計二十二分鐘後抵達。」一名守衛透過麥克風說道。

「收到。」

伊爾馬科娃看著控制室，想到將軍強迫她停止試驗，不禁低聲咒罵了幾句。那黑得發亮的話筒，也就是沙拉什卡和盧比揚卡大樓之間的聯繫管道仍放在桌上。她最不想做的事就是跟維克托．索科洛夫交談，但她知道自己別無選擇。關於這地方在蘇聯時期的樣貌，包括這裡對國家安全委員會的用途，以及維克托．索科洛夫和他已故的兒子在這裡做了什麼，伊爾馬科娃只聽過傳聞。

她知道一旦拿起電話，自己就會淪為維克托．索科洛夫世界中的受害者。

伊爾馬科娃不知道為什麼那個老態龍鍾的老人對8831號受試者那麼有興趣，但她知道無論原因是什麼，自己都成了共犯。她朝電話走了一步，然後想像自己走出控制室，直接回到她的豪華套房，泡個熱水澡，一邊聽巴哈的音樂，一邊喝杯紅酒放鬆一下，再回去跟老將軍打交道。也許她可以打電話給莫斯科的同事，詢問「generalnyi」的動機。

Nyet，不行。

那麼做根本是自殺行為。將軍到處都有耳目，他的內部人士和資源之多，背著他搞小動作絕對不是明智之舉。

如果伊爾馬科娃想在未來一、兩年內離開這個鬼地方，她就要遵守遊戲規則。

馬屁拍好拍滿，拿到加入核心集團的入場券。

她的職業生涯在眼前閃過，她曾經只是著駐紮在西方國家的年輕格魯烏情報人員。她想起自己在過去二十九年的輝煌成果，以及她管理的所有間諜，包括華盛頓的利普斯基、紐約的伊卡洛斯等等。多虧了她在「rezidentura」的經歷，她才能在莫斯科建立名聲，但直到「科迪亞克」走進渥太華的蘇聯大使館，伊爾馬科娃才真正一舉成名。「科迪亞克」是她的寶貝，是奪取西方軍事情報的珍貴資產，她甚至因此得到了升官的機會。她管理「科迪亞克」多年，收集到了極其寶貴的情報。「科迪亞克」退休時，升上新職位的伊爾馬科娃提出了一個獲利豐厚的誘人方案，讓他繼續為她效力。

方案內容是把「科迪亞克」轉移到一個荒涼的地方，讓他為改造後的沙拉什卡建立誘捕小隊。讓她感到害怕的是，「科迪亞克」抓了8831號受試者，勢必會被索科洛夫大將盯上。

「科迪亞克」是她的，科迪亞克小隊屬於她。

她會無所不用其極保護他們。

她一把抓起FAPSI線路的黑色話筒，想像自己兩年後住在黑海的一棟達恰❻。如果這個沙拉什卡一切順利，如果她能讓西羅維基和總統滿意，她的未來將無比光明。

電話另一頭傳來將軍的呼吸聲，她試著用充滿自信的語氣說道：「索科洛夫大將，試驗已終止。8831號受試者很安全，正在回沙拉什卡接受治療的路上。」

在說話的同時，伊爾馬科娃有一種不祥的預感。事情已經超出了她的掌控，她感覺自己就像是棋盤上的一顆棋子。

一部有問題的機器上的小齒輪。

她一點也不喜歡這種感覺。

因為長時間把電話貼在耳邊，索科洛夫大將的手臂都麻了。伊爾馬科娃大尉低沉的聲音從電話另一頭傳來。

卡珊卓拉・蓋爾很安全。

他鬆了一口氣。

「大將，請問發生了什麼事？為什麼我必須停止試驗？」

索科洛夫暗自發笑，用手指撫摸檔案裡的照片影本，說道：「妳現在應該正在看卡珊卓拉・蓋爾的檔案，對吧？」

「是的。」

「她錢包裡有張照片吧？」

「Da。」

「妳有看到牽著狗的藍衣男子嗎？關於那個男人，格魯烏情報部門有蒐集到什麼情報？」

「這跟他有什麼關係？」

「一切都跟他有關係！」索科洛夫咆哮道，他拿起照片在面前揮舞，好像伊爾馬科娃看得到一樣。「我要妳的格魯烏情報部門查出關於他的一切。我要知道他是誰、他跟8831號受試者是什

❻ 達恰（dacha）是指具有俄羅斯建築特色的鄉間小屋，通常作為休閒度假房屋或夏季別墅使用。

麼關係，還有他是不是在找她！」

「找她？我要怎麼知道他有沒有在找她？」

「妳的檔案裡寫說她是被妳的誘捕小隊『科迪亞克』抓到的，對嗎？」

「Da。」

「問『科迪亞克』有沒有跟這個男人接觸。妳的團隊要放下手邊所有工作，專注執行這項任務，明白嗎？」

「Da，Generalnyi。」

「妳必須在今天結束之前將報告發送給克留奇科夫大尉，之後會送到元老院審查。」

「元、元老院？」伊爾馬科娃很清楚審查報告的人會是誰，結結巴巴說道。「我無法保證能在這麼短的時間內與『科迪亞克』取得聯繫，也不確定我的情報部門能不能查出您想要的答案……這可能會花好幾天！」

「那或許我會讓對外情報局的團隊接手，或許我會告訴總統，伊爾馬科娃大尉對我們已經沒有用處了，她的遊戲對西羅維基沒有用處，沙拉什卡慘無人道的遊戲不是——」

「Nyet，沒有必要這麼做！我的團隊會立刻著手處理此事，我會與『科迪亞克』取得聯繫，今晚就會把報告發送給克留奇科夫。我們會查出這個男人的身分。」

索科洛夫告訴伊爾馬科娃繳交報告的截止時間後，便掛了電話，走出房間。

在走廊上，滿頭大汗的克留奇科夫在一臉驚愕的聯邦安全局警衛面前來回踱步，警衛一看到索科洛夫走出房間便立正站好。

索科洛夫感到興奮難耐。他看了看手錶，想起莫斯科上空厚重的雲層，以及即將下雨的味道。在這個時間點，往北的交通一定會嚴重塞車，開車是不可能的，他需要更快的交通方式。

「克留奇科夫，通知你的直升機指揮官，告訴他我們要用他的直升機。還停在屋頂上，對吧？」

「我想應該是——」

「那就快去做好準備。」

克留奇科夫對聯邦安全局警衛大聲下達命令，後者敬了個禮，便沿著走廊飛奔而去。

「大將，請問您要去哪裡呢？」

「『我們』要去見我的姪子，我們要一起去見總統。」

伊爾馬科娃大尉呆愣在原地，話筒仍貼著她的耳朵。她試圖搞清楚剛剛的對話是怎麼回事，同時感覺到技術人員和無人機飛手的目光都在她身上。

她到底要怎麼在這麼短的時間內找到照片中的男人？她怎麼有辦法保證自己能聯絡到「科迪亞克」？她的格魯烏情報部門是整個聯邦最優秀的團隊之一，但再厲害的人可能都無法達成索科洛夫的要求。

她的格魯烏情報部門的負責人克利門捷夫中尉站在崗位上，靜候她的命令。

伊爾馬科娃知道自己必須維持自信的樣子，於是把話筒放回原位，拿起那個男人的照片影本，開始大聲發號施令。他們要在所有的格魯烏、聯邦安全局，甚至是對外情報局的臉部辨識資料庫搜尋那個男人的臉，他們要挖出關於8831號受試者及其家人的所有資料並放入報告中。她說明時間限制以及失敗的後果，看到控制室裡的每個人都緊張起來，甚至能聽到有人倒抽一口氣或是吞口水。

大家都知道事情有多嚴重。

報告會由總統親自審查。

每個人都快馬加鞭開始工作。伊爾馬科娃叫克利門捷夫過來，後者匆匆穿過控制室，前者又回頭看了一眼直升機載8831號受試者飛回沙拉什卡的空拍畫面。

這個叫做卡珊卓拉．蓋爾的女孩到底是誰？

照片中的男人到底是誰？

為什麼維克托．索科洛夫大將對他們這麼感興趣？

克利門捷夫俐落地立正，她猛然轉向他，命令道：「立刻用保密電話打給『科迪亞克』。今天可不是鬧著玩的日子。」

27

阿拉斯加伊格爾

六月三十日星期日凌晨1點28分

奈德．福格特從床上起身，走到浴室，往臉上潑了冷水。他看著鏡中的自己，試圖保持冷靜。他幾乎沒闔眼，不是因為床很難睡，也不是因為老舊汽車旅館房間裡的散熱器嘎嘎作響，而是因為他的腦海裡不斷想著自己和團隊陷入了多麼大的麻煩。

奈德看了看手錶，時間接近凌晨兩點，羅斯警官和拉爾夫．坎登應該已經從柯林頓溪回來了。他有給手下通風報信，告訴他們那兩人會登門拜訪，以及對方可能會問的問題。他要他們仔細檢查上週的監視器畫面，確保沒有任何可以證明傑克、柯提斯和他自己有罪的證據。

他的手下堅稱監視器畫面不會露出任何破綻，他們也都會統一說詞。

畢竟拿了錢就要把事情辦好。

但那不是奈德睡不著的主要原因，讓他輾轉難眠的是心中的挫敗感。十一年來，他和達琳一直都在這個鳥不生蛋的地方管理他們的誘捕小隊。就跟任何組織一樣，他的手下來來去去，但他們從來沒有碰到過這樣的小問題。

該死，他心想。這才不是什麼小問題，根本就是一團糟。

從樹林裡綁架單獨行動的人又不是什麼難事，怎麼會搞出這麼大的烏龍？

其實他知道答案。

這全都是那傢伙的錯。

該死的麥克斯・托貝盧克。

多年來，那個村莊警察一直都受僱於奈德，而他的工作很簡單，就是閉上他那該死的嘴巴，並對奈德等人的行為睜一隻眼閉一隻眼。

這些年來，托貝盧克一直都乖乖照做，拿了他的錢並守口如瓶。直到今年春天，那個小混蛋跑來敲奈德家的門，不僅要求加薪，還堅持要參與誘捕行動，甚至警告奈德如果不讓他加入的話，他就會跟當局打小報告。

奈德當下應該要相信自己的直覺，開槍射殺那個村莊警察，並把他的屍體扔進河裡。但奈德需要有人在邊境西側做內應，只好給托貝盧克加薪，並讓他負責營地的善後工作。

結果托貝盧克做了什麼？

他把事情搞砸了。

現在還人間蒸發了。

麥克斯・托貝盧克這個沒腦子的廢物竟然從他們眼皮子底下逃走了。

奈德知道只有自己才能解決問題。

前一天，當拉爾夫・坎登騎警來到伐木場，詢問關於卡珊卓拉・蓋爾和威廉・弗倫奇在北風旅館住宿的狀況，奈德就知道肯定出了大問題。他故意表現出關心的樣子，小心翼翼地詢問坎登，從對方口中得知凱西和比利都失蹤了，阿拉斯加調查局已將其列為刑事案件，指示坎登深入調查北風旅館。

奈德知道不能說謊，更準確來說是不能說「太多」謊。最接近真相的謊言就是最好的謊言。

奈德知道如果北風旅館的客人接受訊問，傑克、比利和凱西發生衝突的事遲早會傳出去，所以他別無選擇，只能主動告訴坎登。

坎登還來不及起疑，奈德就把傑克和柯提斯從伐木場叫來。他告訴坎登，那兩人在他的黑名單上，都是輪三班，直到奈德認為他們受到了足夠的教訓，可以回到原本的排班為止。

坎登似乎相信了他的話，但奈德知道這不代表他們已經洗清嫌疑了。阿拉斯加調查局行事嚴謹，奈德必須主動出擊，盡可能了解狀況，才能多少掌控局面。

於是他便提議帶柯提斯、傑克和達琳到伊格爾協助搜索。

坎登也同意了。

在開車到伊格爾的路上，奈德對後座的柯提斯和傑克大發雷霆。奈德最害怕的就是未知的事物，他不知道阿拉斯加調查局發現了什麼，因此感到恐懼萬分。他咒罵傑克在酒吧的魯莽行為，也咒罵柯提斯火上加油。

抵達伊格爾時，奈德已經冷靜了許多，但當他在村莊公共安全辦公室看到托貝盧克和桌上那張催眠瓦斯罐的照片，好不容易平復的情緒又全湧了上來。就在那一刻，奈德知道那個小混蛋徹底搞砸了。

「奈德，親愛的，你在幹嘛？」睡眼惺忪的達琳走進浴室，一邊揉眼睛，一邊問道。她從背後擁抱丈夫，兩人在鏡中四目相接。「你在擔心什麼？」

「妳知道我在擔心什麼。」

「柯林頓溪的工人會守口如瓶，監視器畫面也不會露出破綻，沒有任何確鑿的證據對我們不利。凡斯看過普蘭特警佐的報告，我們沒有穿幫。」

艾略特．凡斯警官是奈德最優秀的手下之一，他不僅對奈德來說是個出類拔萃的士兵，也是個出色的飛行員。沒在上班時，他會用阿拉斯加州警的飛機把捕獲的對象運送到會面點，這份工作簡直就是個完美的掩護。

「我擔心托貝盧克會向當局告密。」

「他能說什麼？他又不知道——」

「他知道得夠多了，他知道我們綁架人，這樣就足以結束整個行動，讓我們被關一輩子。」

「我們已經做好之後的打算了啊。」

達琳說得沒錯。奈德內心深處知道，以他們的年紀，不適合過這種生活，但他沉迷於金錢和激發腎上腺素的刺激感，這讓他感覺自己還很年輕。事實上，他們已經存了足夠的錢，可以改變成自己想要的身分，住在任何他們喜歡的地方。那他為什麼還如此眷戀這樣的生活呢？

如果他對自己完全誠實的話，他真正沉迷的不僅僅是金錢和刺激感，而是掌握在手中的力量。

他人生中大半輩子都是擔任外國政府的特工。在加拿大皇家海軍工作時，他先是為蘇聯從事間諜活動，蘇聯解體後，他便繼續在同一位格魯烏管理官底下執行任務。

薪資優渥，他們可以享受奢侈的假期、狩獵旅行……

當他的海軍生涯結束時，他的管理官提供了一個新的工作機會，不僅有豐厚的報酬，還有刺激的任務。她向他保證，他會負責招募自己的團隊，甚至可以自由選擇一個執行任務的地點。

他們之所以選擇道森市，是因為那裡靠近美國邊境，而且很多浪跡天涯的人都會去阿拉斯加。此外，該地區很適合釣魚、露營和打獵，都是奈德喜歡的休閒活動。而且在長達半年的淡季期間，冰封阿拉斯加，奈德和達琳就可以到處旅遊。

這十一年真的過得很精彩，奈德已經數不清他們幫俄羅斯人抓了多少人了。

好幾百人？

誰知道他們在俄羅斯對那些人做了什麼。

「你到底在怕什麼，奈德？如果托貝盧克洩密的話，我們就發出求救信號，並按照程序撤離，就你和我兩個人，就像我們一直以來計畫的那樣。」

達琳一如往常，做出了明智合理的判斷。

「如果伊爾馬科娃不讓我們離開的話呢？」

「我們已經設想過所有可能發生的情況，也採取了預防措施。」

「希望事情不會發展到那一步。」

「那就希望凡斯能搶在真正的警察之前找到托貝盧克吧。你給了他什麼指示？」

「凡斯嗎？我叫他找到托貝盧克，讓他永遠閉嘴。」

「那他就會完成任務。」

「達琳，我們太貪心了。我們綁架太多人，吸引太多關注了。這是我的錯，我讓托貝盧克加入，讓那個酒鬼清理兩個目標的營地……他到底在想什麼，怎麼會把卡珊卓拉・蓋爾的手槍放進弗倫奇的背包裡？隨便劃破該死的帳篷，還把催眠瓦斯罐留在現場？兩個營地都被他弄得像個該死的馬戲團！」

「那只是一次誤判而已。」

「我真是個白痴，竟然讓他負責這麼重要的工作。」

突然，臥室傳來一陣刺耳的嗶嗶聲，奈德嚇了一跳，差點站不穩。

嗶嗶聲越來越大，然後戛然而止。

達琳率先走進臥室，奈德跟在她後面，看向他放在小冰箱旁的日用小背包。達琳把手伸進包包裡，拿出一臺黑色的平板電腦。

奈德的思緒一片混亂。這不正常，一點也不正常，除非發生嚴重的問題，不然伊爾馬科娃不會聯絡他。

奈德伸手接過平板電腦，小心翼翼捧在手裡，彷彿那是一根隨時會引爆的炸藥。

奈德將右手放在平板電腦的螢幕上，感覺到掃描器掠過他的手掌和手指下方，宛如一股暖流。螢幕亮起綠燈，奈德便移開手，調整平板電腦的角度，讓相機可以掃描他的臉。臉部辨識成功後，他輸入了只有他自己知道的密碼。

這是整個行動的關鍵，有些情報只能跟特定人士分享。奈德才是真正執行任務的特工，俄羅斯人以「科迪亞克」這個代號來稱呼他。

在他的團隊中，達琳是副手，但傑克、柯提斯、凡斯和托貝盧克等其他拿錢辦事的人知道的有限。他們不知道奈德把目標送到哪裡，不知道奈德為誰工作，也不知道付錢的是俄羅斯。

奈德終於看到了層層加密的訊息，卻是丈二金剛摸不著頭腦。

「上面寫什麼？」

奈德把平板電腦轉向達琳，讓她在訊息自動刪除前閱讀。

緊急：需要此人的行蹤和身分，請科迪亞克提供任何情報。請立刻回覆。

訊息下方附了一張家庭合照，看起來像是軍校的畢業典禮。在照片中，詹姆士．蓋爾牽著卡珊卓拉．蓋爾的德國牧羊犬，詹姆士．蓋爾的臉被紅筆圈了起來。

「他們對那個爸爸感興趣？」達琳問道。「這跟他們有什麼關係？」

「不知道。」

「你覺得他們知道阿拉斯加當局展開搜索的事嗎？他們應該不會看到新聞吧？」

「達琳，妳問我，我也不知道。」

「那你要怎麼回答？」

奈德輸入訊息：

此人是目標的父親詹姆士．蓋爾。在發送訊息的當下，此人位於阿拉斯加伊格爾。此人正在尋找目標。

奈德按下傳送鍵，看著訊息自行加密並從螢幕上消失。一分鐘後，又傳來另一則訊息。

立刻傳送詹姆士．蓋爾的照片證明。

「奈德，我們該怎麼辦？現在是半夜耶。」

奈德搖搖頭，他正在思考。他知道「立刻」這個詞對他的格魯烏管理官來說真的就是「立刻」的意思。

就是此時此刻。

現在馬上。

放下手邊的事情，立即展開行動。

奈德回覆說他收到了訊息，然後將平板電腦交給達琳保管。他很討厭那東西；現代訊號情報總是讓他心緒不寧。當年為蘇聯從事間諜活動時，他更喜歡與伊爾馬科娃親自見面，進行人力情報交流。面對面感覺安全多了，必須靈活運用諜報技術，十分刺激。這項新技術讓他感到害怕，主要是因為他不明白其運作原理。他怎麼知道訊息不會被駭客攻擊或攔截？

「蓋爾一家住在伊格爾貿易公司樓上，對吧？」

「對。」

「那我們就去叫醒他們，告訴他們一些事情，把他們引誘出來。我負責編故事，妳拿相機拍下爸爸的照片，我會盡可能讓他站在燈光下。」

「我們應該叫醒傑克和柯提斯，柯提斯更擅長做這種事，他可以用那臺800 mm鏡頭的相機。」

「好吧。」奈德說道。「我去叫他們。」

奈德穿上外套，踏入六月沁涼的夜晚，敲了敲傑克和柯提斯的門。令他驚訝的是，門竟然沒關好。奈德走進房間，發現裡面一片狼藉，電視掉到地板上，被子散落一地。他檢查了衣櫃和浴室。

傑克和柯提斯不見了！

奈德急忙跑回房間。正在綁包包頭的達琳看到了丈夫恐懼的神情。

「他們不見了！」

「他們怎麼會不見？」

達琳自己也跑去看。

「一定是他。」達琳說道。「他的手下晚上才剛到。」

詹姆士・蓋爾和那些來自蒙大拿州的牛仔肯定是這起失蹤事件的幕後黑手。卡珊卓拉・蓋爾脾氣暴躁的父親從一開始就在懷疑傑克和柯提斯了。

「我們該怎麼辦？」達琳問道。

奈德走出傑克和柯提斯的房間，盯著河岸邊的村莊公共安全辦公室，裡面仍燈火通明。普蘭特警佐肯定還沒睡吧。

「就和往常一樣，親近我們的朋友，但更親近我們的敵人。」

28

凱西的營地

六月三十日星期日凌晨2點1分

蓋爾呼吸著夜晚涼爽的空氣，抬頭仰望點點繁星。夜空中的星星閃閃發亮，彷彿有人在黑色掛毯上刺了一個個白色小孔。風吹得凱西營地周圍的灌木叢和樹葉沙沙作響，蓋爾試圖把注意力集中在呼吸上。

集中在接下來要做的事情上。

馬弗里克在旁邊嗚嗚叫，蓋爾用一隻手護住德牧的頭。他稍早去獸醫診所接馬弗里克，開車載牠到凱西的營地。他們花了大半夜的時間在營地附近的樹林裡搜索，蓋爾讓德牧到處聞，心想或許能發現人類錯過的蛛絲馬跡。接著，他們又到威廉・弗倫奇的營地，做了同樣的事。在兩個營地，馬弗里克都是嗅了嗅周圍，就直接帶蓋爾走到育空河河岸。

他們一無所獲。

凌晨一點，太陽剛下山，蓋爾收到佩提和比爾・克朗寧的消息，說他們成功完成了蓋爾的請求，正在前往凱西的營地。

他看了看手錶，現在剛過凌晨兩點，他一向敏銳的頭腦開始因為睡眠不足而變得遲鈍。他已經好幾天沒有一次睡超過一個小時了。特拉斯克和艾蜜莉這幾天也很辛苦，希望他們能夠好好休息。

讓兩人好好睡一覺，不要把他們牽扯進來比較好。

他走到比爾．克朗寧借他的卡車，打開了車頭燈。

車頭燈的遠光照亮了營地，蓋爾聽到柴油引擎的轟鳴聲從道路傳來，且越來越接近。

蓋爾抓著馬弗里克的牽繩，確保狗的項圈有牢牢繫在脖子上。

計畫成功的前提是不能讓馬弗里克造成身體傷害。

他必須觀察德牧的反應，以及那兩個男人看到德牧的反應。

那樣就會真相大白。

佩提和戴維斯兄弟率先開進營地，克朗寧則緊跟在後。

蓋爾看著佩提下車，把哥本哈根牌口嚼菸草放進嘴裡，然後向他的老闆點了點頭。

蓋爾也點了點頭。佩提的腰間掛著一把手槍，肩上背著一把雙管霰彈槍。蓋爾要求每個人都要攜帶武器，以增加恐嚇效果。蓋爾撥弄著柯特巨蟒手槍的握把，看著比爾．克朗寧和他的三個手下從後車廂拖出兩個被五花大綁的人。

「把人放在這裡。」蓋爾指著自己前方，說道。

當克朗寧的手下把傑克和柯提斯拖到明亮處，蓋爾看到馬弗里克的耳朵豎了起來。那隻狗直立起後腿，向前猛撲，但蓋爾猛地拉住牽繩。馬弗里克齜牙低吼，唾沫從嘴裡飛了出來。蓋爾讓馬弗里克繼續發飆，看著傑克和柯提斯被放在五英尺遠的地方。

他們扭動身體，看起來嚇得要死。

那些蒙大拿人圍成一個半圓，把他們困在中間。

蓋爾命令道：「馬弗里克，坐下。」

馬弗里克突然停止狂吠，在蓋爾身邊以獅身人面像的姿勢坐了下來。

「比爾，」蓋爾說道，「帶你的人回到城裡，帶上戴維斯兄弟一起去吧。阿爾文，你留下來就好。」

克朗寧召集了他的人馬，一言不發地開走了。當卡車的聲音消失在涼爽的夜晚中，佩提走向前，取出了塞在傑克和柯提斯嘴裡的布。

「老兄，你到底在做什麼！」柯提斯喊道。「你不能這樣綁架別人！」

「我們沒有綁架你們。」蓋爾說道。「我們只是借用你們來好好討論一下。」

「等奈德發現——」

「他不會發現的。」蓋爾說道，然後拉了拉馬弗里克的牽繩。德牧站了起來，蓋爾帶牠慢慢繞著兩個人轉了一圈。「你們兩個熟悉戰犬嗎？這是馬弗里克，是退役的海軍軍犬，曾和我已故的女婿去阿富汗執勤了三次。我本想把你們兩個介紹給馬弗里克認識的，不過看來你們已經見過面了。」

蓋爾讓馬弗里克停在柯提斯和傑克的正後方，他幾乎能聞到他們內心的恐懼。

「雖然馬弗里克老了，但頭腦還是很敏銳，牠會完全服從首領的命令。」蓋爾牽著德牧，讓牠坐在傑克和柯提斯前面四英尺處，繼續說道：「馬弗里克退伍後，我們收留了牠，甚至去德國受訓兩週，學習如何訓練軍犬。這個世界上只剩下兩個人可以對馬弗里克發號施令，其中一個是我，另一個是我的女兒凱西。」

說出女兒的名字後，蓋爾停頓了一下。柯提斯和傑克都死盯著地面，馬弗里克又開始齜牙低吼。

「馬弗里克似乎不喜歡你們兩個。你們知道為什麼嗎？」

兩人都猛搖頭。

「嗯，真奇怪。」蓋爾說道。「馬弗里克沒在工作的時候通常都很友善。牠對你們兩個有這麼明顯的敵意實在是……不太尋常。」

「老兄，你到底想說什麼？」傑克說道。

「我要問你們兩個一些問題，你們要回答我，明白嗎？」

佩提輕托著霰彈槍，走到蓋爾身後。

蓋爾問道：「你們兩個或旅館的其他人跟我女兒的失蹤有任何關聯嗎？」

兩人都搖搖頭。

「你們有傷害我的狗嗎？」

他們又搖搖頭。

「要打敗馬弗里克可不容易，那隻狗的咬合力超過三百磅，跑起來可以像貨物列車一樣快。」

「老兄，我們沒有傷害你那該死的狗或你女兒！」傑克喊道。「你他媽瘋了，我們啥都沒做！」

蓋爾抬頭看著佩提，問道：「你有在他們的房間裡找到什麼嗎？」

「只有這個而已。」佩提回答，並把一支白色的 iPhone 扔給蓋爾。「去看他的影片，那個笨蛋甚至沒有設定密碼。」

蓋爾接住 iPhone，手指往上一滑，就看到了一部影片。

柯提斯嗚咽了一聲。

蓋爾看著他，問道：「這是你的手機嗎？」

柯提斯沒有回答，但蓋爾看他的眼神就知道了。

蓋爾按下播放鍵，在影片中，一名穿著紅色法蘭絨襯衫的男子走向吧檯，蓋爾認出那個人就是傑克。傑克靠著吧檯，開始跟一個女人交談，蓋爾認出她就是凱西。

憤怒的情緒襲上心頭，這種感覺蓋爾再熟悉不過了。手機裡傳來男人的竊笑聲，蓋爾繼續看影片，並認出坐在凱西旁邊的客人就是威廉．弗倫奇。他看著弗倫奇站起來，被傑克狠狠揍了一拳，接著凱西跳了起來，抓住傑克的手指，把他按在吧檯上。奈德跑出廚房時，影片就結束了。

蓋爾把手機丟回給佩提，蹲在傑克面前，直盯著他的眼睛，說道：「稍早在村莊公共安全辦公室，你對我微笑，為什麼？」

「我他媽的才沒對你笑。」

蓋爾粗魯地抓住傑克的衣領，猛搖他，說道：「是因為你對我女兒做了什麼嗎？是因為你知道她在哪裡露營嗎？或許你是因為被她狠狠教訓一頓，所以才想報復她；自尊心是個很脆弱的東西。或許你說服了一些同夥開車上來跟凱西和弗倫奇算帳——」

「老兄，我們一整週都待在伐木場！」柯提斯氣急敗壞地說道。「我們因為打架而被奈德懲罰了！」

「我不相信你們。」蓋爾說道，並放開傑克。「馬弗里克，過來！」德牧向前一躍，再次以獅身人面像的姿勢在蓋爾身旁坐下。「你們兩個肯定把我當成笨蛋吧，把我視為一個瀕臨瘋狂的老頭子。但給我聽好了，你們兩個惹到不該惹的老頭子了。」蓋爾一邊說，一邊把手伸向槍套。

馬弗里克發出低吼，佩提開口道：「吉姆。」

蓋爾把臉湊得更近，繼續說道：「你們不知道我在緊要關頭能夠做出什麼事來。如果我發現你們當中有誰——」

「吉姆！」

「幹嘛！」蓋爾轉向佩提，爆氣道。

「有人來了。」

蓋爾將注意力轉向道路，聽到車輛駛來的聲音，起初他以為是克朗寧回來了，但似乎有好幾輛車。

蓋爾問道：「阿爾文，你確定沒人看見你們嗎？」

「我以為沒有，我們進出都很安靜。」

蓋爾咒罵了一聲，便抓住馬弗里克的牽繩，把他拉到離兩人更遠的地方坐下，然後命令道：「解開他們的繩索。」

佩提快步走向傑克和柯提斯，割斷了束縛他們的繩子。那兩個人站了起來，揉了揉手腕。

「老兄，你們全都完蛋了。」傑克微笑道。

蓋爾舔了舔嘴唇，看著四輛車快速駛入營地，前兩輛是克朗寧和佩提的車，接下來是阿拉斯加州警的車，最後則是奈德．福格特的F-350紅色大貨卡。

比爾．克朗寧下了車，說道：「抱歉，吉姆，我們在路上被逮個正著。」

普蘭特警佐、羅斯警官和坎登騎警從阿拉斯加州警的車上跳了下來。普蘭特大步走到明亮處，奈德和達琳則待在陰影中。

普蘭特大吼：「這到底是怎麼回事?!」

她把手放在勤務武器上，先是盯著傑克和柯提斯，再將目光轉向蓋爾和馬弗里克，羅斯則來到她身後。

「我們只是小聊一下而已。」蓋爾說道。

「蓋爾先生，不要侮辱我的智商，我有看到他們旅館房間的狀況。」

「他們綁架了我們——」柯提斯開口道。

「警佐，他們沒有告訴我們實情。」蓋爾說道。「北風旅館一行人在隱瞞些什麼；我的狗反應——」

普蘭特警佐的手沒有離開勤務武器，她哼了一聲，說道：「他們什麼也沒說是因為他們什麼也沒做。」她指著羅斯和坎登，說道：「他們兩個才剛從柯林頓溪回來。他們跟所有工人都談過了，也看了所有的監視器影像。這兩位在今天之前都沒有離開伐木場。」

「他們在說謊。」

普蘭特取出一副手銬，說道：「蓋爾先生，請轉過去。」

蓋爾看到佩提和比爾．克朗寧走上前來，連馬弗里克也發出低吼，便舉起一隻手阻止手下並讓狗安靜下來。

「蓋爾先生，我要拘留你和你的手下。」

「罪名是什麼？」

「我看看：非法侵入、綁架——」

「我是單獨行動。」

「到時候就知道了。」普蘭特說道，並抓住蓋爾的手腕。

「等一下。」奈德一邊說，一邊走到明亮處。「我覺得大家有點反應過度了。」

「奈德，他們把我們從床上拖下來耶！他們綁架了我們！」

「柯提斯，閉上你的嘴巴！」奈德厲聲說。

奈德走近時，馬弗里克又開始低吼，當他意識到這點時就停下腳步。

「警佐，沒必要給蓋爾先生上銬，我們不會提告。」

「奈德——」傑克開口道。

奈德猛然轉向兩人，狠狠瞪著他們，說道：「我們不會提告，對不對，孩子們？」

傑克和柯提斯都冷眼看著他，僵持了幾秒鐘，才說：「對。」

「很好。蓋爾先生承受著非常大的壓力。換作是我，如果你們兩個笨蛋和我女兒打架，我也會做出同樣的事情，搞不好還會採取更極端的手段。」奈德踢了柯提斯的靴子一腳，說道：「你們兩個白痴，快上那輛該死的卡車吧。」

他們生著悶氣，上車關門後，奈德走向蓋爾並伸出一隻手，說道：「如果你願意既往不咎的話，我也不會追究這件事。」

蓋爾低頭看著那隻手，再看向手裡仍拿著手銬的普蘭特。

「警佐，這樣可以嗎？」奈德問道，畢竟唯有她點頭，雙方才能和解。

普蘭特嘆了口氣，說道：「好吧。」

雖然很不情願，但蓋爾還是握住了奈德的手。

蓋爾試圖鬆開奈德的手，後者卻握得更緊，說道：「既然我們一行人已經洗清嫌疑了，那就讓我們幫忙搜索吧。」

蓋爾在刺眼的車燈下瞇著眼睛，試圖猜出眼前這個難以捉摸的男人到底在想什麼。過了一會兒，蓋爾開口道：「好吧，你們可以幫忙。」

「大家都累了，先回去好好休息一下吧。」

大家都走回各自的車，蓋爾抓住馬弗里克的牽繩，走向佩提的卡車。

很好，讓他們留下來吧，蓋爾心想，他已經看到他要的證據了。馬弗里克對傑克、柯提斯和奈德都抱持著很明顯的敵意，他們跟凱西的失蹤有關，蓋爾願意拿自己的命來賭。像馬弗里克這樣聰明又受過訓練的狗不會誤導他，北風旅館一行人有鬼，他一定會證明這點。

蓋爾沉浸在自己的思緒中，沒有注意到達琳趁他上車時，用手機拍了一張他的照片。

蓋爾滿腦子想的都是下一步該怎麼做。

29

俄羅斯莫斯科

聯邦安全局的奧古斯塔偉士蘭AW139直升機不畏傾盆大雨，在莫斯科溼答答的灰暗街道上空飛向克里姆林宮。索科洛夫大將在十分鐘前得知總統已獲悉他將登門拜訪的消息。將軍把注意力從窗戶轉移到克留奇科夫大尉身上，後者一臉驚恐，蜷縮在他對面的大俱樂部椅上。

索科洛夫看著身材矮小的克留奇科夫，心想，真是個傻瓜。新沙拉什卡的相關人士，包括西羅維基、聯邦安全局第十五部門的那些白痴和格魯烏情報部門，全都是傻瓜。

臭名昭著的沙拉什卡「八六六基地」曾經是一個充滿傳奇色彩的地方，是祖國眾多功績中的最高成就，現在卻淪為一個笑話。

直升機在莫斯科河上方呼嘯而過，飛過莫斯科國立大學上空，索科洛夫幾小時前才在那裡看診。他回頭望向窗外，懷念起蘇聯的時光。他可以看到遠處的聖巴西爾大教堂、紅場和克里姆林宮的大門。當他的目光掠過大雨中五彩斑斕的尖塔，他意識到他們正經過美國駐俄羅斯大使館。

該死的美國大使館。

那些傲慢又縱慾的美國人竟敢住在他心愛的莫斯科。五十多年來，索科洛夫在國內以KGB

高層的身分，在國外以對外情報局將軍的身分積極對抗美國人。下方的使館區代表了他所憎恨的一切，也就是西方列強，他們那毫不掩飾的背叛與貪婪。一想到美國人從他身上奪走了什麼，他就忍不住朝著使館區咆哮。

照片中的男人也是罪魁禍首之一。

幾分鐘後，直升機在聖巴西爾大教堂和列寧墓上空盤旋，然後掉頭飛過鮑羅維茨塔，進入克里姆林宮園區。旋翼在暴雨中發出響亮的噠噠聲，直升機低空飛過元老院的綠色圓頂，然後降落在起降場上。

克里姆林宮衛兵打開門，為將軍撐起黑色雨傘。

索科洛夫用手杖打克留奇科夫的小腿骨，問道：「『科迪亞克』有告訴伊爾馬科娃什麼消息嗎？」

克留奇科夫連忙拿起大腿上的安全平板確認，回答：「還沒有，大將。」

衛兵護送他們進入元老院，直接通過各個安全檢查站。因為是索科洛夫，所以不需要使用金屬探測器、X光機或是偵爆犬。幾十年來，這名老將軍進入克里姆林宮都不需要通過這些安全檢查。

一名總統助理在大廳迎接他們，請他們通過一扇側門，進入帶有拱型天花板的接待室，有五個男人在房間裡等候他們。

索科洛夫認出那些人，臉就沉了下來。他們是總統警衛局，也就是總統的私人保鑣，這個祕密部門隸屬於繼承自KGB第九總局的聯邦警衛局。索科洛夫認得那群人的首領，後者舉起一隻手，準備對老將軍進行搜身檢查。

「你敢碰我就試試看，謝爾蓋．安東諾夫。」索科洛夫厲聲制止道。「要做就對這個笨蛋做吧。」

索科洛夫用手杖指著克留奇科夫，後者再次漲紅了臉。

「大將，」助理用平靜的語氣說道。「總統歡迎您的光臨。」助理微微鞠躬，並用雙手示意總統辦公室那高大的雙扇門。

克留奇科夫聽懂了暗示，他並沒有受邀進入辦公室，至少目前還沒有，顯然鬆了一口氣。接受完搜身檢查後，他便在接待室一張豪華皮沙發上坐了下來。

索科洛夫手裡拿著那本皮革裝訂的檔案，一跛一跛穿過雙扇門，進入總統辦公室。狹窄的房間跟往常一樣昏暗，兩側的牆壁都裝了深色護牆板，中間穿插著書架。低矮的天花板上掛著一盞鑽石吊燈，反射的光線來自辦公室盡頭一張不起眼木桌上的小檯燈。而一動也不動站在辦公桌後面的就是俄羅斯總統。

索科洛夫走上前，凝視著弗拉迪米爾．弗拉迪米羅維奇．普丁總統那雙狡猾的眼睛。

「總統閣下。」

普丁露出了罕見的微笑，繞過辦公桌，抓住索科洛夫的手肘，並扶著老將軍在辦公桌前的扶手椅上坐了下來。

「Dyadya，」普丁說道。「如果你早點告訴我你要來的話，我就會請廚房準備你最喜歡的菜餚。」

索科洛夫咳了幾聲，試圖調整呼吸，他很清楚他的門生正用那冷酷、算計的眼神盯著他。這個他視為親人的男人明察秋毫，不會錯過任何蛛絲馬跡。

「那不重要，有一件緊迫的事情發生了。」

普丁抿起雙唇，回到辦公桌後面並坐了下來。

「我知道。」

索科洛夫臉色煞白；伊爾馬科娃該不會向克里姆林宮通報沙拉什卡發生的事吧？她難道可以不透過克留奇科夫，直接聯絡克里姆林宮嗎？

「你是怎麼知道的？」

「我和你在莫斯科大學的醫生談過了。」

索科洛夫搖搖頭，一臉厭惡道：「別在意，那種事不重要，我要說的跟那個完全無關。」

「他說你拒絕接受治療。」

「我拒絕讓他們毒害我，我拒絕讓他們用輻射把我弄得像李子乾一樣乾癟。如果要死的話，我要死得有尊嚴，那是我的選擇，無論是你還是大學的醫生都不能幫我做決定。這件事根本無關緊要。」說完，索科洛夫開始劇烈咳嗽，手帕上沾滿了更多的血。

「那你是為何而來呢，維克托？」

「你應該知道今天是什麼日子吧？」

「我當然知道今天是什麼日子。」

「所以你沒有忘記囉？」

「我怎麼會忘記呢，dyadya？」普丁的措辭很謹慎。「你的兒子就像是我的兄弟一樣，我永遠不會忘記葉夫根尼。」

「弗拉迪米爾．弗拉迪米羅維奇，今天是他的五十八歲冥誕。」

「你大老遠跑來就是為了緬懷他嗎？」

「不是。一個偶然的奇蹟發生了。」索科洛夫說道。他把那本皮革裝訂的檔案丟在桌上，翻開它，並撕下那張照片影本。他指著卡珊卓拉．蓋爾旁邊那名牽著狗的男子的臉，並將照片轉向總統，問道：「你認得他嗎？」

索科洛夫舔了舔嘴唇，滿懷期待，看著普丁瞇起那雙冰冷的眼睛。

「不認得。」

索科洛夫大吃一驚。他的門生不僅有著直覺且殘酷、堅強且複雜的本質，生來就注定成為世界上最頂尖的政治家之一，還擁有過目不忘的天賦。

「你再看一眼。」

普丁照做，接著瞪大眼睛，顯然認出了那名男子。「怎麼可能？」他說。

突然，門外傳來響亮的敲門聲，普丁保鑣的負責人謝爾蓋．安東諾夫打開門，克留奇科夫走了進來。

「總統閣下、大將，伊爾馬科娃大尉的報告送來了。」

普丁站了起來，一臉困惑，平常神情嚴肅的他通常不會表現出這樣的情緒。

「拿來給我。」索科洛夫指著克留奇科夫的平板電腦，厲聲命令道。

克留奇科夫走上前，將平板電腦遞給索科洛夫，老將軍隨即命令他出去。

門關上後，普丁問道：「維克托，現在到底是怎麼回事？」

索科洛夫根本沒在聽。他專心閱讀報告，眼睛瞪得越來越大。

「維克托！」

索科洛夫抬起頭來，露出了邪惡的表情，說道：「弗拉迪米爾．弗拉迪米羅維奇，我們找到他了。一支格魯烏的間諜小隊發現了他的蹤跡，他在阿拉斯加找他的女兒。」

「Dyadya，你到底在說什麼？」

「他女兒在我們手上。羅伯特．蓋恩斯的女兒在我們手上，他已經是甕中之鱉了。」

30

俄羅斯莫斯科
總統辦公室

索科洛夫大將把平板電腦轉向一臉困惑的普丁，給他看羅伯特・蓋恩斯的新照片。在明亮的燈光下，看得出來他的五官更加蒼老，鬍子也沒刮。

「維克托，告訴我這是怎麼一回事。」

索科洛夫大將解釋當天稍早在洞穴發生的事情，說他偶然在檔案裡看到那張照片，便立刻要求停止試驗。

普丁一把搶過平板電腦，將伊爾馬科娃的報告讀了兩遍。看完後，他放下平板電腦，默不作聲。

索科洛夫開始不耐煩了。

「弗拉迪米爾・弗拉迪米羅維奇——」

「羅伯特・蓋恩斯三十年前就死在那條河裡了。我親眼看到了那一槍，我們還花了好幾天的時間全面搜索河底和周圍的樹林。」

「但一直沒有找到屍體。」

「受了那麼重的傷，從那種高度摔下去不可能活命。」

「他還活著——」

普丁站了起來，走到俯瞰元老院廣場的小窗戶前。

「美國人把他的名字改成了詹姆士．蓋爾。」索科洛夫繼續說。「把他和他女兒藏在一個鳥不生蛋的地方。在我們說話的同時，『科迪亞克』就在他身邊。」

「我知道，維克托，我有看報告！」

「而且還在葉夫根尼生日這一天，實在是太詩意了。」

「這簡直是一場災難。」普丁從窗戶轉過身來，說道。

索科洛夫臉上的笑容消失了。

「什麼災難？這簡直就是奇蹟，一個無法解釋的巧合。羅伯特．蓋恩斯的女兒現在就在他當年試圖揭露和滲透的沙拉什卡，而且我們還知道他在哪裡——」

「維克托，你到底想怎樣？」普丁語帶憤怒道。

索科洛夫往後靠著椅背，端詳著總統。他已經好幾年沒看到他的門生這麼心煩意亂了。普丁平常沉著冷靜、泰然自若，現在卻臉色漲紅。索科洛夫知道自己戳到了痛處，也很清楚如果想達成目標，就必須字斟句酌。他必須利用總統唯一的弱點，並藉此操弄那個男人。

「你知道我想怎樣，plemyannik。這件事對你我來說都很丟臉。」索科洛夫特別強調「丟臉」

兩個字，因為總統最害怕的就是讓自己難堪，進而讓祖國顏面盡失。

索科洛夫繼續說道：「你之所以能在KGB迅速崛起，很大程度歸功於針對羅伯特．蓋恩斯，也就是針對美國人的那次行動。你覺得如果沒有我的話，你今天會坐在這裡嗎？是誰把你調離東德的？」

普丁一言不發，從他的眼神看不出來他在想什麼。

「那天晚上，你完成了追殺羅伯特．蓋恩斯的任務，才得以推開成功的大門，一路扶搖直上。你應該知道那扇門是我開的吧？」

「我知道，dyadya。」普丁低聲回答。

「告訴我吧，弗拉迪米爾．弗拉迪米羅維奇，知道自己失敗的感覺如何？你不僅辜負了我，也辜負了葉夫根尼。萬一情報圈發現羅伯特．蓋恩斯還活得好好的，他們會怎麼想？大家又會怎麼看你？」

普丁終於瞪大眼睛，說道：「注意你說話的語氣，dyadya。」

見總統的反應正中他的下懷，索科洛夫暗自微笑。索科洛夫拍了拍羅伯特．蓋恩斯與家人的合照，說道：「那就讓我們解決問題吧。小圈子之外的人都不需要知道這件事，這就當作我們之間的祕密。我們暗中行事，由內部處理這個問題。你知道羅伯特．蓋恩斯讓你有多難堪，也知道他帶給我和我家人的痛苦。我要死了，弗拉迪米爾．弗拉迪米羅維奇，我的時日不多了。讓我為我的兒子報仇吧！」

「那你打算做什麼，dyadya？自己一個人去美國嗎？你已經不年輕了！」

「不，我要把他帶來這裡。我要把羅伯特・蓋恩斯帶來這裡，以其人之道，還治其人之身……我會讓他親眼見證，就像他當年對我做的那樣！」

普丁用力拍桌，檯燈搖搖欲墜，差點掉到地上。

「你聽聽看自己在說些什麼，一點道理也沒有！」

「不，沒有道理的是你！」

「你應該要想的是要找誰來接任非法人士處的負責人，光榮退休，在達恰安詳地死去，而不是擔心三十年前發生的事情！」

「要我安詳地死去，只有一個辦法。」

「你是要讓這個叫做『科迪亞克』的人綁架羅伯特・蓋恩斯嗎？」普丁開始大吼。「而且『科迪亞克』到底是誰？」

「是格魯烏管理的一對夫妻檔，隸屬於伊爾馬科娃大尉，自八〇年代起就持續把加拿大太平洋司令部的情報賣給我們。他們當年是主動走進渥太華的蘇聯大使館提供情報的，自那時起，他們就一直在伊爾馬科娃的管轄之下。丈夫原本是加拿大皇家海軍的上尉，但升官不如預期，所以決定當我們的間諜。」

「所以現在『科迪亞克』在為格魯烏沙拉什卡捕捉受試者嗎？」

「對，從退休後開始做的。你也知道伊爾馬科娃開的薪水很高。」

「伊爾馬科娃跟她的遊戲，真讓人受不了。」普丁搖搖頭道。

「是你允許她舉辦遊戲的。」

「那是為了提振士氣，為了提供西羅維基娛樂活動！」

「她讓那個偉大的基地淪為笑柄。那個沙拉什卡是我們的集中營，是我們的訓練場，也是促進科學進步的地方，匯集了全蘇聯最頂尖的人才，如今卻丟盡了祖國的臉！」

「所以你為了解決私人恩怨，要我允許『科迪亞克』去追捕世界上最優秀的中情局特工之一？」

「你也有帳要算！別忘了，弗拉迪米爾．弗拉迪米羅維奇，是你帶領的團隊當時沒能殺死他。還有，我永遠不會讓格魯烏團隊做對外情報局的工作。讓我派出我的對外情報局信號旗菁英小組，讓我和我兒子的心血結晶把羅伯特．蓋恩斯帶回來！」

「不要再感情用事了！」普丁大吼。「Dyadya，我跟葉夫根尼情同手足，但你的要求太過分了。」

「我的信號旗小組可以攔截——」

「不行，維克托！你已經有他的女兒了，她可以任你宰割，但你不可以對羅伯特．蓋恩斯出手。這個話題就到此為止。」普丁從索科洛夫身邊走過，朝門口走去，一邊說：「你可以選擇你喜歡的達恰，聯邦最優秀的醫療人員會提供你最舒適的安寧照顧。但不許你動羅伯特．蓋恩斯一根汗毛。」

索科洛夫站了起來，怒火中燒，從普丁的辦公桌一把抓起檔案和平板電腦，一跛一跛走到門口，在他面前停了下來。

普丁說道：「你有一個月的時間可以找繼任者，屆時我要在桌上看到你的辭呈。」

「Da，總統閣下，我明白了。」

索科洛夫走出總統辦公室，經過克留奇科夫和保鑣，步入元老院米色的走廊。

Da，總統閣下。但這不是你的決定，是由我做主。

索科洛夫坐在家中坐北朝南的書房裡，俯瞰著雨中的莫斯科天際線。太陽剛沒入地平線，讓這座城市化為一幅黑白水墨畫。

老將軍還在為總統對他的輕蔑態度而氣憤不已。他把手裡那杯伏特加舉到唇邊，冰塊與水晶玻璃杯碰得叮噹作響。

弗拉迪米爾．普丁不理解索科洛夫在過去三十年所承受的痛苦，而罪魁禍首就是羅伯特．蓋恩斯。

他把水晶玻璃杯放在桌上，旁邊是他最珍愛的兒子的照片。

親愛的葉夫根尼。

繼承索科洛夫血脈的最後一人。

這張照片是在葉夫根尼二十一歲時拍攝的，他在那天加入了國家安全委員會情報機構。

維克托對那天發生的事記憶猶新，恍如昨日。

他看著身穿KGB制服的兒子，那年輕英俊的臉龐；如果那孩子還活著，他今天就滿五十八歲了，或許已經結婚生子，甚至還有孫子呢。

然而，索科洛夫親愛的葉夫根尼只是一張用華麗的金色相框裱起來的迷人臉蛋。

「大將，我們收到消息了。」

索科洛夫回到現實，揮手示意他的特別助理迪米崔進入書房。

「全部三支信號旗小隊都已降落在海參崴」——海參崴是聯邦最東南端的海軍基地。「他們可以在四十八小時內攔截目標。」

「我要兩支小隊攔截主要目標，第三小隊去抓照片中另一個女兒。」

「大將？」

索科洛夫笑了。「科迪亞克」的報告指出羅伯特．蓋恩斯正和他的大女兒一起尋找卡珊卓拉。索科洛夫還記得那天晚上在巴黎，蓋恩斯一家差點落入他手中，那兩個小女孩也在場。

「蓋恩斯和他的兩個女兒，我全都要。」

「大將，請問要讓『科迪亞克』知道信號旗小組的事嗎？」

索科洛夫思考了一下，用舌頭舔過泛黃的牙齒，說道：「告訴伊爾馬科娃『科迪亞克』可以協助捕捉，但之後必須處理掉他們，不能留下後患。」

「大將？」

索科洛夫轉向迪米崔，說道：「一旦信號旗小組成功捕捉目標，就立刻消滅『科迪亞克』。」

「Da，大將，沒問題。」

「你跟亞先涅沃怎麼說？」

「我們已經通知了董事會，告訴他們您請病假一週，他們當然也能理解。」

索科洛夫低吼了一聲。他認為絕對不能向同志表現出軟弱的一面。想到他們可能會在背後談論他健康狀況不佳的事情，他就不寒而慄。不知道那些渴望權力的官僚得知他要讓位後，會想出什麼辦法來對付他。

「那克里姆林宮呢？」

「我們通知他們，今晚您將飛到您的達恰好好休息。我們已經派出了一架飛機和配有隨扈的替身。我們另外準備了一架噴射機隨時待命，收到成功捕捉目標的消息後，我們會帶您離開城市並前往沙拉什卡。」

索科洛夫點點頭，要迪米崔離開書房。距離他的手下攔截目標還有四十八小時，他要如何度過這段時間呢？他知道自己一定會興奮難耐，靜不下來。

不行。

隔天他要好好睡一覺，這樣才能保持頭腦清醒。然後他要為接下來的重頭戲做好準備，確保自己寶刀未老。

31

阿拉斯加伊格爾

七月一日星期一

梅勒迪絲．普蘭特警佐把手放在大肚子上，感覺到小寶寶在踢。隨著她進入第三孕期，這種情況越來越頻繁，但她還是不太習慣。無論她讀了幾本嬰兒相關書籍，上了幾堂產前教育課程，或是看了幾部關於準媽媽的YouTube影片，想到自己體內有個小小的人類在茁壯成長，她還是覺得很奇怪。

她和丈夫馬克斯決定等孩子出生後再知道性別。這是馬克斯的主意，普蘭特其實是想知道的，畢竟這樣比較合理，不然他們怎麼知道要買什麼樣的衣服？或是寶寶的房間要漆成什麼顏色？但馬克斯很堅持這點；他喜歡不確定性，普蘭特則恰恰相反，或許是職業病吧。她整天都在仔細檢查成堆的證據，反覆訊問和詰問，試圖取得確鑿的證據和無可動搖的事實。

但自從她在阿拉斯加調查局工作以來，大部分時候能找到的事實不多，證據更是少之又少，而且通常找不到確鑿的證據，尤其是在尋找失蹤人口時。

光就實際面積而言，阿拉斯加可以覆蓋下48州將近三分之一的地區，但阿拉斯加調查局只是美國執法機關的一個小分支而已。普蘭特和她的同事們勞累過度、人手不足，要處理的案件堆積如山。當天稍早她才收到副警監的消息，說在她離開的這三天，她負責的轄區又收到了六份失蹤人口報告。

誰知道這些失蹤人口報告是否能結案呢？浪跡天涯的人、尋求刺激的人或是走投無路的人，就這樣落入社會的夾縫中，從此杳無音訊。

普蘭特的手機震動了一下，她便把手伸進口袋查看手機。原來是馬克斯傳訊息問她是否來得及回家吃晚餐。

她嘆了口氣，看向村莊公共安全辦公室窗外，在河邊的志願者越來越少了。三天前展開搜索時動員了將近五十個人，大家都很積極尋找卡珊卓拉·蓋爾和威廉·弗倫奇。現在，白色的食物補給帳篷空無一人，停泊在碼頭的船隻也不見蹤影。

兩小時後，她會和羅斯警官一起離開伊格爾。載羅斯從托克飛過來的偏遠地區飛行員拉特利奇說他可以把羅斯載到托克，再把普蘭特載回費爾班克斯。本來負責載她的是凡斯警官，但他接下來幾天已經事先請了假，要回安克拉治探望家人。

普蘭特很擔心十分鐘後要開的會。安克拉治的實驗室對營地證據的檢查結果並沒有定論。卡珊卓拉·蓋爾的.357手槍上有太多指印，無法確定總共有幾個人碰過這把武器。他們取得了凱西的指印、詹姆士·蓋爾的指印、羅斯的指印和托貝盧克的指印，但警方已經知道這些人碰過這把武器了。有趣的是，槍上並沒有威廉·弗倫奇的指印，但反而讓人心生更多疑問。有很多不同的情況都可能導致那把槍出現在弗倫奇的背包裡，問題是沒有證據。

對卡珊卓拉・蓋爾的外套和神祕罐子的檢驗也一無所獲。外套上的血是動物的血，不是人的血，而罐子仍然是個謎。實驗室技術人員建議把罐子送到位於德克薩斯州達拉斯的母實驗室進行進一步檢驗，普蘭特稍早也准許他們這麼做了。

唯一確鑿的證據是兩個營地帳篷的狀況。實驗室百分之百確定帳篷是被鋸齒刃劃破的，而不是被動物的爪子抓破的。

問題是為什麼？

普蘭特訊問了將近三十位伊格爾的鎮民和村民。

她訊問了把三明治賣給卡珊卓拉的店員，以及所有看到凱西的綠色Tundra卡車駛入伊格爾的人。

結果是白忙一場。

普蘭特一天大部分的時間都待在兩個營地，並在晚上仔細研究證據。她對卡珊卓拉的綠色Tundra卡車反覆進行了十幾次搜查，但沒有找到任何具備鑑識價值的證據或可疑的指紋。

再來是從柯林頓溪調閱的監視器影像，以及她對奈德手下伐木工的訊問結果。她也和坎登越過邊境，去訊問北風旅館的住客，所有的證詞都互相印證，沒有矛盾之處。

簡單來說，就是一無所獲。

所有證據都證明了奈德、達琳、柯提斯和傑克的清白。

坎登已完成盡職調查，連雪莉・蒲魯特也表現出色，調出了北風旅館一行人的犯罪和過境紀錄。沒人有案底，傑克和柯提斯已經有一年多沒有進入阿拉斯加了，奈德和達琳則是偶爾會來露營而已。

儘管詹姆士・蓋爾確信他們有罪，但所有證據都證明他們是清白的。

普蘭特不知道該如何看待詹姆士・蓋爾這個人。他又是另一個問題了，也是普蘭特不願面對這次會議的原因。她必須告訴他一切都結束了，她要回去了，羅斯和凡斯也要離開了。如果他想繼續尋找女兒，就必須自掏腰包。

想到這裡，她的心都碎了。

即使詹姆士・蓋爾個性衝動、行事魯莽，造成了不少麻煩，但普蘭特真的很同情他。他顯然很愛自己的女兒，也願意不遺餘力把她找回來。過去這幾天，他頻頻暗示自己想讓FBI介入。她猜測他很快就會動身前往安克拉治，展開行動。

凡斯的塞斯納飛機在育空河上方低空盤旋，朝機場飛去，他應該還要十分鐘才會抵達辦公室。不久之後，阿特拉一家的無篷小船駛入碼頭，北風旅館一行人則緊跟在後。

調查來到了尾聲，破案的大門即將關閉，這起案件將和其他數千起案件一樣，被丟到堆積如山的懸案中。當然，她不會告訴詹姆士・蓋爾這點。一直以來，她都告訴悲傷的失蹤者家屬，這起案件會交由費爾班克斯的一個團隊處理，這次也不例外。

這個說法虛實參半。

雖然警方不會結案，也會指派一個團隊處理，但是除非出現更多證據，不然調查會從此停滯不前。

還有一點不斷困擾著她，想必她回到費爾班克斯時也還是會很頭痛。那就是村莊公共安全官麥克斯．托貝盧克。

麥克斯．托貝盧克人間蒸發了，普蘭特其實多少鬆了一口氣。幾天前，由於他長期酗酒和違抗命令，普蘭特狠狠訓了他一頓，但那傢伙應該也心裡有數吧？畢竟他是真的有酗酒和不服權威的問題。

在托貝盧克開著村莊公共安全公務車逃跑後，他們搜查了他的房子，發現那裡亂得跟豬窩一樣，而且他大部分的個人物品都不見了。

普蘭特登記公務車遺失，甚至請一名警察透過手機定位托貝盧克的位置，但他應該把手機丟了。

好吧，普蘭特心想。警方遲早會找到公務車，可能也會在某個遙遠村莊的一間破敗小屋裡找到托貝盧克吧。他會被逮捕、剝奪職銜並受到指控。

但那不是她的問題，交給阿拉斯加州警處理就好了。

她的問題是要告訴詹姆士．蓋爾和他的家人，阿拉斯加調查局沒辦法繼續待在伊格爾尋找卡珊卓拉了。

這往往是一項吃力不討好的工作。

十分鐘後，當眾人在村莊公共安全辦公室的停車場集合，普蘭特感謝大家的幫忙。她對自己必須離開表示歉意，並告訴蓋爾一家，當她回到費爾班克斯，希望在這起案件上取得什麼樣的成果。

令人驚訝的是，蓋爾一家似乎以平常心接受了這樣的結果。

普蘭特說完後，詹姆士．蓋爾上前跟她道謝。

「我決定要去安克拉治。」蓋爾說道。「我要去找FBI。」

普蘭特一點也不驚訝。通常，當失蹤者的家屬用盡自己和地方當局的資源後，就會想找FBI幫忙。

普蘭特認為這都是電影的錯。在影視作品中，FBI常常被塑造成走投無路時可以求助的英雄。

她不忍心告訴蓋爾那會是一條死路。

「我可以印我這裡的資料並傳真到他們的安克拉治辦公室。」普蘭特說道。「你打算什麼時候去？」

「找到可以載我的飛行員就出發。」

「凡斯不是說他今晚要前往安克拉治嗎？」奈德聽到他們的對話，便說道。

凡斯本來在跟羅斯講話，聽到有人提到他的名字就轉過頭來。

「對。」普蘭特說道。「艾略特，你可以載蓋爾先生去安克拉治嗎？」

「可以啊，剛好順路。」

蓋爾向對方道謝，並再次感謝普蘭特的協助，然後回到艾蜜莉和彼得・特拉斯克身邊。

普蘭特再次心生同情。艾蜜莉・蓋爾的臉又紅又腫，看起來已經窮途末路，不知如何是好，而她那蓬頭垢面的丈夫似乎累到連站著也能睡著。普蘭特看了看手錶，做了個手勢吸引羅斯的注意。

「葛倫，差不多要走了嗎？」

「拉特利奇說我們要盡快出發，今晚費爾班克斯會有一場暴風雨，他想要趕在那之前抵達。」

普蘭特親自向奈德、達琳、奈德的手下和阿特拉一家道別，然後跟著羅斯上他的卡車，離開伊格爾。

她凝視著育空河氾濫的棕色河水，心想不知道下一次來這裡是什麼時候，不知道何時又會有哪個可憐人在這個被遺忘的地方失蹤。

奈德・福格特看著羅斯警官和普蘭特警佐駛出伊格爾，感覺肩上的擔子卸下了，但只有一小部分，還有很多事情要擔心。

最緊急的事情是詹姆士・蓋爾即將前往安克拉治。他必須立刻聯絡伊爾馬科娃，告訴她計畫有變。

過去這兩天，她堅持每兩小時就要回報蓋爾的行蹤。

這意味著奈德在協助搜索時必須隨身攜帶安全平板，同時也要確保無論是他自己、達琳、傑克或柯提斯，每分每秒都要有人待在蓋爾附近。但這並不難，因為蓋爾家的大家長似乎也不想離他們太遠。

那男人顯然還在懷疑奈德一夥人。

整場災難還有兩點仍讓奈德感到氣惱，第一點是托貝盧克似乎從地表消失了，第二點是伊爾馬科娃通知他說有另一個團隊將被派往伊格爾。

另一個團隊。

得知這個消息後，奈德當然非常緊張，緊張到他和達琳在前一天晚上差點就要自己逃跑了。當他請伊爾馬科娃詳細說明，她的回答很簡短，只說奈德的團隊要「輔助」新的團隊。是達琳說服他留下來等到整件事結束的。她推斷如果事情不順利，他們可以要求和新團隊一起撤離，在其他地方展開新生活。

去一個溫暖的地方。

但奈德還是無法像妻子一樣抱持輕鬆的態度，整個該死的情況都讓他感到十分不安。

蓋爾一家走向河岸時，艾略特・凡斯走近奈德，低聲問道：「老大，我載他去安克拉治應該沒關係吧？」

奈德沒有跟凡斯說蓋爾成了新的目標。

奈德輕聲回答：「我需要你隨身攜帶拋棄式手機，每兩小時回報詹姆士・蓋爾的位置，有辦法做到嗎？」

「我在安克拉治有家庭活動。」

「取消活動吧。你在安克拉治的期間，我會給你三倍薪水。」

「怎麼突然對那個老人這麼感興趣？」

奈德稍微考慮了一下，要不要告訴凡斯會有新的團隊飛過來，但最後決定作罷。這件事只需要告訴需要知道的人，而凡斯不需要知道。所以他只說：「你能照我的要求做嗎？」

「可以啊，老大。」

「很好。我要知道他住哪、在哪裡吃飯、在哪裡拉屎，你明白了嗎？」

凡斯說他明白，便走回汽車旅館收拾行李。

奈德與達琳四目相接，兩人不約而同看向詹姆士．蓋爾，後者正與艾蜜莉和她丈夫一起走向河岸。

伊爾馬科娃這麼關注這家人，他們一定不會有什麼好下場。

奈德必須回到房間，向她回報最新進展，並重新審視情況急轉直下時的逃跑計畫。

「爸，那我們兩個該做什麼？」艾蜜莉蜷縮在丈夫粗壯的手臂下，問道。

「跟佩提和克朗寧繼續進行搜索，還有確保馬弗里克康復得順利，我應該一、兩天後就回來了。」

「爸，搜索已經結束了，你覺得我們還會發現什麼新的線索？如果什麼都找不到的話，待在這裡還有什麼意義？我們應該跟你一起去安克拉治。」

「不，我要你們留在這裡，要求凡斯警官載我們所有人有點太過了。幫佩提和比爾——」

「爸，他們不需要我的幫忙。」艾蜜莉用堅定的語氣說道。她從丈夫的大手臂下鑽出來，氣呼呼地衝回房間。

蓋爾看向他的女婿，說道：「彼得，我不在的時候，艾蜜莉就交給你了。」

「好的，吉姆。」彼得・特拉斯克輕聲回答。

蓋爾嘆了口氣，回頭看向停車場，佩提、比爾和他的手下聚集在那裡，阿特拉一家和北風旅館一行人則站在更遠處。

蓋爾向佩提和克朗寧招招手。兩人走了過來，蓋爾說道：「我希望你們兩個在我離開的期間幫我做一件事情。」

「儘管吩咐吧。」佩提說道。

「接下來幾天，我要有人盯著北風旅館，或許可以讓幾個你信任的手下越過邊境到那裡，看他們有沒有任何奇怪的舉動。」

「你還是不信任他們嗎？」

「完全不信任。」

「沒問題，吉姆。」

「你覺得 FBI 會有什麼辦法嗎？」比爾問道。

「可能沒有，但我還有什麼選擇？」

一小時後，蓋爾坐在凡斯的塞斯納飛機的副駕駛座上，俯視著伊格爾小鎮，試圖不被心中的挫敗感所淹沒。

自從六天前丹尼斯・普萊斯打電話給他以來，蓋爾第一次意識到自己可能真的再也見不到凱西了。

他後面口袋裡的東西彷彿要燒穿他的牛仔褲一般。他知道如果FBI是一條死胡同，他還是可以打開信封尋求協助。

如果一切都徒勞無功，他會打那通電話。

他會打那通該死的電話。

32

俄羅斯莫斯科
特維爾區
布提爾卡監獄

索科洛夫大將喜歡把燈開到最亮，眼前所見都一目了然：大大小小的筋膜、肌腱、韌帶、每一條突出的動脈和靜脈、每一個被鑽孔的膝蓋骨和手肘。他喜歡看到這一切，但更喜歡讓他們看到。

索科洛夫已經好幾十年沒這麼有活力了，精力充沛到過去這四十八小時他幾乎無法入睡。今晚，為了抑制自己的興奮之情，他叫手下開車載他到莫斯科中心特維爾區的布提爾卡監獄。

除了列福爾托沃監獄之外，布提爾卡監獄是索科洛夫最喜歡的地方，可以盡情享受他最愛的消遣：殺人。

列福爾托沃監獄的地窖是無菌的白色磁磚房間，類似他已故祖母的浴室，但布提爾卡監獄卻完全不同。它保留了舊蘇聯的味道：管路系統是二〇年代留下來的，牆壁是用灰泥粉刷的混凝土牆，牆上半月形的指甲印痕是幾個世紀以來絕望的囚犯所留下的。牢房冷得要命，散發著屎尿的味道。如果牆壁會說話，它們會提起馬雅可夫斯基、捷爾任斯基、索忍尼辛和鮑曼，全都是叛徒、賣國賊、通敵分子或背後插刀者。

有多少人死在這些牢房裡？死在這些地窖裡？

根本沒有人知道。

將近十年前，維克托．索科洛夫大將建議總統拿批評政府的墮落律師謝爾蓋．馬格尼茨基來殺雞儆猴。那個白痴臭小子竟敢槓上俄羅斯政府，指控國家進行盜賊統治、大規模詐欺和竊盜等罪行。馬格尼茨基在布提爾卡監獄撐了三百五十八天，最後因酷刑和缺乏醫療照護而死亡。

可惜了，才怪。

這件事遭到國際社會的撻伐，美國還通過了全球馬格尼茨基人權問責法，制裁祖國。不過沒問題，那個法案很快就會被祖國的力量給粉碎。

索科洛夫把電鑽放在金屬長桌上，並擦掉手術用圍裙上的血跡。一名全身赤裸的男子被銬在混凝土房間中央的鋼椅上，已經失去意識。尿液順著流血的雙腿流下來，在腳邊形成一灘污濁的液體。

這次，索科洛夫特別從祕密牢房指定了這位批評政府的記者。

對外面的世界來說，這名失去意識的男子已經在兩個月前死於他公寓的一場火災了，失火原因是瓦斯洩漏，隨後發生爆炸。男子燒焦的屍體在廢墟中被發現，但現場有找到兩顆完好無缺的大臼齒。這見不得光的工作是索科洛夫的菁英團隊「信號旗」幹的。那個燒焦的屍體其實是一名因申請移民以色列而被關在列福爾托沃監獄的俄國猶太人，臼齒則是在這名記者被抓到布提爾卡監獄的第一個小時，從他嘴裡拔出來的，後來藏在燒焦的公寓廢墟中。

沒有人會知道真相。

索科洛夫不禁微笑，慶幸「Novorossiya」新俄羅斯仍保留著一些舊蘇聯的作法。儘管索科洛夫對他的plemyannik很生氣，他還是很感激普丁允許這種不受法律限制的酷刑，這會使俄羅斯變得強大，就像蘇聯時代一樣。

在蘇聯解體後的十年裡，祖國失勢了。曾經是超級大國的俄羅斯熊陷入了沉睡。慢慢地，索科洛夫的plemyannik喚醒了那頭熊，使其甦醒並重返榮耀。

索科洛夫覺得自己也醒了過來，他低頭看著被燒焦的綠色和黑色肉塊，那曾經是記者用來撰寫叛國言論的手指。

如果沒有接受治療，那個男人撐不過今晚。

索科洛夫用扭曲的手指拂過桌上的注射器，輕輕敲打著裝有五顏六色液體的小瓶子。他會把這些藥全都帶去沙拉什卡，他會用自列寧和史達林以來從未見過的殘酷手段，折磨羅伯特．蓋恩斯和他的女兒們。

他抓起一支裝滿安非他命衍生物的注射器，將針頭刺入男子的股四頭肌。記者瞬間睜開眼睛，看到他那些再也寫不出誹謗性文章的斷指，看到自己手肘和膝蓋上的鑽孔，便放聲尖叫。

門外傳來響亮的敲門聲，索科洛夫咒罵了一聲，轉身看到迪米崔拿著平板電腦走進牢房。

「大將，『科迪亞克』有新消息。」助理說道。

「那就快說！」

「羅伯特・蓋恩斯開始移動了，『科迪亞克』說他要前往安克拉治找FBI。」

「信號旗離那裡有多遠？」

「他們幾小時內可以在安克拉治郊外與名為『威士忌』的科迪亞克人員會合。」

「『科迪亞克』有派人監視蓋恩斯嗎？」

「有，蓋恩斯目前人在旅館裡。」

「很好。告訴信號旗指揮官可以動手了。另一個女兒在哪裡？」

「在伊格爾，由『科迪亞克』親自監視。」

「派信號旗第三小隊前往伊格爾與『科迪亞克』會合，帶走女兒。」

「沒問題。」

「聯絡一名我們信任的西羅維基成員，我們需要一架噴射機。我不要信號旗用正常的方法運送蓋恩斯，那樣會花太多時間。現在就派一架噴射機飛往阿拉斯加待命，他們就搭噴射機回祖國。」

「那女兒呢？」

「用潛水艇就好了。我想先折磨蓋恩斯幾天，再對他的女兒下手。」

迪米崔鞠了個躬，準備離開。

「還有一件事。」索科洛夫說道。「準備好我的噴射機。信號旗一抓到蓋恩斯，我就要飛往沙拉什卡。」

迪米崔鞠了個躬，便匆匆離開牢房。索科洛夫深感滿意，忍不住微笑。

他為蓋恩斯和他的女兒們準備了一個小驚喜，但首先他必須解決這個詆毀國家的叛徒。索科洛夫從桌上抓起一把新的鶴嘴鋤，拿到瑟瑟發抖的記者面前，接著將其高高舉起，揮向男子的腹部。

33

阿拉斯加庫克灣

七月二日星期二凌晨2點15分

艾蕾娜女士號是一艘五十英尺長的遠洋動力拖船，目前正停在安克拉治西南方二十海里處，在庫克灣又鹹又髒的水面上浮動。艾蕾娜女士號的船長帕維爾・安德烈耶夫・那寇夫是一名五十五歲的保加利亞人，他站在船尾，看了看手錶。

將近十五分鐘前，他已確保漁網固定在船的右舷、拖釣設備已妥善收納，也關閉了GPS和船上的所有其他電子設備。

那寇夫沒有告訴任何人自己深夜出海的事，也確信沒有人看到他離開碼頭。

但他仍然如坐針氈。

將近十五年前，那寇夫持簽證來到美國，在阿拉斯加的捕魚季節工作。生意一直都很好，經過四年的省吃儉用和持續存錢，他付了這艘拖船的頭期款，並以他已故妻子的名字命名了它。

之所以買下動力拖船，是因為它在白令海峽的效率很高，並且可以容納盈利所需的船員人數，然而這項投資卻徹底失敗了。

他後來發現持有艾蕾娜女士號根本是場災難，畢竟一艘五十英尺長的動力拖船需要不斷維修，而要找到勤奮、可靠的船員更是難上加難。

那寇夫很快就意識到自己入不敷出，債臺高築。他賣掉了小房子，租了一間破爛的公寓，也賣掉了卡車和一些最值錢的財產，卻還是趕不上帳單累積的速度。他甚至嘗試賣掉艾蕾娜女士號，但由於經濟衰退，那艘船的價值早已不如以往。

無計可施的那寇夫開始經常光顧鎮上的各個當地酒吧，試圖藉酒澆愁，直到七年前的某個晚上，有個男人搭訕了他，永遠改變了他的人生。

那名男子是個和藹可親的加拿大人，在育空地區經營一間旅館和酒吧，以前是加拿大皇家海軍，大半輩子都在白令海進行拖釣。他們在漁業和船隻方面志趣相投，一拍即合，那個加拿大人甚至堅持要出一整晚的酒錢。

喝到第四輪啤酒時，船長向陌生男子吐露了自己的財務困境。

陌生男子聚精會神地聽著。兩人從啤酒喝到烈酒，陌生男子對艾蕾娜女士號越來越感興趣，甚至要求當晚就要親眼看看那艘船。

爛醉如泥的那寇夫二話不說就答應了。

跟酒保買了一瓶威士忌後，他們走到碼頭並登上艾蕾娜女士號。兩人一路喝到深夜，那寇夫給陌生男子看船上需要修理的地方：漁網、舷外托架，連引擎也快不行了。

隨著夜色漸深，酒瓶也見底了，那名親切的加拿大人為船長提供了一個千載難逢的機會。

起初，那寇夫簡直不敢相信自己的耳朵。

「我從事出口業。」加拿大男子說道。「專門出口貴重貨物，我需要像你這樣擁有專業技能和資源的人來幫助我。」

「你出口什麼啊？」

「你還是不要知道比較好。」

「那可以告訴我你出口給誰嗎？」

這次，加拿大男子也無法給他答案，只有說：「你的工作很簡單，在夏季，大約每週都會有一個包裹送到你的船上，而你將擔任搬運人，把包裹從A點送到B點。」

加拿大男子詳細說明工作內容，並說他會給那寇夫一組在白令海上的座標。

「你抵達B點後，另一個搬運人就會接手包裹。」

那寇夫一開始還半信半疑，直到他聽到自己會得到的報酬。

「每次送貨你都會收到一萬美元現金。」

那寇夫大吃一驚，更讓人震驚的是，加拿大男子掏出一疊百元大鈔，說道：「為了表示我的誠意，這是一萬美元的預付款。」

那寇夫低頭看著那疊鈔票，簡直不敢置信，然後接過現金。在接下來的一個小時裡，加拿大男子列出了各項規定。

「你只能一個人作業，不可以告訴任何人有關這份工作的事，也絕對不可以看貨箱的內容物。如果你違反任何一項規定，我會立刻終止你的合約，並把你剔除。明白嗎？」

保加利亞船長點頭如搗蒜。

接著，加拿大男子遞給他一支黑莓機，說道：「我會透過這支黑莓機聯絡你，給你每次送貨的日期和座標。這支手機是安全的，但你絕對不能用我的真名，也不能透過電話討論送貨細節。我不會打給你，只會傳簡訊。」他詳細說明了要使用的暗號和用語：「我的代號是科迪亞克，你的代號則是威士忌。」

當太陽開始升起，「科迪亞克」起身並與「威士忌」握手，說道：「我不久後就會發簡訊。」

兩天後，黑莓機收到了一則簡訊，上面寫著日期、時間和一組座標。

那天晚上，那寇夫走上艾蕾娜女士號，在甲板下發現了一個棺材大小的黑色箱子。他想起「科迪亞克」的話，沒去動箱子，把船開到指定座標。當那寇夫按照指示拋錨停船，把漁網從船的右舷丟下去，他感到既興奮又害怕。

在他抵達十分鐘後，艾蕾娜女士號附近的海面冒出泡泡，一艘小鯨魚大小的潛水器浮出水面。潛水艇頂部的艙門打開，有兩個人穿著閃閃發亮的黑色橡膠潛水服，從下面冒了出來，跳入水中，爬上漁網並登上艾蕾娜女士號。

兩人一言不發，走到甲板下，抬起棺材大小的箱子，用黑色氯丁橡膠保護套包起來，把箱子帶回潛水器，然後再度消失於水面下。

後來那寇夫開船入港，回到陸地上然後走回家，發現廚房的桌子上放著一疊平展簇新的百元大鈔，總共一萬美元。

在接下來的七個夏天裡，這名保加利亞人都以同樣的方式和「科迪亞克」合作。

然而，今晚是例外。

那天傍晚，那寇夫的黑莓機第一次響了。

他大吃一驚，接起電話，另一頭傳來「科迪亞克」的聲音，說今晚有一項緊急任務，報酬是平常的兩倍，而這次他要負責收貨，而不是送貨。

那寇夫欣喜若狂。他早已習慣這個從天上掉下來的財富，怎麼能拒絕再拿兩萬的機會呢？

他當下一口答應，但那晚開著艾蕾娜女士號出海時，他就開始後悔了。

收貨地點距離陸地將近二十英里，比平常還要遠。當他在指定的座標處拋錨停船，放下漁網並等待時，他不禁好奇自己到底要收什麼貨。

三十分鐘過了，那寇夫按捺不住緊張的情緒，左右挪動身體，低頭凝視著海面，希望能看到潛水器熟悉的圓頂露出水面，卻遲遲等不到。

出乎意料的是，奇怪的事情發生了。

那寇夫正準備起錨，就看到一個黑色的小氣球破水而出，浮到了海面。

又一顆氣球浮了上來。

很快就有十幾個黑色氣球在水面上浮動，船長這才發現它們根本不是氣球。

是人頭。

那些人戴著黑色潛水面罩和循環呼吸器，遮住了臉。他們游向垂掛在右舷的漁網。

他們拎著防水大行李袋，破水而出並爬上船，其中一個人摘下面罩和呼吸器，用很重的俄羅斯口音問道：「你就是『威士忌』嗎？」

發問的男子剃了光頭，左臉有一道長長的疤痕。

「對，我就是。」

「那還真不幸。」

那寇夫還來不及反應，疤面男子就從腰間掏出一把手槍，瞄準保加利亞船長的額頭，並扣下了扳機。

34

阿拉斯加安克拉治

七月二日星期二

詹姆士．蓋爾喝著加油站的咖啡，一邊坐上停在飯店外的計程車，一邊查看手機。現在是早上八點五十五分，他的頭因為睡眠不足和攝取過多咖啡因而陣陣抽痛。

向司機提供安克拉治FBI大樓的地址後，蓋爾靠著椅背放鬆下來，回想起前一天晚上，凡斯警官開飛機送他到安克拉治，再開車送他到旅館。凡斯說考慮到飯店位於市中心，價格還算合理，他自己也入住了一間房間，因為他這次是來探望祖父母的，不想給他們帶來負擔。

飛來安克拉治的旅途很順利，蓋爾也對這名年輕的執法人員有了更深的認識。凡斯今年二十九歲，已經在阿拉斯加州警工作了五年多。他向蓋爾解釋道，當初是考量到管轄範圍有數千平方英里，才會去考飛行員執照的。蓋爾覺得那孩子人不錯，當飛機降落在安克拉治，還覺得有點不捨。

凡斯祝他好運，並承諾如果可以的話，會在蓋爾與FBI會面後去拜訪他。

當計程車開上安克拉治的一條大街，蓋爾發訊息給佩提和艾蜜莉，問他們有沒有什麼進展，然後把手機放進口袋，嘆了一口氣。出於本能，他瞄了一眼計程車的後視鏡和側後視鏡。

蓋爾立刻就看到了他們。

兩輛黑色廂型車。

兩輛廂型車跟計程車保持距離，分別隔了三輛和六輛車，蓋爾可以發誓它們就是先前停在飯店對面的那兩輛。

也許他只是因為睡眠不足而變得疑神疑鬼，但他還是盯著廂型車看了五分鐘，直到計程車駛離繁忙的街道，停在FBI大樓前。

廂型車沒有跟上來。

蓋爾放鬆下來，付了車錢，在大樓前下車，並查看了一下周圍的狀況。對面有連鎖餐廳和一些小店準備開始營業，前面的街道上停著幾輛車，一切正常。

他走進FBI大樓，向櫃檯人員說明來意後，對方便帶他到位於大樓一角的一間高級辦公室，去找普蘭特警佐替他聯繫上的特別探員柏克。

柏克是個年約四十的高個子男人，留著花白的平頭，並穿著一套廉價的黑色西裝。當蓋爾走進辦公室，柏克沒有起身，只是看了看手錶，說道：「阿拉斯加調查局把報告送來了，在厄爾那邊，他負責處理失蹤人口案件。」

柏克說得好像他認為蓋爾知道他在說什麼一樣。

「厄爾？」蓋爾問道。

「厄爾・馬克斯。我帶你去找他。」

柏克帶蓋爾走到電梯，當門關上，電梯開始下降，他開口道：「厄爾有點古怪，他待在這裡很久了。事實上，他十年前就退休了，但他跟很多FBI官員一樣興趣狹隘，覺得坐在家裡看《價格猜猜猜》的退休生活很無聊。」

「他還是探員嗎？」

「他還在FBI的在職人員名單上，但更像是具有高階安全權限的有給職志工。」

「他到底是做什麼的？」

「你還是直接聽本人講吧。」

電梯「叮」了一聲，柏克帶蓋爾穿過昏暗的走廊，來到一扇不起眼的門前。柏克把手放在門把上。

「結束後再叫厄爾送你上樓。」

「你不進去嗎？」

「我沒空。如果你想跟專門處理阿拉斯加失蹤人口的FBI專家談，找厄爾・馬克斯就對了。」柏克說完便打開門，示意蓋爾進去，然後關上門。

古典音樂轟炸著蓋爾的耳朵，明亮的日光燈照亮了成堆的檔案櫃、文件和箱子。

房間雖然雜亂，但仍留了一條小路，蓋爾小心翼翼向前走去。小路的盡頭是個較開闊的空間，音樂也到了震耳欲聾的地步。蓋爾停了下來，看著眼前奇怪的景象。

正前方有一張巨大的阿拉斯加地形圖覆蓋在後牆上，將近二十英尺高，且至少三十英尺寬。地圖上釘著數以萬計的彩色圖釘，其中大多數聚集在一個由紅色細繩圍成的大三角形內部和周圍。

兩側的牆壁擺滿了落地書櫃，右手邊有個可滑動的爬梯，軌道環繞整個房間。空地中央有一張將近十二英尺長的金屬桌，上面隨意擺放著電腦顯示器、空咖啡杯、紙張、活頁夾和文件夾。還有一張小桌子上放著古董轉盤、擴音器和兩個喇叭。一張唱片在磨損的唱針下旋轉。

小廚房旁邊的一扇門打開了，一個戴著眼鏡、留著白鬍子、光頭閃閃發亮的大塊頭男子拖著腳步走進房間。他那髒兮兮的白色襯衫和紅色吊帶都快包不住他的大肚子了。

厄爾·馬克斯把重心放在一根木拐杖上，一跛一跛走向轉盤並提起唱針。接著，他重重坐在辦公椅上，推了推眼鏡，瞇起眼睛盯著電腦螢幕，好像沒有注意到蓋爾站在房間裡一樣。

蓋爾清了清喉嚨，開口道：「不好意思，我是——」

「我知道你是誰，蓋爾先生。」

「梅勒迪絲·普蘭特警佐說她把我女兒的失蹤人口報告寄來了。」

「她是一千六百四十六。」

「什麼？」

「她是今年失蹤的第一千六百四十六個人，人數比去年同期成長了百分之十九點三，而且我只算了有提交的報告。所有人都是在大三角內失蹤的。」

這個男人的直言不諱讓蓋爾有點措手不及。「大三角？」他問道。

厄爾看著蓋爾，再看向地圖，然後舉起拐杖，指著紅繩三角形的最高點，解釋道：「阿拉斯加最北端的鎮區巴羅、南部的安克拉治和東部的朱諾連成的大三角，土地面積幾乎跟德州一樣大，每年失蹤人數將近三千人，比美國其他任何地方都還要多。這些圖釘代表我從一九八八年開始記錄的失蹤人口。」

厄爾解釋說，圖釘的顏色對應到失蹤的年代，綠色是八〇年代，藍色是九〇年代，黃色是兩千年代，橘色則是二〇一〇年以後。

他用雷射筆指著伊格爾以北的育空河，說道：「這兩個圖釘代表你女兒和威廉・弗倫奇，兩人都在大三角內失蹤，在這麼廣闊的荒郊野外，要消失是很容易的。」

「在這些人當中，後來找到了多少人？」

「這些是沒找到的人。到北緯六十度線以上的人可能永遠不會被發現，似乎就這樣消失得無影無蹤。」

「你認為失蹤者是死於荒野之中嗎？」

厄爾笑道：「如果我這麼想的話，就不會在這裡了。當然有些是，甚至大部分人都是。我幾乎一輩子都住在這裡，親眼目睹無數土生土長的阿拉斯加人死於惡劣的天氣。不論男女，無論再怎麼堅強，只要踏出家門就會淪為大自然的玩物。」

「你說這裡每年有近三千人失蹤？這算是國家緊急事件吧？FBI應該要為此設立五十人的專

案組才對。」

「FBI不會管脫離社會的人，畢竟故意失蹤並不違法。他們如果不願意的話就不必聯繫朋友或家人，我們也不會逼他們。」

「但你沒有袖手旁觀。」

厄爾嘆了口氣，說道：「蓋爾先生，我的弟弟尼古拉斯二十五年前在諾姆附近失蹤了。我可以查詢需要高階安全許可的資料庫和紀錄，但最後一切都只是徒勞。」厄爾搖搖頭，繼續說：「自九一一事件以來，由於我們靠近中國、俄羅斯和北韓，阿拉斯加的FBI把大部分的資源集中在反恐行動上，包括情報蒐集和最壞情況應對準備。剩下的資源主要集中在大城市犯罪上。」

厄爾傾身向前，說道：「蓋爾先生，我把醜話說在前頭。我看過數百名失蹤者的家屬走進這扇門，站在你現在站的位置，州警察和阿拉斯加調查局都幫不了他們。你們能號召幾十個人搜索威廉·弗倫奇和你女兒，這是前所未聞的，還有阿拉斯加調查局的調查員親自飛到伊格爾，簡直是奇蹟。」

「大家都這麼說，但我還是得找到我女兒。」

厄爾點點頭，說道：「昨晚，阿拉斯加調查局把卡珊卓拉和弗倫奇的失蹤人口報告寄過來後，我花了幾小時研究內容，發現了一件事。」他抓起一個塞滿紙張的文件夾，打開來，拿出兩張照片，然後「啪」的一聲放在桌子上。

蓋爾走上前，認出了那兩張照片，是羅斯分別拍凱西和威廉·弗倫奇帳篷的照片。

「蓋爾先生，我看了取證實驗室的報告，他們說得沒錯，這不是熊或任何動物的傑作，而是人類用鋸齒刃劃破的。」厄爾慢慢站了起來，走到一個檔案櫃前，從裡面拿出一個橘色的文件夾。他走回辦公桌，在文件夾翻找了一下，然後拿出另一張照片給蓋爾看。

照片中有一個海軍藍色的帳篷，散落在一小片石子地上，藍色布料跟凱西和弗倫奇的帳篷一樣被劃破了。

厄爾說道：「這是一個多月前，州警察在奇金鎮南方的四十里河河畔拍的。進行調查時，阿拉斯加州警或阿拉斯加調查局有提起這張照片嗎？」

「沒有。」蓋爾回答，感到一頭霧水。

「果然。」

「什麼意思？」

厄爾打開了橘色文件夾，說道：「五月下旬，加州一名女子由於前夫未能與她或兒女取得聯繫而報了失蹤人口。前夫的名字叫做保羅．布雷迪，他跟你女兒失蹤的地點直線距離只有幾百英里，帳篷被劃破的手法是一樣的——」

「州警察知道這件事嗎？」

「知道。有趣的是，除了帳篷以相同的手法被劃破，保羅．布雷迪還是前海豹隊員，跟你女兒一樣都是退伍軍人。」厄爾把報告內容唸出來：「保羅．布雷迪，四十一歲，離婚，有兩個小孩。由於母親在九一一事件中於二號大樓罹難，他大受打擊，兩天後就入伍了。通過基礎水下爆破訓練後，被選入維吉尼亞州的海豹部隊第二隊伍。曾派駐中東五次，為了與家人有更多相處的時光，幾年前從海軍退役並搬到聖地牙哥。在墨西加利邊境當過契約工。妻子幾年前提離婚。布雷迪有酗酒問題。前妻拿到房產和孩子的監護權，搬到洛杉磯和一位高級房地產經紀人住在一起。」

「到現在都還沒找到布雷迪嗎？」

「不見蹤影，但我們似乎找到關聯了。」

「帳篷嗎？」

「對，帳篷，還有布雷迪和卡珊卓拉都受過軍事訓練這點。」厄爾指著辦公桌上的一疊橘色文件夾，說道。「我在大三角內發現了一種模式，雖然休斯局長和柏克那個笨蛋特別探員都覺得我在胡言亂語。」他用雷射筆指著伊格爾，說道：「大三角內有好幾個地區，包括伊格爾，大多數失蹤人口都是退伍軍人。」

「阿拉斯加的極端環境本來就容易吸引生存力強的人。」

「當然，但在過去十年裡，我的數據一直顯示出異常現象，好幾百名失蹤者是退伍軍人，十年前或更早以前的情況並非如此。」

「你認為原因是什麼？」

「答案不是顯而易見嗎？」

蓋爾揚起一邊眉毛。

厄爾說道：「他們被抓起來，被帶走了，至少那是我的理論啦，但直到昨晚，我都不認為能夠證實這點。」

「關鍵是被劃破的帳篷嗎？」

「不只是帳篷，蓋爾先生，而是那些帳篷位於誰的管轄範圍內。那名阿拉斯加州警拍攝了保羅．布雷迪被摧毀的營地，還協助搜尋你女兒並參與調查。」

「是羅斯嗎？」

「不是。」

「那是誰？」

「艾略特．凡斯警官。」

35

阿拉斯加安克拉治
聯邦調查局大樓

「凡斯？」

「他是保羅．布雷迪失蹤案的首席調查員。自從被派到諾斯韋章克中的D分隊以來，他負責了將近四百起失蹤人口案件，其中有將近一百人受過軍事訓練。蓋爾先生，如果我沒說錯的話，你說艾略特．凡斯從來沒有提起保羅．布雷迪的案子或是他被劃破的帳篷，對嗎？」

「對。」

「也沒有人告訴梅勒迪絲．普蘭特這件事？」

「據我所知是沒有。」

凡斯看過保羅．布雷迪的營地和被劃破的帳篷，卻隻字未提？過去這四年，他的管轄範圍內有將近一百名退役軍人失蹤？一直以來，蓋爾都把注意力放在北風旅館一行人身上。

北風旅館！

蓋爾回想起他先前目睹凡斯在伊格爾汽車旅館前跟奈德等人交談的場景。

「北風旅館……奈德和達琳・福格特。」蓋爾說道。「你有聽過他們嗎？」

「沒有，怎麼了嗎？」

蓋爾詳細說明凱西和威廉・弗倫奇曾入住北風旅館，並與奈德的員工發生酒吧鬥毆的事。他告訴厄爾北風旅館一行人有協助搜索，但他一開始就懷疑他們了。

厄爾瞇起眼睛，低頭看著凱西的失蹤人口報告，問道：「阿拉斯加調查局和騎警都排除他們的嫌疑了嗎？」

「對。有辦法查到是否有更多失蹤者曾經入住北風旅館嗎？」

厄爾一邊撫摸他的白鬍子，一邊說道：「我可以查查看，並拿來跟該地區的失蹤人口名單交叉比對。我看看能不能查到信用卡帳單……但可能很困難，因為很多資料都沒有數位化。」

「如果保羅・布雷迪也有入住北風旅館——」

「那或許會是破案的關鍵。等我看過布雷迪的信用卡紀錄，再聯絡加拿大皇家騎警。」

「如果他當時是付現金呢？」

「那就沒轍了。」

蓋爾拿出手機，試圖找普蘭特警佐的電話號碼。

「蓋爾先生，這裡沒辦法打電話，要上樓才行。」

「我必須趕快告訴普蘭特警佐關於凡斯警官和布雷迪的事。」

厄爾皺起眉頭，說道：「凡斯的事先等等，在證據確鑿前就指控執法人員不是明智之舉。告訴她有關保羅．布雷迪帳篷的事，還有我會立刻把資料傳真過去。」

蓋爾轉身準備離開，但隨即想起一件事，問道：「我們在凱西的營地有發現一個金屬罐，你有看過類似的東西嗎？」

厄爾在凱西的檔案中翻找，拿出羅斯拍的那張照片，瞇起眼睛盯著它，皺眉道：「我從來沒見過這種東西。」

「其他失蹤人口案件都沒有出現這種金屬罐嗎？」

「印象中沒有。怎麼突然問這個？」

蓋爾其實也沒有答案，只是那個奇怪的東西讓他感到不安。他正要告訴厄爾罐子裡散發出的刺鼻氣味，對方就從座位上站了起來，走到他面前。

厄爾看起來欲言又止，開口道：「蓋爾先生，我在局裡工作了很長一段時間。昨晚，普蘭特把凱西的失蹤人口報告寄給我並說你要來後，我也對你做了一些調查。我可以存取國防部和國家安全局的一些伺服器，也擁有FBI資料庫的五級權限」──厄爾挪動身子，似乎有點不自在──「蓋爾先生，我調查完卡珊卓拉後，也有調查你的背景。」

蓋爾面無表情，不做出任何反應。

「我看得出來身分是不是偽造的，只有一個組織有能力做到這一點。我不知道你到底是誰，老實說我也不在乎，但看來你在高層有朋友，而且位階比FBI還要高。如果事情進展不順利，情況急轉直下，我建議你打電話給那些朋友。」

蓋爾盯著這個老先生，眼神始終沒有動搖，說道：「我得打給普蘭特。」

說完他就離開了。

蓋爾試著在電梯裡打電話，但沒有訊號，到大廳也還是不行，他便走到外面，站在大樓前，將手機高舉在空中，試圖收到足夠的訊號打電話。

他終於在人行道上收到訊號了，便打給普蘭特，卻直接轉到語音信箱。他簡短說明了自己跟厄爾．馬克斯針對保羅．布雷迪帳篷的討論內容，但沒有提及凡斯，只有請對方盡快回電。

掛斷電話後，他打給艾蜜莉，一邊抬頭望去，赫然發現一輛黑色廂型車停在地鐵對面，差點整個人僵住。

也許這只是一個巧合，也許只是他自己疑神疑鬼。

不對。

事有蹊蹺。這是之前的其中一輛廂型車，從飯店一路尾隨他的計程車到這裡。

蓋爾把手機放在耳邊，沿著街道往南走，站在一棟保險公司大樓前，用會反光的窗戶觀察停在北邊的黑色廂型車。

艾蜜莉的電話直接轉到語音信箱。

佩提的手機也是。

他們到底為什麼不接電話？

他才剛萌生這個想法，就看到兩個電線工繞過南邊的轉角。蓋爾腦中頓時警鈴大作。

北邊的廂型車發動引擎。蓋爾把窗戶當成鏡子，估計自己距離聯邦調查局大樓正門至少有兩百碼。

人行道上沒有其他人，路上也沒有車子，事情非常不對勁。蓋爾真希望自己有帶手槍，但他把槍留在飯店房間裡了。

他偷偷看了電線工一眼，他們都穿著藍色連身褲，戴著白色安全帽，距離他五十碼。兩人都各拿一個工具箱，但他們的連身褲太乾淨了，安全帽也太白了。他們穿的不是磨損不堪的髒靴子，而是閃閃發亮的新靴子——

蓋爾還在想聯邦調查局大樓有沒有監視器可以拍到他這一側，就聽到引擎的轟鳴聲和輪胎發出的刺耳聲響。第二輛黑色廂型車繞過南邊的轉角，在他身後急剎車。蓋爾猛然轉身，正好看到艾略特．凡斯跳下車。

「蓋爾先生！」凡斯說道。

「你這個王八蛋——」

電線工已經放下工具箱，拿著手槍對準他。

五名穿著黑色連身褲、戴著巴拉克拉瓦頭套的男子從凡斯身後跳下車。蓋爾微蹲，並把重心放在腳掌上。第一個人抓住他的手肘，蓋爾傾身向前，進行反擊，把對方摔到地上，但其他人也撲上來了。

有人拿一罐噴霧器對著他的臉，橘色煙霧從瓶口噴出。蓋爾吸入有毒的化學氣體，倒抽一口氣，立刻雙腿發軟，失去平衡，動彈不得。

在他失去意識前，只記得自己被抬起來，丟進廂型車裡。

36

阿拉斯加傑克韋德

七月二日星期二早上8點31分

事情不太對勁。

奈德．福格特感覺到了，就像鹿能察覺到掠食者一樣。他站在傑克韋德飛機場，手裡拿著平板電腦，凝視著南方湛藍的晨空，而這就是他此刻的感覺。達琳站在他旁邊，一臉平靜，但看她時不時擺弄雙手就知道她其實很擔心。這也情有可原，畢竟他們兩人都是第一次遇到這種狀況。

傑克和柯提斯幫他們清理了舊永動淘金機附近的臨時小跑道，當初建造這條跑道就是為了把受害者送到安克拉治，準備長途運輸到俄羅斯。

奈德到現在都還不知道伊爾馬科娃是怎麼把受害者運送到另一個大陸的。這是他多年以來的疑問，但過了一段時間，他意識到還是不要知道比較好，最好不要去想這件事，做好自己分內的工作吧。科迪亞克團隊只負責把目標送到威士忌那裡，僅此而已。

近十一年來，奈德感覺自己就像一位專業的空中飛人，進行高風險的走鋼索表演。十一年來，他從未摔下去過，甚至從來沒有站不穩過。

現在，他卻感覺自己彷彿要縱身一躍，一頭栽到地上。

「我們要等多久啊？」傑克問道。

「等到他們來為止。」奈德吼道，注意力仍放在天際線上。

「他們到底是誰啊？」柯提斯問道。

「來幫我們的另一個團隊。」

「幫我們做什麼？」

「這件事只能告訴需要知道的人，而你不需要知道。」

問題是，奈德其實不知道會發生什麼事，只知道他要擔任輔助的角色協助另一個團隊。詹姆士·蓋爾和凡斯前往安克拉治時，奈德還以為他和他的團隊就算是全身而退了，但看伊爾馬科娃前一晚傳的訊息，顯然不是這麼一回事。

這引發了奈德和達琳的各種猜測。如果詹姆士·蓋爾人不在這裡，為什麼新的團隊還要來伊格爾呢？他們會堅持要帶走艾蜜莉·蓋爾和她丈夫嗎？他們會派人幹掉奈德的團隊嗎？再怎麼揣測也沒用，所以奈德和達琳盡量往好處想，但也做好最壞的打算。

他們的逃生包已經收拾好，錢存放在安全的地方，新身分也準備好了。如果新的團隊堅持要帶走艾蜜莉·蓋爾和彼得·特拉斯克，奈德和達琳會協助他們，再叫他們帶著自己一起撤離。

至少計畫是這樣。

萬一這個新團隊是來幹掉奈德等人的，他們也做好了準備。

傑克和柯提斯都有半自動步槍和備用武器，奈德有戰術霰彈槍，達琳也有自己的步槍。

此外，奈德等人腳邊的催眠瓦斯罐足以對付一群憤怒的獅子，如果這個團隊心懷不軌，他們就倒大楣了。奈德深吸一口氣，試著冷靜下來。他仔細思考自己搞砸的每一件事。

第一個就是麥克斯．托貝盧克。

那個小混蛋還是不見蹤影。

奈德還讓柯提斯和傑克在外面找他一整晚。

事到如今已經不重要了；奈德很清楚在今天結束之前，自己不是離開北美洲，就是離開人世了。

「我好像聽到了。」達琳說道，頓時把奈德拉回現實。

奈德豎起耳朵，聽到了飛機逼近的微弱嗡嗡聲。

「要在他們一著陸就下煙嗎？」傑克問道。

「除非我下令，否則不要輕舉妄動，明白了嗎？」

把柯提斯和傑克蒙在鼓裡，他有一點過意不去。他滿喜歡他們的，兩人既是優秀的手下，也是無情的綁架犯。無論今天發生什麼事，對他們來說都不會有好結果。奈德和達琳絕對不會帶他們出國，他們要麼命喪黃泉，要麼只能靠自己。

映入眼簾的是一架塞斯納172型天鷹，比凡斯駕駛的飛機還要大。它飛得很低，平穩地降落在高高的草叢中，然後往他們的方向滑行。

奈德握緊霰彈槍，舉起另一隻手。他看到飛行員也舉起一隻手回應，接著引擎熄火，側門打開了。

三個穿著黑色迷彩服的男人提著大行李袋下了飛機。奈德感到不安。他們看起來像軍人，而且是老練的軍人。飛行員也下了飛機，加入他們的行列。個子最高的男人快步走向奈德。

「報上代號。」男子用很重的口音說道。

奈德清了清喉嚨，試圖掩飾心中的恐懼，回答：「科迪亞克。」

男子打量了一下奈德和他的同伴，然後把手伸進外套裡，有一瞬間奈德還以為他要掏出一把槍，但他只是拿出一臺平板電腦，跟奈德的平板很像。男子在平板上點了幾下，接著將其轉向奈德，給他看艾蜜莉．蓋爾的照片。

奈德鬆了一口氣。這些人要的是那個女孩，不是來殺他們的。

「你們知道她的位置嗎？」

「知道。」

「很好，帶我們去找她。」

阿拉斯加伊格爾

七月二日星期二早上8點43分

彼得．特拉斯克覺得自己一無是處。

他和艾蜜莉．蓋爾結婚不到一年，在那段時間裡，雖然兩人比交往時還要更恩愛，但過去這一年是他這輩子經歷過最難熬的時光。

他彷彿只是個旁觀者，眼睜睜看著剛成為家人的小姨妹夫結束自己的生命，看著凱西失去腹中的孩子，小姨子自己也差點輕生。

現在她失蹤了，可能再也找不到她了。

他、艾蜜莉和馬弗里克坐在育空河河岸。他轉頭看著這個世界上他最愛的人，用一隻手摟住了她。

他們前一晚與佩提和克朗寧的手下搜索到深夜，隔天還是早早就醒來了。艾蜜莉堅持要去河邊，說她需要和他談談。

這讓特拉斯克很擔心。過去這一週，他的妻子簡直一團糟，特拉斯克不怪她，他也不知道換作是自己的話該怎麼辦。艾蜜莉一直都覺得自己必須擔任這個家庭的守護者，穩定根基的膠水，但根基已經崩塌了，膠水也黏不回去。

「妳想跟我談什麼？」

艾蜜莉用袖子擦了擦眼睛，說道：「你不想要的話可以不用留在這裡。我感覺自己把你拖進了這個瘋狂的家庭，讓你眼睜睜看著它自我毀滅。如果你想離開的話，我可以理解。」

特拉斯克放開妻子，用難以置信的眼神看著她。

「妳為什麼會覺得我想離開？」

艾蜜莉哭了起來，說道：「因為我覺得我搞砸了你的人生。德瑞克自殺後，我要你搬到蒙大拿州，害你放棄自己的工作——」

「小艾，是我自己選擇搬家的，我只想待在妳身邊，哪裡都不想去。」

「我知道你討厭牧場——」

「我沒有討厭牧場，只是生活很不一樣而已。妳知道我會跟著妳到天涯海角。」他說，並握住她的手，舉起她的無名指，鑽石戒指反射著陽光。「當初娶妳時，我發誓無論是健康或疾病，我都會待在妳身邊。娶妳時，妳的家人就是我的家人了。小艾，我哪裡也不去。」

艾蜜莉伸出雙臂環抱丈夫，伏在他的脖子上抽泣。「彼得，她走了，對不對？我的妹妹回不來了……」

「不，小艾，我們不知道她在哪裡，但她還活著，我感覺得到。」特拉斯克安慰道。事實上，特拉斯克確實相信凱西還活著。他這輩子認識很多堅強的人，雖然只認識他的小姨子幾年，但在那段時間裡，他就發現她與眾不同。彼得．特拉斯克在德州長大，是四兄弟中的老么，而足球就是他童年的中心。

他原本拿了全額獎學金加入猶他大學足球隊，卻在大三時受傷了。最後，他去念物理治療系並擔任球隊的治療師。在足球世界裡，他遇過一些身心堅韌的人，有些人後來去參加國家美式足球聯盟，有些人還拿到了超級盃冠軍戒。

但他從未遇過像卡珊卓拉．蓋爾那樣堅強的人。

她這個人很難形容。她並不陽剛，不專橫，甚至也不嚇人。她身上帶有一種安靜的能量，當她下定決心要做某件事，就會一心一意去完成。她既機靈、敏銳又聰明。

艾蜜莉不一樣，她非常在意別人對自己的看法，總是想要取悅他人，情商自然比妹妹高。凱西很固執，在高壓環境下仍能保持冷靜，她會失蹤實在是太奇怪了。

特拉斯克緊緊抱著艾蜜莉，她繼續靠在他的肩上哭泣。他看著河水輕輕拍打著岸邊，看著馬弗里克在前面的沙灘上睡覺，胸口緩慢起伏。特拉斯克不知道自己還能幫上什麼忙，不知道克朗寧的手下，甚至是阿爾文．佩提那個脾氣暴躁的老混蛋騎馬能找到什麼。凱西不在這片樹林裡，他只希望吉姆可以說服FBI介入調查。

特拉斯克注意到馬弗里克豎起耳朵，然後抬起頭，看向上游。他順著德牧的眼神望去，看到約翰．阿特拉從村莊沿著河岸朝他們跑來。

「小艾。」特拉斯克說，並指向阿特拉。艾蜜莉擦了擦眼淚然後起身。

約翰在他們面前停了下來，說道：「你們得跟我走。」

「怎麼了？」艾蜜莉慌張起來，問道。

「是我奶奶派我來找你們的，請快點跟我來。」語畢，他也不等他們回應，轉身就往上游跑。

艾蜜莉和特拉斯克偷偷互看了一眼，便抓起馬弗里克的牽繩，跟在男子身後。

他們沿著河岸慢跑，直到抵達村莊的邊緣。

約翰突然轉進樹林，帶他們走上一條小路。

他們一進入樹林，約翰就繞過一個轉角，停在一個小建物前。那是一個類似小屋的地方，由小圓木支撐，外面包裹著看起來像鹿皮或麋鹿皮的東西。

散發怪味的煙霧從毛皮小屋的臨時煙囪裊裊升起，特拉斯克不禁好奇這是不是某種淨汗小屋。約翰伸手抓住皮革製成的門簾，打開一條小縫。

「她在裡面。」

特拉斯克有些遲疑，但他還來不及阻止艾蜜莉，她就帶著馬弗里克走了進去。特拉斯克只好跟上去，低頭穿過門簾下方，刺鼻的紫色煙霧頓時撲鼻而來。

特拉斯克和艾蜜莉都忍不住咳嗽，馬弗里克則開始低吼。

特拉斯克揉了揉泛淚的眼睛，看到眼前的景象，不禁倒抽一口氣。

伊芙．阿特拉坐在小屋中央的小火堆旁，正在燃燒某種神祕的藥草。她的肩上披著一件熊皮斗篷，銀髮上插著老鷹的羽毛，一邊低聲吟誦，一邊前後搖晃。

但那並不是特拉斯克大吃一驚的原因。

讓他震驚不已的是伊芙．阿特拉身後那個被五花大綁、堵住嘴巴的身影。

是村莊公共安全官。

麥克斯．托貝盧克。

37

「這到底是怎麼回事？」特拉斯克一邊問道，一邊往後退。

馬弗里克對托貝盧克低吼，但後者似乎根本沒注意到有人進入了淨汗小屋。他眼神呆滯，雙眼布滿血絲，口水從他被塞住的嘴裡流到泥土裡。他側躺著，被綑綁的腳踝和手腕幾乎碰在一起。伊芙繼續吟誦。

約翰說道：「我們昨晚發現他試圖進入自己的房子，我們有派人監視屋子，以防他回來。」

「為什麼要派人監視他的房子？」

「因為麥克斯是個卑鄙的人，他毒害了我們的族人。」

「你說『毒害』是什麼意思？」

「在阿拉斯加的村莊裡飲酒是違法的，麥克斯應該要嚴格執行規定，但他卻引進和銷售酒精，毀了我們的村莊。」

「為什麼不把這件事告訴羅斯警官或普蘭特警佐？」艾蜜莉問道。

「因為他們不了解我們，也不尊重我們，只會再派一個腐敗的村莊警察過來。托貝盧克由我們自己來處理。」

「為什麼要帶我們來這裡？」特拉斯克問道，心裡越來越不安。

約翰蹲了下來，拿起在火上燻的藥草，說道：「這是只有在阿拉斯加這一帶才找得到的本土藥草，據說大量吸入時，它會為你展示真相，你會與自己的內在心靈與周圍的神靈面對面。昨晚，托貝盧克參加了這個儀式。」

「你們對他下藥？」艾蜜莉問道。

「我們淨化了他。」約翰回答。「他告訴了我們一切。」

伊芙突然停止吟唱，目光聚焦在眾人身上。

「奶奶，叫醒他吧。」

伊芙起身，拿出一個小皮袋，並從中取出另一種藥草。她把藥草在手中搗碎，用力搓揉，然後蹲下來，把藥草吹到托貝盧克臉上。他咳了幾聲，立刻睜開眼睛，伊芙從他嘴裡取出塞口布。

他開始掙扎，看到眾人時，從喉嚨深處發出嗚咽聲。

伊芙用母語說了些什麼，約翰翻譯道：「告訴他們，麥克斯，淨化你的靈魂，告訴他們神靈叫你說的話，告訴他們你做了什麼。」

「水。」托貝盧克用沙啞的聲音說道。

伊芙抓起一個水袋，倒了一些水到男人嘴裡，他喝夠後便坐了起來。

「告訴他們，麥克斯。」約翰重複道。

托貝盧克擠出一句話，喊道：「他們、他們帶走了她！」

「麥克斯，誰帶走了她？」約翰逼問道。

「他們……我們。」

「你到底在說什麼？」艾蜜莉問道。

「奈德和他的手下……還有我，我們都有涉入。我們帶走了妳姊姊和那個小子，還傷害了那隻狗。」

「你們把他們帶到哪裡去了？」艾蜜莉問道。

「不知道，我只是受僱清理營地，讓現場看起來像是意外。」

小屋裡一片沉默。

「他們把凱西帶去哪了？」特拉斯克問道。

「我、我不知道。」托貝盧克結結巴巴地回答。「我真的不知道。他們會綁架樹林裡的人，弄得像是那些人自己走失，或是成了灰熊的獵物。」

「是你把帳篷劃破，還有把食物盒放在地上的嗎？」

托貝盧克點點頭。

「你把凱西的手槍放進弗倫奇的背包裡？」特拉斯克問道。

「對，還有把她的黃色大衣放在駝鹿的屍體上。」

「為什麼？」

「我當時喝了酒，以為可以弄得像是那小子也有涉入。這裡根本沒有人會調查這些案件——」

「你們是怎麼綁架他們的？」艾蜜莉問道。

托貝盧克一邊抽鼻子，一邊說：「奈德有一種氣體，他們稱之為『催眠瓦斯』，是裝在罐子裡，就跟你們找到的罐子一樣，我忘記清掉了。晚上的時候，達琳會開著充氣船從柯林頓溪逆流而上，然後傑克、柯提斯和奈德會用一種發射器射出催眠瓦斯罐，早上我再把營地收拾乾淨並布置場景。」

「馬弗里克臉上的傷是哪來的？」

「牠攻擊了柯提斯和傑克。傑克朝衝過來的狗發射瓦斯罐，命中了牠的肋骨，然後用刀砍了牠。傑克應該以為那隻狗已經死了。」托貝盧克看著馬弗里克說道，眼神流露出恐懼。

「我妹妹昏過去後，他們把她帶到哪裡去了？」

「跟威廉・弗倫奇一樣，都是往上游到伊格爾，再開車載他們到傑克韋德的飛機場。」

「傑克韋德沒有飛機場。」約翰說道。

「他們在淘金機後面建了一個，是一條長長的空地。他們大部分的設備都在傑克韋德的車庫裡，你們去打開車庫就知道了。」

「所以他們有開飛機，是誰開的？」艾蜜莉問道。

托貝盧克看起來很緊張，說道：「他們會殺了我。」

「麥克斯，飛機是誰開的？」約翰問道。「淨化自己吧。」

「是凡斯。」

特拉斯克大吃一驚。「你說凡斯警官？」

「他替奈德做事，我只知道這麼多，我發誓。我幾年前才知道這件事，今年是我第一次協助他們，我向天發誓。」

特拉斯克不知道該說什麼；他看向妻子，她也瞪大眼睛，震驚不已。

「你不知道他們把人帶去哪了？」

「不知道。奈德什麼都不告訴我，只有給我威士忌或錢作為報酬。」

「然後你再把威士忌賣給村民。」約翰說道。

「那羅斯和普蘭特警佐呢？他們也有涉入嗎？」艾蜜莉問道。

「應該沒有。」

艾蜜莉轉向特拉斯克，說道：「我們必須立刻告訴我爸這件事，還得打電話給普蘭特。」

特拉斯克掏出手機，但沒有訊號。

「我們必須回到鎮上。」艾蜜莉說道，然後對約翰打了個手勢。「你們要怎麼處置他？」

「他會待在這裡。」

艾蜜莉抓住特拉斯克的手肘，說道：「我們快走吧。」

奈德按照指示，帶了兩輛車到機場，一輛給新的團隊，一輛給他和他的團隊。

俄羅斯人開著黑色雪佛蘭卡車，那輛車平常都停在傑克韋德的車庫裡。奈德則開著他的F-350紅色大貨卡，盡可能跟在後面。

「奈德，為什麼那些傢伙聽起來像是俄羅斯人？」離伊格爾只剩一英里時，柯提斯問道。

「奈德，我們是跟俄羅斯人合作嗎？」傑克問道。

「你們兩個都給我閉嘴。」達琳爆氣道。

「我們要帶走蓋爾那賤人嗎？」傑克問道。「我要斃了那隻狗。」

「沒有我的命令不准行動。」奈德吼道。

「那你是聽俄國佬的命令行事嗎？」傑克問道。

俄羅斯人駕駛的雪佛蘭卡車在伊格爾鎮外的道路上停了下來，奈德在方向盤上動了動指關節。其中一個俄羅斯人下車，敲了敲奈德的車窗，他搖下車窗後，對方遞給他一支翻蓋手機。

「你到鎮上，找到目標，然後打電話，我們再去帶人。」

奈德接過手機放進口袋，不知道該何時詢問他和達琳是否能一起離開，而且還不能被傑克和柯提斯聽到。

「就像我之前說的，那女孩可能在汽車旅館。」

「去確認，再打電話。」

俄羅斯人說完就走了。奈德咒罵了一聲，搖起車窗，把車開回大路上，朝鎮上開去。

「如果他們不在汽車旅館，可能是跟蒙大拿州的鄉巴佬在外面吧。」柯提斯說道。

奈德掃視街道，他知道柯提斯可能是對的。他在與河岸平行的前街左轉，看到了遠處的村莊公共安全辦公室。

「等一下！奈德，他們在那裡！」傑克大喊。

奈德猛踩剎車，瘋狂東張西望。他注意到河岸有動靜，看到艾蜜莉・蓋爾帶著她的丈夫和那隻狗跑向小鎮。看到奈德的卡車突然停下來時，他們也停下腳步。

他們距離奈德等人至少有一百碼，但兩人的肢體語言很明顯：他們一看到他的卡車就嚇得屁滾尿流。奈德看著他們往後退並轉向村莊。

「他們知道有鬼！」柯提斯大喊。

「不會吧！」奈德吼道，急忙在口袋裡摸索，掏出手機，按下快速撥號鍵，同時開始倒車。電話另一頭響起了喀噠聲。

「他們在河岸，一看到我們就嚇壞了，現在正朝東邊的村莊跑去。」

他沒等對方回應就掛斷了電話，從座位底下抓起他的催眠瓦斯罐。

「大家都下車！」

「奈德，我們不能在光天化日下行動！」柯提斯說道。

「我們別無選擇。全都給我下車！」

特拉斯克腎上腺素爆發，瘋狂擺動雙臂，向前狂奔，拚命想跟上艾蜜莉和馬弗里克的腳步。他回頭一看，看到奈德的紅色卡車倒車後又停了下來，傑克和柯提斯從後座跳下車，手裡還拿著槍。

「再跑快一點！」特拉斯克大叫。「他們有槍！」

艾蜜莉被一塊漂流木絆倒，特拉斯克把她抱了起來，回頭看到奈德、柯提斯、傑克和達琳越過護欄，來到河岸。

特拉斯克感到驚慌失措，試圖找到通往伊芙所在小屋的小徑，但眼前只有茂密的森林。他尋找煙霧，卻什麼都沒看到。

「小徑的入口到底在哪裡?!」

「不知道！」特拉斯克拚命環顧四周。奈德等人距離他們兩百碼，而且正在快速逼近。他考慮要不要帶著馬弗和艾蜜莉一起跑進河裡，但那又有什麼用呢？他們往下游漂還會經過北風旅館一行人，根本就是待宰羔羊。

「我們到村莊裡躲起來。」特拉斯克做出決定，他們又跑了起來。

特拉斯克想起吉姆在前往安克拉治之前對他說的話。

彼得，艾蜜莉就交給你了。

他們繞過河岸的彎道，看到樹林裡散布著極其骯髒的小屋和破舊不堪的單坡屋。北風旅館一行人還沒有繞過來，特拉斯克四處張望，尋找藏身處，這時一個黑色的人影從樹林裡冒了出來，走到岸邊。

另一個人緊跟在後。

還有第三個人。

第四個人影從樹林裡現身。他們都穿著深色衣服，戴著巴拉克拉瓦頭套，而且全都拿著突擊步槍指著他們。

馬弗里克低吼著，跑到特拉斯克前面，他則抓住艾蜜莉，用肉身擋在她和那些男人之間。他們距離三十碼，步步進逼，特拉斯克不斷往後退，把艾蜜莉推向河邊。

艾蜜莉在尖叫，但特拉斯克彷彿完全沒聽到。

他注意到右邊有動靜。

奈德．福格特等人繞過彎道，這時突然傳來一聲巨響。

又一聲，砰，砰，砰！

特拉斯克感覺到某種冰冷又灼熱的東西先後穿透他的腹部和胸口，他大吃一驚，低下頭，看到襯衫上有個紅點向外擴散，宛如玫瑰綻放一樣。

馬弗里克向前衝，撲向離他們最近的人。

特拉斯克抓住自己的胸口，頓時雙腿發軟。

他又聽到了砰砰聲，以及一聲短促而尖銳的吠聲。艾蜜莉的臉就在他面前，看起來恐懼萬分，雙手沾滿了他的血。

特拉斯克向前倒，臉朝下摔倒在沙灘上。他想爬起來，想站起來，但他覺得好累。他稍微轉過身，正好看到兩個男人抓住他的妻子，朝她的臉噴橘色煙霧。

特拉斯克試圖喊叫，但他的喉嚨裡都是血。

他又動了動，變成仰躺的姿勢，咳了幾聲。上方那片藍到不能再藍的天空在他眼前閃爍，在一切陷入黑暗前，岳父的聲音在他腦海裡不斷迴盪。

彼得，我不在的時候，艾蜜莉就交給你了。

她就交給你了。

38
阿拉斯加伊格爾南方

「天啊，我們完蛋了！」柯提斯在副駕駛座上大叫。傑克正開著奈德的卡車，以最快的速度開往傑克韋德。

「剛剛那是怎樣！」傑克油門踩到底，大喊。「我們不是應該偷偷來嗎？」

幾分鐘前，奈德等人目睹了那些俄羅斯混蛋在光天化日下在河邊謀殺了彼得・特拉斯克和那隻狗，並且抓住了艾蜜莉・蓋爾，如此肆無忌憚的攻擊讓奈德看得目瞪口呆。那四個俄羅斯人停止開火後，叫他們趕緊回到傑克韋德，但奈德仍驚魂未定，動彈不得。是柯提斯和傑克抓住他和達琳，帶他們跑回卡車上的。

當傑克坐上駕駛座，跟著俄羅斯人開車逃離現場時，奈德發現河岸上的交火引起了全鎮的注意。伊格爾的居民都聚集在前街，肯定看到奈德、達琳、柯提斯和傑克逃跑了。

「所有人都他媽的看到我們了，奈德！」柯提斯說道。

「我知道，柯提斯！」

「我們死定了！」

傑克沒有讓黑色雪佛蘭卡車離開自己的視線。奈德很清楚失去意識的艾蜜莉・蓋爾就躺在後車斗裡。

距離傑克韋德飛機跑道還有近五分鐘車程時，奈德意識到了一個令人不安的事實。開著雪佛蘭卡車的俄羅斯人沒有理由讓他們活下去，那架飛機太小，無法帶所有人離開。

科迪亞克團隊可有可無，而且他們的身分已經暴露了。

奈德決定不要讓傑克停在傑克韋德，他甚至不會要求俄羅斯人帶他們撤離。他們要駛上泰勒公路，往東開，然後四人在過境前丟下卡車，走進樹林，徒步進入加拿大，他和達琳再去拿逃生包，就此人間蒸發。

唯一的問題是傑克和柯提斯，他們會想一起逃跑。

奈德瞥了達琳一眼，看得出來她也在想同樣的事情。奈德不知道自己有沒有勇氣冷血射殺傑克和柯提斯。

如果這代表他和達琳可以安全逃脫……那麼他就別無選擇。他們不能留後患。那樣的話就只剩下凡斯了。

但事到如今要去追殺凡斯，風險太大了。他們唯一的選擇就是射殺傑克和柯提斯然後立刻逃離這裡。

奈德看到遠處的舊永動淘金機，又看到俄羅斯人的剎車燈突然亮起。卡車猛地停下來，轉了九十度，用車身擋住道路。

傑克使出渾身解數才及時停下自己的卡車。他猛踩剎車，緊急轉彎，然後停了下來。

其中兩名俄羅斯人跳下車，舉起武器。

奈德知道接下來會發生什麼事，但幾乎沒有時間做出反應。他抓住達琳，把她推到地上，並用自己的身體護住她，下個瞬間，一連串的子彈就把卡車打得滿目瘡痍。

39

安克拉治外某處

吉姆·蓋爾先是感覺到腳趾有微微的刺痛感，再來是他的腿、軀幹、胸部和手臂。接著他的眼皮顫動。他側躺著，頭時不時撞到冰冷的金屬地板，臉上沾了某種溼溼黏黏的東西。

他周圍傳來粗野的男聲，夾雜著引擎的聲音。

他想起來了。那些人把他迷昏後，應該是把他丟進廂型車裡了，他猜想自己還在車上。

他不敢睜開眼睛，現在還不行。他慢慢移動四肢，快速評估了一下自己的身體狀況。他的手腕被束線帶綁在身前，嘴上貼了膠帶，但雙腿和腳踝沒有被束縛，這代表他們要移動他並且要他自己走路。

很好。

到時他就會採取行動。

他在引擎的轟鳴聲下豎起耳朵，仔細傾聽。

有四個人在低聲說話，不是說英語，而是——

俄語，他們在說俄語。

他集中注意力。綁匪正在談論在伊格爾被抓的另一個目標，以及另外兩個小隊要透過安克拉治的次要撤離路線帶著目標溜出敵人陣地。

蓋爾很想睜開眼睛，跳起來，繳所有綁匪的械並殺死他們，但他忍住了這股衝動，讓他們以為自己還不醒人事比較好。

他在腦中回顧了這次襲擊：兩名穿著電線工制服的持槍男子、五名黑衣男子、司機和凡斯。除了凡斯之外，另外八個人顯然都是職業軍人，代表有九個人，九名綁匪，這對他來說很不利。

他聽著那些人低聲說話，確認他們坐在前面，便決定稍微睜開眼睛查看周圍。

他睜開左眼，立刻往後縮。

他的側臉溼溼的，原來是血。艾略特・凡斯警官張口結舌，雙眼圓睜，流露出無聲的驚訝。有人對他的眉心開了一槍，他顯然已經死透了，但傷口還在滴血。

蓋爾小心翼翼地環顧四周，看到凡斯的屍體旁邊有一個打開的黑色行李袋。黑色面罩和管子從袋子裡露出來，蓋爾立刻就認出那是循環呼吸器，可以吸收二氧化碳並將其轉化為可呼吸的氧氣，通常是潛水員或特種部隊在使用。

廂型車開始放慢速度，他趕緊閉上眼睛。車子停了下來，車門打開又關上，他聽到後門打開的聲音。有人抓住他的衣領，打了他一巴掌。蓋爾睜開眼睛。

一個戴著黑色巴拉克拉瓦頭套的男人跪在他上方。

「A ty govorish’ po russki（你會說俄語嗎）？」男人問道。

蓋爾什麼也沒說，而是把注意力放在周遭環境上，眼角餘光瞥見站在門口的另外三個人。遠處傳來噴射機刺耳的引擎聲，空氣又鹹又溼，他們應該在海邊。

那些人把蓋爾強行拉下廂型車，強迫他站起來，並撕下他嘴上的膠帶。他四處張望，發現他們在一條黑色的跑道上，一架造型優雅的噴射機停在一百英尺外。

男子又問了一遍，然後罵道：「Konechno, u vas（你當然會）。」

男子把自己的頭套扯了下來，他剃了光頭，臉型方正，臉上有一道長長的疤痕。

疤面男從戰術背心裡拿出一臺平板電腦，拍了幾張蓋爾的照片，然後說：「你的兩個賤女兒在我們手上，你很快就會見到她們了，全家團圓。」

恐懼頓時吞噬了蓋爾；他握緊拳頭，瞬間舉起雙臂，打中了男子的鼻子。鮮血噴湧而出，但對方毫無反應，只是用袖子擦了擦鼻血，然後打了蓋爾的臉一拳。

「以老頭子來說，你力氣很大。」疤面男說道，然後傾身向前，在他耳邊低語：「對吧，蓋恩斯先生？」

蓋爾忍不住驚恐地瞪大眼睛。不會吧，他們是怎麼——

「我女兒到底在哪裡?!」蓋爾大吼並試圖擊退那些人，但他們緊緊抓住了他。

疤面男微笑著從口袋裡掏出一支注射器，小瓶子裡裝了黃色液體。

「接下來旅途漫長，這會幫助你放鬆。」

男子把針頭刺進蓋爾的脖子並按下活塞，蓋爾放聲大叫。疤面男抓住了他的後腦勺，說道：

「維克托．索科洛夫期待在沙拉什卡見到你。」

蓋爾緊抓著男子，感覺自己的四肢變得沉重。藥效發揮得很快，他的世界開始傾斜。另外三名男子把他拖向噴射機，疤面男則在車子裡倒汽油，並點燃一根火柴。蓋爾看著火焰吞沒黑色廂型車，努力保持清醒。

維克托．索科洛夫。

沙拉什卡。

他的過去找上他了。

他所害怕的一切，他所逃避的一切都找上他了。

他的女兒們在他們手上。

現在他也落入他們手中了。

40

蓋爾體內的藥物並沒有讓他失去意識，但他的身體很遲鈍，四肢沉重到幾乎連一根手指都舉不起來，更別說是抬起頭了。

他們把他帶上那架裝飾華麗的私人飛機，讓他坐在後半部一張綴有亮片的白色皮革船長椅上；他的頭垂在胸前，光是要保持清醒就竭盡了全力。疤面男向另外三名男子和一名機長大聲下達命令，機長一臉驚恐，急忙跑進駕駛艙。蓋爾強迫自己睜著眼睛。

他想像著凱西的臉，她需要他，艾蜜莉也需要他。

他不能讓這些人帶走他。現在他的勝算比較大了，只剩下五個人要對付，包括飛行員；其他人應該沒上飛機。

疤面男看了一眼平板，說道：「第三小隊已捕獲目標，要去跟第二小隊會合，走次要撤離路線。該出發了。」

蓋爾注意到每個人的戰術背心裡都放了一把手槍。

MP-443烏鴉式手槍是俄羅斯特種部隊的標準配備，這種半自動手槍有18發大容量彈匣，適合近距離戰鬥。

他們到底是怎麼找到他的？他們怎麼會知道他的真實身分？

男子在他耳邊低語的名字，他已經將近三十年沒聽到了。

維克托・索科洛夫。

蓋爾回想起三十年前，悲劇發生的那個夜晚，自那時起，一切就改變了。那天晚上，維克托・索科洛夫——

噴射引擎發出刺耳的聲音，飛機突然向前晃動了一下。那些男子在蓋爾前方的位子上坐了下來，沒有理會他。

蓋爾知道自己不能讓這架飛機抵達目的地，否則他就死定了，凱西和艾蜜莉也會死。他知道索科洛夫的能耐，也知道索科洛夫會對他和他的家人做出什麼事來。

飛機在跑道上轉彎，蓋爾很努力想控制自己的頭部，轉頭看向窗外。他可以看到大海，判斷自己應該是位於安克拉治東南方，可能過了阿爾耶斯卡、波蒂奇，甚至是惠蒂爾。他也可能在安克拉治北方，實在無從得知。引擎發出轟鳴聲，飛機沿著跑道加速，蓋爾整個背靠在椅子上，接著飛機升空，飛向大海，

飛機升空時，疤面男在座位上轉過身來查看蓋爾的情況。蓋爾右邊的特工脫下頭套，揉了揉頭皮。蓋爾的目光立刻鎖定垂在對方腋下的戰術背帶，上面掛著一把手槍。那把槍就在走道對面，距離他只有兩英尺左右。

要是蓋爾能動就好了。

他閉上眼睛，試圖讓自己的身體機能恢復正常。

幾秒鐘、幾分鐘就這麼過去了……但藥物仍像老虎鉗子一樣緊緊抓住他。

集中精神，媽的！

他把注意力集中在手槍上。

又過了幾分鐘，蓋爾感覺到噴射機不再升空，開始水平飛行。他拚命看向窗外，發現他們其實飛得沒那麼高，可能一萬七千英尺吧。不知道為什麼要飛這麼低，是為了避開雷達嗎？不對，這個高度雷達偵測得到。雖然取得飛行執照已經是將近二十年前的事了，但他還記得雷達無法在一千英尺以下和五萬英尺以上偵測到飛機的應答器。他在窗外看到左邊有一座小島，連綿起伏的綠色山丘與藍色的海洋形成鮮明的對比。島嶼看起來杳無人煙，無人居住，一條棕色的飛機跑道將其一分為二。

機不可失，蓋爾必須採取行動。

他需要腎上腺素來對抗藥物。

他回想起三十年前的憤怒，維克托．索科洛夫對他做了什麼，對他的妻子做了什麼，還有他保護的對象，索科洛夫是如何把那家人當成動物一樣宰殺……甚至還打算對他的女兒下手。

媽的，快動起來！

蓋爾感覺到內心深處燃起熊熊怒火，越燒越旺，他要控制他的手臂和雙腿！

動起來！

他握緊拳頭，手臂抽搐，雙腿顫動。

他已經想好接下來十秒的行動了，他們把他的手腕綁在身前，真是大錯特錯。

他把注意力集中在手頭的任務上，利用憤怒讓自己腎上腺素爆發，壓過鎮靜劑的藥效。

蓋爾猛然睜開眼睛，雙手迅速伸向俄羅斯人的手槍，在那人反應過來前搶過槍，打開保險栓，拉滑套，然後往男人的太陽穴開了兩槍。

槍聲震耳欲聾，衝擊力大到男人的腦袋啪地歪到一邊。蓋爾已經站了起來，朝另外兩個人的頭骨各開了一槍，兩發都正中紅心。

疤面男跳了起來，站在駕駛艙門前，手裡拿著AK-15突擊步槍瞄準蓋爾。

蓋爾率先開槍。

疤面男立刻跳開，蓋爾的子彈射穿了駕駛艙門，飛機立刻向左傾斜，讓蓋爾跌坐回位子上。他壓低身體，在地上縮成一顆球。

疤面男立刻還擊，一連串子彈射穿了蓋爾頭頂上方的窗戶。機艙內爆發出很大的抽吸聲，窗戶原本所在的位置出現了一個籃球大小的洞。子彈打穿地板、牆壁和座椅，蓋爾整個人趴在地板上。

警報響起，飛機劇烈搖晃並向下傾斜。

蓋爾臉頰貼著地板，從座椅下方望去，看到了疤面男的靴子。蓋爾瞄準他的腳並開槍。

俄羅斯人慘叫了一聲，倒在地上。蓋爾再次開槍，兩槍打中胸口，一槍命中頭部。蓋爾爬了起來，奮力對抗飛機迅速下降的離心力，走到了疤面男的屍體旁。他從俄羅斯人的腰帶上拔出戰術小刀，割斷手腕的束線帶，然後猛地打開駕駛艙門，發現狀況不妙。

駕駛艙有兩個座位，機長坐在其中一個座位上，趴在駕駛盤上，後頸有個槍傷，原來蓋爾剛才不小心打中了他。控制臺有四個電腦螢幕，全都像壞掉的聖誕樹裝飾燈一樣閃爍個不停。

蓋爾靠著駕駛艙的門框，一時之間不知道該如何是好，俄羅斯人的手槍從他手中滑落。他有受過駕駛單引擎飛機的訓練，所以會開小型飛機，但這架噴射機的操控難度看起來跟一級方程式賽車一樣複雜。

蓋爾聽到了另一個警報聲，這次是油量錶，高度表顯示飛機下降的速度加快了。他把死掉的飛行員從座椅上拉出來，拖回機艙，然後迅速坐上機長的座位並繫好安全帶。

螢幕上閃過一連串的數字，他面前的駕駛盤劇烈晃動。他戴上機長的耳麥，從前面的窗戶看到大海越來越近，高度表顯示為一萬五千英尺出頭。

蓋爾試著回憶起在飛行學校時，教練叫他記住的國際航空遇險信號。是121.7還是121.5？

他把控制臺中間的紅色頻率旋鈕轉到121.5，然後將駕駛盤盡可能往後拉，同時按住耳機上的麥克風，大叫：「Mayday，Mayday！」

他拚命祈禱有人能回應他。

朱諾飛行服務站的航空交通管制員安德魯．馬丁從電腦螢幕後方探出頭來，望向自己的小隔間外面，以確認他的主管波伊德．詹金斯不在那間小小的控制室裡。

果然，詹金斯已經離開去吃午餐了。

安德魯坐回椅子上，把手伸進辦公桌抽屜裡，拿出一小包蝴蝶餅。值班時嚴禁吃東西，一旦被發現就會當場遭到開除，但無論是阿拉斯加東南部的雷達讀數還是航空應急頻率都沒有異狀，整個早上都很無聊。

而且安德魯．馬丁快餓扁了。

他早上沒聽到鬧鐘，睡過頭，來不及吃早餐，只好像瘋子一樣一路飆車到飛行服務站值班。詹金斯看到安德魯遲到十分鐘，不太高興，但作為補償，安德魯在午休時間幫詹金斯代班。他知道詹金斯喜歡午休久一點，也就是在大樓後面狂抽菸。

安德魯從袋子裡拿出一把蝴蝶餅塞進嘴裡，注意力又回到了雷達螢幕上。

螢幕上顯示的雷達讀數涵蓋了楚加奇國家森林的南端，以及阿拉斯加灣上空八百平方英里的3D空域。身為一個民用航空交通管制員，安德魯的工作是留意飛機的動向，並在有需要時透過站內的一按即通無線電話與其進行通訊。

這種情況鮮少發生。

其實從來沒有發生過。

安德魯很清楚，自己在一個鳥不生蛋的地方做著一個無聊透頂的工作。安德魯在三十一歲時取得了航空交通管制執照，以及航路管制（包括雷達和非雷達）、進場雷達和航空站等專業的初級資格證明，打算在安克拉治機場找一份輕鬆的工作。這是安德魯一直以來的夢想，但他在安克拉治的在職培訓導師很難搞，所以他最後沒能通過培訓，在大型機場航空站工作的夢想就此破滅。因此，現在他只能待在朱諾飛行服務站一間布滿灰塵的控制室裡，負責監控民用航空應急頻率，基本上沒什麼事好做。

安德魯低頭凝視著預計在他值班期間通過此空域的航班列表。一架前往蘇厄德的私人螺旋槳飛機將在一小時內經過，而一架從安克拉治飛往西雅圖的波音737將在兩小時內飛過。

看來也是個無聊的下午。

安德魯正打算再抓一把蝴蝶餅，這時航空應急頻率突然響起了急切的聲音。

「Mayday！Mayday！」

安德魯嚇得差點從椅子上跳起來。他按下耳麥上的按鈕，用比平常更高的聲調說道：「這裡是朱諾飛行服務站——」

「Mayday！」

一按即通無線電話的問題是無法兩邊同時說話，這就是為什麼空中管制員和飛行員在交談時要遵守嚴格的通訊規定。

安德魯等待航空應急頻率安靜下來後，重複道：「這裡是朱諾飛行服務站，請說明你的緊急狀況。」

「這該死的飛機要墜毀了，燃料要沒了，而且我不知道要怎麼駕駛這該死的東西！」

安德魯坐在那裡愣了一會兒，然後差點噗哧一聲笑出來，因為這實在是太荒謬了。這是什麼惡作劇嗎？還是有人在鬧他？

「——該死，聽得到我說話嗎?!」

聽到那人聲音中的恐懼，安德魯．馬丁才意識到這不是惡作劇。他向前坐，目光掃過雷達螢幕，但上面什麼都沒有。

「聽得到！請報上你的位置和機尾編號。雷達偵測不到你！」

「我哪知道什麼機尾編號！機上所有人都死了，這架噴射機快墜入大海了！」

安德魯花了一點時間才理解那個人剛才所說的話。機上所有人都死了？

「我需要有人教我怎麼駕駛這該死的東西！」

安德魯張大了嘴，盯著雷達讀數，還是沒有飛機出現在他負責的空域。美國海軍和海岸巡防隊一定也有收到求救訊號吧，他們的通訊線路比任何民用儀器都要複雜得多……但如果這個人說的是實話，安德魯必須立刻通知他們。

安德魯拿出iPhone並打給詹金斯，對方在電話響了一聲後就接了。

安德魯稍微說明了一下目前的狀況，請他立刻回來並通知海岸巡防隊與安克拉治的艾門朵夫－理查森聯合基地。

電話另一頭的詹金斯顯然大吃一驚，安德魯幾乎可以想像他趕緊踩熄香菸，拖著圓胖的身軀跑回大樓裡的模樣。

詹金斯掛斷電話後，安德魯再次開啟耳麥，說道：「好的，先生，請告訴我你駕駛的是哪種飛機，這樣我才能幫助你。」

蓋爾完全不知道自己試圖駕駛的是什麼類型的噴射機。他繃緊手臂，把駕駛盤往後拉，讓飛機盡可能維持水平飛行。他算是成功一半了，雖然飛機仍在下降，但速度比剛才慢很多，高度表顯示他還在一萬三千英尺以上。

「我剛剛就說了，我不知道這是什麼飛機。小飛機我都不太會開了，而這個駕駛艙看起來就像是《星際大戰》裡才會有的東西。」

「看一下駕駛艙有沒有飛行手冊，是一本很厚的活頁夾。」

蓋爾環顧四周，沒看到什麼活頁夾。

「通常會放在機長的座位下方或兩個座位之間。」

蓋爾低頭看向右手邊，看到一本厚厚的藍色活頁夾書背朝上，塞在兩個飛行員座椅之間。他拿起手冊，翻到第一頁，說道：「它說是灣流 G650！」

另一頭傳來靜電干擾聲。

蓋爾大喊：「喂？」

「請稍等一下！」

蓋爾大聲咒罵，不知道到底出了什麼問題。

波伊德．詹金斯跑進控制室時，安德魯將耳麥靜音。「我通知了艾門朵夫，發生了什麼事？」詹金斯問道。他在安德魯的工作站後面停了下來，上氣不接下氣。

「你知道有誰會駕駛灣流G650嗎？」

詹金斯頓時臉色蒼白，問道：「這傢伙開的是灣流G650？」

灣流G650可以說是現代私人飛機的科技奇蹟。G650要價六千五百萬美元，最大飛行距離七千英里，飛行速度可達每小時六百英里，必須由經驗豐富的專業飛行員來駕駛。

「喂？」

安德魯轉向他的主管，問道：「樓上有人會開灣流G650嗎？」

詹金斯搖搖頭說：「我得再次聯絡艾門朵夫，只能讓軍方接管了。」

在詹金斯衝出控制室前，安德魯起身大喊：「那我要跟他說什麼？」

「盡量讓他直線飛行，確認他的高度和速度，叫他啟動襟翼。艾門朵夫得弄清楚他到底在哪裡，還有為什麼我們在雷達上找不到他！」

41

阿拉斯加安克拉治
艾門朵夫－理查森聯合基地

理查・C・沃林格上校闔上每週一次的太平洋司令部情報簡報，往後靠著椅背，幻想著即將到來的休息日。他想像自己開著塞斯納飛機，去探索安克拉治南方的卡徹馬克灣州立公園。上校已經將近一個月沒有休假，等不及想要放鬆一下了。

作為艾門朵夫－理查森聯合基地（Joint Base Elmendorf-Richardson，簡稱JBER）第三聯隊的指揮官，理查・C・沃林格上校是基地中軍階最高的空軍軍官之一。他的辦公室位於基地的主要建築群內，既寬敞又豪華，在在彰顯了他的權力與地位。

如果被分派到這個鳥不生蛋的地方，大部分的軍官都會很不高興，但沃林格不一樣。他已經受夠了每次部署的高壓環境，也受夠了在喧鬧嘈雜的基地裡忙得焦頭爛額的生活。

JBER為這名一路奮力爬上巔峰的上校提供了休息的機會，而對沃林格來說，擔任第三聯隊的指揮官就是他的巔峰。與他在海外的時光相比，他現在是個握有掌控權的指揮官，而且上級幾乎不會管他。

因此，當辦公室的門突然打開，威廉·布雷森上將帶著一大批助理闖進來時，沃林格著實大吃一驚。

沃林格立刻起身，向JBER位階最高的軍官行禮，心想到底發生了什麼事，會讓這個魁梧的彪形大漢在沒有事先通知的情況下強行闖入。

「布雷森上將，我能為你效勞嗎？」

「沃林格上校，」布雷森說道。「發生了緊急狀況，聯合空中作戰中心需要你的專業協助，有車子在外面等了。」

沃林格還來不及回答，上將就轉身，匆匆走了出去。

沃林格呆站在原地幾秒鐘才回過神來，趕緊追到走廊上，跟在上將後面。

布雷森沒有停下腳步，說道：「幾分鐘前，我們接到朱諾飛行服務站一個民用航空交通管制主管的電話，他們在民用航空應急頻率收到了求救信號。」布雷森走出大門，上了一輛吉普車的後座，沃林格則坐在他旁邊。布雷森命令司機開快一點。

布雷森繼續說道：「服務站說他們在跟一個駕駛G650的人交談，但對方不知道怎麼開那該死的東西。他說機上有傷亡人員，那架飛機恐怕已嚴重受損且正在下墜。」

「飛機在哪裡？」

「問題就在這裡，雷達沒有偵測到它。駕駛員認為自己在海灣上空，但燃料漏得很快，他需要有人教他怎麼著陸。」

沃林格突然明白自己被傳喚的原因了。他很熟悉灣流噴射機。多年前，他曾擔任灣流公司的軍事聯絡官，甚至幫他們試飛各種引擎系統的飛機。他之所以會被傳喚，是因為他會駕駛G650，他們要他協助駕駛員順利著陸。

沃林格問道：「海軍用了什麼辦法來尋找這架飛機？」

「他們派出了三艘海軍艦艇，使用高科技雷達進行搜索。」

「為什麼收到求救信號的是朱諾交通管制站，而不是海軍？」

「不清楚。」

「海軍在跟駕駛員說話嗎？」

吉普車停在聯合空中作戰中心大樓外，上將下了車，回答：「不，這個重責大任就交給你了。」

沃林格用力吞了吞口水，但他已經做好迎接任何挑戰的準備了。「上將，我們要將此事視為潛在的安全威脅嗎？」他問道。

「空中有一架沒有打開應答器的噴射機，駕駛艙裡的男人不會開那架飛機，廢話，這當然是個安全威脅。我們一找到飛機的位置就出動F-22猛禽戰鬥機攔截，然後你要協助那個王八蛋著陸。你能做到嗎？」

名叫「安德魯」的朱諾航空交通管制員正在教蓋爾如何打開飛機襟翼，這時航空應急頻率突然響起了一個強而有力的聲音。

「JBER呼叫不明飛機，我是美國空軍的沃林格上校，有聽到嗎？」

過去十二分鐘，蓋爾讓駕駛盤保持穩定，安德魯則協助他進行基本診斷和儀器檢查。「聽到了，上校。」他回答。

「駕駛員，請報上姓名並說明緊急狀況。」

蓋爾吞了吞口水，說道：「我的名字是詹姆士·蓋爾，我已經跟──」

「請再跟我說明一次，蓋爾先生。我們只知道阿拉斯加灣上空某處有一架灣流G650，雷達偵測不到，而且機上有人員傷亡。」

差不多就是這樣啊，蓋爾心想，但又補充道：「我在安克拉治被綁架，被綁匪帶上一架噴射機，後來成功擊退了他們，現在我是唯一的倖存者。飛機一直在漏燃料，高度越來越低，機身還破了一個洞。」

「機身受損時，飛機仍在低空飛行嗎？」

「對，而且飛機已經起飛十五分鐘了。」

「你們是從哪裡起飛的？」

「這我就不知道了，希望你能為我解答。」

「從起飛到現在，你有看到什麼明顯的地標嗎？」

蓋爾回想起他在攻擊俄羅斯人之前看到的那座小島，上面有飛機跑道。他告訴上校小島的事，然後上校叫蓋爾唸出他的對地速率、高度和磁航向，並告訴他機上的系統發出了哪些警報。

兩分鐘後，上校通知蓋爾一艘海軍艦艇找到了噴射機的位置。

「我們會派出兩架F-22猛禽戰鬥機進行攔截，他們將在五分鐘內到達你所在的位置。」

「攔截？」

「這是標準作業流程，它們會護送你回到陸地上，同時也擔任我們在天空中的眼睛，算是一種預防措施，明白了嗎？」

蓋爾說他明白了，但老實說，他並不希望有能夠發射飛彈的噴射機離他太近。

「上校，」蓋爾說道。「我不知道要怎麼讓這架飛機著陸，我只有受過駕駛單引擎飛機的訓練。」

「這個問題交給我來煩惱吧，蓋爾先生。」

沃林格盯著聯合空中作戰中心控制室牆上那一排排明亮的螢幕，看到一個閃爍的綠點出現在阿拉斯加灣米德爾頓島西南方近一百海里處。海軍找到那架飛機了。

布雷森站在他旁邊，放下電話，說道：「F-22剛起飛，四分鐘後進行攔截。」

沃林格在國內外服役了這麼多年，這是他在空軍職涯中遇過最特殊的事件之一。他簡直不敢相信，自己要指導一個連螺旋槳飛機都不太會開的人，協助他讓一架機身受損的G650著陸。

但沃林格越想越能理解，自己確實是這份工作的合適人選。多年來，他駕駛灣流飛機的總飛行時數超過一千個小時，就算閉著眼睛也會開。

沃林格將耳麥靜音，並對全場的軍事航空交通管制員和技術人員宣布：「我要一份遠離平民，且G650在不斷漏燃料的情況下仍可安全抵達並著陸的地點。G650需要至少六千英尺長的飛機跑道。」他轉向布雷森，問道：「有人通知海岸巡防隊了嗎？」

布雷森上將站在JBER食物鏈的頂端，不習慣由下屬主持大局，尤其對方還只是個上校。但布雷森的適應性很強，他了解戰爭迷霧的概念，知道在情況危急時，最好讓合適的人掌舵並領導眾人。

與海岸巡防隊協商後，布雷森掛斷了控制臺上的電話，說道：「他們準備好了，只要告訴他們G650打算降落在哪裡就可以了。」

沃林格左邊的一名管制員站了起來，說道：「長官，我算過了；我們只有一個選擇，燃料應該剛好夠用。在燃料有限的情況下，飛機沒辦法飛回大陸，必須降落在米德爾頓島。」

「你確定嗎？」沃林格問道。

「完全確定。」

另外兩位管制員證實了這個計算結果。

「但有一個小問題。」管制員說道。「米德爾頓的跑道只有四千英尺長，G650至少需要——」

「六千英尺。」

「是的，長官。」

沃林格咒罵了一聲，不知道該怎麼跟詹姆士．蓋爾說。

「蓋爾先生，你還記得我剛剛教你怎麼用反向推進器和襟翼嗎？」

「記得。」

沃林格揉了揉額頭，說道：「你要降落在你看到的那座島嶼。請你讓飛機掉頭，然後仔細聽我的指示。」

蓋爾開始感到疲倦。剛剛分泌的腎上腺素逐漸消退了，他為了避免受損的噴射機下降得太快，持續把駕駛盤往後拉，手臂肌肉痠痛不已。

他看了一眼高度表：七千英尺，還在不斷下降。

他向上天祈禱，希望沃林格上校知道自己在幹嘛，這時卻有兩個聽起來像火箭的東西風馳電掣，從旁邊呼嘯而過，速度快到G650稍微晃動了一下。接著那兩個灰色的物體又轉向，準備再次從旁飛過。

「F-22攔截成功了，對嗎？」

「天吶！」蓋爾大吼，簡直不敢相信噴射機竟然可以飛那麼快。

「他們會在你左右兩側，帶你回到那座島，明白嗎？」

蓋爾說他明白。三十秒後，F-22放慢速度，來到G650的兩側。

「蓋爾先生，把駕駛盤往右打，然後按照我教你的方式慢慢鬆開動力手柄，跟著F-22。」

蓋爾看著右邊的噴射機向一側傾斜並消失在視線之外。他深吸一口氣，跟了上去。

「接著是動力手柄，一點點就好。」

蓋爾向前鬆開動力手柄，並保持駕駛盤向右打，直到領頭的F-22再次出現在視線中，再將駕駛盤打平。

六千英尺。

「做得好，蓋爾先生。」

「燃料還夠我抵達那座島嗎？」蓋爾注意到油量錶的指針已經快到紅線處了，便問道。

「你距離島嶼只剩下一百五十海里，到得了的。鬆開油門，接下來就保持低速飛行，開始啟動襟翼。」

布雷森上將把沃林格的耳麥靜音，說道：「海岸巡防隊三十分鐘後會抵達米德爾頓。你打算怎麼讓飛機著陸？」

沃林格想了一下。還好G650到達米德爾頓時應該幾乎沒有燃料了，這代表噴射機會更輕，更容易在較短的跑道上停下來。此外，燃料少意味著若飛機墜毀，發生爆炸的可能性也更小。至於降落的部分，由於機身破洞導致機艙失壓，G650的自動駕駛儀已經自動關閉了。

但沃林格認為他有辦法讓詹姆士・蓋爾降落飛機。「G650自動駕駛儀的電腦夠精密，可以用來著陸，駕駛員只要在降到一千英尺時啟動它就好了。」他說。

「如果自動駕駛儀無法啟動呢？」

「那他就只能靠自己了。」

接下來十五分鐘，沃林格教蓋爾如何放下起落架，以及如何在自動駕駛儀失效的情況下讓飛機降落。當飛機緩緩降到三千英尺，沃林格叫蓋爾放下起落架，試圖產生更大的阻力，減慢G650的速度。

這個方法奏效了，在近二十英里處，蓋爾可以看到棕綠色的米德爾頓島從看似一望無際的藍色海面下升起。

蓋爾偷偷看了一眼兩側的F-22。接下來的幾分鐘將決定他的命運，自動駕駛儀要麼會啟動，要麼不會。如果沒有啟動呢？

蓋爾試著不去想這件事，但根本就不可能。如果他撞毀了這架該死的飛機，就這樣死掉，凱西和艾蜜莉都會慘死在維克托．索科洛夫手中。蓋爾回憶起那個淒涼的夜晚，他在莫斯科的美國大使館外發現了索科洛夫的受害者，那彷彿是上輩子的事了。接著他的腦海裡浮現出在芬蘭和蘇聯邊境的那場伏擊，屍橫遍野，屍體上還釘著照片。然後他的思緒回到了巴黎，想到索科洛夫對蓋爾已故的妻子伊琳娜做了什麼，還打算對他年幼的女兒們下手。

無論發生什麼事，就算丟了性命，蓋爾也不會讓凱西和艾蜜莉死在那禽獸的手裡。

他成功降落這架飛機的可能性很小；他知道飛機跑道太短，也知道即使自己在最初著陸時存活下來，飛機也一定會繼續沿著跑道滑行到草地上，甚至有可能會掉進海裡。於是蓋爾做出了決定。

「上校，你還在嗎？」

「我在，蓋爾先生。」

「有多少人聽得到我們的對話？」

「只有你跟我，蓋爾先生，還有跟我一起在控制室裡的同事。」

「你信任他們嗎？」

「我會把自己的生命託付給他們。怎麼了？」

「如果事情進展不順利，我需要你幫忙聯繫某個人。」

「蓋爾先生，你會順利著陸的。」

「聽我說。」接下來的一分鐘，蓋爾告訴上校要聯絡的對象、事發經過，以及如果他死了該怎麼辦。

上校沉默片刻後終於開口，蓋爾聽得出來對方語氣中的難以置信。「我……我會的，蓋爾先生，我一定會聯絡他們的。」

噴射機下降到兩千英尺以下，米德爾頓島變得越來越大。蓋爾感覺好像海浪都要打到機身了；他再次測試襟翼，並低頭看了看剎車和按鈕，如果自動駕駛儀無法啟動，他就必須按下這些按鈕來自行著陸。

伴。

在一千五百英尺處，那兩架F-22飛走了，蓋爾一個人在駕駛艙內，只有沃林格的聲音與他相

「蓋爾先生，準備好了嗎？在啟動自動駕駛儀之前，你還有什麼疑問嗎？」

「沒有。」

一千兩百英尺。

蓋爾汗如雨下，他將飛機慢慢降到一千英尺。米德爾頓島就在前方不到兩英里處，飛機跑道看起來像一條長長的棕色污漬。

「現在啟動！」

蓋爾按下自動駕駛儀的按鈕，祈禱這架價值六千五百萬美元的飛機能夠勝任挑戰，而不只是一塊廢鐵。

五秒過去了。

十秒。

七百英尺。

剩下一英里。

「它沒有啟動。」

他聽到上校咒罵一聲，然後對方的聲音變得尖銳且急切。

「好，沒問題，蓋爾先生，我會一步一步教你怎麼做。」沃林格告訴他要按下哪些按鈕、切

換哪些開關，以及最後要怎麼踩剎車。

三百英尺。

蓋爾飛過米德爾頓的海岸，跑道就在前方。

「襟翼！襟翼！讓飛機減速！」

蓋爾啟動襟翼，飛機向一邊傾斜。

兩百英尺。

一百。

五十。

二十五。

前輪著陸，飛機彈了起來。

「踩剎車！」

蓋爾猛踩剎車，完全按照上校的指示去做，但飛機速度太快了，向左傾斜太多了。

蓋爾把全身的重量都放到剎車上。左翼觸地，金屬嚓嚓作響，飛機轉向右側並騰空而起，蓋爾瞬間進入失重狀態。

他閉上眼睛，摀住臉，聽到了他這輩子聽過最可怕的巨響。

沃林格看了布雷森一眼，那個大塊頭上將緊盯著螢幕不放。

一名管制員起身，說道：「F-22回報發生墜機著陸的狀況。」

沃林格問道：「海岸巡防隊還要多久才會到？」

「十五分鐘。」

布雷森上將拿下耳麥，遞給沃林格，說道：「我必須立刻聯絡北方司令部。」

「長官？」

布雷森傾身靠近沃林格，說道：「那個駕駛員說的話哪怕只有半點是真的，我們就有麻煩了，而且還是個大麻煩，所以我必須按規定辦事。」

上將說完就衝出控制室。

沃林格轉回去面對螢幕，問道：「島上有生命跡象嗎？」

蓋爾的臉很暖和。

他眨了眨眼，看到窗戶裂成了蜘蛛網狀，照入駕駛艙的陽光發散成不規則的光束。耳麥早已從他頭上飛了出去，只剩下腳邊的殘骸，駕駛艙裡的東西散落一地。

蓋爾解開安全帶，慢慢站了起來，視線模糊，頭痛不已。

確認站穩之後，他走進機艙，那裡看起來就像被炸彈炸過一樣。死掉的俄羅斯人和機長像布娃娃一樣倒在座椅上或掛在椅背上，其中一人靠著牆壁，是疤面男。

蓋爾走到那人面前，彎下腰，從疤面男戰術背心上的魔鬼氈平板套裡取出那臺黑色平板電腦。他伸手去拿時，注意到平板旁邊還有一部衛星電話，便也拿了電話，打算下飛機後使用，但他必須先做一件事情。

蓋爾脫下疤面男的戰術背心，丟到一邊，然後把裡面的汗衫也脫了下來。

疤面男的胸口布滿了戰鬥留下的傷疤，他顯然是個經驗豐富的軍人。但蓋爾要找的不是傷疤，他舉起死者的右臂，露出右二頭肌內側。

蓋爾要的證據就在眼前。

一個小到幾乎看不出來的「V」形刺青，當年的國家安全委員會和現在的對外情報局信號旗小組的特工身上都有這種刺青。他們是俄羅斯最致命的祕密刺客，是維克托・索科洛夫手下最致命的刺客。

過了這麼多年，索科洛夫竟然還活著，這些特工也還很活躍。

蓋爾放開疤面男的手臂，走到門邊，拉動紅色的緊急釋放桿。他跟頑強的拉桿搏鬥了幾秒，門終於開了。蓋爾跳到泥土地面上，一跛一跛走開，遠離飛機殘骸。

蓋爾先試著開啟平板，但它完全沒反應，不過衛星電話馬上就開機了。

他輸入艾蜜莉的手機號碼，卻直接轉到語音信箱，特拉斯克的手機也一樣。蓋爾有種不好的預感，胃裡一陣翻攪。他打給佩提，老牛仔立刻就接起電話。

「阿爾文，我是吉姆——」

「吉姆，天啊，大事不好了。」接下來一分鐘，蓋爾聽著老友氣急敗壞地說明狀況，掛斷電話後，他才發現自己已經雙腿發軟，跪在地上。

蓋爾放下電話，看著飛機殘骸。G650的左右機翼和水平尾翼都不見了，機身看起來就像一個被踩扁的錫罐，廚房也破了好幾個洞，引發數起小型電器火災。蓋爾判斷在墜機後，飛機又一路打滑、翻滾到跑道外一千英尺處。

遠處傳來旋翼的噠噠聲，地平線上隱約可以看到一架紅色的海岸巡防隊直升機。

在他們抵達前，他還有幾分鐘的時間。

凱西在他們手上。

艾蜜莉在他們手上。

特拉斯克被——

蓋爾把手伸進後面的口袋裡，取出一封摺疊起來的信封，那是他從辦公室地板下方的綠色鑰匙鎖盒裡拿出來的。

面對這次的威脅，沒辦法再單打獨鬥了。

他用顫抖的手打開信封，取出內容物。

可怕的照片映入眼簾，跟蓋爾記憶中的一模一樣。他清楚記得那些慘不忍睹的畫面及其象徵意義，因此他當初才會做出那樣的選擇。

他坐在草地上，又看了一會兒照片，然後將其放回信封裡，只留下一張破破爛爛的骨白色卡片。他把卡片翻過來，有人用原子筆在背面草草寫了一組電話號碼。

過去三十年來，他都一直試著逃離自己的過去，該是時候正面對決了。

是時候讓詹姆士．蓋爾死去了。

而羅伯特．蓋恩斯將死而復生。

他用衛星電話撥打那組號碼，再將話筒貼到耳邊。隨著鈴聲響起，海岸巡防隊的直升機也越來越近。

遠處傳來那兩架F-22的轟鳴聲，就像打雷一樣。

鈴聲停止時，他聽到了喀噠聲，一個耳熟的機械女聲說道：

「這裡是聯絡站。請報上代號。」

「我是『天馬』，我需要聯絡蘇珊．卡特和普雷史考特．馬蓋文。告訴他們這跟前鋒有關，還有羅伯特．蓋恩斯的身分暴露了。」

蓋爾又講了三十秒，掛斷電話時，海岸巡防隊的直升機剛好降落在墜機地點附近的草地上。

他在高高的草叢中躺了下來，凝視著藍天，淚水模糊了視線，向上天祈禱，希望過去的夥伴能對他伸出援手。

42

維吉尼亞州蘭利
舊中央情報局總部大樓

對蘇珊．卡特來說，今天真是要命的一天，而且情況只會越來越糟。

這名六十六歲的田納西人站在舊中央情報局總部大樓七樓的辦公室裡，眺望著遠方的波多馬克河。她喝了一大口昂貴的酸麥芽威士忌，仍然驚魂未定，因為將近三十分鐘前，普雷史考特．馬蓋文打電話到她的拋棄式手機。

蘇珊，打開電視看阿拉斯加飛機失事的新聞，這跟前鋒和「天馬」有關。四十五分鐘後在高級SCIF跟我碰面，在那之前不要跟任何人交談。

身為中央情報局局長，蘇珊．卡特並不是個容易驚慌的人，但這通突如其來的電話卻讓她的內心深處動搖了。

她轉身背對窗戶，看著辦公室另一頭牆上的平面電視，一位新聞主播正在報導於阿拉斯加海岸附近的米德爾頓島發生的一起飛機失事事件。到目前為止，地方當局報告有多人死亡，一人存活，從現場的空拍鏡頭可以看到一架支離破碎的灣流噴射機、救護隊，以及正在調查殘骸的FBI

小組。

這到底是怎麼回事？這次墜機跟前鋒有什麼關係？跟「天馬」又有何關聯？那個人三十幾年前就死了。

卡特陷入沉思，穿過辦公室，將剩下的波本威士忌一飲而盡。她已經超過三十年沒有聽到「天馬」這個代號了。她和她的前老闆，傳奇特工教父兼莫斯科站前站長普雷史考特．馬蓋文派出他們致命的特工在莫斯科街頭執勤，已經是三十多年前的事了。

八個月前，新上任的年輕總統威廉．麥克林托克任命蘇珊．布拉福．卡特為中情局第一位女性領導人。總統本身也是前海軍陸戰隊員，他很欣賞卡特，尤其是她對外交政策的看法。由於在美國政府的要求下，卡特曾旅居海外數十年，她對這個世界的理解與蘭利那些做文書工作的官僚大不相同。她十分了解美國的各個敵人：中國、俄羅斯、北韓，當然還有在伊朗掌權的那些暴徒，更別說中東那個大麻煩以及伊斯蘭國在非洲和東南亞擴張勢力的問題了。

在卡特第一次面試中情局局長的職位後，麥克林托克總統就成了她的粉絲。當時擔任副局長的卡特向麥克林托克詳細說明應該要嚴格監控中國的動向、不能讓俄羅斯持續干涉美國事務，還有俄國的獨裁者弗拉迪米爾．普丁只懂一種語言，那就是武力。在她闡述中情局將如何應對國外日益嚴重的恐怖主義和暴政後，麥克林托克便提名她為局長。三週後，參議院以多數票同意任命，蘇珊．布拉福．卡特便成功當上令人嚮往的中情局局長一職。

打破了俗話說的玻璃天花板後，被下屬暱稱為「冰山女王」的蘇珊．卡特，開始積極展開外國情報作戰行動。

目前為止都進行得很順利。

直到三十分鐘前，她的拋棄式手機接到了普雷史考特・馬蓋文的來電，而對方帶來的消息宛如晴天霹靂。

一陣敲門聲吸引了卡特的注意，她把視線從新聞畫面轉向門口。她的特別助理傑克・克勞利探頭進辦公室，說道：「局長，我知道您說過您不想被打擾——」

「我的護衛準備好帶我去SCIF了嗎？」

SCIF是「Secret Compartmented Information Facility」（敏感情報隔離設施）的縮寫，在這間保密室可以安心傳遞機密訊息，不用擔心電子監視或資料外洩。

「快好了，局長，但軍事事務副局長維爾納・孟洛想見您。」

「我不打算跟任何人交談。」

話才剛說出口，維爾納・孟洛就推開傑克・克勞利，闖進卡特的辦公室。軍事事務副局長滿臉通紅，似乎壓力很大，手裡拿著一個隨身碟。

「局長，」孟洛說道，「我們遇到了一個大問題，需要妳立即處理。」他瞥了一眼電視，繼續說：「北方司令部一直打電話給我，要我聯絡妳。阿拉斯加發生了緊急狀況。」

卡特靠著辦公桌，穩住自己，馬蓋文的話語在腦中迴盪。

天馬，前鋒，在碰面前不要跟任何人交談。

十分鐘後，她就要去SCIF跟那名老特工教父碰面了，她不打算跟孟洛交談，但對方臉上驚慌的表情讓她態度軟化了。她命令克勞利出去並關上門。

「怎麼了？」

「局長，北方司令部從安克拉治艾門朵夫－理查森聯合基地的上將那裡收到一個錄音檔，錄音檔來自一架私人噴射機的駕駛員」——孟洛指著電視上的墜機新聞——「就是那架。」

「那不是FBI的問題嗎？跟我有什麼關係？」

「局長，問題是在墜機前，駕駛員請軍方傳話給妳。」孟洛一邊說，一邊把隨身碟放在她桌上。

「孟洛，這世界上想聯絡我的冒牌貨多的是。」

「局長，駕駛員說他以前是我們的特工羅伯特．蓋恩斯。」

「羅伯特．蓋恩斯已經死了。」卡特說道，試圖讓聲音保持平靜，但心裡知道祕密已經洩露出去了。

「我知道，局長，我確認過——」

「謝謝你，維爾納。」卡特一把抓起隨身碟，說道：「在外面等吧。」

卡特等到門關上，才把隨身碟插入電腦並開啟加密的壓縮檔。一想到錄音檔可能的內容，她不禁心生恐懼，甚至能聽到自己的心跳聲。她猶豫了一下，手指懸在觸控板上方，最後還是按下了播放鍵。她聽到了靜電干擾聲，接著是一個男人的聲音，但她以為那個人早就死了。

「聽我說，上校，我需要你幫忙傳話給中央情報局的普雷史考特・馬蓋文和蘇珊・卡特。告訴他們這跟前鋒計畫有關，跟他們說我是前特工羅伯特・蓋恩斯，我的身分暴露了，『天馬』的身分暴露了，維克托・索科洛夫和他的對外情報局信號旗小組找上我了。告訴他們，俄羅斯人在美國領土綁架美國人，包括我的兩個女兒，而且打算帶她們去沙拉什卡。告訴他們，如果他們不採取行動的話，維克托・索科洛夫會殺了我女兒。」

卡特盯著電腦，羅伯特・蓋恩斯的話像煙火一樣在她的腦海裡爆炸。這些年來，普雷史考特・馬蓋文都在騙她，對她撒了瞞天大謊。羅伯特・蓋恩斯還活著！不僅如此，他還讓蘇珊・卡特職業生涯中最黑暗的時期重見天日。卡特呆坐在辦公桌前整整一分鐘，不敢相信普雷史考特・馬蓋文現在明明只是俄羅斯和歐洲分析辦公室的低階分析師，竟然這麼快就知道羅伯特・蓋恩斯的事。難道他駭入了某個軍事頻道，搶先聽到了錄音檔？還是「天馬」也直接聯絡他了？

卡特拔下隨身碟，大步走出辦公室。克勞利從辦公桌跳了起來，電話夾在耳朵和肩膀之間，說道：「局長，國家情報總監納格找您。」

孟洛也把自己的加密手機放在耳邊，他用手摀住話筒，說道：「局長，美國國防部部長辦公室找妳。」

看來大家都知道了。

卡特在房間中央停了下來，宣布道：「告訴他們，我三十分鐘後會跟他們談。」她從會客室快步走到走廊上，叫護衛跟著她進入自己的專屬電梯，然後按下通往B5的按鈕。

電梯下降時，她將隨身碟緊握在手中並閉上眼睛，試圖釐清這個混亂的狀況。電梯抵達後，門打開了，她沿著了無生氣的白色走廊走向通往中情局高級保密室的大門。通過系統的身分驗證後，她請護衛在走廊上等待，便走了進去。在長長的白色房間裡，她看到普雷史考特．馬蓋文駝背的身影在桌子旁等她。

卡特立刻關上氣密門。確認保密室已完全密封後，她在老人對面坐了下來。

普雷史考特．馬蓋文穿著一件粗花呢外套，一頭白髮梳得整整齊齊。他把左手放在桌上，一個鋼製公事包銬在手腕上。他將雙焦眼鏡推上長長的鷹勾鼻，開口道：「局長——」

「廢話少說，普雷史考特。這到底是怎麼回事?!」

43

八六六基地
阿圖爾的實驗室

一陣劇烈的刺痛感沿著凱西的左手臂向下傳遞，將她從深沉無夢的睡眠中喚醒。她猛地坐起來並抓住上臂，發現上面纏了厚厚的繃帶。她的兩隻前臂都插了留置針，她意識到自己坐在一張輪床上，身處的房間看起來像某個瘋狂科學家的實驗室。

她對面的桌子上有一個電腦螢幕，顯示著人腦的三維渲染圖，顏色不斷變化。過了一會兒，凱西才發現自己的頭皮上黏了數十個電極，無數條導線從她的頭上垂了下來。

「不要碰！」阿圖爾命令道。他從電腦螢幕前轉過頭來，下巴帶有濃密的鬍碴。他走過來並抓住她的手，阻止她拔掉頭上的電極線。「手臂會痛嗎？」他問道。

突然，她全都想起來了，那場試驗、山頂上的交火，比利嚇得躲在巨石後面，布雷迪則向囚犯開槍。凱西想起手臂被子彈射穿時的劇痛，他們被團團包圍，最後無人機對他們投下催眠瓦斯。

「會痛。」

「我可以解決這個問題。」阿圖爾說道，並拿起注射器，將某種藥物注射到她的靜脈輸液管中。「需要更多的話再告訴我。」

凱西立刻感覺到一股暖流傳遍全身，便放鬆下來。阿圖爾站在她旁邊，輕輕將手放在她的前臂上。

「Bez prikosnoveniy（禁止觸摸）！」一個聲音喊道。一名穿著盔甲的黑衣守衛進入凱西的視線範圍內，抓住阿圖爾的肩膀並把他推開。阿圖爾指著守衛的防彈背心，用俄語罵了些什麼，守衛便退到門邊。

「比利和布雷迪在哪裡？」

「在紅區。」阿圖爾回答，並轉身回去看電腦螢幕上的大腦3D影像。

「他們還好嗎？」

「他們沒事。妳很幸運，子彈沒有劃破妳的肱動脈，再往左偏一公分妳就會失血而死。」

當藥物完全發揮作用，凱西嘆了口氣，又更加放鬆了。藥效引發的欣快感讓她忍不住微笑，她開始觀察四周。她從來沒有在設施裡看過像這樣的房間，這裡十分凌亂，堆滿了看起來很複雜的實驗室設備，牆上貼滿了人類大腦的圖片。一個感覺很先進的化學裝置占據了一個巨大的工作臺，在工作臺後方，凱西可以看到一個小角落，裡面有一張床鋪。

「你住在這裡嗎？」

「大部分的時候是。」阿圖爾頭也不回就說道。「比起宿舍，我更喜歡這裡，因為沒人會打擾我。」

凱西看著擋在門口的守衛，可以從他發亮的黑色面罩看到房間裡的小玩意。守衛仰頭看向天花板，再將目光投向凱西。這是她第一次看到守衛的防護服有弱點，他們通常都會戴著防彈的克維拉圍脖，也會攜帶電擊槍或警棍等武器。「他不會打擾你嗎？」她問道。

阿圖爾轉過頭來，說道：「誰，他嗎？不會。」

「他時時刻刻都會監視你嗎？」

「只有實驗室裡有受試者時才會。」

「他聽得懂英文嗎？」

「守衛只聽得懂俄語，他們的思考範圍僅限於伊爾馬科娃大尉透過對講耳機通訊系統對他們下達的命令。」

凱西一邊觀察守衛，一邊問道：「他們不會反抗嗎？」

「他們的額葉和頂葉跟基底核的連結徹底改變了，也就是說，他們的大腦已經透過手術和化學的方式『去勢』了。」

「是類似腦葉切開術嗎？」

「這個複雜多了。他們的運動功能完好無損，但完全沒有自由意志。」

「你怎麼能這麼肯定？」

「因為手術是我發明的，我也在每個守衛身上親自動了這個手術。」

凱西試著理解阿圖爾剛才所說的話，又一股欣快感席捲了她的全身。她從來沒有打過這種藥物。她曾經有一次腳踝骨折，軍醫給她注射類鴉片藥物，導致她頭昏乏力，但這種藥物不一樣。

「你給我注射了什麼？」她問道。

阿圖爾把椅子轉過來面向她，露出一絲淡淡的微笑。「妳喜歡嗎？」

「很喜歡。」

「這是我研發的混合藥物，這種鴉片衍生物可以刺激大腦的快樂中樞，但不會影響前額葉皮質，代表妳還可以正常運作。妳應該覺得頭腦很清醒，對吧？」

「我感覺超棒的。」凱西發自內心說道。她的頭腦一點也不昏沉，還特別敏銳。「你很懂化學耶。」

「真正傑出的化學家是我父親，這只是我的愛好而已。」科學家說道。不知為何，他似乎很想聊天。多虧了藥效，凱西頭腦清晰，一個計畫開始在她的腦海中成形。

「那是我的大腦嗎？」凱西指著電腦螢幕，問道。

「對啊。」

「是即時影像嗎？」

「對。」

「你為什麼要研究我的大腦啊？」

「我在蒐集研究所需的數據。」

凱西想起自己首次遭遇那兩名紋身男子後，伊爾馬科娃曾在一個燈火通明的房間裡審問她。她記得伊爾馬科娃有提到她的功能性磁振造影結果，說她的大腦與常人不同，便決定從這個話題下手。「我剛被帶到這裡時，伊爾馬科娃大尉說我的大腦對戰鬥壓力反應良好。那是什麼意思啊？」她問道。

「那個啊，」阿圖爾說道。「大部分的人經歷戰鬥等高壓環境時，都會淪為大腦化學變化的俘虜。大腦的某些部分不堪負荷，其他部分就必須過度補償。每個大腦都有不同的神經通路，因此對壓力的反應也不一樣。」

凱西試圖回憶起大學二年級的生物課，問道：「類似戰鬥或逃跑的概念嗎？」

「沒錯。」

「你就是研究這個嗎？為什麼有些人選擇戰鬥，有些人選擇逃跑？」

「這是我研究的一部分，但不是研究的重點。」

凱西看得出來阿圖爾很想分享自己的工作內容，便追問道：「你想達成的目標是什麼？」

阿圖爾露出自豪的表情，深吸一口氣，解釋道：「國家為我提供了一個絕無僅有的環境，讓我可以研究人類在實戰壓力下的反應。在這個設施裡，我可以隨心所欲研究受試者，不會受到現代社會的道德、法律和社會影響等問題所阻礙。正因為如此，我在這裡十年所達成的突破比大部分科學家花五輩子所能取得的成就還要多，看看守衛這副模樣就知道了。」阿圖爾走回辦公桌旁，拿起平板電腦，又回到座位上，說道：「妳的檔案上寫妳丈夫是自殺身亡的，對嗎？」

「對。」

「他是退伍軍人，曾派駐中東好幾次。他患有PTSD，也就是創傷後壓力症候群嗎？」

一股情緒突然湧上心頭，凱西喉嚨緊縮，只能點點頭。

「遺憾的是，PTSD是個沉默殺手，也是我被派來這裡的原因。」

「研究PTSD嗎？」

「我要徹底消除這個精神障礙，確保俄羅斯軍人和任何受到神經系統創傷的人都不需要經歷妳丈夫所經歷的痛苦。」他指著電腦螢幕，繼續說道：「我在這裡研究了好幾千個受試者，從變態人格者到普通人都有。我可以在受試者進行試驗之前繪製他們的大腦圖，試驗後再觀察大腦的變化。我藉由觀察受試者在面對壓力時的反應，發現了一些反覆出現的模式。透過神經成像和介入，我成功減輕了創傷後壓力症候群對患者的負面影響，還差一步就能徹底根除它了。」

「神經介入？你給他們注射藥物嗎？」

「想想妳的上一個試驗，妳殺了一個人，對吧？」

「對。」

「那妳當時有什麼感覺？」

「沒什麼感覺，但我當時也沒有時間思考。」

「那妳現在有什麼感覺？」

凱西皺眉，試著理解阿圖爾在說什麼。老實說，她也還沒有什麼機會思考自己殺人的事，只好說：「我……我不知道。」

阿圖爾指著凱西大腦的3D即時影像圖，說道：「妳來到這裡之後，甚至在我縫合妳的手臂之前，我就做了一些測試並繪製妳的大腦圖。在妳對上兩名囚犯的評估試驗後，我又繪製了一次，發現妳的大腦沒有任何神經變化。」

「這意味著什麼？我是變態人格者嗎？」

「不是這樣。妳沒有表現出變態人格者，甚至是反社會人格者的任何特徵，在神經科學領域，我們會說妳表現出受到保護的大腦高階功能。在遇到戰鬥或逃跑的刺激時，妳的腹內側前額葉皮層、杏仁核和海馬迴都有正常運作，但跟絕大多數的人不同，妳的大腦很快就能恢復到無壓力狀態。」

「我是天生就這樣嗎？」

「不是，我有給妳注射介入性藥物。」

「什麼時候？」凱西大吃一驚，問道。

「妳剛來這裡的時候。妳的測試結果可望帶來新的突破。」

「所以我不會得PTSD嗎？」

「很難說，還要進行很多次試驗才能取得足夠的資料樣本。」

凱西低頭看著自己受傷的手臂，思考了一下，然後說：「那伊爾馬科娃的遊戲不會破壞你的資料樣本嗎？應該有很多受試者在試驗中死亡吧？遊戲中會發生什麼事情根本無法預料。」

「我不喜歡伊爾馬科娃的遊戲，這也不是什麼祕密，但我當初被派來這裡就必須接受這樣的條件。」

「所以是怎樣？你對伊爾馬科娃的遊戲有意見，卻可以接受給人類注射化學藥物，在違背本人的意願下讓他們去送死嗎？你把這些守衛變成行屍走肉，不會良心不安嗎？」

阿圖爾歪著頭，說道：「8831號受試者，我是科學家，也跟妳一樣被囚禁在這個研究中心裡，但這不代表我沒有人性。我在盡我所能，我有機會改變世界，有機會拯救數百萬人的性命。」

「你是個被洗腦的囚犯。」凱西指著守衛，說道：「那些監視著你、把你囚禁在這裡的守衛是你親手創造出來的，這不叫洗腦叫什麼？」

阿圖爾僵住了；凱西顯然戳到了痛處。「蓋爾小姐，我從十三歲起就被迫與家人分開，接受國家的教育與控制。多年來，我都在不同的沙拉什卡裡度過，這些信件是我與家人唯一的聯繫。」阿圖爾把一隻手重重放在桌上的一堆信件上，繼續說：「幾年前，國家跟我做了一個交易：只要治好PTSD，我就能重獲自由。在這裡，我有目標也有動力，成功的話，我就能離開這裡，回到母親和妹妹身邊。」

凱西凝視著面露愁容的科學家，他的手仍放在那疊信件上。凱西問道：「你一輩子都被囚禁起來，從來沒有試著逃跑嗎？難道你從來沒有試著逃出去，回到家人身邊嗎？」

「怎麼可能沒有！」阿圖爾爆氣道。「當我還是個孩子的時候，我每週都試圖逃跑，卻沒有半次逃出沙拉什卡。蓋爾小姐，什麼都逃不過國家的法眼。」

自從兩人開始交談，凱西就一直在觀察四周，尋找計畫所需的工具。她注意到托盤上的手術器材，尤其是手術刀，距離她的輪床大概兩隻手臂的距離。她還發現實驗室裡沒有裝監視器。

「但在實驗室裡，國家不會監視你，對吧？」

「對，我在這裡有隱私。我和伊爾馬科娃之間已經建立了一定程度的信任，不過我的看守者偶爾會監視我。」他說，並朝手無寸鐵的守衛撇了撇頭。

看守者也是你創造出來的啊，凱西心想，但她只說：「所以伊爾馬科娃也不是完全信任你。」

「我並不怪她。俄羅斯有一句古老的諺語：『信任，但要核實。』」

凱西思考了很久，又提起阿圖爾稍早說過的話。「那你父親呢？」

「什麼意思？」

「你說他是化學家；他也被國家囚禁嗎？」

「對，在馬爾費諾。」

「他對自己的兒子被囚禁在伊爾馬科娃的研究中心裡有什麼看法？」

「在我小時候，我父親就因為實驗室發生爆炸而過世了。」

「他看到兒子過著比他還糟糕的生活，一定會很難過吧。為什麼他可以成家，你卻不行？」

「夠了！」阿圖爾理智斷線，站了起來。「我們已經聊太多了。」他走到凱西身邊，拔掉她頭上的電極和導線以及手臂上的留置針。

他把臉湊近時，凱西說道：「協助我逃離這個地方。」

「8831號受試者，這裡是逃不出去的。」

阿圖爾向守衛示意，用俄語大聲說了些什麼。守衛走近凱西，把她拖下輪床。凱西假裝雙腿發軟，向前踉蹌幾步，撲倒在手術托盤上。一握住手術刀，她就迅速轉身，將鋒利的刀片深深插入守衛毫無防護的脖子，然後往旁邊一劃。

鮮紅的血從頭盔下噴湧而出，守衛抓住自己的喉嚨，跌跌撞撞往後退，撞倒了驚訝的阿圖爾。凱西動作很快，一把抓住阿圖爾實驗衣的領子後面。

守衛雙腳猛踢了幾下，然後就不動了。

凱西把阿圖爾拉近，低聲說：「我們在地底下，對吧？你要帶我上去地表，我要離開這個鬼地方。」

44

維吉尼亞州蘭利
中央情報局高級敏感情報隔離設施

「蘇珊，我們可能有麻煩了。」馬蓋文說道。

「還用你說！我剛剛聽到一個死人的聲音向阿拉斯加的一位空軍上校洩露國家機密耶，我的天啊！」

老特工教父透過雙焦眼鏡凝視著卡特，同時把手伸進粗花呢外套裡，拿出一個迷你卡帶播放機，將其放在鋼製公事包旁邊的桌子上，挑起濃密的眉毛，問道：「妳說什麼？」

「羅伯特．蓋恩斯還活著！『天馬』竟然還活著?!」

「對，他還活著。」馬蓋文說道。「妳說妳聽到他洩露國家機密是什麼意思？」

卡特氣得咬牙切齒，但還是解釋說北方司令部將一個隨身碟交給中情局軍事事務副局長維爾納．孟洛，內含羅伯特．蓋恩斯向空軍發出的求救訊號錄音檔。她把隨身碟拿起來給馬蓋文看，說道：「普雷史考特，我給你十秒鐘的時間解釋到底發生了什麼事，我沒在跟你開玩笑。」

「蘇珊，妳想要我先解釋什麼呢？」

「首先，羅伯特．蓋恩斯怎麼還活著?!然後你可以解釋一下阿拉斯加到底發生了什麼事。」

「羅伯特還活著是因為我的關係。他之所以還活著，是因為在莫斯科的事件發生後，我把他和他的家人藏了起來，並給了他們新的生活、新的名字、新的開始。」

「為什麼?!」

「妳這是明知故問吧。」

「樓上的紀念牆上有羅伯特．蓋恩斯的星星耶！他不是死在科希姆基森林裡了嗎？」

「大家都以為是這樣。」

「那一九八七年到底發生了什麼事？」

「現在這不重要，我們要把重點放在此時此刻正在發生的事情上。」馬蓋文撫摸著迷你卡帶播放機，說道：「東部時間十四點，我接到了一通電話，那條舊的加密類比線路只有我和羅伯特．蓋恩斯知道。當初設置這條線路，是為了讓羅伯特在有需要的時候直接與我聯繫。三十多年來，他都沒消沒息，直到今天下午。」

馬蓋文按下舊迷你卡帶機的播放鍵，卡特再次聽到羅伯特．蓋恩斯的聲音：

「我是『天馬』，我需要聯絡蘇珊．卡特和普雷史考特．馬蓋文。告訴他們這跟前鋒有關，還有羅伯特．蓋恩斯的身分暴露了。維克托．索科洛夫找到我了，俄羅斯聯邦對外情報局找到我了。信號旗小組綁架了我女兒，打算帶她們去沙拉什卡……該死，我需要幫忙……阿拉斯加海岸發生了墜機事件，我是唯一的倖存者，我可能會被拘留在安克拉治的聯邦調查局大樓。我再重複一遍，我需要幫忙。我需要聯絡蘇珊．卡特和普雷史考特．馬蓋文。」

這則訊息跟隨身碟裡的語音訊息幾乎一樣。中情局局長低頭看著迷你卡帶播放機，沉默了三十秒才開口：「索科洛夫……沙拉什卡，你覺得他是在說——」

「八六六基地。」

「有辦法確認嗎？」

「我剛剛才跟FBI反情報處的吉姆．布勞爾通電話。他跟反恐處的處長談過了，後者證實一架私人飛機今天早上在阿拉斯加海岸附近的米德爾頓島墜毀，五人死亡，一人存活。駕駛員的名字是詹姆士．蓋爾。」

「他的化名嗎？」

「對。」

「那他有被聯邦當局拘留嗎？」

「有。他受了傷，在安克拉治接受治療，現在被聯邦調查局安克拉治辦公室拘留，我聯絡不到他。在我們說話的同時，由吉姆．布勞爾帶領的FBI反情報小組正在前往安克拉治的路上，還有一個反恐小組同行。那架墜毀的飛機原本是在阿拉斯加灣向東飛行，沒有機尾編號，沒有應答器，也沒有黑盒子。根據現場FBI特別探員的調查，機上的武器和裝置顯示死者很有可能都是外國特工。」

「他們是墜機身亡的嗎？」

「是被射殺的。」

「是羅伯特幹的嗎？」

「妳很意外嗎？」

「沒有。已經確認死者是對外情報局的信號旗小組成員了嗎？」

「他們身上都有那個刺青。我跟國家安全局的熟人談過了；FBI官員透過臉部辨識軟體，在國際刑警組織的資料庫裡確認了其中兩名死者的身分。這些傢伙有涉入敘利亞的黑色行動還有以色列和車臣的暗殺行動，確定是信號旗小組的成員。」

卡特又沉默了半晌，試圖理清思緒。她十分尊敬眼前這個教導她諜報技術的男人，現在卻感覺像是被老朋友背叛了。

羅伯特・蓋恩斯三十幾年前就死了。我哀悼他的死，也哀悼他已故的妻子，結果事到如今他竟然還活著。

不僅如此，他還深陷麻煩，被世界上最危險的人之一盯上了。*維克托・索科洛夫，也就是弗拉迪米爾・普丁的導師。*

卡特恨不得立刻逼問馬蓋文，要他現在就一五一十告訴她在莫斯科發生的一切，但現在有更緊急的事要處理。

「如果羅伯特．蓋恩斯說的是實話，那代表——」

「代表俄羅斯人在美國領土暗中行動。」

「這可是戰爭行為。」

「是的。」

卡特咒罵了一聲。「美國那麼大，他們怎麼會在阿拉斯加找到羅伯特？」

「布勞爾還有告訴我另一起不幸的事件。今天早上，阿拉斯加東北部的伊格爾鎮發生槍擊案。羅伯特的小女兒卡珊卓拉上週在那一帶失蹤，他應該是去找她。」

「你覺得槍擊案和墜機事件有關聯嗎？」

「FBI還在調查當中。但我們知道羅伯特的大女兒艾蜜莉失蹤了，而他的女婿受了重傷，在費爾班克斯進行急救，這是已經確認的情報。」

「天啊。」

馬蓋文用手指輕敲鋼製公事包，說道：「蘇珊，我相信羅伯特的情報是正確的。他沒有理由說謊，我也不認為這是單一事件。我相信俄羅斯人在美國領土綁架美國人已經有好一段時間了，就像蘇聯時期流傳的謠言一樣。考慮到今天發生的事件，我想現在有足夠的證據支持我的理論了。」

卡特看著這名俄羅斯和歐洲分析辦公室的分析師，難以置信地搖搖頭。以他在諜報領域的專業，普雷史考特．馬蓋文本應擁有輝煌的職業生涯，但在前鋒計畫徹底失敗後，一切都分崩離析了。蘇珊・卡特保住了工作，而普雷史考特・馬蓋文則被解除莫斯科站站長的職務，隨後被降職到總部，下半輩子只能做文書工作。

「『你的理論』是什麼意思？」

馬蓋文再次用手指輕敲公事包，卡特第一次感受到那個老人的焦慮。

「普雷史考特，公事包裡有什麼？」

「算是一個業餘專案吧。」

「什麼樣的業餘專案？」

「前鋒計畫被廢除後，我自己還有繼續調查『超驅動』案件檔案。」

卡特瞪大眼睛，簡直不敢相信自己聽到了什麼。八〇年代的前鋒計畫是一項祕密行動，目的是尋找八六六基地，也就是傳說中由維克托・索科洛夫大將和他兒子葉夫根尼管理的醫療型沙拉什卡。各種外國消息來源提供的情報指出，蘇聯在一個祕密設施裡對美國人做實驗，大部分都是被賣給蘇聯的戰俘，因此雷根總統成立了這個計畫。

由於前鋒計畫涉及敏感情報，雷根政府將其視為由中情局獨立執行的祕密行動，國家和司法都沒有介入，甚至沒有監督委員會。計畫經費是透過境外代理人挪用過來的，只有雷根的權力核心和負責該計畫的中情局特工知道其存在。萬一事機敗露，政府當局還保有合理推諉的能力，可以假裝不知情，撇清關係。

前鋒計畫蒐集的所有人力和訊號情報都統整在一個代號為「超驅動」的案件檔案中。在執行前鋒計畫的六年間，普雷史考特．馬蓋文和蘇珊．卡特會親自向白宮報告超驅動案件檔案的最新進展。雖然他們差點就找到了八六六基地，卻在一九八七年的冬天功虧一簣。

「普雷史考特，超驅動案件檔案早就被銷毀了，雷根親自處理了這件事。」

「我知道。」

「所以我不太懂，你是怎麼繼續調查『超驅動』的？」

「我在被降職前備份了檔案。一九八七年的冬天之後，我以為我在中情局已經玩完了，但卡西局長給了我一份在俄羅斯和歐洲分析辦公室的文書工作，讓我得以取得俄羅斯情報，真是不幸中的大幸。雖然我不可能再做這行了，但既然手邊還有這些資源，不還死者一個公道實在是說不過去。」

「你背著中情局私下進行調查?!」

「對啊，做了三十年。」馬蓋文說道。「蘇珊，我放不下。在我協助羅伯特隱匿行蹤之後，想到KGB對那些家庭做了什麼，發生了這麼多事，明明我們差一點就要找到沙拉什卡了——」

「你應該知道如果這件事傳出去，你會落得什麼下場吧？」

「我當然知道。」馬蓋文說道。「我會丟了工作，幾乎肯定會受到調查，甚至可能會因為利用中情局的資源謀取個人利益而被起訴。話雖如此，我認為妳應該看看我蒐集到的情報。如果羅伯特說的是真的，如果索科洛夫和信號旗小組真的綁架了他女兒，並打算帶她們去沙拉什卡，我想妳應該看看我更新過的超驅動案件檔案。」

「為什麼？」

「因為我可能終於找到了八六六基地，妳一定不會相信俄羅斯人在那裡做些什麼。」

三十分鐘後，聽完馬蓋文針對超驅動案件檔案的詳細說明，卡特目瞪口呆地看著他，說道：「普雷史考特，你怎麼不早點跟我說?!」

「因為在收到羅伯特的求救訊息前，我只是根據猜測在蒐集證據，但現在我們有第一手資料了。」

「你堅信八六六基地位於堪察加半島的這個舊蘇聯飛彈發射井，也就是你在『超驅動』稱之為『X點』的位置？」

「我百分之百確定。」

「如果我在國家安全會議提出這件事，他們一定會要求更多證據，他們需要具體的證據證明蓋恩斯的女兒們在X點。」

「那我們就給他們具體的證據。」

「怎麼給？」

「看看我在『超驅動』中詳細描述的模式。俄羅斯人用某種方法帶美國人橫越白令海，進入堪察加半島。雖然不知道確切的運輸方式，但我們知道俄羅斯天然氣工業股份公司在半島海岸附近的鑽井平臺動作越來越頻繁。」

「你是指俄羅斯的匿蹤直升機嗎？」

馬蓋文從「超驅動」公事包裡拿出對應的文件，放在卡特面前，說道：「沒錯。俄羅斯人利用某種方式帶著受害者橫越白令海，可能是開船，甚至是開潛水艇，我也不知道。但我知道的是，我有俄羅斯匿蹤直升機抵達天然氣工業股份公司鑽井平臺的畫面，有拍到他們從那裡運送包裹到X點，再飛回海參崴。艾蜜莉．蓋爾是在八小時前被綁架的，如果我們用間諜衛星偵察鑽井平臺和X點，我敢打賭一定會看到一架匿蹤直升機抵達平臺，再飛到X點。可能會是幾小時或是幾天後的事，但我敢保證一定會發生。」

「普雷史考特，你知道那要花多少錢嗎？」

「蘇珊，不用擺出居高臨下的態度，我可是很了解衛星遙測的。我也知道只要妳一聲下令就能達成，無須任何說明。去跟分析部門的地理空間和圖像負責人談談，他們可以取得我們需要的偵察衛星圖像。」

卡特仍抱持懷疑態度，說道：「但我們還是無法確認艾蜜莉．蓋爾是不是在那架匿蹤直升機上。要介入的話就必須掌握確鑿的證據。」

「啊。」馬蓋文說道，似乎對自己的表現很滿意。「這部分我也想了一個計畫，但我們必須盡快帶羅伯特到華盛頓。要說服羅伯特應該不難，但要說服總統和國家安全會議就沒那麼容易了。」

「要帶羅伯特到華盛頓嗎？」

「當然。要說服當權者我們必須直接採取行動，他的存在是關鍵。」

接下來十五分鐘，馬蓋文向卡特詳細說明自己的計畫。結束後，卡特沉默良久，然後起身走向門口。

「妳要去哪？」馬蓋文問道。他將文件收回「超驅動」公事包裡，才跟著她走出保密室，來到走廊上。

地下室走廊上擠滿了卡特的護衛和員工。她的特別助理傑克．克勞利跑上前，說道：「局長，國家情報總監納格命令您聯絡他，幕僚長要求在白宮召開緊急會議——」

「局長，布里奇沃特主席找妳。」孟洛幾乎是用喊的。

卡特示意馬蓋文把「超驅動」公事包從手腕上解開。他解開手銬，並將鑰匙和公事包都交給卡特。「克勞利，手借我一下。」她說。

慌亂的特別助理伸出手，一臉困惑，卡特便把公事包銬在他的手腕上，說道：「孟洛，立刻幫我聯絡布里奇沃特上將。」

「那國家情報總監納格怎麼辦？」克勞利問道。

「納格不急。我跟布里奇沃特談完之後，幫我聯絡FBI的康奈利局長。」卡特轉向馬蓋文，說道：「我要你去安德魯斯空軍基地。」

「為什麼？」

「因為我希望你是羅伯特落地後看到的第一個人。跟他一起去胡佛大樓吧。」

「妳真的要做嗎？」

「他是計畫成功的關鍵，不是嗎？」

馬蓋文點點頭。

「我會說服康奈利，羅伯特一定要去華盛頓。」

「妳要怎麼說服他？」

「我會想辦法。」卡特說完便轉身，快步走向電梯。

「那衛星呢？」馬蓋文在她身後喊道。

卡特轉過身來面對老特工教父，說道：「我現在就要去跟分析部門的負責人談。」

45

阿拉斯加安克拉治
聯邦調查局大樓

蓋爾盯著小審訊室裡的單向透明玻璃鏡，揉了揉手腕，試圖緩解疼痛感。手銬太緊了，但他還找不到人幫他弄鬆一點。

打了保密電話向過去的夥伴求助後，蓋爾在高高的草叢中坐了下來，接著就情緒崩潰了。幾分鐘後，海岸巡防隊的直升機抵達，送他到阿拉斯加地區醫院接受檢查和治療，再把他交給FBI。負責人是特別探員柏克，他率領一群探員把蓋爾帶回安克拉治FBI大樓。不到九小時前，蓋爾才在同一棟大樓裡跟厄爾．馬克斯交談。

蓋爾連珠炮似地問了柏克許多問題，想知道伊格爾到底發生了什麼事。在海岸巡防隊抵達前，蓋爾和佩提通電話，得知特拉斯克和馬弗里克中槍，據說奈德一夥人和另一群人綁架了艾蜜莉。

柏克不太願意透露消息，但他說當地有FBI小組正在調查伊格爾的事件。

柏克感到不知所措。

整個安克拉治辦公室都兵荒馬亂。

柏克審問蓋爾一小時，還是問不出個所以然來。他被叫出審訊室幾分鐘後，又走了進來。

「蓋爾先生，」柏克說道，「我收到了消息，我們的華盛頓辦公室要派QRT上來接手調查。」蓋爾知道QRT是FBI快速應變小組「Quick Response Team」的縮寫，負責在恐怖攻擊後進行調查。

很好，蓋爾心想。*終於要交給能幹的人辦事了。*

「我要飛去米德爾頓島跟QRT會合。上級也命令我把你留在這裡，直到華盛頓的探員抵達。我會留厄爾．馬克斯在這裡看著你。」

三個小時過去了，蓋爾沒有看到任何探員，更不用說厄爾．馬克斯了。

蓋爾一邊等待時機，一邊回顧過去這一週發生的一切。疤面男那天早上說的話不斷在他的腦中迴盪。

維克托．索科洛夫期待在沙拉什卡見到你。

他的思緒回到墜機後，自己與佩提的那通電話。不知道那個老牛仔現在在哪裡，特拉斯克和馬弗里克狀況如何？信號旗小組在伊格爾展開行動，FBI一定有查到線索吧，應該也找到北風旅館一行人了吧。

在審訊室裡，他要麼盯著左側牆上的單向透明玻璃鏡，要麼直直看著天花板一角閃著綠燈的舊型號監視器。

他看著監視器閃爍的綠燈，數著每次閃爍之間相隔幾秒，希望該收到訊息的人有順利接到他打去蘭利的求救電話。就在這時，綠燈突然停止閃爍。

蓋爾皺眉，朝單向透明玻璃鏡看了一眼。這時門打開了，厄爾・馬克斯走進來並關上門。他手裡拿著兩杯熱騰騰的咖啡，將一杯放在蓋爾面前，然後在他對面坐了下來。蓋爾這才發現厄爾腋下還夾著一疊橘色文件夾。

蓋爾的目光轉向監視器。

「別擔心。」厄爾說道。「我們沒被監視。大家都像無頭蒼蠅一樣跑來跑去。我們有一些時間。」

「你關掉監視器了？」

「還有確保玻璃鏡後面沒人。」

「為什麼？」

「我想跟你談談。」

「伊格爾現在到底是什麼狀況？」

「FBI正在調查一起槍擊案和一起綁架案。」

「有艾蜜莉的線索嗎？」

「還沒有。」

「那我的女婿彼得・特拉斯克呢？」

「你的女婿目前正在費爾班克斯接受緊急手術。他們在討論要不要用救護直升機把他送來安克拉治。」

「那我們今天早上談的事情怎麼樣了？凡斯這條線索、北風旅館……FBI有找到裝有凡斯屍體的廂型車嗎？他們有拿到我被綁架的監視器影像嗎？」

「有拿到，但他們不給任何人看。他們倒是有透露找到了凡斯的屍體。」厄爾說道。「在惠蒂爾郊外的飛機場。正如你所說，廂型車被燒毀了。」

「那福格特夫婦和他們的手下呢？」

「他們保密到家，但我得知他們在傑克韋德郊外的一輛卡車裡發現兩名死者，無法辨識屍體的身分。」

「會是奈德和達琳嗎？」

厄爾搖搖頭，說：「是兩名男性。」

「你還有什麼發現嗎？」

「還記得你有給我看一張罐子的照片嗎？就是在凱西的營地找到的罐子。」

「記得。」

「FBI在傑克韋德一處舊淘金機旁邊發現了一輛廢棄的雪佛蘭卡車，跟我們發現凡斯的廂型車一樣被燒毀。淘金機連接到一個上鎖的車庫，FBI打開車庫後，找到數十個跟照片中一樣的罐子，都裝有不明壓縮氣體。車庫裡還有奇怪的黑色袋子，我們無法辨認那是什麼。」

「可能是奈德和達琳藏在那裡的吧。」

「看起來是這樣。」

「他們怎麼知道要打開車庫？」

「他們拘捕了伊格爾的村莊公共安全官，名字叫做——」

「麥克斯．托貝盧克。」

「對。」厄爾說道。「這名村莊公共安全官帶他們到傑克韋德的車庫，再到淘金機後面的一條臨時飛機跑道。」

「他們一定是開飛機把艾蜜莉帶走的。FBI有確認離開那一帶的飛機嗎？」

「沒有，但阿拉斯加的主要機場都已關閉，只有小型飛機才能從那條小跑道起飛。航空交通管制站都在瘋狂加班，但這就像大海撈針一樣，尤其是阿拉斯加有多達數千條飛機跑道。」

蓋爾回想起自己被綁架的經過。為什麼信號旗小組沒有等綁架艾蜜莉的另一個小隊出現？蓋爾被制伏並丟上車時，他總共數了八個人加上凡斯，但後來只有其中四個人上飛機，那另外四個人在哪裡？難道他們等到另一個信號旗小隊前來會合，才登上另一架飛機嗎？

蓋爾向厄爾提出疑慮。「今天下午還有其他飛機或是噴射機從阿拉斯加領空起飛嗎？」

「據我們所知沒有。」厄爾說道。「墜機事件發生後，海軍採取了很嚴格的預防措施，用雷達探測阿拉斯加灣和白令海。沒有什麼特別的發現，只有——」

「只有什麼？」

厄爾身體前傾，大肚子撞到桌子。「一名碼頭經理回報，他的小港口有一艘五十英尺長的動力拖船不見了，船名是『艾蕾娜女士號』，船長也失蹤了。」

「這很少見嗎？」

「看來是的。海岸巡防隊嚴格規定船長和碼頭經理都要記錄行程表。據說昨晚有人看到艾蕾娜女士號出港，之後就再也沒有回來了，但並沒有拖船出港的文書紀錄。」

「FBI有調查這件事嗎？」

「目前正在調查。」

蓋爾示意厄爾帶進來的橘色文件夾，問道：「你想跟我談什麼？」

「我想繼續今天早上的話題。我有找到保羅．布雷迪在奇金鎮失蹤前一週的信用卡帳單。」

「然後呢？」

「保羅．布雷迪在失蹤前幾天確實有住在北風旅館。不僅如此，我交叉核對了過去五年來在該地區提交的六百多份失蹤人口報告，發現其中有將近六十人曾入住北風旅館，而且這還只是透過信用卡帳單追蹤到的人數。」

「這當中有多少失蹤人口案件是凡斯警官負責調查的？」

「三十八起。」

「之前怎麼都沒人發現？」

「你要知道，過去十年間，阿拉斯加提交了將近兩萬份失蹤人口報告。」

「那現在怎麼辦？」

厄爾挪動身子，說道：「根據我的調查，福格特夫婦大概十一年前買下了北風旅館及煙燻小酒吧。到目前為止，我只有交叉比對過去五年的失蹤人口報告和曾入住北風旅館的失蹤者名單。」

「所以福格特夫婦可能綁架了超過一百個人？」

「可能還有更多，蓋爾先生。我們只查得到有在北風旅館留下數位刷卡紀錄的人，受害者很可能更多。」

「你估計有多少人？」

「我估計大概兩百到四百人之間。」

「天啊。」

「重點是這些人被帶去哪了？」

蓋爾不寒而慄。維克托．索科洛夫和俄羅斯人真的把多達四百名美國公民帶到沙拉什卡了嗎？信號旗小組每次都會協助綁架目標嗎？

「你有把這些情報告訴上級嗎？」

「有，但發生了這麼多事，我不確定他們是否會認真看待這件事。」厄爾沉默了片刻，然後開口：「飛機上的人不是美國人，對吧？」

「對。」

「是俄羅斯人嗎？」

蓋爾抬起頭，和厄爾四目相接，問道：「你怎麼知道？」

「我們在米德爾頓的探員一確保現場安全就聯絡了快速應變小組。他們發現了AK-15突擊步槍，大家都知道俄羅斯特種部隊就是使用那種武器。至於機上的科技，他們身上的平板電腦有加密，但我們的技術人員已經查出他們使用的是連回俄羅斯的Tor匿名通訊網路。」

蓋爾點點頭。

厄爾字斟句酌，說出接下來的話：「蓋爾先生，你沒有全盤托出。柏克說墜機後，他們從你手中拿走了一支衛星電話和一臺平板電腦。你打了一通電話，但那組號碼後來就都打不通了。你打給了誰？」

「世界上只有兩個人可以幫我救回女兒，我就是打給他們。」

這時，走廊上傳來腳步聲，蓋爾抬頭一看，發現監視器的綠燈又開始閃了。審訊室的門突然打開，一名身材十分高大的男子走進房間，一群穿著FBI藍色軍用外套的探員緊跟在後。

高個子男人秀出徽章，表示他是局裡的人，然後問道：「這是怎麼回事？」

厄爾闔上橘色文件夾，將其夾在腋下，說道：「這個男人被拘留，我是負責看守他的探員。你又是誰？」

「我是FBI反情報處的特別探員吉姆・布勞爾。」

「反情報處？你有什麼事嗎？」

布勞爾從外套口袋裡掏出一張紙遞給厄爾。

「我奉命護送此人到艾門朵夫－理查森聯合基地並帶他搭飛機前往華盛頓特區。」

蓋爾差點跳了起來，抗議道：「不行！我必須待在這裡。」

布勞爾不理會蓋爾。厄爾仍然瞇著眼睛，看著布勞爾遞給他的那張紙，說道：「這上面寫說FBI的康奈利局長命令羅伯特．蓋恩斯前往華盛頓特區的FBI辦公室。羅伯特．蓋恩斯是誰？」

蓋爾突然心生希望；他的求救信號成功了。蘇珊．卡特或普雷史考特．馬蓋文肯定收到他的訊息了。「我就是羅伯特．蓋恩斯。」他說。

布勞爾把徽章放回外套口袋裡，看起來他很清楚蓋爾是什麼人。他示意其他探員帶走蓋爾。

蓋爾說道：「等一下，你有跟蘇珊．卡特或普雷史考特．馬蓋文談過了嗎？」

布勞爾沒有回答。

「你不是真的要帶我去華盛頓特區的FBI辦公室，對吧？你是要帶我去找他們。」

「康奈利局長指示我要帶你去華盛頓——」

「那你也得帶他去。」蓋爾指著厄爾．馬克斯，說道。「馬蓋文和蘇珊．卡特必須聽聽這個人要說的話。他在這次事件扮演了關鍵的角色，他負責記錄阿拉斯加的失蹤人口，可以證明被綁架的不只我女兒。拜託你，需要打電話確認就打吧，但這個人必須跟我們走。」

「我收到的命令是只護送你一個人。」

「布勞爾特別探員，」厄爾說道。「蓋爾先生說得沒錯。請讓我跟你談談，我會解釋清楚。」

說完，他便大步走出審訊室，布勞爾雖然不情願，但也跟了上去。

五分鐘後，布勞爾回來了，厄爾則抱著一個大紙箱跟在後面。布勞爾說道：「你如願以償了，走吧。」

他們被護送到外面，門口停了黑色SUV車隊。蓋爾坐在後座，夾在兩名魁梧的探員之間，厄爾和布勞爾則坐在他前面的長座椅上。

他們在十分鐘內抵達艾門朵夫－理查森聯合基地，停在一條繁忙跑道旁的飛機庫裡。蓋爾被帶下車並被要求留在原地。

一輛綠色軍用吉普車停在飛機庫前，兩名高階軍官從後座下車。較高大的軍官走了過來，說道：「布勞爾特別探員嗎？我是布雷森上將，這位是沃林格上校。」他指著身旁一臉嚴肅的男子。

蓋爾聽到沃林格的名字便抬起頭，兩人四目相接。

「我無法想像你們今天到底經歷了什麼。」布雷森說道。「但我們會盡可能提供協助。當我接到布里奇沃特主席的電話，說有一架從內華達州來的護航機要將珍貴的貨物送到華盛頓特區，我沒想到竟然有這樣的榮幸。」

「上將，感謝空軍向聯邦調查局提供這架飛機。」布勞爾說道。

布雷森看著蓋爾好幾秒，才開口：「嗯，看來事情不單純，已經超出我的理解範圍了。」他用大拇指往身後一比，說道：「飛機在這邊，跟我來吧。」

探員們帶蓋爾走出飛機庫並向右轉，噴射引擎刺耳的轟鳴聲頓時蓋過所有其他聲音。蓋爾向外望去，看到他這輩子看過造型最帥氣的噴射機，差點倒抽一口氣。

「這是YF-8戰鬥機。」布雷森在引擎的轟鳴聲中吼道。「嚴格說來，這東西並不存在，但它可以在兩小時內把你們從安克拉治送到華盛頓特區。」

46

俄羅斯上空四萬英尺處

索科洛夫氣得大吼，並將手裡那杯伏特加扔向迪米崔，直直打中他的臉，讓他丟下平板，痛得大叫。

「你說羅伯特．蓋恩斯逃跑了是什麼意思?!他們上飛機了，不是嗎？」

迪米崔眼眶泛淚，擦掉臉上的伏特加，靠著一張豪華皮革船長椅。他們正搭著一架私人噴射機前往海參崴，也就是俄羅斯最東端的軍事基地。

根據豪華座椅背面的即時航班飛行圖，距離目的地還有四十分鐘。從離開莫斯科到現在，他們已經飛了將近九小時，索科洛夫酒喝多了，也變得越來越暴躁和不耐煩。

索科洛夫抓住迪米崔，吼道：「到底發生了什麼事？第一和第二小隊不是抓住了羅伯特．蓋恩斯，然後第一小隊跟他一起上飛機嗎？」

「是這樣沒錯！」迪米崔喊道。「我們一確認他們捕獲目標，就發生墜機事故了！美國新聞報導說只有一名倖存者。」

「倖存者是羅伯特．蓋恩斯嗎？」

「我不知道！」

索科洛夫把迪米崔推倒在地，然後用手杖打他旁邊的座椅洩憤。其他人坐在飛機的前艙裡，對老闆投以害怕的目光。情況變得更複雜了，用不了多久，美國人就會發現死者是信號旗小組的特工了，而這件事遲早也會傳到普丁總統耳裡。

「我們要怎麼確定倖存者是不是羅伯特．蓋恩斯？」

迪米崔慢慢跪了起來，說道：「我可以聯繫我們在FBI的內應，看能不能得知倖存者的名字。」

「那就快做。」索科洛夫像公牛一樣喘著氣，只差沒有吐出看得見的鼻息。他看著迪米崔狂點平板電腦，等待內心的憤怒平息。稍微調整呼吸後，他問道：「那第三小隊呢？他們有順利完成任務嗎？」

迪米崔點頭如搗蒜，說道：「第三小隊成功捕獲目標並殲滅了『科迪亞克』。他們已經和第二小隊會合，正在前往沙拉什卡的路上。」

「他們還要多久才會到？」

「大概三十個小時。」

「三十個小時！」索科洛夫理智斷線。「叫他們加快速度！我們一抵達沙拉什卡，我就要看到蓋恩斯的第二個女兒。就算是格魯烏的那些白痴也有辦法加快運送目標吧！」

迪米崔猛點頭，繼續在平板電腦上按來按去。

「我們還要多久才會到沙拉什卡？」索科洛夫問道。

「再半小時就會到海參崴，然後我們要換乘飛機，前往堪察加彼得羅巴甫洛夫斯克，到那裡之後，再搭直升機一個小時就會到沙拉什卡。總共大概是四個小時，大將。」

「聯絡伊爾馬科娃大尉，告訴她我和那個蓋恩斯女孩預計什麼時候抵達。叫她告訴她的格魯烏團隊，無論用什麼方法都要盡快把那個女兒送到沙拉什卡。」

「Da，大將！」

索科洛夫癱坐回椅子上。羅伯特．蓋恩斯又逃出他的掌心了。他本來打算在蓋恩斯面前折磨他女兒，就像蓋恩斯多年前在他面前折磨葉夫根尼一樣，現在計畫卻泡湯了。

沒辦法，手上有什麼牌就只能出什麼牌；就算是安慰獎，索科洛夫也要拿好拿滿。

兩個女兒還在他手上。

他還是可以報仇雪恨。

一段記憶在他的腦海中浮現，他都差點忘了這件事。他想起了多年前那個差點揭發八六六基地的叛徒科學家。

他想起了葉夫根尼拍的照片。

照片。

索科洛夫知道要怎麼做了。

他要對那兩個女兒施以各種不同的酷刑，並拍下她們的照片，再將照片寄給羅伯特．蓋恩斯。

這就是他的復仇方式。

俗話是怎麼說的？

君子報仇，三十年不晚。

47

八六六基地
貴賓套房

伊爾馬科娃大尉閉上眼睛，深深嘆了口氣，讓熱水和薰衣草的香味放鬆她緊繃的身心。這間裝潢華麗的浴室位於沙拉什卡深處的豪華貴賓套房中，背景播放著莫札特的第5號交響曲。

獲得重建八六六基地並將其轉型為科學兼娛樂場所的許可後，她就決定把這裡好好整修一下。

當總統批准重建沙拉什卡，伊爾馬科娃堅持要用西羅維基的資金建造豪華的貴賓套房，若有西羅維基的成員，甚至是總統本人想來參觀，就可以在這裡休息。

自從新的八六六基地建成以來的十一年裡，只有十幾名西羅維基的成員來參觀過，親自下場參加活動的人更是少之又少。一開始，許多西羅維基的成員都躍躍欲試，想在試驗中碰碰運氣，挑戰黑海豚囚犯，甚至是西方國家被俘虜的軍人。

起初，這項活動很受歡迎，普丁核心集團裡的人都在談論狩獵人類的樂趣，但自從其中一個人（一名煤炭部長）在試驗中被殺後，其他人就失去了興趣，只願意坐在安全的觀眾席上賭博。

那是他們的損失，伊爾馬科娃一邊想，一邊吸入薰衣草的芬芳，心情又更放鬆了。由於沒有西羅維基進出沙拉什卡，伊爾馬科娃得以充分利用「貴賓套房」，這裡的奢華程度媲美克里姆林宮，而她可以獨享這一切。當然，等普丁歡迎她加入核心集團後，她一定會懷念這裡的，但她一旦成為西羅維基的一員，在哪裡都能過著奢侈鋪張的生活。

前提是她要能撐過維克托・索科洛夫大將的來訪。

正是索科洛夫在將近三小時前發出的訊息，導致伊爾馬科娃陷入巨大的壓力和焦慮之中，因此她才會躲進鑲有金色翅膀的浴缸裡泡熱水澡。

當時，維克托・索科洛夫和他的手下通知她，他們大概四個小時後會抵達沙拉什卡，而有一支對外情報局的信號旗小隊正搭著一艘格魯烏潛水艇通過白令海，為將軍運送某個目標。

索科洛夫的訊息很明確：不管用什麼方法，都要讓信號旗小隊及其捕獲的目標盡快抵達沙拉什卡。

伊爾馬科娃都快瘋了。她要怎麼聯絡白令海的潛水艇？而這個神祕的目標又是誰？

伊爾馬科娃立刻擔心起「科迪亞克」的安危，試著聯絡他們三次都未果。

她知道這一切都跟8831號受試者以及索科洛夫癡迷的那張照片有關。

伊爾馬科娃希望「科迪亞克」平安無事，但她的直覺告訴她大事不妙。她聽過很多關於老將軍當年管理八六六基地的故事，包括實驗、人體測試、基因改造等等。很多人在跟維克托・索科洛夫扯上關係後，就人間蒸發了。

幸好她最後有聯絡到運送神祕目標的潛水艇，並緊急派出一架匿蹤直升機，在潛水艇浮出海面時進行攔截。直升機會把目標帶到半島附近的石油鑽井平臺補充燃料，再飛最後一段到基地。

如果一切按照計畫進行，神祕目標和索科洛夫的信號旗小組會在老將軍登陸八六六基地整整一個小時後抵達。

在索科洛夫抵達前，伊爾馬科娃打算在浴缸裡待到最後一刻，她需要時間放鬆。她還是很想打電話到克里姆林宮，問索科洛夫到底在搞什麼鬼，但最後還是忍住了。在他們通話期間，索科洛夫曾兩度拿總統來威脅她，所以普丁總統肯定知道索科洛夫大將要來吧……她只希望老將軍能夠明白，這個地方已不再歸他所有。

這個基地是她的。

她寧願炸毀這個地方，也不要讓維克托．索科洛夫接管。她把玩著掛在脖子上的鑰匙，心想在阿圖爾的實驗室裡接受治療的8831號受試者不知道醒來了沒。她命令一個守衛監視阿圖爾動手術，看著他縫合卡珊卓拉．蓋爾手臂上的槍傷。她不是不信任阿圖爾，那個科學家十分順從，但卡珊卓拉．蓋爾無疑是個危險的囚犯，需要特別留意。

伊爾馬科娃深吸一口氣，將頭沒入洗澡水中，讓緊張的肌肉放鬆。她本來想在水面下冥想三十秒，卻被刺耳的警報聲嚇了一跳。

伊爾馬科娃立刻坐直身子，大口喘氣，浴缸裡的水濺了出來。浴室裡的燈光變暗了，取而代之的是設施警報系統的紅色頻閃燈。

她還來不及反應過來，就有兩名守衛衝進浴室。

「這到底是怎麼回事?!」伊爾馬科娃大喊，並踏出浴缸，迅速套上浴袍。

其中一名守衛遞給她一臺平板電腦，說道：「有人入侵逃生梯！」伊爾馬科娃搶過平板，低頭盯著螢幕上的監視器畫面，有一名黑衣守衛拿刀脅迫阿圖爾，把他推上通往地面的逃生梯。伊爾馬科娃一頭霧水，便放大兩人的畫面，這才發現那名守衛個子嬌小，盔甲尺寸顯然太大了，帶有面罩的頭盔都快掉下來了——

卡珊卓拉・蓋爾！

「徹底封鎖研究中心，在逃生梯放毒氣！」

守衛啟動封鎖程序時，伊爾馬科娃直接在兩人面前脫掉浴袍並穿好衣服，然後命令道：「派兩組人守樓梯平臺，一組人跟我到地面上！」

她從櫃子裡拿了一個防毒面具，跟著守衛跑出套房，朝電梯狂奔。

48

八六六基地
逃生梯

守衛笨重的頭盔在凱西的頭上搖搖晃晃，差點整個掉下來。她喘著氣，導致面罩變得霧濛濛的，但她還是拿刀抵著阿圖爾的背，逼他繼續走上樓梯。

十分鐘前，在殺死警衛後，她一邊拿刀指著阿圖爾，一邊換上守衛厚重的黑色制服，再逼阿圖爾換上沒有染血的乾淨實驗衣。阿圖爾驚慌失措，懇求凱西不要試圖逃跑，但她當然不接受。雖然他是個聰明絕頂的科學家，但也是個被洗腦的蠢蛋。她把實驗室裡的守衛留在血泊中，出去後拿著刀逼阿圖爾鎖門，並威脅科學家說如果敢阻止她逃跑，她就把他左邊的腎臟挖出來。

「妳犯了天大的錯誤。」他們離開實驗室，沿著一條狹窄的走廊走向電梯時，阿圖爾低聲說。「研究中心的安全系統可以確保沒有人能到地面上。」

「廢話少說！」凱西說道。兩人走到電梯門前面。

「不，妳不明白，只有一部電梯可以到地面上，但是戒備森嚴。」

「如果有電梯的話，那一定也有逃生梯吧。」她說，並稍微加重力道，把刀抵在他的腰部。

「對吧？」

「Da，但是沒用的。」

「但我別無選擇。」

電梯「叮」了一聲，兩人走了進去。阿圖爾按下主樓層的按鈕，電梯開始上升。

電梯門打開後，阿圖爾走進一間天花板挑高的圓形大房間。偌大的房間人來人往，充滿了穿著制服的男男女女和黑衣守衛。阿圖爾帶著凱西大步穿過房間，她跟對方保持一小段距離，以免引起懷疑。他們走到圓形房間的另一頭，通過一扇門，並穿過空無一人的走廊。這地方就像個迷宮，門上所有的標示都是俄文，凱西在腦中默默畫出路線圖。最後，阿圖爾在一扇帶有電子門鎖的紅色門前停了下來。

「就是這裡。」

「快開門。」

「我一掃門禁卡，他們就會知道，我會被標記起來。樓梯間有監視器和感應器！」

「那我們就用跑的。」

阿圖爾摸索了一下，拿出門禁卡，放在感應器前。綠燈一亮，凱西就把他推出門外，強迫他跑上螺旋樓梯。

「不可能成功的！」阿圖爾喘息道。「拜託妳，回頭吧！」

「閉嘴！」凱西吼道。她自己也知道這是魯莽行事，但她可不會放過逃跑的機會。沒多久就會有人在實驗室發現守衛的屍體了。她唯一的目標就是離開研究中心，到地面上，之後就到樹林裡碰運氣吧。守衛的防毒面具掛在她那寬鬆的褲子上，每爬一階就會打到她的腿。外面的無人機將對她發射催眠瓦斯罐，但防毒面具會保護她。

樓梯彷彿永無止境，她的腿開始痠了。金屬樓梯隨著兩人匆忙的步伐哐啷作響，她數到兩人爬了二十圈。

三十圈。

她抬頭望去，發現天花板就在上方不到十圈處，在昏暗的燈光下可以看到一個圓形的逃生出口。

他們逃得出去！

「快點！」她大喊。就在這時，警報響起，原本樓梯間昏暗的燈光全都關上了，取而代之的是紅色頻閃燈。警報聲越來越大。

「快啊！」

他們又爬了兩圈，然後她聽到嘶嘶聲，聞到了熟悉的催眠瓦斯被釋放到樓梯間。

「不要！」阿圖爾放聲哀號，轉過身來面對凱西，臉上充滿了恐懼。

凱西推了他一把，科學家一屁股跌坐在樓梯上。她把守衛的頭盔丟到一邊，頭盔便滾下樓梯。她手忙腳亂，在橘色毒霧將他們團團包圍時，把防毒面具戴在臉上。

科學家慌張起來，試圖屏住呼吸，同時把凱西的面具扯下來。她用腿壓住對方，看著他終於吸入催眠瓦斯，他瞬間瞪大眼睛，然後就失去意識了。

凱西握緊了手中的刀，然後透過樓梯的格柵看到下方一段距離有動靜。

是守衛，而且還很多。

她抬頭看著逃生出口，再五圈就到了。

凱西立刻動身，三步兩步跑上樓梯。三十秒後，她抵達逃生出口，將手術刀收進守衛的戰術背心裡。她沒有脫手套，直接抓住轉動輪，用全身力氣去拉，轉動輪卻紋絲不動。

凱西鬆開手，從樓梯井往下看，至少有二十幾個守衛朝她衝上來，腳步聲轟隆作響，整個樓梯都在震動。

她只剩不到一分鐘的時間。

她開始慌了，又轉回去面對逃生出口。她跟德瑞克的回憶在腦海中浮現，他們的婚禮和蜜月，德瑞克每次海外執勤結束，她都會在飛機跑道上等他，他則會將她摟入懷中。她想到了她父親、姊姊、馬弗里克、牧場，當然還有她發現自己懷孕的那一刻。

她曾經擁有的這一切都被奪走了。

而現在，她要死在這個鬼地方了。種種的不公平釋放了她內心某種原始的本能，她放聲尖叫，將心頭壓抑的怒火化為力量，猛力一拉，轉動輪終於鬆開，逃生門「砰」的一聲向外打開。

自然光灑落，新鮮空氣迎面而來。有一瞬間，她的內心如釋重負，但希望很快就破滅了。

好幾隻戴著手套的手暫時遮住了陽光，抓住她的頭髮，把她從樓梯間拉出去。她的防毒面具被扯下來，她摸索著找刀柄，但為時已晚。有更多隻手抓住她的雙臂，把她丟到地上。五、六名守衛把她壓在地上，她拚命掙扎亂踢，最後仍不敵眾人，臉被按在地上，手腕被反綁在背後。

有人把她翻了過來。她像困獸一樣喘著氣，刺眼的陽光使她瞇起眼睛。一個壯碩的人站在她面前，然後彎下腰並再次抓住她的頭髮，把她拖過泥土地。

「蠢丫頭！」伊爾馬科娃大叫，並用力拉扯凱西的頭髮，力道大到她被迫跪起來。伊爾馬科娃頭髮溼漉漉的，站在凱西面前，反手打了她一巴掌，凱西又重重摔倒在地。伊爾馬科娃踢了凱西的肚子一腳，她頓時喘不過氣來。「看看妳周圍！」

凱西呼吸困難，深怕自己會吐出來。

「看看妳周圍！」

凱西睜開眼睛。伊爾馬科娃站在她面前，氣得臉色發紫，附近至少站著三十幾名守衛。凱西環顧四周，意識到他們位於山頂上，而那座山十分高聳陡峭。打開的圓形逃生出口位於她的左側，後方二十碼處有個看起來像是混凝土製的入口，巧妙建在山頂的岩壁上。混凝土門開著，裡面似乎是一座大型電梯。

「妳看到了什麼?!」

凱西的目光從打開的混凝土電梯上移開，轉向周圍廣闊的風景。這裡地勢很高，四面八方都是一望無際的荒野，五、六座白雪皚皚的火山矗立在這片原始大地上，看不到盡頭。

「荒野。」凱西擠出了這兩個字。「我看到了荒野。」

「沒錯！」伊爾馬科娃怒吼。「無邊無際的荒野。」她走到凱西身後，抓住她的頭髮並往後拉，讓凱西看著湛藍的天空，無人機像憤怒的猛禽一樣在空中飛來飛去。「笨女孩，妳已經無處可逃，無處可躲了！妳會死在這裡，明白了嗎？」

「明白了。」凱西回答。她怎麼會這麼蠢呢？怎麼會這麼衝動行事？她再也見不到家人了，她會死在這裡，家人也永遠不會知道她發生了什麼事。

想到這裡，凱西的心臟在胸口裡怦怦狂跳。

砰砰聲越來越大，直到她再也聽不見其他聲音，接著一個巨大的陰影從上方掠過，一陣狂風吹向山頂。

凱西抬起頭，看到一架巨大的軍用直升機降落在一百碼外的停機坪上，她之前並沒有注意到那裡。凱西瞇起眼睛，看到停機坪後方還有兩架被迷彩偽裝網蓋住的直升機。

五、六個人從剛抵達的直升機上下來並走向她，凱西注意到這群人是以一名拄著拐杖的虛弱身影為中心。

那群人走近時，直升機旋翼停止轉動，狂風也消停了。伊爾馬科娃和守衛們俐落地立正，目光都落在虛弱的身影上。

他穿著一套筆挺的綠色軍裝，胸前掛著無數枚勳章。那個男人俯身靠近凱西，臉上掛著邪惡的笑容。他伸出一根患有關節炎且長了老人斑的食指，微微抬起她的下巴。

「啊，卡珊卓拉．蓋恩斯。」男人說道。「好久不見。」

49

華盛頓特區
白宮

在走進白宮報告前，蘇珊．卡特花了將近兩個小時準備、計畫和執行所有需要做的事情。

她的第一通電話是打給參謀長聯席會議的主席，也是她的好友保羅．布里奇沃特上將。他是透過北方司令部聽到了羅伯特．蓋恩斯的錄音檔。

卡特當時還在蘭利的中情局總部大樓裡，一邊快步穿過大理石大廳，一邊把安全手機放在耳邊，請布里奇沃特上將緊急派出最快的交通工具前往艾門朵夫－理查森聯合基地接羅伯特．蓋恩斯，並帶他到華盛頓特區。那名海軍陸戰隊將領用粗啞的聲音說沒問題，並通知卡特，自己正在前往白宮的路上，因為總統幕僚長摩根．弗萊下令召開國家安全會議特定成員的緊急會議。

她的下一通電話是打給聯邦調查局的史都華．康奈利局長。

康奈利局長告訴卡特，他也被傳喚到白宮了，而且他才剛聽到隨身碟裡的錄音檔，是國家情報總監拉爾夫．納格丟下來給他的。

「蘇珊，他們問我為什麼會有一個死去的中情局探員撞毀一架飛機，機上還有五名疑似是俄羅斯特工的死者。」康奈利說道。「我根本回答不出來！」

「我會解釋一切。」卡特說道。「在抵達白宮前，我需要處理一些事情，我想請你幫個忙。」她向康奈利說明，布里奇沃特上將要派一架高速軍用噴射機到艾門朵夫－理查森聯合基地。「我要請你告訴安克拉治的屬下，讓羅伯特．蓋恩斯上飛機，我們需要他去華盛頓。」

「蘇珊——」

「史都華，我不是要FBI放了他，但我需要他去華盛頓特區。載他到安德魯斯空軍基地，你的探員可以護送他到胡佛大樓。我需要他在那裡，你明白嗎？」

康奈利勉強答應了。「我會請吉姆．布勞爾親自帶他過來。」

「謝謝你，史都華。」

「蘇珊，這到底是怎麼回事？」

「我會在白宮跟大家報告。」

「梅西部長和國家情報總監納格都要崩潰了。妳不接電話，他們都快瘋了，他們要妳下臺負責。」

「這我早就習慣了，史都華。」

卡特掛了電話，接著安排馬蓋文前往安德魯斯空軍基地的交通。老特工教父離開後，她快步回到辦公室，地理空間和圖像負責人站在那裡等她。她只分享了最低限度的資訊，會議很快就結束了。

在她提供先前跟普雷史考特・馬蓋文討論的兩個地理座標後，負責人說會盡快回報結果。

當她的車隊抵達賓夕法尼亞大道1600號，卡特帶著傑克・克勞利從西翼入口進入。經過特勤局的各個檢查站後，卡特和克勞利走過羅斯福廳，繞過轉角，遇到了白宮幕僚長摩根・弗萊。

那男人松鼠般的矮小身材和光頭讓卡特想到脫線先生[7]這個卡通人物。

「蘇珊，妳膽子還真大。」弗萊爆氣道。「我們已經等快一個小時了——」

「總統在哪裡？」卡特問道。

「他從日內瓦回來，一小時後抵達。」

「有人跟他說明情況了嗎？」

「當然有啊。」

「那我們就開始吧。」卡特說完便繞過幕僚長，走進內閣室。國防部長艾倫・梅西和國家情報總監拉爾夫・納格正在角落激烈爭論。布里奇沃特上將坐在上座，一側是卡特不認識的軍裝男子，另一側是國家安全顧問湯瑪士・鮑曼。

聯邦調查局的康奈利局長坐在更遠處，正在與助理交談，但看到卡特和克勞利走進內閣室，弗萊也跟在後面，便站了起來。

「各位，」卡特在紅木桌前停了下來，說道。「不好意思遲到了，但在來之前，有一些事情

---

[7] 脫線先生（Mr. Magoo）是美國著名卡通人物，因為是個大近視，所以總是鬧出不少笑話。

必須處理。」她向布里奇沃特和康奈利點頭表示感謝。

國家情報總監拉爾夫・納格指著卡特，譴責道：「妳不能這樣為所欲為；如果我的辦公室打電話給妳的辦公室，你們就要立刻接電話，聽懂了嗎？」

「我的辦公室也是一樣。」國防部長梅西插話道。

布里奇沃特上將宏亮的聲音打斷了爭論不休的兩個男人。「夠了，各位！卡特局長來了，我們趕快開始吧。」

納格和梅西顯然都瞧不起卡特以及她在中情局的職位。他們當初強烈反對麥克林托克總統任命她為中情局局長，也明確表達了自己的立場。

「在開始之前，」卡特開口道，「我要先請所有助理和非必要的工作人員離開。」

工作人員起身離開時，卡特攔住她的特別助理傑克・克勞利，把「超驅動」案件檔案從他的手腕上解開，再將鋼製公事包放在桌上。

當工作人員都已離開，在場所有人都入座後，卡特開口道：「大約三個小時前，我透過軍事事務副局長收到了一段錄音，我想在座的各位應該都聽過錄音檔內容了吧？」

大家都點頭。

「我現在要鄭重聲明，聽到錄音檔的內容時，我也跟你們一樣驚訝。」

「這些都是真的嗎？」湯瑪士・鮑曼拿起錄音檔的文字紀錄，問道。

「請你說得更具體一點。」

「這個瘋子，就是撞毀飛機的那個人，他說他以前是中情局的探員？」納格插話道：「我在中情局的人說羅伯特．蓋恩斯在八〇年代後期就過世了！」

「直到幾小時前，我也以為是這樣。」卡特說道。「但我已經確認過了，在米德爾頓島墜機的人就是羅伯特．蓋恩斯，他以前確實是中情局的探員。」

內閣室的與會者紛紛表達不滿。

「那蓋恩斯這傢伙說的其他內容呢？」梅西問道。「他宣稱俄羅斯特工在美國領土上綁架美國人。」

「目前看來似乎是這樣沒錯。康奈利局長應該能更詳細說明現場的狀況。」

眾人的注意力轉移到康奈利身上，他說：「謝謝妳，卡特局長。如各位所知，在米德爾頓島撞毀G650的駕駛員名叫詹姆士．蓋爾。他的指紋已被輸入我們的資料庫，且與羅伯特．蓋恩斯的指紋相符，而卡特局長已證實羅伯特．蓋恩斯曾經是中情局的探員。我在二十分鐘前收到安克拉治那邊的最新報告，他們在墜機現場找到了五具屍體，將其送到安克拉治，聯邦探員與國家安全局合作，透過臉部辨識軟體確認其中兩名死者是已知的對外情報局信號旗小組特工。我們的反恐專案小組報告說他們在殘骸中發現了一些『可疑』的技術。」

「什麼樣的技術？」布里奇沃特問道。

「目前正在調查當中，但由於該設備使用特定的安全系統，我們的專家認為它們是透過Tor匿名通訊網路加密的。專家追蹤了VPN，發現是連回俄羅斯。我們在機上發現的武器也是俄羅斯特種部隊會使用的配備。」

「我們先回到飛機本身。」鮑曼說道。「有這架飛機進入美國領空的紀錄嗎？」

「沒有。沒有任何G650進入阿拉斯加的紀錄，該地區的航空交通管制系統也沒有登記任何一架G650。目前，我們必須假設這架飛機是非法進入美國且沒被偵測到。」

「這怎麼可能？」納格驚呼。

「這完全有可能。」布里奇沃特咕噥道。「海軍雷達不太可能持續監視這麼荒涼的地區，特別是白令海上空。如果沒有打開應答器，飛機幾乎可以在不被發現的情況下進出美國領空，只要有地方降落就可以了。」

「我們也找到那個地方了。」康奈利證實道。「我的探員在阿拉斯加惠蒂爾附近發現了一個私人簡易機場，我們認為飛機在墜機前就是從那裡起飛的。」

「你們怎麼知道的？」梅西問道。

「我們有跟軍事航空交通管制中心合作，推測飛機可能的飛行模式。當我們推測飛機可能是從惠蒂爾起飛，我就派了專案小組前往調查。他們在飛機跑道附近發現了一輛被燒毀的廂型車，車內有一具屍體，是一位名叫艾略特・凡斯的阿拉斯加州警，羅伯特・蓋恩斯宣稱他是綁架犯的同夥。」

「那架飛機有機尾編號或是飛行計畫嗎？」

「沒有，但我們有在飛機上找到出廠序號，目前正在與灣流公司合作，以確定是誰購買了這架飛機。」

鮑曼突然開口：「在伊格爾發生的事件跟這起飛機失事有關係嗎？」

康奈利嘆了口氣，說道：「有。在我們說話的同時，我在伊格爾的探員也正在與地方當局合作。他們說當地時間早上九點十四分左右，村莊外傳來槍聲。目擊者證實大約有八個人進行交火，最後有一個人被綁架，已確認此人是來自蒙大拿州林肯的艾蜜莉・蓋爾。」

「是羅伯特・蓋恩斯的女兒嗎？」布里奇沃特問道。

「對。此外，還有一名男子中槍，在費爾班克斯的醫院進行急救。我們也在伊格爾以南一個名叫傑克韋德的廢棄採礦小鎮附近發現了兩具屍體。」

「確認屍體的身分了嗎？」

「我們只知道是兩名男性，都是加拿大公民，但我的探員已證實兩人的死因是多處槍傷，而現場的兩輛車都是登記在另一名加拿大公民奈德・福格特名下。我們目前正在跟加拿大皇家騎警和邊境巡邏隊合作，以取得更多資訊。」

「兩輛車？」卡特問道。

「沒錯。」康奈利回答。「他們在同一條路上發現了另一輛被燒毀的車，旁邊有好幾個廢棄車庫，附近的樹林裡還有一條臨時飛機跑道。」

「還有另一架飛機從那裡起飛嗎？」

「對，我們認為他們就是搭飛機逃離現場的。幾小時前，阿拉斯加州州長已下令州內所有民用飛機停飛，加拿大當局也下令加拿大西北部所有民用飛機停飛。」

「找到那架飛機的機率有多大？」

「幾乎為零。我們不知道要找什麼類型的飛機，也不知道它要去哪裡。根據跑道的長度，只有小型飛機才能從這麼短的跑道起飛，但考慮到目擊者說他們看到八個人綁架艾蜜莉·蓋爾，而其中兩人已死亡，我們必須假設飛機至少能載七個人。」

「萬一他們不是搭飛機逃跑的呢？」卡特問道。

「邊境巡邏隊已經關閉了進入加拿大的邊境，而半徑五百英里內的地方當局則是一輛一輛攔車搜索。」

「還有其他證據表明飛機失事和伊格爾的事件有關聯嗎？」卡特問道。

「有。我們在兩名死者旁邊發現了一個裝置，跟在墜機的G650上發現的裝置類似。此外，FBI抵達伊格爾時，我們拘捕了一名三十三歲的男性，是一名村莊公共安全官，我們認為他與這次襲擊有關。這個人向我們的探員透露，臨時飛機場附近上鎖的車庫裡存放著一批武器。」

「什麼樣的武器？」梅西問道。

康奈利打開面前的一本活頁夾，拿出一疊照片傳下去，說道：「探員發現了裝有外來化學藥劑的罐子，目前正在調查其化學成分。」

「被拘捕的村莊公共安全官有提供其他情報嗎？」卡特問道。

「沒有，但我們目前正把他送往安克拉治。」

梅西問道：「康奈利局長，你說那兩名已故的加拿大公民持有的裝置和失事飛機上的裝置使用相同的俄羅斯科技，是嗎？」

「對。」

「但我們不知道其他綁架艾蜜莉．蓋爾的人是美國人、加拿大人還是俄羅斯人？我們對他們其實一無所知。」

「我們知道帶走艾蜜莉．蓋爾的人中，至少有兩人是加拿大公民，而他們運送她到傑克韋德使用的車輛登記在第三位加拿大公民奈德．福格特名下。我們還沒找到奈德．福格特，目前正全力搜索中。至於其他綁匪，你說得沒錯；他們可能是任何國家的人，加拿大人、俄羅斯人或美國人，但我敢打賭是俄羅斯人。」

「如果他們跟飛機上的人一樣是俄羅斯特工，」梅西說道，「這些加拿大人是跟他們合作嗎？他們會不會是暗樁？」

「不排除任何可能性，但我們無法證實這點。」

「這件事情絕對有鬼。」布里奇沃特說道。「FBI還知道些什麼？」

康奈利長嘆了一口氣，說道：「我們可以證實墜機事件的倖存者羅伯特．蓋恩斯於阿拉斯加時間早上九點二十四分在FBI辦公室外面遭到綁架。監視器有拍到過程，可以確認今天早上至少有九名男子開著兩輛黑色廂型車，在安克拉治綁架了羅伯特．蓋恩斯。其中一輛就是在惠蒂爾被燒毀的廂型車，我們在安克拉治以南靠近大海的一條泥土路上發現了另一輛車，也同樣被燒毀。」

「媒體知道多少？」納格問道。

「他們有報導伊格爾的事件和墜機事件。在更深入了解狀況前，我們不會透露更多資訊。」

「好的，謝謝你，康奈利局長。」鮑曼說道，然後轉向卡特。「輪到妳了，卡特局長。我想回到羅伯特．蓋恩斯的錄音檔，妳應該可以解釋一些內容吧，就從羅伯特．蓋恩斯提到的名字開始。」他翻閱筆記，說道：「妳可以告訴我們『維克托．索科洛夫』這個人是誰嗎？」

卡特坐在椅子上，身體前傾，說道：「維克托．亞歷山大羅維奇．索科洛夫大將是俄羅斯聯邦對外情報局的負責人，我們的情報人員相信他領導的是非法人士處。他為俄羅斯聯邦及其所有祕密調查工作進行間諜活動，據說他幾乎是俄羅斯所有海外隱蔽行動的主要決策者之一。各位應該都聽過利特維年科、波利特科夫斯卡亞或戈盧別夫吧？任何跟俄羅斯有關的大型暗殺行動，索科洛夫肯定都有參一腳。」

「等一下，」納格插話道。「這就是那個跟普丁很親近的傢伙嗎？」

「對，索科洛夫通常被視為輔佐普丁上臺掌權的傀儡大師；兩人十分親近。」

卡特的注意力轉向摩根．弗萊，他一邊讀著面前的文件，一邊摸著光頭，問道：「那信號旗小組又是什麼東西？」

卡特正要回答，坐在布里奇沃特旁邊的軍裝男子卻開口了：「信號旗小組是俄羅斯特種部隊的祕密單位，專門從事高機密暗殺行動和祕密調查工作。他們是俄羅斯訓練的特工，與中情局的準軍事人員非常相似，為聯邦安全局和對外情報局效力。」

卡特終於想起她是在哪裡看過這名軍裝男子，暗自咒罵自己竟然沒有立刻就認出他來。他是海軍特種作戰開發群的前指揮官史考特．R．史佩爾，最近才被任命為聯合特種作戰司令部（Joint Special Operations Command，簡稱 JSOC）的指揮官。史佩爾是海豹部隊的傳奇人物，顯然是領導 JSOC 的最佳人選。

「索科洛夫大將在 KGB 時期成立了信號旗小組，我們認為他仍在管理一支由對外情報局管轄的信號旗菁英小隊。」卡特說道。

「我不懂。」納格說道。「羅伯特．蓋恩斯怎麼會知道這些？他怎麼知道綁架他女兒的是索科洛夫和他的信號旗小組？羅伯特．蓋恩斯認識索科洛夫嗎？」

卡特字斟句酌，回答：「是的，羅伯特．蓋恩斯確實跟索科洛夫大將有過交集。」

納格低頭看著筆記，問道：「跟前鋒計畫有關嗎？」

「前鋒計畫是什麼？」梅西問道。

「沙拉什卡又是什麼？」鮑曼插話道。

卡特看到所有人都弓著身子，閱讀羅伯特向艾門朵夫－理查森聯合基地發出的求救信號文字紀錄。她知道如果馬蓋文的計畫要成功，自己就必須謹慎行事。

「還有那個公事包裡到底有什麼？」納格指著裝有「超驅動」案件檔案的鋼製公事包，問道。

卡特還來不及回答任何問題，弗萊的安全黑莓機就響了。「總統剛抵達華盛頓特區。特勤局通知我，他剛搭上海軍陸戰隊一號，正在前往白宮的路上，預計十分鐘後抵達南草坪。」他說。

謝天謝地，卡特心想，然後說：「我提議大家移駕到樓下的戰情室，等總統抵達再說。」

「為什麼？」納格沒好氣地問道。

卡特拍拍「超驅動」案件檔案，說道：「因為我不認為內閣室夠安全，而我即將透露的情報是十分敏感的機密資訊，絕對不能洩露出去。」

50

白宮戰情室

十二分鐘後，威廉．麥克林托克總統走進戰情室，坐在上座。三十九歲的麥克林托克是美國史上最年輕的總統。身為前海軍陸戰隊員和俄亥俄州的參議員，威廉．麥克林托克以實話實說的真誠態度與美國人民溝通，最後當選總統。上一屆政府的混亂、謊言和欺瞞已不復存在。

麥克林托克憑藉著公開透明的施政方針和年輕氣盛的決心，致力讓國家回到正軌，在國內外成為一股向善的力量。

總統請大家就座後，便環顧房間，看不出來他在想些什麼。「我在來這裡的路上跟FBI的史密斯副局長談過了，也聽過錄音檔了。我們要如何確定在美國領土行動的這些人是俄羅斯特工？」他發問的對象是國家情報總監納格。

納格清了清喉嚨，說道：「總統閣下，證據確鑿。我們透過國家安全局的臉部辨識軟體與國際刑警組織的資料庫，確認了其中兩名死者的身分。兩人都是已知的俄羅斯特工，在歐洲和中東發生高機密暗殺事件時被以色列情報特務局拍到照片，也有涉入俄羅斯在敘利亞的行動。」

麥克林托克雙手指尖相觸，抵著下巴，說道：「目前看來，這些人是想要綁架羅伯特．蓋恩斯這個人嗎？」

康奈利開口道：「是的，總統閣下。而我們認為他們成功綁架了他的兩個女兒。」康奈利向總統簡短說明在伊格爾發生的事件，講述FBI在米德爾頓島的發現，也確認了羅伯特．蓋恩斯的身分。「卡特局長已做好必要的安排，把羅伯特．蓋恩斯帶來華盛頓特區。」

「為什麼？」總統看向卡特，問道。

卡特清了清喉嚨，說道：「總統閣下，羅伯特．蓋恩斯的情況很棘手，中情局有責任當面審問調查。鑒於他的敏感背景和此事的利害關係，我會親自訊問他。」

總統沉默良久，然後低頭看著情報報告，說道：「卡特局長，我知道妳在中情局服務多年，成果斐然，妳可能知道一些我們在座的其他人難以想像的祕密。但為了了解事情的全貌，我必須請妳告訴我們關於羅伯特．蓋恩斯和這位索科洛夫大將，妳所知道的一切。」

卡特把手從公事包上拿開，從口袋裡掏出鑰匙，並取出「超驅動」案件檔案。「總統閣下，我從前鋒計畫開始說明吧。」卡特又清了清喉嚨，說道：「一九八一年，雷根政府執政初期，中央情報局從鐵幕後面的線人和特工得到了可靠的情報，蘇聯人從以前就會把包含美國人在內的西方人綁架到蘇聯，在被稱為『沙拉什卡』的祕密設施中對他們進行醫療實驗。

「據我們所知，蘇聯人想要打造出完美的士兵，並且讓被抓的美國人向蘇聯間諜人選傳授美國生活的相關知識，這樣他們之後就可以來美國，偽裝成普通人，但實際上是為蘇聯從事間諜活動。雖然後者從未被證實，前者已經得到證實了。

「我的前老闆，也就是當時的莫斯科站站長普雷史考特・馬蓋文透過三位寶貴的線人——被囚禁在傳聞中的沙拉什卡的科學家——取得此情報後，便立刻請示雷根任命的中情局局長威廉・約瑟夫・卡西。

「各位可以想像，這個情報讓卡西感到不安。在經歷了動盪的七〇年代之後，他想改組中情局，打出名號並重建我們的祕密準軍事部隊，好讓我們有能力對抗外敵。總統閣下，相信你應該知道雷根在八〇年代面對伊朗、蘇聯和中東的種種挑戰，恐怖主義猖獗，美國陷入困境。因此卡西和雷根的權力核心成立了國家安全計畫小組，從那時起，總統就有權力實施並監督針對恐怖組織的祕密行動。」

「這就是雷根先發制壓計畫的產物嗎？」國防部長梅西問道。

「對。」卡特回答。「這就是雷根的暗殺計畫，他暗中藏的那一手。該計畫直到一九八四年四月三日才正式啟動，當時雷根總統簽署了國家安全決策第138號指令，授權中情局超前部署，培育人才，以先發制壓計畫，支持或執行針對海外美國公民、利益和財產的敵對恐怖主義行為的反美恐怖組織。雖然該指令一九八四年才合法化，但早在幾年前，中情局就已經開始訓練和外派刺客了。」

總統說道：「所以『前鋒』是先發制壓計畫的一部分，而羅伯特・蓋恩斯是其中一名刺客？」

「是的，總統閣下。前鋒計畫於一九八一年底成立，由普雷史考特．馬蓋文和我負責，我們直接聽命於卡西和國家安全計畫小組。起初，前鋒計畫是一項祕密情報蒐集行動，目的是找到傳說中的醫療型沙拉什卡，也就是我們所知的八六六基地。」

「那維克托．索科洛夫大將呢？蓋恩斯跟他有什麼關係？」

「我認識蓋恩斯時，他已經是中情局的準軍事人員了。他是三角洲部隊最初的成員之一，引起了比爾．卡西和普雷史考特．馬蓋文的注意。蓋恩斯是一名非常規作戰專家，也是一名精銳突擊隊員，他和一群人被選中，在農場❽學習諜報技術。他的語言能力很強，不管到哪裡都能融入當地，在順利完成多項海外祕密任務後，他在一九八三年被選為我們駐莫斯科的探員，偽裝成低階外交官。在普雷史考特．馬蓋文和我負責督導羅伯特．蓋恩斯的四年間，他結婚成家並完成了好幾次行動。一九八五年，我們有了重大突破，羅伯特與一名高階蘇聯科學家接觸，對方宣稱他可以提供關於八六六基地及其管理者的情報，也就是當時國家安全委員會S科的負責人維克托．亞歷山大羅維奇．索科洛夫大將。」

卡特稍作停頓，整理一下思緒，又繼續說：「這名代號為『藍人』的科學家差點就帶我們找到了八六六基地，並持續提供有關內部情況的寶貴情報，內容都寫在這個代號為『超驅動』的案件檔案中。」她拍了拍桌上那疊紙張。

「藍人想跟我們做交易；他會提供情報以及八六六基地的位置，交換條件是中情局要協助他的家人叛逃到西方國家。不幸的是，這件事並沒有成功。一九八六年末，我們在藍人飛回沙拉什卡時為他設置了追蹤誘標，卻在堪察加半島某處失去信號。一天後，索科洛夫大將的兒子，KGB的明日之星，同時也是KGB信號旗小組的共同創辦人葉夫根尼・索科洛夫把藍人的屍體丟在莫斯科美國大使館外的街道上，還對我們的監視器比中指，這對我們的國家、探員和計畫都是種侮辱。那天稍晚，羅伯特・蓋恩斯試圖將藍人的家人帶出蘇聯，但她們已經失蹤了。」

卡特解釋說，雷根、卡西和國家安全計畫小組批准了前鋒計畫捕捉或殺死葉夫根尼・索科洛夫，並聲稱他的行為落在第138號指令的範疇。蓋恩斯和馬蓋文在赫爾辛基找到了他，並把他帶到中情局在波蘭的黑牢，但對葉夫根尼・索科洛夫施行的審訊手段不足以獲取他們要的所有情報。幾天後，索科洛夫大將聯繫了中情局並提議進行交換，用藍人的家人換葉夫根尼・索科洛夫。

「國家安全計畫小組從一開始就反對這項交易。」卡特說道。「葉夫根尼・索科洛夫對我們來說太有價值了，但蓋恩斯叫馬蓋文說服他們，因為蓋恩斯向藍人承諾過會保護他的家人並帶他們到西方國家。一週後，我們在芬蘭和蘇聯邊境交換人質。

「在前往邊境的路上，我接獲情報，KGB可能會襲擊羅伯特・蓋恩斯的家人，當時他們在中情局的保護下躲在巴黎。我決定派一支後援小隊保護他們，同時也決定在交換人質前，不要告訴羅伯特他的家人可能有危險，因為我要他專注在眼前的任務上。」

---

❽ 中央情報局的訓練營。

戰情室一片沉默，最後總統終於開口：「後來發生了什麼事？」

「那天起了大霧，很適合伏擊。我們釋放葉夫根尼．索科洛夫，他穿過邊境大橋回到同胞身邊，藍人的妻子和兩個女兒也走向我們，但在距離我們幾英尺遠時，她們就被蘇聯人射殺了。羅伯特是第一個跑到屍體那邊的人。當蘇聯人帶著葉夫根尼安全撤退，我們發現藍人家人的大衣上釘了照片，是羅伯特．蓋恩斯家人的照片，包括他的妻子和兩個年幼的女兒。

「與此同時，索科洛夫大將親自出馬，襲擊蓋恩斯的家人。他射中了羅伯特的妻子伊琳娜，還差點殺死他年幼的女兒們，但我的行動小組把他趕跑了。五天後，伊琳娜．蓋恩斯因頭部創傷，在美國傷重不治。」

戰情室陷入一片死寂。卡特繼續說道：「伊琳娜死後，羅伯特想要興師問罪，他怪我隱瞞家人有危險的情報。蓋恩斯在華盛頓匯報任務情況時，懇求卡西局長允許他報仇雪恨，但卡西覺得蓋恩斯情緒太不穩定了，便命令蓋恩斯留在華盛頓特區，同時派馬蓋文和我回去莫斯科繼續執行前鋒計畫。回到莫斯科幾天後，我們收到消息說羅伯特把女兒們留在華盛頓的一個朋友那裡，然後就消失了。兩週後，也就是一九八七年一月，莫斯科各地開始出現屍體，都是跟索科洛夫一家關係密切的KGB成員，不用想也知道暗殺事件的幕後黑手是誰。在我們後來稱之為『血腥一月』的期間，莫斯科大雪紛飛的街道上出現了將近二十具屍體，看得出來都是專業人士精心策劃的暗殺事件。我知道是羅伯特做的，但我不知道我的老闆普雷史考特．馬蓋文在幫他。

「一九八七年一月二十五日，蘇聯證實在莫斯科郊外科希姆基森林裡的達恰發現葉夫根尼．

索科洛夫的屍體，羅伯特．蓋恩斯的屍體則在五英里外的河裡被發現……卡西立刻把我們叫回華盛頓特區。在匯報任務情況時，普雷史考特．馬蓋文承認自己有協助羅伯特．蓋恩斯執行暗殺行動。

「雷根下令無限期凍結前鋒計畫並銷毀『超驅動』案件檔案，我們所有的心血全都付諸流水了。馬蓋文沒有被解僱，而是留在蘭利做文書工作，我則被派回去，繼續擔任莫斯科站副站長的職務。直到四小時前，我都一直以為羅伯特．蓋恩斯死了，而他的小孩是朋友撫養長大的。」

「所以羅伯特．蓋恩斯確實殺死了葉夫根尼．索科洛夫？」總統問道。

「蘇聯聲稱蓋恩斯將葉夫根尼折磨至死，但我們從頭到尾都沒看到葉夫根尼的屍體，所以無法確認。」

「那蓋恩斯的屍體呢？蘇聯為什麼沒把屍體交給我們？」

「KGB宣稱蓋恩斯的屍體在送達莫斯科前就『消失』了。」

「是誰把蓋恩斯藏起來的？」納格問道。「是誰給了他新的身分？」

「是普雷史考特．馬蓋文，他在我來之前承認了。蓋恩斯活下來了，但我不知道事情的全部經過。」

「我的天啊。」布里奇沃特上將低聲說。

「妳剛剛說『超驅動』案件檔案被銷毀了，如果是真的，那這些又是什麼？」幕僚長弗萊指著卡特面前的那疊紙張，問道。

卡特向眾人解釋說馬蓋文備份了檔案，並利用自己在俄羅斯和歐洲分析辦公室的職位繼續尋找八六六基地。三十多年來，他都在中情局不知情的狀況下，獨自更新「超驅動」檔案。「這就是我接下來要解釋的部分。」她說。

卡特打開了「超驅動」案件檔案，翻到馬蓋文在保密室為她標出來的頁面，開始向全美國最有權勢的一群人說明裡面的內容。

三十分鐘後，卡特說明完案件檔案的內容，威廉·麥克林托克總統迅速站了起來，力道大到椅子往後倒，撞到了身後的牆上。他在戰情室裡踱步，然後指著卡特，問道：「所以沙拉什卡可能的位置，也就是X點，是在一個舊蘇聯飛彈發射井裡嗎？」

「是的，總統閣下。在六〇年代末期，中情局取得了蘇聯數個核彈發射井的位置和設計圖，這是其中一個。」

「發射井的設計圖可靠嗎？我們知道裡面長什麼樣子？」

「總統閣下，我們知道發射井在六〇年代末期長什麼樣子。根據『超驅動』檔案，X點從十二年前就開始進行大規模建設。如果想要更深入的分析就要諮詢普雷史考特·馬蓋文。」卡特故意停在這裡，把這個名字像魚餌一樣拋出去，希望總統會上鉤，這樣馬蓋文的計畫才有可能成功。

「那普雷史考特·馬蓋文在哪裡？」

「他在安德魯斯空軍基地接羅伯特·蓋恩斯。」

總統思考了一會兒，說道：「把他們兩個帶過來，我要聽他們親口解釋。」總統轉向梅西，說道：「打電話給俄羅斯大使。俄羅斯人做出這種事，或許上一屆政府會放任不管，但我可不會。」

「總統閣下，」卡特說道，「我不建議這麼做。向俄羅斯人通風報信，說我們知道他們捕捉羅伯特．蓋恩斯的計畫失敗了，這樣恐怕不太好。現在先讓他們以為我們不知道吧。」

「我同意卡特局長的意見。」布里奇沃特說道。

「好吧。」麥克林托克向布里奇沃特和JSOC的史佩爾指揮官示意道：「一小時內給我一份完整的行動計畫，說明軍方要如何處理這個問題。史佩爾指揮官，你建議出動哪個JSOC部隊？」

頭腦冷靜的JSOC指揮官直視美國總統的雙眼，回答：「我提議派出負責該區域的海軍特種作戰開發群中隊，也就是藍色中隊『海盜』。他們目前在維吉尼亞海灘的丹尼克基地待命。」

「很好，聯絡他們，然後制定針對X點的行動計畫。一小時後再重新集合。」

51

馬里蘭州喬治斯王子郡
安德魯斯空軍基地

蓋爾從來沒有搭過像YF-8戰鬥機這麼快的噴射機，他們只花了不到兩個小時，就從安克拉治飛到華盛頓特區郊外的安德魯斯空軍基地了。

他們把小貨艙當成臨時客艙，蓋爾戴著手銬，被綁在兩名FBI反恐探員之間的位子上，布勞爾特別探員和厄爾・馬克斯則坐在他們對面。飛機上太吵，無法交談，探員也沒有給蓋爾耳麥，只有給他耳罩，所以他完全無法跟其他人交流。

稍早布勞爾告訴他，他要被帶去華盛頓的胡佛大樓接受審訊，但蓋爾懷疑他們另有所圖。考慮到他的背景，中情局絕對不可能允許這種事情發生。他不知道普雷史考特・馬蓋文是否仍在中情局工作，甚至不知道那個老人是否仍在世。蘇珊・卡特就不一樣了。一直以來，蓋爾都盡量不看新聞，因為他覺得很花時間，看了又常常很火大，但他還是知道蘇珊・卡特被任命為中情局局長。

蓋爾回想起多年前，卡特決定不告訴他KGB威脅到他家人的安危，昔日的怒火又湧上心頭。在內心深處，蓋爾仍將心愛的伊琳娜之死歸咎於卡特。如果蓋爾當時知道家人受到威脅，他就能採取行動，拯救伊琳娜並阻止維克托·索科洛夫。

YF-8戰鬥機在安德魯斯空軍基地降落後，左右兩側的探員解開了他的束縛並扶他站起來。厄爾抱起他從安克拉治辦公室帶來的那箱文件，然後看了蓋爾一眼，眼神流露出不安。

YF-8戰鬥機側艙的門打開了，探員帶著蓋爾走下活動式登機梯。一下機，華盛頓特區悶熱的夏日便向蓋爾襲來。

軍人、黑色SUV以及穿著深色戰術服的探員將他們團團包圍。

蓋爾一腳踏上飛機跑道，就看到其中一輛SUV的後門打開，一個熟悉的男人下了車，走向布勞爾特別探員。

那個男人依然穿著他的招牌粗花呢外套，但臉上布滿皺紋，曾經烏黑的頭髮現在變成雪白色的，鷹勾鼻上架著一副眼鏡——

普雷史考特·馬蓋文繞過布勞爾，停了下來。蓋爾可以看到老特工教父的臉上流露出感情。

「嗨，羅伯特。」

「好久不見，普雷史考特。」蓋爾回頭看了YF-8戰鬥機一眼，問道：「這是你的主意嗎？」

「是蘇珊的主意。」

一聽到她的名字，蓋爾就僵住了。

普雷史考特說道：「羅伯特，你在華盛頓可是造成了不小的轟動呢。」

「卡特要讓FBI來處理我的事情嗎？原來中情局變得這麼弱了啊。」

普雷史考特輕笑道：「其實他們要你去白宮，是總統本人命令我們去的。」

蓋爾仔細思考了幾秒鐘，然後指著厄爾，說道：「這位是厄爾．馬克斯，他要跟我一起來。沒有人比他更清楚阿拉斯加的狀況了。」

「嗨，普雷史考特。」厄爾說道。

「馬克斯探員，好久不見。」

蓋爾轉向厄爾，難掩心中的驚訝，問道：「你們兩個認識？」

「過去二十年來，我跟普雷史考特都有保持聯絡。他似乎對阿拉斯加的失蹤人口很感興趣。」

「你怎麼沒跟我說？」

「羅伯特，我跟厄爾的關係與你無關，這些年來，我有請他提供協助好幾次。不好意思，我們得趕快動身了。」

蘇珊．卡特刻意遠離剛剛在戰情室一起開會的人。大家都離開後，卡特把「超驅動」公事包銬在手腕上，走回地下室走廊，抓住她的特別助理傑克．克勞利，並把他帶到一個不會被人聽到的角落。

「衛星分析師有回報了嗎？」

克勞利確認了一下他的安全手機，回答：「有，他們大概三十分鐘前寄了兩份加密檔案，您要看嗎？」

「要。」卡特說完就搶過手機，並指示克勞利轉身背對她。她開啟第一個檔案並輸入密碼，以檢視她要求透過中情局的KH-11偵察衛星所拍攝的高機密間諜衛星影像。

第一組照片出現在螢幕上，卡特閱讀分析師提供的情報紀錄。她瀏覽一張張照片並閱讀下面的報告，鬆了一口氣。她開啟第二個檔案，正中紅心的興奮感油然而生，但也伴隨著一絲恐懼。

老特工教父說得沒錯。

一群特勤局特工繞過轉角，帶著麥克林托克總統和摩根・弗萊走進戰情室。卡特低頭看了看手錶，沒想到一個小時這麼快就過去了。

當其他人魚貫走進戰情室，她關閉克勞利安全手機裡的檔案，並將手機放進口袋裡。最後進去的是布里奇沃特上將和史佩爾指揮官。

卡特也走向戰情室，卻看到第二批特勤局特工繞過轉角，護送著三個人。

其中一人是普雷史考特・馬蓋文，第二個人是一位大肚子的老先生，而第三個人——

卡特感覺好像有個沉重的鉛塊落在她的肚子裡，她握著戰情室的黃銅門把，手卻不住顫抖。她與男人四目相接，那個她曾經背叛過，她以為三十年前就死了的男人。

「嗨，羅伯特。」

52

堪察加半島
八六六基地

火辣辣的刺痛感從凱西的肩膀傳來，就像持續被電擊一樣。手銬勒進她的手腕，她的手指早就沒感覺了。她不知道自己持續這個痛苦的姿勢已經多久了。幾小時？還是幾天？

在她逃跑失敗後，穿著俄羅斯軍裝的老人命令自己和伊爾馬科娃的手下準備好審訊室。守衛強行給凱西戴上散發著酸臭味的頭套，並將她押送回地下設施裡，帶進一間房間，裡面的尿味重到都蓋過了頭套的腐臭味。

她被迫跪在冰冷的瓷磚地板上，雙手被銬在身後。不久之後，她感覺到一個金屬鉤扣住手銬，接著聽到鎖鏈嘎嘎作響和棘輪轉動的聲音。凱西的手腕被拉得越來越高，她被迫站了起來，但絞盤繼續轉動，她的肩膀以極其不自然的角度被往上拉，直到她雙腳離地，整個人被吊在空中。

凱西感覺到一股冷風襲來，忍不住呻吟了一聲，這才發現她已經不是穿著守衛的制服了。

這時，有人突然拿掉她的頭套，她看到眼前的景象，一時說不出話來。

三個熟悉的身影被綁在三張椅子上。馬爾科坐在中間，身上穿著一件骯髒的病人服，他油膩的黑髮披在肩上，嘴唇被打腫了，傷口還在滴血。保羅．布雷迪和比利．弗倫奇坐在他的左右兩側，一樣蓬頭垢面、衣衫不整。

三人都被綁在椅子上，四肢被鐵絲緊緊固定住。

「Vy govorite po-russki（妳會說俄語嗎）？」凱西左邊傳來一個興奮的聲音。

凱西把頭轉向左邊，看到了稍早下直升機的老人。他已換下軍裝，現在穿著一件沾滿污漬的牛皮圍裙，胸前繡著蘇聯的鐮刀鎚頭標誌。他戴著藍色手術手套，在磨刀石上磨著一把彎刀。

「什、什麼？」凱西結結巴巴說道。

「妳母親明明是俄羅斯人，妳卻沒有學俄文嗎？」

男人身後有一張不鏽鋼長桌，上面擺放著數十件刑具：長短不一的刀子、斧頭、鶴嘴鋤和電擊棒。桌子邊緣放著一把小型電鋸，旁邊還有裝著五顏六色液體的注射器和小瓶子。

凱西看著鋪了白色磁磚的圓形房間，這地方讓她想起早期的手術室。

她身後傳來橡膠鞋底吱吱作響的聲音，面無血色的阿圖爾和伊爾馬科娃大尉走進她的視線範圍。

比利發出嗚咽聲，凱西看到黃色的尿液順著他瘀青的腿流了下來。

老人笑了，然後用俄語對阿圖爾和伊爾馬科娃說了幾句話，他們立刻走向房間另一頭的牆壁。接著老人站在凱西面前，問道：「妳知道我是誰嗎？」

凱西搖搖頭。

「妳不記得我嗎？妳當時年紀還很小吧？我的名字是維克托．亞歷山大羅維奇．索科洛夫大將，我是『Sluzhba vneshney razvedki』，也就是對外情報局的負責人。歡迎來到我以前的基地，卡珊卓拉．蓋恩斯。」

凱西什麼也沒說，只是盯著那個男人，試圖搞懂他到底在說什麼。

我們以前見過面？

為什麼他叫我「卡珊卓拉．蓋恩斯」？

男人舉起鋒利的彎刀，慢慢撫摸凱西的臉頰。

「噢，妳長得跟他真像，我竟然沒有從妳檔案中的照片認出妳。你們的眼睛簡直一模一樣，可惜他今天看不到妳的下場了。」索科洛夫拿著刀，順著凱西的下巴、喉嚨輕輕往下劃，來到她緊繃的右肩，便加重力道。

鮮血從傷口湧出，滴到地板上，凱西痛得咬牙皺眉。接著，索科洛夫走到馬爾科、布雷迪和比利身後，把一隻手放在比利的肩膀上，說道：「我想說可以邀請妳的朋友一起來共襄盛舉，讓派對更熱鬧一點，妳應該不介意吧？」

「你敢傷害他們試試看。」

索科洛夫笑道：「要不然呢？妳好像沒什麼資格提出要求喔。」他突然抓住比利的頭髮，把他的頭往後拉，然後把彎刀架在他的脖子上。

「不要！」凱西尖叫。「住手！不要傷害他！」

索科洛夫大笑並收起彎刀。

「你為什麼要做這種事？你到底想怎樣?!」凱西哭道。

「我想要傷害妳，卡珊卓拉．蓋恩斯。我要傷害妳，就跟妳父親當年傷害我兒子一樣！」

「你到底在說什麼?!」

「他沒跟妳說嗎？」索科洛夫故意裝出驚訝的表情，問道。「想也知道沒有。羅伯特．蓋恩斯這個無恥的人怎麼可能會為自己的行為負責？」

「我爸爸的名字叫做詹姆士．蓋爾，不是——」

「所以他說了不只一個謊。」索科洛夫走回凱西面前，問道：「他從來沒有告訴過妳他是誰嗎？」

凱西丈二金剛摸不著頭腦，搖搖頭，完全不知道這個瘋子在說什麼。

「他從來沒有提過以前的工作嗎？他在莫斯科的那段期間？他是做什麼的？」

「他……他是外交官——」

索科洛夫笑得更厲害了，然後搖搖頭，突然嚴肅起來，說道：「噢，不是喔，卡珊卓拉……他可不是什麼外交官。妳父親是一個殺手，一個獵人，一個怪物。」索科洛夫高舉雙手。「妳知道他當初是在找這個地方嗎？妳知道他是想找我和我兒子建立的地方嗎？結果妳卻來到了這裡，真是巧啊。」

有個東西響起，伊爾馬科娃點了平板電腦幾下，然後用俄語跟索科洛夫說了些什麼。他露出了燦爛的笑容。

「親愛的，妳還記得巴黎的那個夜晚嗎？妳還是個小女孩，妳姊姊也是。妳還記得妳母親死掉的那晚嗎？」

「我媽媽是車禍身亡的。」

「又是一個謊言，妳父親真是不誠實。不對，妳母親是頭部中彈身亡，而那一槍是我開的。妳就在現場，親愛的，妳姊姊也是。那是一個漆黑的雪夜，妳母親把妳們倆藏在臥室的衣櫥裡。當我朝伊琳娜的頭開槍，妳姊姊叫得像殺豬一樣，哭喊著叫媽媽。我本來打算把妳們全都殺了，再把屍塊寄給妳父親，但我被打斷了。我不會再被打斷了，我會完成在巴黎沒能完成的事情。」

一陣響亮的敲門聲在小房間裡迴盪，三名守衛抬著一個戴著頭套、一動也不動的人走了進來，然後把那個人丟在凱西面前。

「最後一位嘉賓來了。」索科洛夫喊道，並拿下頭套。

那個人眨了眨眼，瞇起眼睛，抬頭看著凱西。凱西頓時內心充滿恐懼，因為那正是她的姊姊艾蜜莉．蓋爾。

「凱西！」

53

白宮
戰情室

「他們來了嗎？」總統問道。在與羅伯特．蓋恩斯尷尬的重逢後，蘇珊．卡特走進戰情室並關上門。

「來了，總統閣下。」

「很好，坐吧，我待會就叫他們進來。」麥克林托克向康奈利示意，問道：「有什麼進展嗎？」

「有。」康奈利回答，並打開一份文件。「伊格爾的村莊公共安全官麥克斯．托貝盧克剛剛跟我們的反恐探員說，奈德和達琳．福格特這兩個加拿大公民是多起綁架事件的幕後黑手，而在傑克韋德附近發現的兩名死者是福格特夫婦的手下。我們正在跟加拿大皇家騎警合作，搜查他們的住所。」

「還有呢？」

「托貝盧克宣稱他只是替綁匪收拾善後的，但他有提供新的情報，說他有一次偶然聽到福格特夫婦提到，他們是把受害者送到安克拉治一個叫做『威士忌』的人手上。」

「威士忌？」幕僚長摩根・弗萊問道。

「很有可能是代號。」卡特說道。

「我們正在追查一些線索。」康奈利詳細說明一名保加利亞船長及其漁船「艾蕾娜女士號」失蹤的狀況，而且人和船都正好是在蓋恩斯父女被綁架的前一天消失的。「海軍跟海岸巡防隊目前正在搜索白令海與庫克灣，FBI則在申請針對失蹤船長住家的搜查令。」

「很好。」麥克林托克說道。「布里奇沃特上將、史佩爾指揮官，你們那邊怎麼樣？」

「總統閣下，」布里奇沃特開口道，「JSOC的海豹部隊藍色中隊在丹尼克基地做好準備了。他們已經在待命，隨時都可以出動。」他指著總統身後牆上的大電視螢幕，說道：「藍色中隊的指揮官是西默斯・卡弗蒂，如果有需要的話，他隨時都可以加入視訊會議。」

「謝謝你，上將。好，那請普雷史考特・馬蓋文和羅伯特・蓋恩斯進來吧。」

這不是蓋爾第一次來到戰情室。將近三十五年前，雷根政府時期，前中情局局長威廉・約瑟夫・卡西曾讓他參加過一次會議。當時中情局打算針對穆安瑪爾・格達費的利比亞暗殺小組採取祕密行動，蓋爾是以顧問的身分出席。

蓋爾與馬蓋文和厄爾・馬克斯一起被護送進戰情室，兩名特勤局特工將他銬在椅子上，厄爾和馬蓋文則站在他後面。蓋爾環顧四周，看到低矮的天花板、好幾個電視螢幕，以及富麗堂皇的橡木護牆板，第一個感想是在座的人年紀都跟他差不多，除了坐在他正對面的男人，本人看起來比電視上還要年輕許多。

美國總統坐在他的翼狀靠背皮椅上，看著蓋爾。蘇珊·卡特坐在他左側的那一排，刻意避開他的目光，面前放著金屬公事包。

「你們當中哪一位是普雷史考特·馬蓋文？」總統問道。

「是我，總統閣下。」

「卡特局長剛剛向我們說明了你的『超驅動』案件檔案，我希望你告訴我們這個新情報有多可靠。你對X點的位置有多大的把握？」

聽到「超驅動」這個詞，蓋爾不禁皺眉，立刻轉頭看那名老特工教父。

「超驅動」還存在嗎？

「總統閣下，正如我跟卡特局長說的，我願意用我的性命擔保。我認為X點確實位於那個舊蘇聯飛彈發射井。根據偵察衛星影像，加上『超驅動』中的人力和訊號情報指出，有人從堪察加彼得羅巴甫洛夫斯克往北運輸載有專用化學炮的無人機，可以肯定地說，我們知道八六六基地的位置。」

蓋爾差點跳了起來，說道：「你找到了？」

「蓋恩斯先生，安靜。」總統厲聲說，然後將注意力轉回馬蓋文身上。「你在報告中指出，你認為莫斯科聯邦安全局盧比揚卡大樓的活動與X點周圍無人機活動的增加有關。」

「是的，總統閣下。盧比揚卡大樓外的監視和X點的偵察衛星影像都記錄到同樣的狀況十二次。正如我在『超驅動』檔案中所說，我的結論是西羅維基從聯邦安全局大樓地底下一個戒備森嚴的俱樂部觀賞在X點進行的試驗。這方面的情報是可靠的。」

「但這都只是猜測。」摩根．弗萊說道。「難道在場只有我沒有看到任何確鑿的證據嗎？『超驅動』只是一個中情局叛徒寫成的半成品情報報告而已。」

「總統閣下，我同意弗萊的意見。」國家情報總監納格說道。「這純粹是猜測，我們沒有任何確鑿的證據表明美國人被帶到了該設施。誰知道俄羅斯人到底在X點做什麼？」

馬蓋文並沒有打退堂鼓。「總統閣下，恕我不能同意。我蒐集到的情報指出堪察加半島東岸的天然氣工業股份公司鑽井平臺有可疑活動，還有貨物從海參崴運送到堪察加彼得羅巴甫洛夫斯克，再往北送到X點，這些就是確鑿的證據。你再看一次『超驅動』檔案就知道了。」

「但我們還是無法確定美國人被那些匿蹤直升機帶走了。」弗萊說道。「你沒辦法證明啊。」

「總統閣下，請容我發言。」卡特開口道，並將椅子轉向總統。「傍晚五點，第一次聽完普雷史考特．馬蓋文針對『超驅動』的報告後，我跟衛星負責人談了一下。由於『超驅動』檔案中有描繪出關於白令海上俄羅斯石油鑽井平臺的運作模式，我決定將我們的間諜衛星對著該鑽井平臺和X點進行監視。」

卡特在面前的電腦螢幕上開啟了訊息，並將影像傳輸到麥克林托克身後的大螢幕上，說道：

「根據伊格爾目擊者的說法，艾蜜莉．蓋爾是在阿拉斯加時間早上九點二十三分左右被綁架的，代表綁架她的人應該是在早上十點左右抵達傑克韋德。考慮到螺旋槳飛機需要將近兩個小時才能抵達安克拉治或是阿拉斯加的其他沿海城鎮，我們可以推斷他們會在中午之前搭船或甚至搭飛機渡海。據FBI所說，當時已經下令全面停飛，海軍也在用雷達搜索白令海。」

「妳的意思是他們搭快艇去俄羅斯嗎？」弗萊諷刺道。

「不是。」卡特說道。「我的意思是他們可能用了各種交通工具，也許是先搭那艘失蹤的漁船到海上，但之後用什麼就不知道了。」

「卡特局長，妳到底想說什麼？」總統問道。

「總統閣下，我們並不確定俄羅斯人是如何載美國人橫越白令海的。」卡特將衛星影像的投影片放上大螢幕，說道：「但我可以告訴你，大約一小時二十分鐘前，監視堪察加半島沿岸石油鑽井平臺的衛星拍到了一架卡莫夫Ka-82K俄羅斯匿蹤直升機降落在鑽井平臺上。直升機是從東邊飛過來的。不久之後，我們認為直升機補充完燃料，就直接向西飛往X點。」

卡特切換到另一張照片，繼續說：「這是將近三小時前在X點拍到的。」照片顯示的是一座山頂的地形圖，可以看到兩架蓋著迷彩偽裝網的大型直升機，還有一架更大的直升機大剌剌停在山頂上。「最大的直升機是奧古斯塔偉士蘭AW101，是從堪察加彼得羅巴甫洛夫斯克飛到X點的。」她又點了一張投影片，X點的山頂上停著兩架無遮蔽的直升機。「三十分鐘前，石油鑽井平臺的卡莫夫Ka-82K直升機抵達了X點。請注意，照片中可以看到一群人搬運某個東西走進入口。」

戰情室陷入一片死寂，蓋爾的目光從螢幕轉向美國總統。

「這樣還是無法解釋那架匿蹤直升機是怎麼在不被海軍偵測到的情況下飛越白令海的。」最後，弗萊打破了沉默，嘟囔道。

「所以它才叫做匿蹤直升機啊。」布里奇沃特咕噥道。「或許卡特局長說得沒錯，他們可能是利用其他交通方式越過白令海，然後匿蹤直升機在半路上接他們。」

「像是搭船嗎？」

「或是潛水艇。」蓋爾說道。「我被俄羅斯人綁架時，聽到他們說另外兩個小隊會跟在伊格爾被捕獲的目標會合，並透過次要撤離路線離開安克拉治，但會花比較多時間。我也有注意到綁匪都有攜帶循環呼吸器。如果我沒說錯的話，從我目前看到的有限情報來看，俄羅斯人很有可能把美國人帶到X點，而且根據信號旗小組特工帶我上飛機前說的話——」

「他們到底跟你說了什麼？」卡特問道。

「他們說：維克托．索科洛夫期待在沙拉什卡見到我，說我的兩個女兒在他們手上，很快就會全家團圓了。」蓋爾看到卡特深吸一口氣，又繼續說：「我的女兒在那裡」——他指著螢幕。「她們在維克托．索科洛夫手上。幾十年來，俄羅斯人一直都在綁架和折磨美國人，現在我們知道地點在哪了。」

「我們沒辦法確定。」弗萊說道。

「你還需要什麼證據？」蓋爾喊道。「要不要請俄羅斯聯邦對外情報局給你一些線索？或許他們還可以順便傳一張我女兒的照片呢。」

「夠了。」總統用平靜的語氣說道。他沉默良久，然後搖搖頭說：「我認為幕僚長說得沒錯，我們無法證明你女兒在X點。由於缺乏情報，我實在無法派美國特工去執行這樣的任務。」

「總統閣下，」史佩爾指揮官說道。「聽到『超驅動』檔案的內容，還有看到X點的衛星影像後，我可以很肯定地說，我曾在情報比這少很多的情況下派人上戰場。」

「但是指揮官，我們現在說的不是派兵進入巴基斯坦，而是派特務潛入超級大國，而且還是俄羅斯。這可是戰爭行為。」

「總統閣下，請恕我直言，」史佩爾說道，「俄羅斯人在美國領土上展開行動一樣是戰爭行為。我們已經確認阿拉斯加的那些人是俄羅斯人了，俄羅斯人在綁架我們的人民。我和布里奇沃特上將一致認為，根據《聯合國憲章》第五十一條，JSOC可以滲透X點並拯救其中的美國人。」

第五十一條明定國家有自衛的自然權利。

總統看著JSOC指揮官，沉默不語。

「總統閣下，你該不會真的在考慮吧？」弗萊問道，他無時無刻不在思考總統的行為可能帶來的政治影響。「這是一項會引發國際危機的自殺式任務，如果失敗了，政府就會垮臺。」

麥克林托克繼續思考。

「總統閣下，」蓋爾說道，「就算你不派美國軍隊，我自己也會去。」

弗萊笑道：「你以為我們會就這樣讓你去俄羅斯嗎？你是個不受控的麻煩人物。我們聽說了你在莫斯科做的好事；你應該被關進萊文沃斯聯邦懲教所！」

蓋爾神情嚴肅，看著他說：「我在莫斯科的行動都有獲得批准。雷根總統和卡西局長根據第138號指令，許可我和馬蓋文追捕索科洛夫及其同夥。那些暗殺事件都是經過批准的合法行動。」

「這是真的嗎？」卡特轉向馬蓋文，問道。

老特工教父點點頭。

「那你為什麼會被降職？」

「我沒有被降職。我說服了比爾・卡西把我調到俄羅斯和歐洲分析辦公室，這樣我就能繼續尋找沙拉什卡了。」

「所以卡西是個好戰的瘋子，不意外。」弗萊嘟囔道。

「你當時不在那裡，不了解現場的狀況。如果這屆政府決定把我抓去關，我也沒什麼好說的。」蓋爾說道。「但先幫我救回我女兒，她們是被外國俘虜的無辜美國人。」

總統搖搖頭道：「我實在沒辦法命令美國人去執行這樣的行動……就算符合第五十一條也一樣。」

「不好意思，總統閣下。」厄爾・馬克斯做了自我介紹，然後把他的那一箱研究資料放在橢圓形的桌上。「總統閣下，這不僅僅是為了拯救蓋爾家的女兒，是拯救幾十年來，在X點喪生的幾百個、甚至幾千個美國人的靈魂。」他打開箱子，把幾十份失蹤人口報告重重放在桌上，全都是入住北風旅館幾天後就失蹤的人。他開始唸出那些在阿拉斯加荒野失蹤的人的名字。就這樣，他唸到了最後一個資料夾：「保羅・布雷迪，前海豹隊員，曾入住北風旅館，六週前失蹤，最後目擊地點是一個叫做奇金的小鎮。」

此時，蓋爾看到史佩爾和布里奇沃特立刻將注意力轉向厄爾。

厄爾繼續說：「總統閣下，他可能還活著。麥克斯・托貝盧克向FBI證實，布雷迪被奈德・福格特一夥人綁架了。總統閣下，保羅・布雷迪可能還在X點。」

史佩爾指揮官的臉有一瞬間顯露出情緒，總統看到他的眼神，差點蹙了一下眉頭。

「總統閣下，讓我去吧。」蓋爾說道。

總統再次搖頭，說道：「我的幕僚長說得沒錯，我們無法百分之百確認美國人在X點。除非有證據，否則我不會派特工進入俄羅斯領土，風險太大了。」

「總統閣下，」卡特說道，「如果可以確認呢？到時你會派出海豹部隊嗎？」

「卡特局長，妳打算怎麼做？」

「由於近年來科技進步，我們或許有辦法將攝影機帶入X點，確認是否有美國人被囚禁在那裡。」

「那要怎麼把攝影機帶進去？」

馬蓋文清了清喉嚨，說道：「我們派羅伯特進入X點，讓他得償所願。」

54

八六六基地
酷刑室

「SUKA（臭婊子）！」索科洛夫大喊，並用手杖猛擊艾蜜莉的腰部，她發出一聲痛苦的哀號。

凱西吊在半空中，再怎麼奮力掙扎也是徒勞，看到艾蜜莉，她的內心徹底崩潰了。

艾蜜莉嚎啕大哭，眼淚、鼻涕和口水順著她顫抖的臉龐流了下來。

索科洛夫瞪著凱西，問道：「感覺怎麼樣？當妳知道自己無能為力，救不了姊姊時，感覺怎麼樣？」

「凱西，這裡是哪裡？」艾蜜莉嗚咽道。「這是怎麼回事？」

「我是在以牙還牙！」索科洛夫說道。「妳們要為父親的罪行付出代價。我要讓卡珊卓拉知道，看著所愛之人在眼前受苦是什麼感覺！」

「要是你再碰她一根汗毛，我就殺了你！」凱西尖叫道。

「妳說像這樣嗎？」說完，索科洛夫就舉起手杖，重擊艾蜜莉的後腦勺。砰！手杖命中頭顱，發出了可怕的撞擊聲，艾蜜莉癱倒在地，呻吟了一聲，就一動也不動了。

「小艾！」

「住手！」比利大喊。

凱西抬頭看著被綁在椅子上的比利，馬爾科和布雷迪也都看著他，試圖用眼神制止他。

「對，」比利繼續說道。「我就是在跟你說話，你這個變態王八蛋！你要找碴就來找我的碴！」

「比利——」布雷迪低聲說。

「不。」比利說道。「我不能光坐在這裡，看著這種事情發生。我受夠了，受夠了這地方，我不要再當你們的白老鼠了，也受夠了你們的實驗和變態遊戲！」

索科洛夫微笑道：「每次都會有一個『geroy』，有一個不怕死的英雄。」

老將軍看向信號旗小組的特工，又看了看伊爾馬科娃大尉和阿圖爾，想知道他們是不是也覺得比利的情緒爆發很好笑。伊爾馬科娃和阿圖爾看起來好像都快吐了，那四名信號旗特工倒是笑得很開心。索科洛夫一瘸一拐走到比利面前，說道：「威廉・弗倫奇，我看了你的檔案。你是個無家可歸的人，一個懦夫，一個再平凡不過的人，很容易就會被這個世界遺忘，不是嗎？聽說你進行伊爾馬科娃的試驗時，全程哭哭啼啼的，但你卻為卡珊卓拉挺身而出，為什麼？」

凱西與比利四目相接，用口形默示道：別這樣。

比利仍然抬頭挺胸，眼神堅定。

索科洛夫指著比利腳邊的那灘尿，說道：「威廉・弗倫奇，我來告訴你我怎麼想吧。你很害怕，人們害怕時不是會尿失禁嗎？我親眼看過好幾次。再怎麼勇敢的人，在面對不可避免的下場時，還是無法控制自己的恐懼。但現在你面臨死亡的威脅，卻試圖為卡珊卓拉挺身而出。」

比利又看了凱西一眼，她搖搖頭，用眼神求比利不要說話。

「是因為你愛她，對吧？是因為你愛卡珊卓拉。」

比利用力吞了吞口水。

「你愛她，所以會為她挺身而出。威廉・弗倫奇，讓我告訴你一件事，我完全了解你的感受。我愛我的兒子勝過一切，卻只能眼睜睜看著他死在我腳下，看著他像動物一樣任由那個禽獸宰割！」索科洛夫用手杖指著凱西，說道：「她父親當著我的面折磨並殺害我兒子，我懇求他住手，我苦苦哀求他，我說，殺了我吧，不要殺他！我眼睜睜看著這世上我最愛的人在我面前被屠殺。」

索科洛夫一把抓起比利的頭，指向放著注射器的桌子，厲聲命令阿圖爾：「給他雙倍劑量的安非他命，我不要他昏過去。」

阿圖爾雖然不情願，但還是向前踏出一步，拿起裝有乳白色液體的注射器走向比利。阿圖爾掀起比利病人服的袖子，把針頭刺進他的手臂。比利瞬間雙眼圓睜，瞳孔放大，全身肌肉微微抽搐，被束縛的手腳不斷掙扎。

索科洛夫指著倒在地上的艾蜜莉，說道：「也給她一劑，我要她見證這一刻！」

阿圖爾回到桌子旁，拿起另一個注射器，也給艾蜜莉打了一針。她渾身顫抖，醒了過來。

索科洛夫抓起彎刀，然後命令兩名信號旗特工解開比利的束縛並讓他站起來。

比利站在房間中央，雙腿不住顫抖，身體搖搖晃晃。

「往前走兩步。」索科洛夫命令道。

比利向前踉蹌了兩步，然後停了下來。

索科洛夫把彎刀交給其中一名信號旗特工，說道：「一九八七年一月二十五日，妳父親押著我兒子來到我面前，就像威廉．弗倫奇站在妳眼前一樣。我親愛的葉夫根尼生病了，失溫且遍體鱗傷，病得很重。妳父親脫光了他的衣服，押著他穿過白雪皚皚的荒野，帶到我的達恰。在我兒子拚命求生的同時，妳父親把他拖到我面前，奪走了他的行動能力。」索科洛夫打了個響指，手拿彎刀的信號旗特工便在比利身後彎下腰，一刀砍斷了雙腿的阿基里斯腱。

比利驚訝和痛苦的尖叫聲在房間裡迴盪。他摔倒在地，像離水的魚一樣撲騰著身子。

坐在椅子上的馬爾科和布雷迪都嚇得往後縮。

索科洛夫接過彎刀，與凱西四目相接。

「當我兒子在我面前掙扎，妳父親抓住他，就像我現在抓住威廉一樣，並割斷了他的喉嚨。」

刀鋒一閃，彎刀劃過比利的喉嚨。他一臉驚訝，鮮血染紅了他那髒兮兮的病人服，凱西這輩子從來沒有叫得這麼大聲過。比利倒在地上，尖叫聲在房間裡迴盪。

今年一月，德瑞克在穀倉橫梁上吊自殺的畫面充斥著她的腦海，她再也受不了了。她禁不住劇烈的痛苦，吐在地板上，一陣天旋地轉，她甚至沒看到伊爾馬科娃大尉摀住嘴巴，衝出房間，也沒看到阿圖爾嚇得連連倒退好幾步，整個人貼著牆壁。

在過度震驚與強烈反感的衝擊下，凱西痛苦萬分，甚至沒聽到索科洛夫突然一陣劇烈咳嗽，沒看到老將軍摀住嘴巴，單膝跪地，拿開手時，掌心沾滿了鮮血。

凱西只希望一切可以趕快結束。

索科洛夫大將跪在地上，摀住嘴巴咳個不停，感覺好像肺部在燃燒一樣。

「大將，您還好嗎？」迪米崔抓住他的手肘，問道。兩名信號旗特工扶他站起來。整個房間都充斥著卡珊卓拉・蓋恩斯的尖叫聲，讓索科洛夫的噁心感更加嚴重。

「大將，您上次睡覺是什麼時候？」

索科洛夫指著凱西，說道：「誰能讓她閉嘴！」

一名信號旗特工從金屬桌上拿起一個皮革口塞，堵住凱西的嘴巴。

索科洛夫深吸一口氣，試圖保持平衡。他的身體不太舒服，虛弱不已且筋疲力盡。或許他真的應該休息一下，畢竟他已經好幾天沒睡了。他指著威廉・弗倫奇的屍體，說道：「把這個清一清。去找伊爾馬科娃，跟她說我要用她的套房。」

迪米崔問道：「請問您要如何處置這些囚犯呢？」

索科洛夫正一跛一跛走出房間，這時他停了下來，說道：「把人關回牢房裡。」接著他看向阿圖爾，命令道：「跟他們一起去，好好照顧他們。下次見面時，我要看到他們是健康的狀態。」

55

阿拉斯加安克拉治

七小時後

蓋爾站在阿拉斯加地區醫院加護病房的病床旁邊，把一隻手放在彼得・特拉斯克纏著繃帶的前臂上。他的女婿插了管，昏迷不醒，胸口緩慢起伏。救護直升機載著特拉斯克離開伊格爾後，他的頭髮和鬍子都在費爾班克斯被剃掉了。

據說在育空河河岸的交火之後，阿爾文・佩提和搖搖馬兒牧場的眾人發現特拉斯克躺在河邊。兩顆子彈貫穿了他龐大的身軀，一顆打中了右胸口，另一顆命中了腹部。等到佩提和克朗寧的手下趕到德牧馬弗里克的身邊，那隻狗已經傷重不治了。

蓋爾看著遍體鱗傷的特拉斯克，抬起頭，淚水模糊了視線，想起了自己在前往安克拉治前對女婿說的話。

彼得，我不在的時候，艾蜜莉就交給你了。

蓋爾強忍著淚水，說道：「你已經盡力了，兒子。」

在病房外的走廊上，阿爾文・佩提和比爾・克朗寧正在跟醫生交談。在他們身後，蓋爾可以看到幾名奉命護送他回安克拉治的軍事人員。

在蘇珊・卡特和馬蓋文竭力說服總統接受讓蓋爾潛入沙拉什卡的計畫後，總統便命令蓋爾和藍色中隊到艾門朵夫－理查森聯合基地，在一支中情局特別專案小組的協助下，幫蓋爾做好準備執行接下來的任務，代號為「寐熊行動」。

卡特成功說服總統的主要論點是詹姆士・蓋爾是以美國公民的身分進入俄羅斯尋找女兒，跟美國軍方和情報部門無關。

她提議讓蓋爾配備中情局最先進的攝影和收音裝置進入X點。一旦蓋爾接近X點，他的目標就是不惜一切代價潛入沙拉什卡，包括被抓。

中情局會為蓋爾配備音訊和影像轉發器，將訊號即時傳遞回蘭利的總部、聯合特種作戰司令部，以及戰情室，總統和國家安全會議的特定成員會在那裡觀看。一旦國家安全會議掌握確鑿的證據，確認美國人被關押在沙拉什卡，位於布拉格堡聯合特種作戰司令部的史佩爾指揮官就會接手，命令海軍特種作戰開發群出動海豹部隊。

蓋爾在戰情室外的走廊上叫住卡特，向她道謝。

「羅伯特，發生了這麼多事，我做這點事算不了什麼。」

當YF-8戰鬥機回到艾門朵夫－理查森聯合基地，蓋爾見到了從丹尼克基地飛來的海軍特種作戰開發群藍色中隊指揮官西默斯・卡弗蒂以及他的突擊部隊。

當聯合特種作戰司令部和中情局的人員向卡弗蒂和他的副指揮官克雷格・安德森匯報即將執

行的任務時，他們一開始很驚訝蓋爾竟然要單獨行動。

「這是自殺式任務。」在橫跨戰情室、布拉格堡和艾門朵夫－理查森聯合基地簡報室三地的視訊會議中，安德森向史佩爾直截了當地說道。「我們無法保證能救出所有的美國人，也不知道設施裡有多少守衛和工作人員。」

一名三十七歲的海豹部隊士官長率先開口道：「他們說那裡有一名海豹隊員，誰知道還有多少美國人。我認為我們應該介入並自己解決問題。俄羅斯人抓了我們的夥伴，救他回來是我們的職責。」這名資深士官來自蒙大拿州米蘇拉，他對簡報室另一頭的蓋爾打了個手勢，說道：「既然我們是同鄉，回來時第一輪啤酒你請客。」

卡弗蒂與士官督導長草擬了任務計畫的大綱後，便讓其他海豹部隊資深士官和自己的中隊軍官進行提問，抓出作戰分析的漏洞與不足之處。

經過反覆提問和仔細審查後，海豹部隊終於對行動方法達成了共識，蘇珊．卡特的中情局專案小組便接手，為蓋爾安裝高科技設備，以確認沙拉什卡裡面是否有美國人。

針對攜帶音訊和影像轉發器進入沙拉什卡這點，蓋爾有些不放心，畢竟多年前藍人就是因為轉發器而穿幫的。

但中情局的團隊向蓋爾展示的新科技讓他刮目相看。那個視訊擷取隱形眼鏡不僅肉眼幾乎看不見，還可以即時傳遞蓋爾所看見的一切。

雖然隱形眼鏡緩解了蓋爾的緊張情緒，但真正讓他大開眼界的是奈米麥克風和通訊轉發器。

一名中情局技術人員拿起一塊幾乎看不見的皮膚色斑點，放在蓋爾的喉結上，說道：「這個奈米麥克風無法被偵測到，不管用什麼掃描器都偵測不到這個小寶貝，隱形眼鏡和這個東西也一樣。」技術人員拿起一個紅白色的小膠囊，繼續說道：「這是我們追蹤和聯絡你的方法。」技術人員打開膠囊，一個蜱蟲形狀的微型裝置落在他手上。「這是最新的奈米機器人技術，這個小傢伙無法被追蹤，吞下去後會附著在胃壁上。」

「我要怎麼透過胃裡的東西聯絡你們？」

「你沒辦法直接聯絡我們，但我們可以跟你溝通。」技術人員解釋道，一旦奈米機器人附著在蓋爾的胃壁上，就會根據中情局想傳達的訊息發出震動。「震動一次代表總統許可我們出動海豹部隊了。他們會從白令海一艘距離X點一百四十英里的海軍航空母艦出發，整整三十八分鐘後抵達。」技術人員說聯合特種作戰司令部希望海豹部隊盡可能靠近半島，但還是要待在國際水域，以免打草驚蛇。

「震動三次則代表救援任務已中止，你只能靠自己了。」史佩爾補充道。

「了解。」

兩小時後的現在，蓋爾站在特拉斯克的病床旁。

在蓋爾充分了解任務內容，高層也確信可以透過高空高開軍事跳傘把他送上堪察加半島後，他便獲准離開基地，去探望剛從費爾班克斯被送過來的女婿。

蓋爾站在特拉斯克的病床旁，回想起過去發生的種種，最後導致了這個可怕的局面。蓋爾知道任務成功的機率渺茫，但他不在乎。維克托・索科洛夫已經把妻子從他身邊奪走了，他不會再讓那傢伙奪走他的女兒。

他低頭看了看手錶，發現該回艾門朵夫－理查森聯合基地了。

「撐著點，彼得。等你醒來，我們都會在這裡。」

56

白令海
阿圖站

蓋爾駕駛G650緊急降落在米德爾頓島整整三十六小時後，MC-130「戰爪2型」特種運輸機從艾門朵夫－理查森聯合基地起飛，貨艙內載著蓋爾和海豹隊員。

任務的設計是要讓蓋爾在堪察加半島邊境從MC-130跳傘降落到X點，時間選在沒有月光的深夜，才不會被發現。

MC-130往西飛過阿留申群島，也就是橫跨白令海，一路延伸到俄羅斯領土的阿拉斯加島嶼，蓋爾在這段時間盡可能小睡片刻。他們飛了四個小時，直到抵達阿拉斯加最西端的島嶼阿圖站，距離堪察加半島東岸幾乎三百英里，距離X點將近三百六十英里。

MC-130在阿圖站放下海豹部隊並補充燃料，蓋爾也下了飛機，走到跑道旁邊的小建築物，準備聽中情局專案小組最後一次的任務說明。當蓋爾和海豹隊員一起走向這個作為前線作戰基地的建築，他望向靠近跑道西側那端的忙碌景象。那裡停了四架造型優雅的軍用直升機，一群技師正忙著進行維護作業。

「第160特種作戰航空團會載我們過去，這些『暗夜潛行者』是世界上最優秀的飛行員，突襲賓・拉登行動那次也是拜託他們。」眾人走進前線作戰基地時，來自蒙大拿州的海豹部隊士官長說道。

中情局的專案小組在基地裡面設置了許多設備：桌上擺放著電腦螢幕和小型衛星接收碟，旁邊是用來維持蓋爾、聯合特種作戰司令部、蘭利總部和白宮之間聯繫的高科技通訊線路。

海豹隊員全程看著中情局技術人員將影像捕捉隱形眼鏡戴上蓋爾的虹膜，把麥克風裝在他的喉嚨上，並讓他吞入會附著在胃壁上的奈米機器人。

中情局小組確認裝置皆正常運作後，便讓卡弗蒂指揮官和他的部下協助蓋爾穿戴裝備。他穿上了深色作戰迷彩服以及相應的防彈背心和抗彈板，臉和脖子被塗成黑色和深綠色，跟頭上戴的戰術頭盔顏色相同。

「由於音訊和影像會透過你的眼睛和喉嚨傳輸，所以沒有必要為你安裝攝影機，但你當然會需要這個。」卡弗蒂說道，並將四筒式全景夜視鏡安裝在蓋爾的頭盔上。接著，蓋爾在手腕戴上了內建高度表的GPS裝置，也拿到了高空高開跳傘要用的黑色降落傘包和氧氣面罩。

「阿伯，你有跳過高空高開嗎？」來自蒙大拿州的士官長問道。

「我們三角洲部隊跟你們蛙人不一樣，在學游泳前就學會飛了。小子，在你出生之前，我就已經在跳高空高開了。」

士官長微笑道：「那你上次跳是什麼時候？」

「也是在你出生之前。」

這話引得所有海豹隊員大笑，只有卡弗蒂除外。卡弗蒂把蓋爾自己選的Delta 1911手槍和HK416突擊步槍繫在蓋爾的腰帶和降落傘裝置上。

儘管蓋爾試圖在年輕的海豹隊員面前表現出冷靜沉著、泰然自若的樣子，他內心卻對高空高開跳傘和潛入X點的任務感到不安，主要是擔心髖部無法承受著陸的衝擊力道。他上次跳傘已經是將近三十年前的事了，他向上天祈禱，希望自己的身體撐得住。

「我們再確認一遍流程。」卡弗蒂說道。「我們一獲得出動的許可，你肚子裡的東西就會震動一次。從那時起算三十八分鐘，我們會從航空母艦起飛，降落在目的地，然後上門救人。中情局會透過你虹膜上的鏡頭追蹤你，你看到什麼，他們就會看到什麼。祝你好運。」

「謝謝你，指揮官。」

十分鐘後，蓋爾走出前線作戰基地，穿過飛機跑道，來到已經加滿燃料的MC-130。海豹隊員登上四架UH-70直升機後，蓋爾看著他們起飛，向西飛往在半島外等待他們的海軍航空母艦。

「準備好了嗎？」一名第24特種戰術中隊的飛行員下了MC-130，問道。

「該做的都做了。」

五分鐘後，蓋爾再次檢查裝備，然後往後靠著座椅。飛機從阿圖站出發前往堪察加半島，再往北飛。在飛行期間，他不斷複習降落傘故障時要採取的緊急程序，直到聽到兩分鐘的警告信號便站了起來。蓋爾戴上氧氣面罩，並再次確認高度表和GPS：根據小型LED顯示器，他距離地面將近三萬英尺，位於X點正東方五十八英里左右。

一分鐘警告信號響起後，MC-130的後門打開，風聲震耳欲聾。蓋爾開始使用高空高開跳傘所需的呼吸技巧，有一瞬間，恐懼襲上心頭，他的喉嚨縮了起來。他真的沒問題嗎？

特種戰術中隊的飛行員比出手勢，從五開始倒數，蓋爾便將所有的自我懷疑拋諸腦後。

他走上前，四肢張開，一躍而下，擁抱隨之而來的失重感。

57

八六六基地
紅區

「凱西，快起來！」布雷迪用急切的語氣小聲說道。

凱西雙手抱膝，坐在紅區牢房裡的混凝土床上，凝視著黑暗，只對噴泉的冒泡聲和水流過水溝的聲音有反應。她一動也不動，維持這個姿勢已經好幾個小時了，比利在她面前血流不止的景象讓她動彈不得。

她聽到布雷迪低聲說：「妳是她姊姊，讓她振作起來。」

「凱西……」艾蜜莉用微弱的聲音說道。「凱西，妳還好嗎？」

「讓她靜一靜吧。」阿圖爾用生硬的語氣說道。這名科學家稍早下來紅區治療他們，目前正在為艾蜜莉進行靜脈注射。「她是驚嚇過度。」

「現在沒時間驚嚇過度了！」布雷迪說道。「我們不能再這樣下去了，我們撐不過下一輪的。」他向阿圖爾投以熾熱的目光，說道：「給她注射點什麼，我們需要她頭腦清醒！」

「我為什麼要那樣做——」

凱西閉上眼睛，沒有聽到布雷迪如何反駁阿圖爾的話。她試圖擺脫比利倒地不起，嚥下最後一口氣的畫面，又想到德瑞克……這就是他在目睹那麼多創傷事件後的感受嗎？

她回想起阿圖爾之前在實驗室裡說過，她施打了可以避免這種反應的介入性藥物……難道藥物干預不起作用了嗎？

如果她體內有這種藥物，為什麼感覺還是這麼糟？

「魔鬼女大兵，」馬爾科站在自己的牢房裡，說道。「拜託妳回應我們……我知道妳很痛苦，但我們需要妳的幫助。」

凱西慢慢坐了起來，環顧昏暗的牢房。布雷迪和阿圖爾仍在爭吵，科學家繼續幫艾蜜莉進行靜脈注射。

「沒用耶。」凱西說道。

「什麼東西沒用，魔鬼女大兵？」馬爾科問道。

凱西看向阿圖爾，後者聽到她開口，也不再跟布雷迪爭執。「你給我注射的那些藥，治療PTSD的藥沒有發揮作用。」她說。

「妳已經將近四十八小時沒有注射藥物了。」阿圖爾說道。「必須每二十四小時注射一次，已經錯過施打時機了。」

「那就現在給我打一針吧。」

「那樣也沒用。」阿圖爾說道。「妳在服藥期間經歷了創傷。」

「凱西，」艾蜜莉說道。「那個人是誰？他為什麼這樣說爸爸？」凱西走到鐵條邊，盯著姊姊。她一直在思考將軍對她父親的所有指控。「我也不知道，小艾。」凱西嘴上這麼說，但內心深處知道將軍說的是實話。她父親是個很難懂的人，就像一個謎，不過沒想到他竟然是中情局的刺客，還是殺人凶手。她的思緒又回到索科洛夫說自己殺了她母親的事。

但我媽媽明明是車禍身亡！

「大家，」布雷迪說道。「我們必須制定一個計畫。將軍隨時都有可能再帶我們上去，我們必須想辦法反擊。」

「我們無能為力。」凱西說道。「他們人太多了。我們會死在這裡。」

「我不接受這個答案。」布雷迪說道。「我們不能讓比利白白犧牲。妳也看到了索科洛夫殺死他時，伊爾馬科娃看起來都快吐了。我們可以拉攏她！」布雷迪向阿圖爾示意，說道：「你也可以幫助我們。我剛剛也看到了你的反應，你一副快暈倒的樣子。」

「8831號受試者說得沒錯。」阿圖爾說道。「你們會死在這裡。我無能為力。」

馬爾科捶了一下鐵條，說道：「你在這裡不只是個囚犯，你有能力幫助我們！」

「我根本不該和你們說話。」阿圖爾說道。

「但你就在跟我們說話啊！」馬爾科喊道。「你曾經告訴我，你比任何人都更了解這個設施，你說過你有一定的控制權！」

阿圖爾搖搖頭。

馬爾科惡狠狠地說道：「明明就有！所以我還活著；你讓我活下去是有原因的！」

「你到底在說什麼？」布雷迪問道。

「他知道我是開直升機的！他讓我活著是因為我是直升機飛行員。我已經好幾個月沒有參加試驗了，因為他希望我幫助他逃跑。」

「才不是這樣。」阿圖爾反駁道。「你之所以還活著，是因為你正在進行藥物的縱向研究。你會在這裡，是因為我在長期觀察你的大腦。你們所有人都必須明白，這個設施是沒辦法離開的。你們無處可逃，即使沒被守衛抓到，也會被無人機逮到。就算僥倖逃過無人機的追捕，你們在荒野上也是孤身一人，連一週都撐不了。」

「你知道我們在哪，對吧？」布雷迪說道。

阿圖爾嘆了一口氣，回答：「對，我知道我們在哪。」

「在哪？」

阿圖爾沉默良久才開口：「我們在堪察加半島，方圓數百公里內都沒有任何文明世界。」

「堪察加半島在哪裡啊？」艾蜜莉問道。

「俄羅斯。」

「俄羅斯？」艾蜜莉說道，一副不敢置信的樣子。

阿圖爾繼續說道：「這地方的設計初衷就是只進不出，你沒辦法跟經營沙拉什卡的人講道理。一旦被抓進來，就再也出不去了。」

「講道理……」馬爾科說道，然後抓住牢房的鐵條，把臉湊到昏暗的燈光下。「有辦法了。」

「什麼？」布雷迪問道。

「魔鬼氣息。」

阿圖爾抬起頭，對馬爾科投以好奇的目光，問道：「那個藥怎麼了嗎？」

「它讓我變得毫無用處，必須說實話並且服從你的所有命令，我無法控制自己的行為。」

「東莨菪鹼和硫噴妥鈉。」阿圖爾說道。

「沒錯！」馬爾科越講越興奮。「你可以用在將軍和他的手下身上！這樣我們就可以逃出去了！他們是開直升機來的，對吧？我可以載大家到安全的地方，我們甚至還可以偷一架伊爾馬科娃的直升機。」

突然，牢房區的門打開了，腳步聲越來越近。

「我只剩下一劑魔鬼氣息，但這個設施有將近一百名工作人員。」

「你明明就很討厭這裡！」馬爾科用急切的語氣小聲說道。「我們需要你的幫忙——」

一個聲音從黑暗中傳來：「Doktor, idi s nami!」

阿圖爾轉向聲音的來源，再看向馬爾科，說道：「將軍叫我過去。」

「你是個懦夫。」馬爾科罵道。

「我只是在夾縫中求生存，就跟你一樣。」阿圖爾說完，便走出牢房區。

58

八六六基地
控制室

伊爾馬科娃大尉坐在控制室裡，把玩著掛在脖子上的鑰匙。無人機飛手和技術人員都在自己的崗位上埋首工作。

索科洛夫大將在白色磁磚的房間裡殺死威廉．弗倫奇，已經是將近十小時前的事了。索科洛夫的野蠻行徑讓伊爾馬科娃不得不逃回樓上的貴賓套房，喝杯伏特加來平復心情。她本想盡可能待在住處，沒必要就不出門，但索科洛夫的手下很快就把她趕出去了，以便讓大將在套房裡睡覺。

大將的臉色確實很糟糕。伊爾馬科娃拿了一些個人物品便離開寢室。現在的她坐在控制室裡，陷入沉思。

伊爾馬科娃最厭惡的就是無謂的折磨。科學實驗和娛樂活動是一回事；它們都是有目的的，但索科洛夫在樓下的所作所為令人作嘔。

卡珊卓拉的父親貌似殺死了索科洛夫的兒子，所以他一心想要報仇，這點伊爾馬科娃可以理解，但為什麼要殺威廉・弗倫奇？

更重要的是：為什麼普丁准許他這麼做？

她的思緒回到之前和索科洛夫通電話時，對方命令她的情報部門去尋找照片中的男人，也就是卡珊卓拉的父親。「科迪亞克」找到了那名男子和他的家人，索科洛夫便派出信號旗小組去抓他。

現在，伊爾馬科娃聯絡不到「科迪亞克」，她擔心最壞的情況已經發生了。

還有另一件事令她氣惱：索科洛夫和他的手下抓到了艾蜜莉・蓋爾，那詹姆士・蓋爾，也就是羅伯特・蓋恩斯人又在哪裡？難道信號旗小組沒能抓到他嗎？

發生什麼事了嗎？

索科洛夫要在其他國家執行任務，就必須獲得普丁的許可。她知道大將和總統之間情感深厚，但她實在無法理解總統怎麼會批准這麼明目張膽的行動。

弗拉迪米爾・弗拉迪米羅維奇・普丁是個老謀深算的男人。卡珊卓拉被綁架後，總統竟然還准許對外情報局去抓蓋爾一家人，這實在不符合普丁的行事作風。

伊爾馬科娃翻閱卡珊卓拉・蓋爾的檔案，找到了那張全家福，盯著照片中的父親。

索科洛夫要抓你，那你為什麼不在這裡？

伊爾馬科娃很想走到FAPSI線路那裡，直接打電話到克里姆林宮，但她忍住了。不行。

她必須先蒐集更多情報。

在控制室前面，她看到她的格魯烏中尉，也就是沙拉什卡情報部門的負責人在崗位上工作。

「克利門捷夫中尉，請你過來一下。」她說。中尉匆匆走到她面前並立正站好。為了不被在場其他技術人員聽到，她輕聲說：「中尉，我有一項任務要交給你，但必須暗中行動。」她把詹姆士．蓋爾的照片交給他，說道：「大將和他的信號旗小組執行了捕捉此人的任務，我要你查出他為什麼不在這裡。仔細查美國的新聞報導，看阿拉斯加有沒有發生什麼事件。查出為什麼維克托．索科洛夫沒有成功抓到他，再跟我回報。」

克利門捷夫向她行禮，便離開控制室。她看著前方牆上的螢幕，畫面顯示了夜視無人機在設施上方和周圍荒野拍攝的影像。伊爾馬科娃看了一下荒野險惡的地形，接著注意力轉向山頂的混凝土掩體，也就是進入研究中心的電梯入口。掩體旁邊是緊急逃生出口，在8831號受試者逃跑失敗後，門已經重新關上了。蠢丫頭，伊爾馬科娃心想，然後看著設施頂部把艾蜜莉．蓋爾和索科洛夫大將載來的兩架直升機。

她心想一定要記得盡快用迷彩偽裝網蓋住那兩架直升機，但要讓索科洛夫和他的手下做任何事還真不是普通的困難。他們剛抵達沙拉什卡時，伊爾馬科娃禁止索科洛夫和他的信號旗小組攜帶武器進入她的研究中心。挑戰大將的權威導致雙方人馬在山頂上對峙，差點帶來了災難性的後果。爭論將近二十分鐘後，大家決定把所有的槍枝鎖在設施的武器庫中，但信號旗小組可以隨身攜帶軍刀。

做出這樣的妥協，讓伊爾馬科娃感覺自己正逐漸失去對八六六基地的控制權。

她把注意力從螢幕和下方的技術人員身上移開，一邊撫摸掛在脖子上的鑰匙，一邊看著控制室西牆的綠色小門。

只有她可以進入那個房間。

只有她手上有鑰匙且知道密碼。

身為八六六基地的負責人，萬一她覺得沙拉什卡的安全性受到威脅，她就有責任啟動自動保險裝置開關。

她希望永遠不要發生這種事。

現在，她只能耐心等待克利門捷夫中尉回報了。

59

堪察加半島

當地時間凌晨三點

在兩萬五千英尺的高度，蓋爾打開降落傘並放鬆下來，透過氧氣面罩慢慢呼吸。空氣非常寒冷，氣溫低於攝氏負五十度，他很慶幸自己穿了海豹部隊提供的保暖服，在這種情況下真的是不可或缺。蓋爾用備用的腕錶型指北針再次確認GPS方位，並重新調整方向，沿著預先規劃的路線往西跳傘。根據他的計算和滑翔比指示器，再不到二十五分鐘就會抵達X點。

在被中情局挖角前，還在三角洲部隊的時候，蓋爾就很喜歡高空高開跳傘。高空高開跳傘於六〇年代末期進行開發和測試，目的是為了讓美國特種部隊在敵人偵測不到的高空部署，並在不被發現的情況下「滑翔」進入敵方陣地。

時間一分一秒過去，蓋爾沿著飛行路徑滑翔，一路飄進俄羅斯領土。他可以透過夜視鏡看到地面，便利用先前看衛星影像記住的較大地形特徵調整方向，確保自己滑翔到正確的位置。當高度表顯示他距離地面兩千英尺，GPS顯示再半英里就會抵達X點，久違的興奮感讓他熱血沸騰。

他看到那座山了。

他的目的地。

蓋爾拉動左邊的降落傘繩，在空中盤旋，靠近山頂，發現上面建了一個看起來像是混凝土掩體的東西，跟「超驅動」案件檔案中描述的一樣。他繼續下降，看到了四架直升機，其中兩架蓋著迷彩偽裝網，另外兩架停在距離入口一百碼的地方，就跟中情局衛星影像顯示的一樣。奇怪的是，入口並沒有任何守衛或是肉眼可見的偵測裝置。

蓋爾輕輕降落在山頂上，解開降落傘和氧氣罐，並從降落傘背帶上取下HK416突擊步槍，將槍托抵住肩膀。他再次檢查步槍的全像武器照準器設定，然後悄悄走向他打算突破的緊急逃生出口。

白宮
戰情室

「總統閣下，已確認著陸。」蘇珊・卡特在位子上說道。她坐在戰情室裡，透過自己的安全電腦全程觀看羅伯特降落到X點的過程。

「很好，放到大螢幕上吧。」麥克林托克總統走進戰情室，說道。

卡特把羅伯特的即時畫面從安全電腦放到戰情室的主螢幕上。較小的輔助螢幕顯示著布拉格堡指揮中心的即時畫面，聯合特種作戰司令部的史佩爾指揮官與海豹部隊隨時保持聯絡，他們已抵達堪察加半島東南方的航空母艦。其他螢幕則顯示X點的即時紅外線熱影像。

坐在戰情室裡的國家安全會議成員包括：布里奇沃特上將、國家情報總監納格、國防部長梅西，以及國家安全顧問湯瑪士．鮑曼。幕僚長摩根．弗萊坐在總統左手邊，一臉鬱悶，看著坐在卡特旁邊的普雷史考特．馬蓋文。

「史佩爾指揮官，請海軍特種作戰開發群和藍色中隊的指揮官做好準備，可能隨時都要出動。」麥克林托克總統命令道。

「是，總統閣下。」螢幕中的史佩爾指揮官說道。

卡特看著羅伯特掃視周圍，然後往前走。他從迷彩服中取出兩個磚形塑性炸藥，開始進行雙重引爆的準備。

他們推測艙口蓋是通往沙拉什卡的逃生梯，馬蓋文和史佩爾指揮官先前進行了一場激烈的辯論，討論炸藥是否能炸開鋼質艙口蓋。

馬蓋文堅持炸藥有沒有炸開艙口蓋並不重要，如果成功打開當然很好，但就算沒有，爆炸聲也會震耳欲聾，不用幾秒鐘，警報就會響起，羅伯特就會被抓住。

無論如何，羅伯特都會進入沙拉什卡，畢竟這次的任務是要確認設施內有沒有美國人。

戰情室裡所有人的目光都集中在羅伯特身上，他安裝好炸藥便往後退開。

十秒後，艙口蓋被整個炸開，連周圍的地面都被炸得坑坑窪窪的。

他們看著羅伯特把被炸開的艙口蓋拉到一邊，然後跳下一道似乎永無止境的螺旋樓梯。

他的腳一落地，戰情室的螢幕上就響起了刺耳的警報聲，羅伯特的畫面出現了明亮的頻閃燈光。

「好了，各位。」卡特說道。「開始吧。」

60

八六六基地
貴賓套房

索科洛夫大將坐在豪華套房的床尾，當伊爾馬科娃的科學家將冰冷的聽診器貼在他的胸口，他深吸一口氣。索科洛夫對科學家投以好奇的目光，總覺得有種似曾相識的熟悉感。

「你叫什麼名字？」索科洛夫喘息道。

科學家把聽診器從大將胸前拿開，皺眉道：「我的名字是阿圖爾。大將，請問您生病多久了？」

「不關你的事。」索科洛夫爆氣道。即使睡了將近十個小時，他還是感覺很虛弱。「給我打一劑混合藥物就好了，我要有力氣下樓繼續審問囚犯。他們狀況如何？」

「他們沒事。」阿圖爾回答，並走向他的黑色小包包。

索科洛夫又想了一下，試圖搞清楚為什麼這名科學家如此眼熟。他環顧房間，四名信號旗特工守著門，迪米崔則坐在椅子上用平板電腦。阿圖爾拿著一個裝有乳白色液體的小瓶子和注射器走了回來。

「你為伊爾馬科娃工作多久了？」索科洛夫問道。

「十一年了。」

「所以你想做什麼實驗她都不會管嗎？」

阿圖爾沒有回應，索科洛夫輕聲笑道：「當年我管理八六六基地時，我讓全蘇聯最頂尖的人才在這個設施裡工作，他們為國家進行了開創性的研究。我們有條不紊，成果斐然，現在這樣根本就是個笑話。」

阿圖爾將混合藥物打進索科洛夫的肩膀，將軍的大腦頓時感到一陣沁涼。他感覺神清氣爽，充滿活力。他看著科學家，說道：「你讓我想起了某個人——」

他話音剛落，上方便傳來了一聲悶響，灰塵從天花板上落下來。

所有人都往上看。索科洛夫看向他的信號旗特工。

「去看看是怎麼回事！」他大喊。

八六六基地

控制室

過去二十分鐘，伊爾馬科娃大尉一直在控制室裡來回踱步，不停看手錶，直到門「咻」的一聲打開。

克利門捷夫中尉匆匆走了進來，說道：「大尉，妳看這個！」他拿出一臺平板電腦，遞給伊爾馬科娃。

螢幕上有好幾篇關於阿拉斯加海岸附近飛機失事的美國新聞報導。伊爾馬科娃瀏覽了剪報，每篇文章都報導了一架私人飛機在米德爾頓島墜毀，有一人倖存，五人罹難。

「倖存者是誰？」

「當局還沒有公布姓名。」

伊爾馬科娃低聲咒罵。

「大尉，還不只這樣，請繼續看其他分頁。」

下一個分頁顯示了伊格爾一場槍擊事件的新聞剪報，兩名加拿大公民確認死亡。文章細節不多，但伊爾馬科娃可以拼湊出真相，這一定是索科洛夫大將和信號旗小組幹的好事。

伊爾馬科娃把平板電腦還給克利門捷夫，指著FAPSI電話，命令道：「快打給克留奇科夫！」

克利門捷夫立刻衝向FAPSI電話，伊爾馬科娃發現自己開始顫抖。

她被騙了，被徹底利用了。「科迪亞克」的身分肯定暴露了，人也可能死了。飛機失事和伊格爾的事件無疑揭穿了她的祕密行動，甚至使其成為媒體關注的焦點。她完蛋了。

「大尉，我聯絡到克留奇科夫大尉了！」

伊爾馬科娃在盛怒之下搶過電話，不管在場所有技術人員都會聽到，就對著話筒大吼：「克留奇科夫！為什麼索科洛夫大將在我的基地裡？為什麼他的信號旗小組在美國領土展開行動？快打電話到克里姆林宮！」

正當伊爾馬科娃吸了一口氣，準備繼續對聯邦安全局第十五部門的負責人飆罵時，她聽到了一個令人不寒而慄的聲音。

「砰」的一聲悶響！

在那一瞬間，伊爾馬科娃與克利門捷夫面面相覷，不知該如何是好。下一秒，控制室裡的警報響起，前方的螢幕全都亮了起來，閃爍著紅色的警告標誌。

「逃生梯遭到入侵了！」一名技術人員在工作站喊道。他切換了幾個監視器影像，最後停在樓梯間的畫面。

一名持有武器的黑衣人跳到第一層平臺上，開始慢慢走下樓梯。

FAPSI電話從伊爾馬科娃手中滑落，話筒哐啷一聲掉在地板上。「緊急封鎖研究中心，在逃生梯放毒氣！」伊爾馬科娃倏地把手伸向耳機，按下麥克風，對設施內所有守衛下達命令：「所有守衛戴上防毒面具並前往逃生梯，有人入侵。我再重複一遍，所有守衛前往逃生梯！」

61

八六六基地
逃生梯

雖然蓋爾早就預料到會觸發警報，但聽到那尖銳刺耳的聲音以及毒氣被釋放到樓梯間的嘶嘶聲，他還是嚇了一跳。

幸好他有帶防毒面具。戴上面具後，他從夜視鏡的下方望出去，因為可以直接透過牆上閃爍的紅色頻閃燈看到樓梯間。蓋爾舉起他的HK416突擊步槍，一次兩階跑下樓梯，髖部痛得他忍不住皺眉。

根據馬蓋文「超驅動」檔案中的沙拉什卡設計圖，蓋爾必須沿著螺旋樓梯跑下四十層樓，才會抵達通往設施主樓層的門，之後就只能臨機應變了。

飛奔下樓時，他試圖保持冷靜，不去想看著他入侵設施的人看到他眼前的景象時，心裡在想什麼。他的腦中閃過一個念頭，或許他們什麼也沒看到，搞不好他一到地底下，鏡頭的訊號就中斷了。中情局的技術人員保證不會發生這種事，他們說傳輸的頻率不會被任何地形或專門延遲通訊的電磁場影響。蓋爾只能祈禱那些中情局技術人員知道自己在幹嘛。如果海豹部隊不來救他，他就完蛋了。

到了第十九層樓梯平臺，除了原本刺耳的警報聲，他還聽到了喊叫聲和轟隆作響的腳步聲。他透過樓梯的格柵往下看，發現數十名黑衣人正朝他衝上來，距離他不到十層樓。

蓋爾停了下來，一邊調整呼吸，一邊思考該怎麼辦。

要交戰還是投降？

他知道HK突擊步槍裡的77格林5.56 mm黑山子彈可以解決掉敵人，但還是決定將武器放在面前的樓梯平臺上。他跪在地上，雙手高舉過頭並大聲說出一句話，希望嵌在喉嚨上的奈米麥克風能將訊息傳達到關注任務執行狀況的人耳裡。

「熊入虎穴，第一階段已完成。」

貴賓套房

「到底發生了什麼事？」索科洛夫質問迪米崔。

幾分鐘前，三名信號旗特工離開了房間，去調查讓整個設施劇烈震動的巨響。不一會兒，刺耳的警報聲響起。

「我也不知道，大將！」

索科洛夫用手杖指著阿圖爾，並提高音量，試圖蓋過警報聲。「我知道這個警報！這代表設施遭到入侵了！」索科洛夫走向通往走廊的門，抓住門把，使勁一拉，門卻紋絲不動。

「他們封鎖設施了。」阿圖爾說道。

「你有權限開門嗎？」索科洛夫問道。

科學家摸了摸掛在實驗衣領子上的門禁卡，朝門口走去。他替將軍感應卡片，感應器卻亮了紅燈。

索科洛夫轉向迪米崔旁邊剩下的那名信號旗特工。

「中尉，打開這扇門。」

信號旗特工把手伸進黑色工裝褲的口袋裡，掏出一小塊C4炸藥，將其黏在門上，並示意索科洛夫、迪米崔和阿圖爾躲進隔壁房間。

三十秒後，C4炸藥把門炸飛了。

索科洛夫一跛一跛穿過煙霧瀰漫的房間，來到走廊上。

「帶我去找伊爾馬科娃！」

逃生梯

蓋爾完全沒有反抗；他需要保存體力以面對接下來的挑戰。

黑衣人將他團團包圍，並把他拖下樓梯。他們一跑上來就拿走了他的武器，並扯下了他的頭盔和夜視鏡，但沒有取下防毒面具。接著，他被戴上不透光頭套，手腕也戴上了塑膠手銬。

蓋爾有預料到會被徹底搜身，武器也會被全部沒收，但他沒料到還有頭套。離開樓梯間後，要記住所有轉彎的方向和順序根本是不可能的。

他記得多年前，在下了雪的莫斯科，他坐在公園長椅上，聽著藍人詳細講述關於八六六基地的情報，包括其布局以及慘無人道的可怕實驗。藍人目睹了種種令人髮指的惡行，有些甚至難以向這位年輕的中情局探員說出口。

蓋爾突然被迫停下來。他聽到某種機器「嗶」了一聲，一扇聽起來很厚重的門打開了。靴子的腳步聲在他周圍迴盪，他被迫坐在一張椅子上。

有人突然拿掉蓋爾的頭套和防毒面具，第一個映入眼簾的是一個女人圓潤的臉龐，她的眉毛和棕色頭髮都相當濃密。

「你到底是誰?!」女人用俄語喊道。四個戴著頭盔、身穿黑色軍裝的人用手術剪剪下蓋爾的迷彩服。

女人猛然轉向蓋爾，直視他的眼睛，接著雙眼圓睜，似乎認出了他，一副不敢置信的樣子。

蓋爾沒有別開視線，讓遠在美國的其他人都能看清楚那個女人。

女人結結巴巴問道：「你……你是怎麼找到這個地方的？」

「告訴維克托，我是來找女兒的。」蓋爾用道地的俄語說道。「告訴他，如果他想了結我們之間的恩怨，就直接來找我吧。」

62

黑海
伊多科帕斯角

微風挾帶著海水的味道，從敞開的落地玻璃門吹了進來。

普丁總統很喜歡那個味道，因為會讓他回想起小時候，父母帶他去黑海的海邊度假的時光。隨著年齡增長，他累積了大量的權力和財富，到頭來卻發現那些美好的童年回憶對他來說才是最重要的，這也是他花那麼多錢重現那些快樂時光的原因。

伊多科帕斯角宮通常被稱為普丁宮或「普丁的達恰」，是在普丁第一任總統任期內建造的。這座占地兩萬六千平方公尺的義大利式建築坐落在黑海沿岸，位於普拉斯科維耶夫卡村附近。建造的原因很簡單，就是懷舊之情。

俄羅斯聯邦總統懷念自己的童年。如今，身為世界上最富有的人之一，他不計一切，只為了享受當年的幸福時光。

他並非自掏腰包，建造這座耗資五億美元的宮殿，而是透過威脅、賄賂和欺騙各公司來取得資金，這樣的作法在俄羅斯屢見不鮮。

在他擁有的二十幾個建築群當中，伊多科帕斯是他的最愛。在這裡，他可以暫時逃離克里姆林宮的忙碌生活，好好喘口氣。

弗拉迪米爾．弗拉迪米羅維奇．普丁躺在真絲床單上，吸入鹹鹹的空氣，感受到一種只有在性交後才能獲得的平靜。

在他旁邊，半個身子在被單下動了動，露出了纖細的後背。婀娜多姿，年輕又健康，不超過二十歲。

普丁用手背輕撫她的楊柳細腰和翹臀。

總統特別選擇了她陪自己來到這個與世隔絕的宮殿，就跟所有和他同床共枕的女人一樣。這個時裝模特兒上個月吸引了他的目光。他第一次見到她是在一則香水廣告中，第二次是看到她在莫斯科最著名的時裝秀上走秀。她嘟起的嘴唇和性感的身材喚醒了總統內心的慾望。

她還真好上……普丁一邊撫摸她的黑色秀髮，一邊心想。他帶這位年輕女子去大血拼，還送了她很多禮物：花束、巧克力，還有一間位於莫斯科河畔區新興社區的公寓。

當他確信這位年輕超模已經迷上他了，他便行動起來，邀請對方來到伊多科帕斯。

她還真是個小壞蛋，普丁一邊想，一邊從床上起身。他穿上緞面睡袍，輕輕走出落地玻璃門，來到陽臺上。

他仰望星空，呼吸著夜晚涼爽的空氣。

「總統閣下。」一個熟悉的聲音從他身後傳來。

「Der'mo!」普丁嚇了一跳，咒罵出聲，然後轉身面對他的首席安全官謝爾蓋・安東諾夫，問道：「怎麼了？」

安東諾夫手裡拿著平板電腦，走到陽臺上，說道：「總統閣下，有一件急事需要您立即處理。」

普丁嘆了口氣，重新繫好睡袍，看著屋內熟睡的超模，問道：「可以晚一點再處理嗎？」

「Nyet，總統閣下。」

普丁關上落地玻璃門，問道：「是什麼事？」

「聯邦安全局第十五部門的克留奇科夫大尉傳來緊急訊息，跟八六六基地有關。伊爾馬科娃大尉想知道為什麼索科洛夫大將獲准將他的信號旗小組派往美國，還有為什麼您許可他使用沙拉什卡。」

「我的dyadya在科希姆基森林裡的達恰休養。」

「我們也以為是這樣，總統閣下。我一收到訊息就派人過去查看了，大將並不在那裡。」

普丁試著練習新柔道教練教他的呼吸方法。

那個混蛋竟然去追殺羅伯特・蓋恩斯！那個笨老頭！

安東諾夫把平板電腦遞給他。普丁低頭看著一系列的美國新聞剪報。

「伊爾馬科娃大尉聲稱這是索科洛夫大將和他的對外情報局信號旗小組做的。」

普丁閱讀翻譯成俄文的簡報，又看了私人飛機的殘骸。

「那架飛機應該是我們的，來自石油部長的機隊——」

普丁開始怒火中燒。

他的dyadya背叛了他。

「美國人怎麼說？他們確認死者是對外情報局特工了嗎？」

「Nyet，沒有官方聲明。我聯絡了對外情報局的負責人，他們仔細檢查了我們最近的外國情報來源，還沒有任何消息表明美國人知道死者是我們的人。」

美國人並不笨，他們一定知道。

「墜機是什麼時候的事？」

「兩天前，總統閣下。」

「立刻用保密電話打給伊爾馬科娃大尉。我要第45獨立近衛特別用途旅馬上派兩個中隊開直升機前往八六六基地！」

「Da，總統閣下！」安東諾夫說完就打開落地玻璃門，匆匆離開。

普丁緊緊抓住大理石陽臺的欄杆，大聲咒罵，聲音傳過黑海平靜的水面。

他的叔叔將為這次背叛付出代價。

63

八六六基地
評估室

伊爾馬科娃大尉站在評估室的中央，瞪著椅子上的男人。他的臉被塗成綠色和黑色，但伊爾馬科娃幾乎是一眼就認出了他。

「妳有聽到嗎？」男人問道。「告訴維克托我來了！」

刺耳的警報聲擾亂了伊爾馬科娃的思緒。這個男人到底是怎麼找到研究中心的？他是怎麼躲過無人機的？

她環顧圍著男人的十幾名守衛，接著猛然轉向克利門捷夫中尉，命令道：「告訴無人機飛手，我要他們巡邏半徑一百公里內的天空。派守衛封鎖每個出口，所有人都不准離開房間。」

「Da，大尉！」克利門捷夫說完就跑出了評估室。

她轉向守衛，命令道：「檢查他身上有沒有追蹤裝置！」

一名守衛從口袋裡掏出一根像魔杖一樣的裝置，從頭到腳掃描蓋爾，然後說：「On chisty（沒有追蹤裝置）。」

「你是怎麼找到這個地方的？」伊爾馬科娃又問了一次。

「仙女教母帶我來的。我的女兒們到底在哪裡？」

伊爾馬科娃往後退了一步，下意識把手伸向掛在脖子上的鑰匙。

「Uydi s moyego puti（閃一邊去）！」門口傳來一個聲音。索科洛夫大將和四名信號旗特工走了進來，阿圖爾跟在後面。將軍推開守衛，突然停下腳步。

「怎麼會——」索科洛夫原本一臉惱怒，這時卻露出了燦爛的笑容。他往前走一步，說道：「你知道我幻想這一刻多久了嗎？」

「她們在哪裡？」蓋爾大吼。

「別急，我的老朋友，她們在樓下等你。她們有點狼狽，但看到你一定會很高興。」

「大將！」伊爾馬科娃咆哮道。「研究中心被發現了。這個人不是憑一己之力來的，有人協助他。我們必須立即撤離！」

索科洛夫似乎沒有聽到她說話。

「大將，聽我說！」

索科洛夫猛地轉身，厲聲命令信號旗特工：「護送伊爾馬科娃大尉離開我的視線！」

「守衛！」伊爾馬科娃大喊。

在場十幾名守衛都掏出警棍。索科洛夫笑道：「妳以為妳那些拿著小小電擊棒的守衛敵得過我的手下嗎？」——索科洛夫打了個響指——「殺了這些愚蠢的警衛。」

那四名信號旗特工的速度快得嚇人，伊爾馬科娃大尉根本來不及反應。只見刀光血影，她的守衛一個個倒下。其中一名信號旗特工抓住伊爾馬科娃，把她推倒在地，她發出了一聲尖叫。守衛們臨死前的慘叫聲響徹整個房間，伊爾馬科娃知道如果自己繼續待在這裡，索科洛夫很有可能也會下令殺了她。

她連爬帶滾逃到門口，推開阿圖爾，然後跑到走廊上，一看到通往控制室的樓梯就往上飛奔。她試圖算出索科洛夫帶了幾個信號旗特工來，八個？九個？十二個？

她現在只剩下不到四十名守衛，不確定有沒有勝算。她開啟連接所有守衛頭盔的耳麥，正打算命令全部的手下鎮壓評估室，這時上方的門突然打開，克利門捷夫中尉跑進樓梯間，一副魂不守舍的樣子。

「大尉，幸好妳在這裡！」克利門捷夫上氣不接下氣，說道。「總統打了FAPSI電話過來，他要妳聽電話！」

64

白宮戰情室

「那位就是大將嗎？」白宮幕僚長摩根・弗萊指著戰情室的大螢幕問道，一副難以置信的樣子。

卡特全神貫注，透過羅伯特的視角看著一名身穿灰綠色軍裝的老人一瘸一拐走進擁擠的房間，身邊跟著四名軍人和一個穿著白色實驗衣的男人。

那個頭髮濃密的女人原本在對羅伯特大喊大叫，這時突然轉過身來。

卡特傳訊息給蘭利的作戰中心，請他們進行臉部辨識。「確認中。」她說。

在大螢幕上，老人和頭髮濃密的女人開始激烈爭執。

「他們在說什麼？」總統問道。

卡特閉上眼睛，仔細傾聽那兩人罵了些什麼。「女人想要撤離——」卡特的電腦「嗶」了一聲，她低頭查看，說道：「作戰中心已完成臉部辨識，那是索科洛夫大將沒錯。」

「等一下。」鮑曼喊道。「出事了！」

卡特轉回去看螢幕。小房間裡爆發衝突，一片混亂，羅伯特的視角開始劇烈晃動。和大將一起進來的四名軍人從腰間拔出小刀，殺死包圍羅伯特的守衛，頭髮濃密的女人則被推倒在地。

「天啊！」納格喊道。

「現在是什麼狀況？」總統問道。單方面的殺戮轉眼間就結束了，羅伯特又被戴上頭套。

「他們要移動他。」普雷史考特・馬蓋文說道。「索科洛夫大將命令手下把他帶下樓去見他女兒。」

65

八六六基地
紅區

八名索科洛夫的信號旗特工進入紅區，快步走向牢房。特工兩人一組，抓住凱西、艾蜜莉、馬爾科和布雷迪，給他們戴上頭套，然後押著他們走出牢房。

凱西聽到馬爾科和布雷迪在她身後掙扎，艾蜜莉在前方嗚咽著。他們走進一部電梯，凱西感覺電梯上升了。

電梯門打開後，他們又被押著走了幾分鐘，直到另一扇門打開，凱西感覺到熟悉的寒意，尿味撲鼻而來。

信號旗特工強迫她坐在椅子上，並將她的手腕和腳踝綁在扶手和椅腳上。

雖然戴著頭套，但她還是能聽到有人在磨刀霍霍。

索科洛夫用俄語大聲下令。

凱西感覺到一隻手抓住頭套，便緊握扶手，頭套被扯了下來。

她先睜一隻眼，再睜開另一隻眼睛，看到一個熟悉的身影吊在天花板上，一時反應不過來。

「爸!!!」

白宮

戰情室

「夠了。」麥克林托克總統指著史佩爾指揮官的螢幕，說道：「我許可海豹部隊出動，請他們採取必要的行動吧。」

「等一下！」卡特局長懇求道。在過去的五分鐘裡，戰情室的眾人看著羅伯特被帶進一個鋪著白色磁磚的房間，手腕被銬在身後，嘴裡塞了一個皮革口塞。一條帶有鉤子的鎖鏈穿過手銬，他們用絞盤把他吊在半空中。「我們需要確認女兒們在不在！」

就在這時，房間的門突然打開了，八名士兵押著四個戴頭套的人走了進來。士兵們讓那四人坐在羅伯特面前的椅子上。

在畫面左側，索科洛夫大將在磨刀石上磨著一把長刀。穿著白色實驗衣的男子站在他旁邊，用顫抖的雙手打開一個裝滿注射器的箱子。

士兵突然扯下那四人的頭套，羅伯特的視角晃動得更厲害了。

兩男兩女被綁在木椅上。

「確認身分了嗎？」國防部長梅西問道。

卡特的電腦「叮」了兩聲，她低下頭，說道：「已確認卡珊卓拉和艾蜜莉．蓋爾的身分。」電腦又「叮」了一聲。「已確認保羅．布雷迪的身分。」

麥克林托克總統站了起來，說道：「史佩爾指揮官，告訴海豹部隊，可以在遵循交戰規則的前提下使用一切必要的手段來營救人質。他們可以出動了。」

「收到，總統閣下。」螢幕上的史佩爾說道。「藍色中隊出動。我再重複一遍，開始執行『寐熊行動』，請遵守人質救援交戰規則；祝各位好運。」

酷刑室

蓋爾隔著口塞嘶吼，用力到脖子的青筋感覺都快爆開了。

艾蜜莉和凱西的表情從驚訝到震驚，最後轉為絕望。

凱西全身髒兮兮的，鼻青臉腫，左手臂纏著白色繃帶。從蓋爾在蒙大拿州和她擁抱告別到現在，過了兩個多禮拜，她看起來已經瘦了將近二十磅。

艾蜜莉抬頭看著父親，淚流滿面。蓋爾激動不已，幾乎沒有感覺到腹部的震動，代表海豹部隊剛從航空母艦出發。

三十八分鐘。

他只希望自己可以撐到那時候。

索科洛夫走到他面前，手裡拿著剛磨好的刀。

66

八六六基地
控制室

伊爾馬科娃大尉之前只有聽說過弗拉迪米爾・普丁的脾氣有多火爆，但這次總統透過FAPSI專線訓斥她，她終於親身體會到了。

「大尉，妳要竭盡全力拘留維克托，懂了嗎？」聽完索科洛夫抵達沙拉什卡後所發生的事情，普丁對伊爾馬科娃怒吼道。

「Da，總統閣下。我會盡力，但他帶著信號旗小組。」

「大尉，光是盡力是不夠的。我要妳阻止並活捉維克托，明白了嗎？」接著，普丁告訴她，他已命令第45獨立近衛特別用途旅派兩個中隊從海參崴前往沙拉什卡，預計兩小時後抵達。「我要妳在他們到之前抓住維克托！」

伊爾馬科娃看到自己的職業生涯在眼前一閃而過。

「伊爾馬科娃大尉，難道妳做不到嗎？」

「沒這回事，總統閣下，您可以信賴我，只是——」伊爾馬科娃突然住嘴，不確定現在是否應該告訴總統詹姆士・蓋爾來到沙拉什卡的事。普丁遲早都會發現，如果她現在不說，到時被關進布提爾卡監獄的就會是她。只要慎選用詞就好。

「只是什麼？」

「總統閣下，剛剛發生了重大狀況。」她深吸一口氣，環顧控制室，克利門捷夫中尉和所有的技術人員都全神貫注聽她說話，深怕漏掉任何一個字。「我剛剛得知基地被外界發現了，有個美國人被索科洛夫大將和他的手下引了過來，索科洛夫大將叫他羅伯特・蓋恩斯。目前，大將把蓋恩斯和他的女兒們關在地下室的牢房裡。總統閣下，我們被入侵了。」

電話另一頭的沉默持續了將近十秒。

伊爾馬科娃大尉聽到電話另一頭傳來急促的呼吸聲，接著普丁用平靜的語氣說道：「伊爾馬科娃大尉，我命令妳拘捕維克托，把他帶到海參崴，並立刻在八六六基地啟動 EL-5。」

伊爾馬科娃抓住掛在脖子上的鑰匙，說道：「總統閣下？」

「伊爾馬科娃大尉，如果妳想保住性命的話，就照我說的去做，明白了嗎？」

「Da，總統閣下，沒問題。」

「出發前往海參崴時再聯絡我，我會叫第45獨立近衛特別用途旅改變路線，在那裡跟妳會合，他們會帶維克托去莫斯科。去吧。」

電話掛斷了，伊爾馬科娃把聽筒放在桌上。

EL-5是國家安全委員會以前用的代號，是指完全終止安全性受到威脅的任務、人員或設施，也就是一個緊急停止開關，一個自毀程序。

在這個設施裡，只有伊爾馬科娃大尉一個人握有鑰匙且知道啟動EL-5的密碼。

「大尉？」克利門捷夫說道。

伊爾馬科娃舉起一隻手，要中尉安靜，因為她需要思考。根據EL-5的準則，整個設施都要被摧毀，包括所有工作人員在內。

大家都知道八六六基地是舊的飛彈發射井，曾經部署了R-9飛彈，也就是蘇聯最大的洲際彈道飛彈，在冷戰時期射程涵蓋美國領土。

一九七〇年代初期，飛彈據說被轉移到另一個地點，國家安全委員會在維克托．索科洛夫的要求下，將發射井改建成沙拉什卡。十一年前，接管八六六基地時，伊爾馬科娃大尉收到了在緊急情況下如何啟動EL-5的指示，以及身為八六六基地的負責人，她要如何在合理時間內逃生的標準作業流程。她知道一旦啟動EL-5，她只有二十分鐘的時間可以離開設施並盡可能遠離爆炸的影響範圍。

「大尉，總統說了什麼？」克利門捷夫問道。

「沒什麼——」伊爾馬科娃回答。她知道控制室裡所有人的目光都在她身上。她得想辦法在不造成恐慌的情況下啟動EL-5，然後在二十分鐘內抓住索科洛夫並把他帶上直升機。

這根本就是不可能的任務。變數太多，時間太少，她必須跳脫框架思考。

「克利門捷夫中尉，目前沙拉什卡裡有幾個效忠索科洛夫大將的人？」

「十四人，包括十二名信號旗特工、一名助理和一名直升機飛行員。」

伊爾馬科娃的大腦高速運轉。她要命令守衛衝進鋪著白色磁磚的房間，消滅索科洛夫的信號旗特工並拘捕大將。抓到索科洛夫並殺死他的手下後，伊爾馬科娃才會啟動EL-5。但這件事也必須小心處理，因為她必須確保她的格魯烏下屬不會驚慌失措。於是她說：「克利門捷夫中尉，我奉總統之命要拘捕索科洛夫大將，並親自帶他回海參崴。」

克利門捷夫漲紅了臉，技術人員也開始竊竊私語。

伊爾馬科娃繼續說：「為了完成這項棘手的行動，我要命令守衛前往軍火庫並使用實彈。我也要命令所有格魯烏工作人員回到住處，在行動期間不得離開房間。我會進行全面封鎖，唯有如此才能確保格魯烏工作人員的安全。」

「技術人員也要嗎？」

「你自己也是，克利門捷夫。」伊爾馬科娃說道，並把一隻手放在中尉的肩膀上。「設施內所有格魯烏工作人員的安全就交給你負責了。我會叫飛行員載我和索科洛夫大將到海參崴，到了之後再協調所有工作人員及時撤離基地。」她傾身向前，用最真誠的語氣對克利門捷夫耳語道：「我們必須確保大家不會陷入恐慌，他們只要待在住處就會很安全。」

克利門捷夫看了一眼下方二十幾位格魯烏技術人員，眼神流露出擔憂，問道：「如果技術人員離開崗位的話，誰來操控無人機？誰要監視半島，以免美國人再次入侵？」

「相信我，中尉，我是直接奉總統之命，這就是他的期望。」

克利門捷夫仍半信半疑，但還是點點頭，說道：「Da，大尉。我會讓每個人都回到自己的房間裡，然後派飛行員到地面上準備好直升機。」

「Spasibo（謝謝你），中尉。確認所有人都安全後就通知我，我再派守衛進去逮捕索科洛夫。」

克利門捷夫立刻展開行動，召集控制室裡的所有技術人員。目送他們離開後，伊爾馬科娃看著控制室西牆上通往EL-5緊急停止開關的綠色小門。只要排除信號旗小組，加上所有格魯烏工作人員都被鎖在房間裡，伊爾馬科娃就可以啟動EL-5並把索科洛夫帶上直升機，沒有人能夠阻止她。

接著她想到催眠瓦斯。設施內的每個房間都有可以釋放氣體的通風口，問題是索科洛夫的信號旗特工都有帶防毒面具。

不，她要採取更激烈的手段，她要殺了信號旗特工。

她開啟耳麥，命令所有守衛五分鐘後到軍火庫集合。如果一切順利的話，她會在十分鐘內逮捕索科洛夫，並在二十分鐘內啟動EL-5。

半小時後，她就會搭直升機飛往海參崴，而八六六基地很快就會被夷為平地。

她用面前的總機切換畫面，調出了白色磁磚房間的監視器影像。索科洛夫和他的手下把羅伯特．蓋恩斯吊在天花板上，紅區的囚犯則被綁在他面前的椅子上。

她會讓守衛把囚犯留在酷刑室裡，避免無謂的殺戮，讓他們跟格魯烏工作人員一起被炸死就好了。

伊爾馬科娃走出控制室，前往軍火庫。

67

堪察加半島以東的太平洋上空某處

身為海軍特種作戰研發與評估第二中隊的指揮官，西默斯・卡弗蒂的軍階已經夠高，不需要親自上場了。

當上令人嚮往的中隊指揮官後，海豹部隊軍官基本上就可以自由部署在戰場上的任何地方，把所有心力放在成功執行任務上。

中隊指揮官通常不會帶頭破門而入，修理對手，而是待在安全的地方，遠距指揮部下。

對此，卡弗蒂頗不以為然。

三年前，當他在維吉尼亞海灘被任命為海豹六隊藍色中隊的指揮官，他就向上級和部下表明自己一定會在前線戰鬥。

絕不退縮。

這位愛達荷州人認為，要成為領導者，就要願意向部下證明自己還是能親自動手。

卡弗蒂在UH-70「黑鷹」匿蹤直升機上看了看手錶，按下喉部麥克風，通知隊員：「二十分鐘後抵達！」

他從視距頻率切換到衛星通訊，說道：「卡弗蒂指揮官呼叫史佩爾指揮官，收到請回答。」

「收到，卡弗蒂指揮官。」

「熱影像有看到什麼嗎？」卡弗蒂問道。他指的是利用熱影像監視X點的美國間諜衛星。

「有。三十秒前，我們發現兩名敵人從X點正門出來，上了卡莫夫Ka-82K匿蹤直升機並發動引擎。」

「收到。」卡弗蒂說道，然後切換回視距頻率以通知部下。作戰行動要稍作調整，海豹部隊必須一下機就準備交戰。在跟另一架UH-70裡的安德森副指揮官商量後，他們決定讓安德森和他的小隊率先襲擊直升機上的敵人，然後進行周邊防禦，卡弗蒂和他的小隊則潛入設施。

接著，卡弗蒂環顧他和部下所在的直升機內部。他們在海上低空飛行，大約五分鐘後會抵達堪察加半島東岸。這些絕密的高速匿蹤直升機時速可達兩百二十英里，連最先進的雷達也無法偵測到。

第三架和第四架UH-70將在幾分鐘後從航空母艦起飛，以防前兩個小隊遇到麻煩，需要撤離。

卡弗蒂試著閉上眼睛，想像即將執行的任務。他已經牢牢記住了中情局提供的舊飛彈發射井設計圖，在海豹部隊服役期間，這份過目不忘的天賦派上用場的次數已經多到數不清了。不過關於這項任務，有件事一直困擾著他，只是他沒有告訴任何人。

在艾門朵夫－理查森聯合基地的說明會中，史佩爾指揮官告訴海豹部隊，他們的一員可能被關在設施裡，是個叫做保羅．布雷迪的前海豹隊員。十八分鐘前，就在總統批准行動之前，他們收到通知，確認保羅．布雷迪的確在那個俄羅斯設施內。

西默斯．卡弗蒂認識保羅．布雷迪。

事實上，他們還很熟。兩人在基礎水下爆破訓練期間被分到同一支船隊，還在海豹部隊第二隊伍一起服役了六年。保羅．布雷迪是個忠實可靠的人、一個非常好的朋友，也是一名十分優秀的海豹隊員。

不幸的是，自從卡弗蒂加入海豹六隊，就和留在二隊的布雷迪失去了聯繫。卡弗蒂最後一次聽到有關布雷迪的消息是他從海豹部隊退役，跟家人住在聖地牙哥。

當史佩爾證實布雷迪是關在設施內的美國人之一，卡弗蒂簡直不敢相信自己的耳朵。

卡弗蒂想像他的小隊潛入舊蘇聯飛彈發射井時，布雷迪會說些什麼。

依他對布雷迪的了解，對方應該會露出「我早就知道」的招牌微笑，問他們怎麼那麼晚才來。

68

八六六基地
酷刑室

蓋爾低頭看著索科洛夫揮舞手中的刀。

「在你來之前，我正在跟你的女兒們講一個故事呢。我告訴她們你到底是誰，你到底是什麼樣的人，但我覺得還是由你親口來說比較好。」將軍打了個響指，一名信號旗特工便取下蓋爾口中的皮革口塞。

蓋爾喘了幾口氣，看著女兒們，問道：「妳們兩個還好嗎？」

兩個女孩似乎都嚇呆了。

蓋爾沒時間仔細看坐在椅子上的兩個男人，因為艾蜜莉問他：「你以前在中情局工作，真的殺了那麼多人嗎？」

「艾蜜莉，我是在盡我的職責。我殺的都是壞人，他們殺害了婦女和小孩。」

「你騙了我們。」凱西用平靜的語氣說道。「你撒了彌天大謊。媽並不是車禍身亡——」

索科洛夫大笑一聲。「車禍？原來你是這樣騙她們的啊？」他走向艾蜜莉並彎下腰，好讓自己平視她，問道：「妳不記得我嗎？妳不記得巴黎的那個夜晚嗎？」

艾蜜莉搖搖頭。

「我殺了妳的賤人母親，在那間豪華公寓裡殺了她。我對妳可是印象深刻呢——」

「別再說了！」蓋爾要求道。

「你能拿我怎麼樣？」索科洛夫回嗆道。

蓋爾環顧四周，數了一下，總共有十二名信號旗特工，還有一名正在專心用平板的俄羅斯人。一張金屬長桌上擺滿了刑具，有一名身穿白色實驗衣的男子站在旁邊，一臉驚恐。有一瞬間，蓋爾與他四目相接，不知為何，總覺得他有點眼熟。蓋爾還來不及思考原因，將軍就指著他的女兒們，繼續說話。

「我和妳們的父親有一段複雜的過往。告訴他們，羅伯特。」

蓋爾繃緊肌肉，試圖減輕肩膀的劇痛，然後對將軍咆哮。

「你不想說嗎？」索科洛夫嘲弄道。「或許我可以給你一點動機。」他把彎刀抵在艾蜜莉的小指上，然後用全身的重量往下壓。

艾蜜莉放聲尖叫，小指從椅子的扶手滾落到地板上。

蓋爾立刻抓狂，在半空中劇烈扭動，雙腳亂踢。

「告訴她們，羅伯特！承認你幹的好事！」

艾蜜莉的尖叫聲梗在喉嚨裡，腦袋垂向一側，差點痛到昏過去。

「快點承認！」將軍怒吼。

「我說！我說！不要傷害我的女兒！」蓋爾說道，目光離不開艾蜜莉血淋淋的手。他知道海豹部隊在路上了，他必須盡可能拖延時間，試圖掌控局面，保住女兒的性命；所以他決定從實招來。「他說的沒錯，我是一名刺客。我的本名不是詹姆士．蓋爾，而是羅伯特．蓋恩斯。八〇年代，我駐紮在莫斯科，負責尋找被稱為『八六六基地』的蘇聯沙拉什卡，就是這個沙拉什卡。」

「繼續說。」

「有傳言說這裡囚禁著美國人。據說幾十年來，蘇聯人一直都在對美國人進行可怕的醫療實驗，而管理者就是這個男人和他的兒子葉夫根尼．索科洛夫。多年來，我一直在尋找這個地方，直到有一天，我遇到了一個男人，是在這裡工作的科學家。他願意告訴我八六六基地的位置，交換條件是我要協助他的家人叛逃到西方國家，可是——」

「可是什麼？」

蓋爾解釋說，那名科學家被KGB發現，並遭到葉夫根尼．索科洛夫殘忍殺害。蓋爾試圖帶科學家的家人離開莫斯科，但她們被KGB抓走了。蓋爾對科學家有所虧欠，下定決心要盡全力拯救他的家人，便去追捕葉夫根尼．索科洛夫。幾天後，他在芬蘭抓到葉夫根尼，並跟KGB做了交易，蓋爾要用葉夫根尼．索科洛夫交換科學家的家人。他們敲定了時間地點，蓋爾把自己的妻女從莫斯科送到巴黎，以避免她們被KGB報復。交換時，中情局放了葉夫根尼，但科學家的家人卻在交換過程中被處死了。「他們先殺了年幼的女兒們，再殺了母親。與此同時，這個男人跑去追殺妳們。」蓋爾看著索科洛夫，說道。「這個男人殺了妳們的母親，也差點殺了妳們兩個，但我們的人把他趕跑了。我說妳們的母親死於車禍是為了保護妳們。」

「告訴她們你後來做了什麼！」索科洛夫大吼。

「妳們的母親過世後，我就去追殺葉夫根尼，那是中情局批准的行動。我追蹤了每一個參與殺害科學家家人和妳們母親的相關人員，把他們全都殺了，最後抓到了葉夫根尼。」蓋爾說他收到情報，知道維克托在莫斯科郊外科希姆基森林裡的達恰。蓋爾押著葉夫根尼穿過下雪的森林，幾乎走了一整晚，直到抵達宅邸。接著，蓋爾殺了維克托的保全人員，把維克托五花大綁，帶到室外，在嚴寒中把他綁在椅子上，讓他眼睜睜看著兒子在面前失溫而死。

「你讓他像動物一樣死去！」

蓋爾吼回去：「他是凍死的！你兒子把彼得・亞科諾夫醫生和他的家人當成動物一樣宰殺！他的女兒們才十歲和十二歲！」

「她們是叛徒，是害蟲！」

「她們是無辜的！」

索科洛夫一怒之下，衝上前，把彎刀抵在蓋爾的脖子上。

「她們是有名字的。」蓋爾氣急敗壞地說道。「娜塔莉亞・亞科諾夫、克拉拉・亞科諾夫、阿列夫蒂娜——」

蓋爾的右邊傳來一陣騷動，穿著白色實驗衣的男子突然失去平衡，險些跌倒，趕緊用一隻手抓住金屬桌。

「阿圖爾，你是有什麼毛病？」索科洛夫罵道。

男子試圖恢復冷靜，但似乎沒辦法控制自己的雙腿。索科洛夫見他沒有回答，便指著自己的手下，命令道：「既然他這麼孬，就把他丟出去吧。」

兩名信號旗特工抓住阿圖爾的胳膊，把他丟到走廊上並關上門。

索科洛夫又猛然轉向蓋爾，命令道：「告訴她們接下來發生了什麼事。」

蓋爾回憶起那個改變命運的夜晚，說道：「不知道KGB是怎麼聽到風聲的，他們知道我在將軍的達恰，開了直升機過來，還派人帶狗在森林裡追殺我。我想辦法逃到了河邊，但髖部中槍，因此掉進河裡。我僥倖活了下來，成功抵達撤離點，再從那裡回到華盛頓。我請中情局給我們新的身分，讓我們能在蒙大拿州展開新生活。我從來不想讓妳們知道發生了什麼事……還有我以前是什麼樣的人。」

全場一片沉默，最後索科洛夫終於開口：「三十年來，我一直在為我的獨生子哀悼。三十年來，我沒有一天忘記他全身是血的無助模樣，我眼睜睜看著兒子在我面前死掉，那份痛苦從來沒有消失。」

「這個世界沒有葉夫根尼・索科洛夫比較好。」蓋爾說道。「如果從頭來過，我還是會這麼做，我唯一的遺憾就是當時沒能殺了你。」

索科洛夫微笑道：「三十年風水輪流轉，兜了一大圈，我們又回到原點了。一名父親即將眼睜睜看著自己的孩子在他面前被殺害。」索科洛夫走向金屬桌，拿起一把切肉刀，然後走到凱西旁邊，說道：「我會一點一點把她們千刀萬剮，而你全程都要看，蓋恩斯。我會把她們切成碎片，之後你會被帶到莫斯科，在一間天花板低到站不起來，空間小到無法伸展的牢房裡度過餘生。在壽終正寢前，你每分每秒都會想著這一晚，以及自己有多麼無能為力。」

索科洛夫抓住凱西的小指，將切肉刀高舉到空中。

蓋爾眼睜睜看著鋒利的刀刃劃破空氣，「砰」的一聲落在女兒的手指上。

69

八六六基地

阿圖爾的實驗室

被丟出鋪著白色磁磚的房間後，阿圖爾在走廊上跌跌撞撞，走到通往實驗室所在樓層的樓梯。他全身顫抖，強迫自己的雙腳動起來，往上爬到實驗室那層樓。他沿著走廊前進，繞過一個轉角，看到一大群黑衣守衛擠在軍火庫外面，全都手持AK-15突擊步槍，圍著伊爾馬科娃大尉，她正在用低沉的嗓音大聲下達命令。

要不是阿圖爾的耳朵裡嗡嗡作響，心臟怦怦直跳，內心陷入絕望，就會聽到伊爾馬科娃命令守衛下樓到鋪著白色磁磚的房間。

阿圖爾繼續往前走，但守衛們突然轉身，沿著走廊向他衝來。阿圖爾貼著牆邊走，讓路給守衛，然後轉進通往實驗室的走廊，掃門禁卡進去。

實驗室的門一關上，他就兩腿發軟，只覺一陣天旋地轉。他四肢著地，跪在冰冷的油氈地板上，爬向自己的工作站，慢慢靠近一直擺在辦公桌上的那堆信件。

阿圖爾從桌上抓起一把信件，放在面前。他手裡握著那些厚厚的、破破爛爛的、皺巴巴的紙張，開始啜泣，哭得撕心裂肺。有很長一段時間，阿圖爾緊抓著這些信件，任由自己被排山倒海而來的悲傷所吞噬。索科洛夫大將的話宛如晴天霹靂，緊緊攫住了他的心，他深受打擊，徹底崩潰。

他就這樣坐在地上三十秒，心跳才漸漸平緩下來。

有一刻，阿圖爾感覺自己好像處於某種中間狀態，進入了介於意識和潛意識之間的異度空間。他在那個空間裡飄浮了幾秒鐘，沉浸在平靜的狀態裡，直到一種更複雜的情緒爆發，掌握主導權。

憤怒。

他心中燃起熊熊怒火，憤怒的情緒強烈到把他拉回了現實。這個絕頂聰明的科學家集中注意力，理清思緒，想到了一個計畫。

阿圖爾睜開眼睛，站了起來。他擦掉臉上的淚水，把信塞進口袋，接著轉向辦公桌上的電腦，裡面儲存了他所有的研究成果。他插上外接硬碟，開始備份資料，然後轉身看著實驗室。

他瞥了一眼角落的床鋪，再看向8831號受試者動手術時躺的那張輪床。阿圖爾大步走向輪床，在裝有手術器材的托盤前停了下來，上面還放了幾把手術刀。他抓起其中一把，走到床鋪前，扯下床單，然後把刀插進床墊中間，往旁邊一刀割開。

他把手伸進床墊，四處摸索，直到碰到某個冰冷的金屬物體為止。

他從床墊裡抽出一把MP-443烏鴉式手槍並拿起來端詳。這是他六年前從伊爾馬科娃眼皮子底下偷走的武器。

電腦響了一聲，代表他全部的研究成果都備份到外接硬碟上了。阿圖爾把硬碟塞進口袋，將手槍塞入腰帶，然後走到8831號受試者殺死守衛的地方。

他腦中的計畫逐漸成形，越發完善。他可能比任何人都更了解沙拉什卡的布局，甚至可能比伊爾馬科娃還要了解。作為首席科學家，阿圖爾可以進入幾乎所有房間、走廊和電梯，即使是在封鎖期間也一樣。這就是為什麼8831號受試者能夠在逃跑過程中使用他的門禁卡進入逃生梯。雖然8831號受試者嘗試逃跑勇氣可嘉，卻是有勇無謀。

阿圖爾可不一樣。

他看向手術托盤旁的一個黑色小盒子，想起了紅區的烏克蘭受試者馬爾科所說的話。

我是開直升機的。你讓我活下去是有原因的！

馬爾科說的沒錯，阿圖爾讓他活下去是有原因的。

阿圖爾走到黑盒子旁，打開蓋子，拿出裡面僅剩的一小瓶透明液體。

他拿起一個空注射器，從小瓶子中抽出液體，並蓋上針頭蓋。

東莨菪鹼和硫噴妥鈉在實驗室的鹵素燈下閃閃發亮，阿圖爾在腦海中的計畫放上最後一片拼圖。

他最後一次關掉實驗室的燈，踏入走廊，左右張望，確認四下無人，便前往軍火庫。那裡有他需要的東西，就是伊爾馬科娃大尉掛在脖子上的鑰匙，以及儲存在她腦中的一組密碼。阿圖爾以憤怒、使命感和復仇為動力，開始向前狂奔。

70

八六六基地
軍火庫

伊爾馬科娃大尉關上並鎖上軍火庫的門，回到走廊。剛剛克利門捷夫中尉向她報告，格魯烏全體工作人員都被鎖在自己的房間裡了。

她操作平板電腦，執行封鎖程序，確保格魯烏工作人員透過設施的廣播聽到EL-5開始倒數時，無法手動開門。可笑的是，她幾乎不費吹灰之力，就說服克利門捷夫自己的所作所為都是為了下屬的安全。

愚蠢之徒。

幾分鐘前，最後一批警衛荷槍實彈離開軍火庫，準備消滅索科洛夫的手下並抓住大將。伊爾馬科娃認為最好還是回到樓上，在安全的控制室裡欣賞接下來要上演的戲碼。

一抓住索科洛夫，我就會啟動EL-5。

守衛會把索科洛夫帶來給我，我再帶他到地面上，送他到海參崴。

兩名格魯烏直升機飛行員已經在地面上發動引擎了。

一想到能成功把大將交給普丁，伊爾馬科娃就興奮不已，甚至有點飄飄然。

這樣就能證明我很忠誠。

證明我使命必達。

她的成功一定可以掩蓋過去幾天的失誤。雖然八六六基地會被摧毀，但她只要成為西羅維基的一員，擔任其他職位的機會多得是。

伊爾馬科娃抬起頭，還沉浸在未來的美好幻想中，看到站在她面前的人時，嚇了一大跳。

「阿圖爾！」

科學家站在走廊中央，全身僵硬。

伊爾馬科娃歪頭問道：「怎麼了？發生了什麼事？」

阿圖爾把手伸進實驗衣的口袋，掏出一疊信件，拿給伊爾馬科娃看。

「妳知道嗎？」

「我知道什麼？」伊爾馬科娃問道。她的心一沉，飄飄然的興奮情緒頓時煙消雲散。她低頭看著他手中的信件，說道：「阿圖爾，這件事跟我無關。偽造信件的是安東諾維奇部長，不是我——」

「但妳知道信是假的！」阿圖爾大喊。他的另一隻手從腰間舉起，伊爾馬科娃赫然發現一把不知哪來的手槍抵在她的額頭上。

伊爾馬科娃立刻把手伸向能跟所有守衛通訊的耳麥，但阿圖爾搶先一步，奪走了她的裝置，然後把她推到軍火庫的門上。

阿圖爾的手槍仍抵著她的額頭，目光落到她脖子上的鍊子上。「給我。」他說。

「給……給你什麼？」

「鑰匙。」

「我……我不知道你在——」

阿圖爾的手倏地伸向掛在伊爾馬科娃脖子上的鑰匙，把它從鍊子上扯了下來。伊爾馬科娃試圖把鑰匙搶回來，但阿圖爾把她用力壓在門上。

「你不能——」

「我不能怎樣？」阿圖爾問道。「妳以為我不知道這把鑰匙的用途嗎？妳以為我不知道EL-5和綠門，還有裝在設施下方的R-9飛彈彈頭嗎？」

伊爾馬科娃驚訝地瞪大雙眼，急忙說道：「等等，同志——」

「我不會再當妳的階下囚了。」

不知從何時開始，阿圖爾手中出現了一支注射器。伊爾馬科娃還來不及出聲反抗，他就咬掉保護蓋，將針頭刺入她的脖子。

71

八六六基地
酷刑室

凱西低頭看著手指應該要在的地方，如今只剩下血淋淋的一小截，感覺自己快要昏過去了。

索科洛夫大將把切肉刀換成橡膠警棍，不斷毆打艾蜜莉，凱西的姊姊直到幾秒鐘前失去意識才停止尖叫。

老實說，凱西也不知道自己能夠保持清醒多久，她感覺自己的大腦已經快要停止運作了。索科洛夫的一名手下拿著一塊燒紅的烙鐵走上前來，燒灼她手上的傷口以止血。凱西放聲尖叫，因為不僅痛得要命，她還聞到了肉燒焦的味道。

索科洛夫開始攻擊她父親，用橡膠警棍毆打他，直到一記重擊命中他的下巴，他就暈過去了。

讓這一切結束吧，凱西心想，意識逐漸模糊。*拜託讓這一切結束吧*。

「凱西。」保羅．布雷迪在她旁邊說道。「撐著點。」

她感到筋疲力盡，好像這位前海豹隊員遠在千里之外。她把頭歪向布雷迪和馬爾科，注意到他們身後有動靜。

這間鋪著白色磁磚的圓形房間門上裝了防彈窗，凱西隱約看到走廊上有不少戴著黑色頭盔和反光面罩的人從窗戶往內看。

索科洛夫的信號旗特工部署在房間各處，全都看著老大，似乎沒注意到門外有人。

凱西瞇起眼睛看著門，試圖搞清楚現在的狀況，這時頭盔和面罩卻突然不見了。

「布雷迪，外面有——」凱西話還沒說完，就被「砰」的一聲巨響打斷，房間的門被炸開了。

索科洛夫的手下出於戰鬥本能，紛紛拔出軍刀。有個東西從煙霧瀰漫的門口被扔了進來，從凱西的椅子下哐啷哐啷滾過去，停在將軍的腳邊。

凱西在爆炸前十分之一秒認出了那個類似手榴彈的物體，爆炸聲震耳欲聾，整個房間突然都消失了，凱西眼前一片白，只聞到刺鼻的硫磺味。

有一段時間，她什麼都感覺不到。

隨著時間一分一秒過去，凱西拚命想讓身體動起來，哪怕只是恢復一點知覺也好——

接著，她感覺到了什麼——

神志不清的她聽到了微弱的斷奏，跳動的聲音越來越大，她的視力突然恢復了。

數十名伊爾馬科娃的黑衣守衛湧入房間，用突擊步槍發射實彈。凱西看著索科洛夫的士兵們還沒回過神來，就一個個倒下了，簡直不敢相信自己的眼睛。

凱西雙眼緊閉，等待著那顆將結束她性命的子彈。

卻遲遲等不到。

十秒後，槍聲戛然而止，她的左邊傳來嗚咽聲。

凱西睜開一隻眼睛，看到索科洛夫大將和他的助理躲在放刑具的金屬桌下方。將軍在閃光彈爆炸時首當其衝，鼻血直流，一臉困惑。他的助理則繼續嗚咽，顯然嚇得要死，開始尖聲用俄語向伊爾馬科娃的守衛求饒。

個子最高大的守衛站在金屬桌前，把一隻手放在黑色頭盔下的耳機上。

凱西看向她父親、她姊姊，再來是馬爾科和布雷迪。她父親和姊姊仍然不醒人事，幸好兩人都沒被子彈打到。馬爾科和布雷迪眨著眼睛看著她。

「這……這是怎麼回事？」布雷迪問道。凱西的注意力又回到站在金屬桌旁的大塊頭守衛身上。他已經把手從耳機上放下來，正在向其他守衛大聲下達命令。

四名守衛立刻把索科洛夫大將和他的助理從桌子底下拉出來，拖到房間中央。凱西看到索科洛夫的鼻血仍流個不停。他的雙手被扭到身後並用束線帶綁住，他的目光聚焦在她身上，嘴裡不知道在咕噥些什麼。

將軍的助理被迫跪在他旁邊，嚇得瑟瑟發抖。

大塊頭守衛站在助理後面，舉起手槍，朝助理的後腦勺開了一槍。

凱西已經快不行了，聽到槍聲毫無反應。她太過疲憊和不知所措，沒注意到守衛把吊在半空中的父親放下來，大受打擊的她甚至沒有意識到把自己綁在椅子上的束縛已經被切斷了。

「他真的做了！」她聽到馬爾科說。「那個瘋狂科學家在幫我們！」

強而有力的手扶凱西起身，她環顧房間，赤腳踩在血泊中，險些滑倒。

索科洛夫大將、布雷迪和馬爾科被帶出了房間。

另一批守衛抬著艾蜜莉和她父親離開。

凱西往前踏了一步，打算跟在後面，卻失去平衡，幸好兩名守衛及時扶住她，讓她靠在他們身上。

她很努力站穩腳步，搖搖晃晃走出房間，來到走廊上。

她還走不到二十步，燈光就突然暗了下來，一個沒聽過的警報聲響徹整個設施。

警報響了一次，兩次。

接著一個女人的聲音打斷了警報，用俄語說道：

「EL-5 initsiirovan. Dvadtsat' minut do detonatsii.」

白宮

戰情室

蓋爾閉上眼睛，失去意識，顯示蓋爾視角的大螢幕畫面也突然黑掉。

三十秒內，戰情室的人們聽到了兩次爆炸聲，接著是一陣槍聲。

「有人可以解釋我現在聽到的是什麼狀況嗎？」麥克林托克總統問道。

「我也不知道，總統閣下。」卡特回答。

「史佩爾指揮官，海豹部隊預計多久後會到？」總統問道。

「八分鐘，總統閣下。」

戰情室陷入一片沉默，他們聽到微弱的人聲，有些是講俄語，有些是講英語。有人不斷嗚咽、求饒，然後一聲槍響在房間裡迴盪。

「他真的做了！」一個帶有口音的聲音用英語說道。「那個瘋狂科學家在幫我們！」

卡特看了馬蓋文一眼，丈二金剛摸不著頭腦，後者也是一臉困惑。

他們聽到靴子的腳步聲和椅子移動的聲音，接著是兩聲刺耳的警報，一個女人的聲音用俄語說了些什麼。

「她說什麼？」國家情報總監納格問道。

卡特眨了眨眼，一時反應不過來。

「她說 EL-5 啟動了。」馬蓋文幫忙翻譯。「倒數二十分鐘爆炸。」

「他們要把基地炸掉。」卡特說道。

72

八六六基地

控制室

阿圖爾將魔鬼氣息注入伊爾馬科娃的血液中，使她臉部肌肉鬆弛，挺不直身體，幾乎成了行屍走肉。那一劑本應讓這名格魯烏大尉對阿圖爾唯命是從，但伊爾馬科娃正盡全力反抗藥物的控制。

幾分鐘前，離開軍火庫後，阿圖爾就指示伊爾馬科娃護送他到控制室。他仔細觀察對方的反應，雖然她心不甘情不願，身體因為抗拒魔鬼氣息而抽搐，但她最後還是屈服於他的命令。

抵達控制室時，阿圖爾發現那裡竟然沒有半個格魯烏技術人員，感到震驚不已。讓他更驚訝的是，伊爾馬科娃稍早命令所有格魯烏工作人員回到住所，然後執行封鎖程序。

「離開軍火庫的守衛，妳把他們派去哪裡？」阿圖爾問道。

伊爾馬科娃嘴角抽搐，試圖保持沉默，但最後還是吐出了這句話：「到樓下鋪著白色磁磚的房間拘捕索科洛夫大將並消滅他的手下。」

「拘捕索科洛夫？為什麼？」

「是我下的命令。」

「是誰叫妳下的命令？」

「普丁總統。」

阿圖爾沒有料到這個答案，便觀察伊爾馬科娃的臉，看有沒有任何說謊的跡象。確認沒有後，他坐在辦公椅上，滑到其中一個工作站，並叫出白色磁磚房間的監視器畫面。他看著黑衣守衛把門炸開，一顆閃光彈被丟進房間後爆炸。畫面突然中斷，又恢復正常，接著索科洛夫的手下被一一射殺。殺戮結束後，阿圖爾注意到索科洛夫和他的助理躲在金屬桌下方。

阿圖爾靈機一動，從口袋裡掏出伊爾馬科娃的耳麥並遞給她。

「叫守衛把大將的助理處理掉，再叫他們把所有囚犯和索科洛夫大將毫髮無傷帶來控制室。」

伊爾馬科娃的臉部肌肉再次抽搐，表示抗拒。阿圖爾抓住她的後頸，用更強硬的語氣重複自己的命令。

伊爾馬科娃終於讓步，將裝置放入耳朵，開始傳達阿圖爾的命令。與此同時，科學家走到控制室的西牆，在綠色的門前停了下來。他拿出原本掛在伊爾馬科娃脖子上的鑰匙，打開上鎖的門，發現裡面是跟雜物間差不多大小的水泥房間。門對面的牆上裝了一個紅色盒子，上面有一個鑰匙孔和一個普通的黑色輔助鍵盤。

阿圖爾叫伊爾馬科娃進來小房間。

他拿著鑰匙，問道：「總統有命令妳啟動 EL-5 並把索科洛夫帶到莫斯科嗎？」

「帶到海參崴。」伊爾馬科娃說道。

難怪所有的格魯烏技術人員都被鎖在自己的房間裡，這樣他們才不會妨礙伊爾馬科娃執行總統的命令。

*總統將如願以償。*算是啦，阿圖爾心想。他把鑰匙插入紅色盒子，說道：「輸入啟動EL-5的密碼。」

伊爾馬科娃用顫抖的手在鍵盤上輸入一串數字，然後轉動鑰匙。

設施內的燈光立刻暗了下來，尖銳的警報聲響了兩次。接著，一個女人的聲音從設施的廣播傳來：

「EL-5 initsiirovan. Dvadtsat' minut do detonatsii.」

阿圖爾忍不住微笑。

到目前為止，他的計畫進行得比預期還要順利多了。

堪察加半島

UH-70直升機

卡弗蒂指揮官按住耳裡的耳機，專心聆聽史佩爾指揮官透過衛星通訊傳達的最新消息。

「卡弗蒂指揮官，這裡是JSOC，完畢。」

「收到，史佩爾指揮官，請說。」

史佩爾的聲音一開始不太清楚，後來又恢復正常。「指揮官，發生了緊急狀況。」史佩爾告訴卡弗蒂，X點啟動了倒數二十分鐘的自爆程序。

卡弗蒂低頭看了看手錶；他們距離目的地還有七分鐘。「司令部，距離爆炸還有二十分鐘，我認為可以繼續執行任務，完畢。」他說。

在昏暗的直升機內部，卡弗蒂可以透過夜視鏡看到他的部下，他們也在看著他。他知道暗夜潛行者飛行員也聽到了對話內容，位於另一架UH-70直升機的飛行員和安德森副指揮官也一樣。這是常有的事，他心想。情勢改變，事態發展跟原本計畫的完全不一樣。幸好卡弗蒂和他的部下正是為了應對各種突發狀況而訓練的。還要再飛七分鐘才會抵達目的地，代表他們只有不到十三分鐘的時間可以解救人質並逃離現場。

「收到，指揮官。」史佩爾說道。「繼續執行任務。」

卡弗蒂切換回小隊的頻率，告訴部下自爆程序的事。卡弗蒂在手錶上按下二十分鐘的倒數計時，並深吸一口氣，在腦中進行計算。

A小隊總共八個人，包括他自己。八個人會從緊急逃生出口進入設施。

「六分鐘後著陸。」暗夜潛行者飛行員告訴他。

西默斯．卡弗蒂指揮官不是不知道，這個突發狀況大大降低了他們成功的機會，及時將所有人質帶上直升機的可能性極小。不確定因素實在太多了，變數太多了。

但是，該死，保羅・布雷迪在下面。

下面有美國人。

他望向他的海豹隊員，看著他的七個男人是世界上最頂尖的士兵，這些職業軍人都很清楚這份工作有多麼危險。

「五分鐘。」暗夜潛行者飛行員說道。

該上工了。

73

八六六基地
控制室

「EL-5 INITSIIROVAN. SHESTNADTSAT' minut do detonatsii.」

倒數十六分鐘爆炸。

在被帶上一段狹窄的樓梯時，凱西再次聽到了那個女人說俄語的聲音。兩名守衛扶著她的手肘，走上樓梯。她聽到前方其他守衛上樓的腳步聲，不知道她的父親或姊姊是否恢復了意識。

凱西很快就抵達了樓梯平臺，守衛替她開門並攙扶她往前走，來到熟悉的地方，就是凱西試圖逃跑時，逼阿圖爾帶她穿越的圓形大房間。

凱西上次來的時候，這個圓形的房間熙來攘往，現在卻空無一人。凱西看向房間的另一頭，發現另一名守衛幫他們開著一扇門。

凱西仰賴守衛的力量，跌跌撞撞往前走。

她心力交瘁，神智不清，每踏出一步都需要用盡全身的力氣。

穿過圓形房間後，守衛扶她到走廊上，並帶她到另一扇敞開的門前。

一踏進房間，凱西忍不住倒抽一口氣。

那個房間看起來就像是美國國家航空暨太空總署的任務控制中心。工作站呈階梯式排列，一路往下延伸，而且全都面向一個布滿LED螢幕的巨大牆壁。

「來，坐吧。」一個聲音在她右邊說道。凱西轉頭，看到阿圖爾把一張椅子放在她面前。「我們不會待太久。」

凱西坐了下來。數十名黑衣守衛沿著後牆立正站好，艾蜜莉和她的父親倒在她腳下，仍然不醒人事，旁邊則是被五花大綁的索科洛夫大將。

「我就知道你會幫我們！」凱西聽到馬爾科這麼說。那名烏克蘭人站在布雷迪旁邊，兩人都目不轉睛看著阿圖爾，後者抓住伊爾馬科娃大尉。

伊爾馬科娃似乎連站都站不穩，看起來好像嚴重食物中毒一樣。

「EL-5 initsiirovan. Pyatnadtsat' minut do detonatsii.」

倒數十五分鐘爆炸。

阿圖爾對伊爾馬科娃說道：「命令守衛把武器留在這裡並把自己鎖在紅區。」

伊爾馬科娃轉身，幾乎像是被催眠一樣，口齒不清地重複阿圖爾的話。

凱西看著那些愚蠢的守衛放下武器，魚貫走出房間。

「你是怎麼——」布雷迪開口問道，但阿圖爾打斷他，向馬爾科示意。

「伊爾馬科娃大尉派了兩名直升機飛行員到設施頂部的卡莫夫Ka-82K匿蹤直升機。如果他們拒絕載我們的話，你能開那架直升機嗎？」

「我什麼飛機都會開。」

「很好。」

「她也在幫我們嗎？」布雷迪看著伊爾馬科娃，問道。

「她受到魔鬼氣息的控制。」

「你竟然聽了我的建議。」馬爾科讚嘆道。

阿圖爾蹲下來查看凱西失去意識的父親和姊姊，說道：「我的藥都用完了，必須在爆炸前背他們離開。」

「什麼爆炸？」布雷迪問道。

「設施啟動了自毀程序，我們還有十五分鐘。」

「我們要去哪？」凱西用虛弱的聲音問道。

阿圖爾沒有回答，因為一陣劇烈咳嗽吸引了眾人的注意力。

凱西看到阿圖爾臉色一沉。科學家跨過凱西的父親和姊姊，站在索科洛夫面前。凱西這才注意到阿圖爾拿著一把手槍。

「EL-5 initsiirovan. Chetyrnadtsat' minut do detonatsii.」

十四分鐘。

阿圖爾低頭看著將軍，沉默良久。老將軍滿臉是血，他面容憔悴，臉頰凹陷，手指因關節炎而變形，鼻子上長滿了老人斑，看起來就像一具屍體。阿圖爾冷靜沉著，割斷了束縛索科洛夫的束線帶，然後把老人翻過來，讓他完全仰躺在地上。

「看著我。」阿圖爾用英語說道。

將軍猛咳了一聲，響徹整個房間，但目光最後還是落在科學家身上。

「大將，你還是不認得我嗎？」阿圖爾用平靜的聲音問道。

凱西看著將軍的目光從阿圖爾的臉上移到他手裡的槍上，再回到他的臉上。

「Nyet。」

「我來喚醒你的記憶吧。」阿圖爾說完，便從實驗衣裡掏出一疊信封，丟在將軍的胸口上。

「這些是什麼？」索科洛夫喘息道。

「看就知道了。」

索科洛夫的目光落在其中一個信封上，他定睛一看，接著瞪大雙眼，說道：「你是——」

「彼得和娜塔莉亞．亞科諾夫的兒子，克拉拉和阿列夫蒂娜的哥哥。」

控制室裡異常安靜，空氣彷彿凝結了。雖然凱西狀態很糟，但她還記得父親在鋪著白色磁磚的房間裡所提到的名字，他以前的線人和他發誓要保護的家人，也就是被索科洛夫和他兒子謀殺的家庭。

索科洛夫沒有反應。

「三十年來，我一直相信我父親是在實驗室的一場意外中喪生的。三十年來，我一直以為自己跟母親和妹妹們保持書信往來。三十年來，我一直抱持著離開國家的沙拉什卡並與家人重聚的希望。但你卻殺了她們，你強迫我過著這種可怕的生活。」

索科洛夫哼了一聲，語帶厭惡道：「強迫你過這種生活的不是我，是你叛國的父親。他一跟美國人開口，就等於殺了你的妹妹和母親。」

阿圖爾舉起手槍，瞄準索科洛夫的頭。

索科洛夫微笑道：「動手吧！殺了我，結束這一切吧，讓我早點去見我兒子——」

阿圖爾手中的槍在抖，凱西看到他的手指緊緊扣住扳機，開始用力，指腹都發白了。

「等一下！」凱西說道。「不要這樣殺了他。」

所有人都轉向她。「他也殺了我的母親，別這麼輕易放過他。」凱西說道。

索科洛夫咳了一聲，嗆道：「你沒膽開槍殺了我。」

阿圖爾看向凱西，問道：「妳有什麼建議嗎？」

「你剛剛問馬爾科他會不會開那架直升機」——她指著其中一個螢幕，畫面顯示停在山頂上的卡莫夫 Ka-82K 直升機——「代表你有辦法讓我們離開這裡，對嗎？」

「對。」

「去哪裡？」

「往東。從這裡往東約五百公里有一個美國島鏈，一旦被美國人的雷達偵測到，我們就向他們自首。」

「EL-5 initsiirovan. Trinadtsa’ minut do detonatsii.」

倒數十三分鐘爆炸。

「那就帶他一起走，把他交給美國政府，讓那個混帳為自己的罪行付出代價。」阿圖爾的目光回到將軍身上，後者聽到凱西的提議後，面露擔憂。接著，阿圖爾放下手槍。

「EL-5 initsiirovan. Dvenadtsat’ minut do detonatsii.」

十二分鐘。

「我們得快一點。」馬爾科說，並抓起守衛留下的一把AK-15突擊步槍，布雷迪也照做。

「我們要怎麼處置她？」布雷迪看著伊爾馬科娃，問道。

「讓她死在這裡吧。」阿圖爾說道。

「好。」布雷迪說道。「那他們呢？」他指著凱西的父親和艾蜜莉。

馬爾科、布雷迪和阿圖爾開始討論要怎麼把凱西的父親和艾蜜莉背進電梯並帶上直升機。凱西站了起來，沒有很認真聽，這時卻瞄到房間前面主螢幕上的畫面，倒抽了一口氣，說道：「我們可能有麻煩了。」

那三個男人轉過頭來，她指著螢幕，畫面顯示了夜視無人機在設施上方拍攝的影像。

所有人都看向螢幕，畫面上突然冒出兩架直升機，在設施上方盤旋，接著其中一架射出明亮的曳光彈，把卡莫夫Ka-82K直升機的駕駛艙以及在裡面熱機的飛行員打得千瘡百孔。

不到幾秒鐘，卡莫夫直升機和伊爾馬科娃的飛行員就被消滅了，兩架入侵的直升機都降落在山頂上。數十名武裝人員跳下直升機，一半的人在山頂上圍成一圈，另一半則衝向緊急逃生出口，進入設施。

「是俄羅斯人嗎？」馬爾科問道，一副難以置信的樣子。

阿圖爾看向伊爾馬科娃，表情驚慌，問道：「總統派了增援嗎？」

伊爾馬科娃搖頭道：「沒有，他把他們叫回海參崴了。」

阿圖爾猛然轉向索科洛夫，質問道：「是你的手下嗎？」

索科洛夫只是大笑。

阿圖爾轉回去看監視器畫面，說道：「他們到底是怎麼避開無人機的——」

主畫面旁的另一個螢幕亮起，八名全副武裝的男子正在跑下逃生梯。

「我們該怎麼辦？」馬爾科問道。

阿圖爾說道：「我們別無選擇，只能反擊了。」他轉向伊爾馬科娃大尉，命令道：「在逃生梯放毒氣，叫無人機對那些人開火！」

74

白宮
戰情室

雖然由於羅伯特失去意識，戰情室的人們看不到八六六基地發生了什麼事，但他們可是聽得一清二楚。

「我沒聽錯吧？」麥克林托克總統問道。「他們要用無人機向我們的士兵開火？史佩爾指揮官，你有聽到嗎？」

「我聽得很清楚，總統閣下。我已經警告海豹部隊了。」

「你不讓他們撤退嗎？」弗萊問道。

史佩爾回答：「海豹部隊不是這樣運作的。這些軍人肩負著使命，要支援隊友並解救人質，就算生命受到威脅，這點也不會改變。」

「我們總不能袖手旁觀吧！」國家情報總監納格咆哮道。

「只能交給命運了。」史佩爾回答。

卡特聽得出來史佩爾很緊張。她知道從情感上來說，史佩爾當然想讓部下撤退到安全的地方，但她也了解，從開始進行基礎水下爆破訓練的那一刻起，每個海豹隊員就會被灌輸一種心態，直到這個信念深植於內心，就是「團隊大於個人」。B小隊把A小隊留在設施內是海豹隊員所能犯下最重的罪，他們寧願因支援隊友而死，也不要讓同伴孤立無援。

卡特聽過海豹隊員為了拯救同袍，在戰鬥中以肉身飛撲至手榴彈上的故事。她向上天祈禱，希望自己不用親眼目睹這樣的犧牲。

八六六基地

控制室

女人的聲音透過設施的廣播提醒控制室的眾人，EL-5將在十一分鐘後啟動。

凱西看著監視器畫面上的武裝人員衝下逃生梯。

阿圖爾如連珠炮般地對伊爾馬科娃大尉講一大串俄語，大尉開始按主控制站的按鍵，準備用無人機和毒氣對付來勢洶洶的入侵者，布雷迪卻突然大叫：「快住手!!」

凱西、阿圖爾、伊爾馬科娃和馬爾科都看向這名前海豹隊員。

「他們不是俄羅斯人！」布雷迪說道。

「什麼意思？」阿圖爾問道。

「那些直升機是UH直升機，是美國特種部隊使用的機密匿蹤直升機。那些人」——布雷迪指著螢幕說道，臉上露出淘氣的笑容——「是美國人。」

「你怎麼知道？」馬爾科問道。

「把鏡頭拉近，仔細看那些正在下樓的人。」

阿圖爾指示伊爾馬科娃照做。

「你們看！」布雷迪喊道。「那是海豹部隊八人小隊，他們的武器都是HK416系列的，身上穿的也都是海豹部隊的衣服。那是一支精銳隊伍，是海軍特種作戰開發群的突擊隊。」

「什麼意思？」阿圖爾問道，仍然一頭霧水。

「他們是來救我們的。」凱西說道。她本來站在不醒人事的父親和姊姊旁邊，低頭看他們最後一眼，接受自己只剩下幾分鐘可活的事實。「他們是來救我們的。」

「我們得在樓梯底部跟他們會合。」布雷迪說道。「之後大家可以一起搭電梯上樓，對吧？」

阿圖爾眨了兩下眼睛，然後慢慢點了點頭。

「把所有武器留在這裡。」布雷迪命令道。「能脫的衣服都脫掉，讓他們知道我們身上沒有武器。在確認我們不是威脅之前，他們都會把我們視為威脅。」他指著凱西失去意識的父親和姊姊，以及索科洛夫，說道：「幫我背他們，我們要抓緊時間。」

八六六基地

逃生梯

卡弗蒂帶著部下跑下螺旋樓梯。他已經數了將近三十圈，腳開始痠了。

進入設施後，每隔一分鐘，就會有個女人的聲音用俄語說些什麼。

可能是在倒數吧，卡弗蒂心想，並看了一下手錶，距離爆炸還有八分鐘。

刺耳的警報聲從來沒有停過，在閃爍的紅光下，卡弗蒂透過樓梯的格柵往下看，終於看到了樓梯底部，還有十圈。

到了樓梯底部，他們看到了一扇紅色的門。

炸藥尖兵不到十五秒就完成了雙重引爆的準備，其他人在他後面排成一排，等待三秒後的爆炸。

紅色大門被整個炸飛。卡弗蒂和他的部下衝進一條走廊，跑到一個圓形大房間，準備正面迎戰敵人。

他沒想到地上竟然躺著八個衣衫不整的人。

卡弗蒂和他的部下迅速確認房間的安全，他才把夜視鏡翻到戰術頭盔上。

有兩個人似乎失去了意識，其中一個是羅伯特．蓋恩斯，另一個是一名年輕女子。

「幹，怎麼那麼晚才來？」一個熟悉的聲音從卡弗蒂右邊傳來。

雖然保羅．布雷迪看起來糟透了，但他的笑容卻照亮了整個房間。

「我怎麼可能不來呢？」卡弗蒂一邊說，一邊伸手拉布雷迪起來。「這就是全部的人嗎？」

「是的，長官。」布雷迪回答。「所有敵人不是被消滅就是被關起來了，不過這個混蛋要跟我們一起走。」布雷迪示意腳下一名面如死灰的男子，他身上的綠色軍裝全都是血。卡弗蒂在說明會上看過照片，一眼就認出了索科洛夫大將。

「收到，但我們只有大概六分鐘的時間可以帶所有人上樓梯，離開爆炸範圍——」

「我有個更好的主意。」布雷迪說完，便轉向一個戴著眼鏡、高高瘦瘦的男子。「阿圖爾，叫伊爾馬科娃打開電梯的門。」

高高瘦瘦的男子用帶有口音的英語，向一名海豹隊員要他剛剛從一個頭髮濃密、滿面病容的女人身上拿走的平板電腦。

海豹隊員把平板電腦交給她，她就開始操作系統。

沒過多久，他們右手邊巨大的電梯門就打開了。

布雷迪從女人手中拿走平板電腦，然後叫海豹隊員用束線帶把她綁起來，並把她留在設施裡。卡弗蒂把這件事處理好，所有人都進電梯後，他環顧四周，目光落在保羅．布雷迪和站在他旁邊的女子身上。他也有在說明會上看到她的照片。

卡珊卓拉．蓋爾。

當電梯開始上升，他查看其他人質的狀況。在海豹部隊服役的這些年裡，西默斯．卡弗蒂親自參與了數十次人質救援任務。從索馬利亞到巴基斯坦，他看過人質遭受折磨、挨餓、被毆打和營養不良。

他眼前的人質也一樣。

他只是不敢相信這種事竟然發生在當今的俄羅斯。

75

黑海
伊多科帕斯角

普丁總統在伊多科帕斯角宮下方五十英尺的安全地堡中來回踱步，怒火中燒。房間前面的螢幕終於顯示出熱影像衛星饋送了。

「總統閣下，」謝爾蓋．安東諾夫說道。「可以看到即時畫面了。」

普丁仍穿著緞面睡袍，停下腳步，看著畫面上八六六基地外面的狀況。山頂上多了兩架直升機，四周至少有八個熱訊號圍成一條警戒線。

「那些是美國士兵和他們的兩架美國直升機嗎？」普丁吼道。

「Da，總統閣下，伊爾馬科娃的卡莫夫Ka-82K直升機被美國人摧毀了。」

普丁走上前，對負責操作衛星監視八六六基地的技術人員大吼：「為什麼沒辦法控制沙拉什卡上方的無人機？」

「EL-5啟動後，無人機好像就從沙拉什卡內部被鎖定了。」一名嚇壞的技術人員回答。

普丁看到十幾個熱訊號從設施的主電梯入口衝出來，朝美國直升機飛奔，忍不住大聲咒罵。

「他們出來了。」普丁嘀咕道。「EL-5還要多久才會爆炸？」

「還要四分鐘，總統閣下。」

「他們會逃離爆炸範圍。緊急出動海參崴的米格-35戰鬥機，把他們打下來。」普丁說道。

他看著最後幾個人上直升機，接著兩架直升機向東飛往太平洋。

謝爾蓋・安東諾夫放下他的安全手機，說道：「總統閣下，米格-35已緊急出動，十分鐘後會與美國直升機接觸。」謝爾蓋・安東諾夫看著美國直升機飛往太平洋，說道：「米格-35的飛行員想問您是否許可他們在國際水域上空交戰。」

普丁倏地轉身，緞面睡袍的腰帶差點鬆掉。「你告訴那些飛行員，不計一切把直升機打下來，就算是自殺式攻擊也無所謂！」他吼道。

「Da，總統閣下。」謝爾蓋・安東諾夫回答，並向飛行員傳達命令。

普丁將注意力轉回衛星的熱影像上，EL-5爆炸的倒數計時剩不到三分鐘了。

弗拉迪米爾・普丁氣到甚至能聽見自己的心跳聲。無論如何，都絕對不能讓那些直升機回到美國。

這將會是他的職業生涯中最大的恥辱。

他絕對不允許這種事情發生。

76

堪察加半島
UH-70直升機

UH-70直升機向東飛行，速度快到讓凱西不敢置信。她擠在保羅．布雷迪和另一名海豹隊員中間，後者看起來像個留鬍子的重量級籠鬥士，身上散發著嚼菸的味道。

太陽冉冉升起，在黎明前的微光中，凱西看著另外四名海豹隊員在面前搶救她的父親和姊姊。兩人還沒恢復意識，仰躺在直升機的地板上，戴著氧氣面罩，手臂上插了留置針。

在布雷迪的另一側，卡弗蒂指揮官傾身向前，指著自己的手錶，警告大家設施將在三十秒後爆炸。

雖然他們已經離設施好幾英里了，但因為不知道衝擊波會有多大，所以海豹隊員迅速繫上安全帶，同時確保艾蜜莉和她父親的身體已牢牢固定在地板上。

凱西傾身向前，想看和他們並排飛行的那架UH-70，但被旁邊虎背熊腰的海豹隊員攔住了。她本來想看看能不能看到坐在隔壁那架直升機上的馬爾科或阿圖爾。

「倒數十秒！」卡弗蒂大喊。

凱西緊閉雙眼，在腦中默默倒數。

七秒後，她隔著眼瞼看到一道耀眼的白光爆發開來。

「BRACE！」有人大喊。將近五秒後，衝擊波抵達UH-70，直升機被狠狠往前拋。

凱西感覺到UH-70左右顛簸。她咬緊牙關，聽到上方的旋翼停止轉動，直升機開始往下掉。

白宮
戰情室

「誰來告訴我最新狀況。」坐在戰情室裡的麥克林托克總統說道。震耳欲聾的爆炸聲從海豹部隊的收音裝置傳來，總統緊張到額頭直冒汗。

就在剛才，卡特局長在戰情室的大螢幕上看到美國KH-11間諜衛星的熱影像因為設施爆炸的關係，變成一片白。

她將注意力轉移到另一個螢幕上，畫面顯示著人在布拉格堡的史佩爾指揮官。

卡特懸著一顆心，聽著UH-70直升機上的混亂場面，甚至沒有注意到布里奇沃特上將面前的電話亮起了燈。上將拿起聽筒，放在耳邊。

UH-70的音訊突然靜音了。眾人都屏息以待，接著史佩爾的聲音從他的畫面傳來：「總統閣下，UH-70穩住了，目前距離國際水域還有六分鐘。」

戰情室響起了歡呼聲，但布里奇沃特用力把電話摔回桌上，打斷了眾人。「我們還沒脫離險境。」他說。

「什麼意思？」卡特問道。

「我們的海軍回報，兩架米格-35戰鬥機剛從海參崴出發，目前正飛過鄂霍次克海，準備攔截UH-70。」

「他們距離多遠？」總統問道。

「總統閣下，我們估計他們將在五分鐘內攔截UH-70。」

戰情室陷入一片沉默，接著總統問道：「我們的F-22在哪裡？」

「F-22目前位於堪察加半島以東兩百海里處，準備在UH-70抵達國際水域時護送他們。」

麥克林托克總統瞇起眼睛看著他，說道：「上將，我不懂問題在哪裡。」

「總統閣下，上將的意思是當我們的F-22趕到UH-70那裡，可以擊退米格戰鬥機時，UH-70還沒離開俄羅斯領空。」馬蓋文解釋道。

卡特看著年輕的總統在腦中反覆思考馬蓋文所說的話。

「總統閣下，」弗萊開口道，「在俄羅斯領空擊落俄國飛機——」

總統打斷了他的幕僚長：「在我看來，無論是不是在俄羅斯領空都一樣，我們還是在行使自衛的自然權利。」他指著布里奇沃特，說道：「告訴F-22，允許他們進行攔截。」

布里奇沃特對著電話說了幾句，然後放下話筒，說道：「已傳達指示，總統閣下。」

「很好。他們還要多久才能攔截米格戰鬥機？」

布里奇沃特低頭看著電腦，突然皺眉。

「怎麼了，上將？」

「總統閣下，時間會很接近。」

「多接近？」

「米格戰鬥機可能會搶在我們之前抵達UH-70那裡。」

77

堪察加半島
UH-70直升機

直升機旋翼再次開始轉動，UH-70不再往下掉，凱西才敢睜開眼睛。她終於鬆了一口氣。

海豹隊員繼續搶救她的父親和姊姊，她聽到卡弗蒂指揮官在旋翼的轟鳴聲中大喊，他們距離國際水域還有三分鐘。

凱西感覺到布雷迪的手握住她沒受傷的手，便轉過頭去看他。

「我們成功了，凱——」

一名暗夜潛行者飛行員大聲咒罵，轉移了凱西的注意力。

凱西望向窗外，看到粉紅色的晨曦溫暖了下方的山區地形。她看向飛行員，遠方冉冉升起的太陽和大海映入眼簾。

「幹，我們遇到大麻煩了！」剛剛咒罵的飛行員說道。

凱西的注意力轉向卡弗蒂，他正按著頭上的耳麥，臉上露出全神貫注的表情。

「這是怎麼回事？」凱西問布雷迪。

直升機裡響起警報聲。

「兩架敵機從西南方飛來，九十秒後攔截！」另一名暗夜潛行者飛行員喊道。

這引起了全場所有人的注意。卡弗蒂把耳麥從頭上扯下來，說道：「司令部派了兩架 F-22 來救我們！」

「那是好事，對吧？」布雷迪問道，不知道他的老朋友為什麼看起來這麼擔心。

「如果他們再早個二十秒的話就是好事。」卡弗蒂說道，並再次戴上耳麥。他將自己從機身牆壁的座位上解開，並把頭探進駕駛艙。

在警報聲中，凱西聽不清楚卡弗蒂跟暗夜潛行者說了什麼，但雙方似乎發生了激烈的爭執。卡弗蒂面紅耳赤，惡狠狠地指著他們的臉，其中一名暗夜潛行者吼了回去，爭吵似乎就結束了。

卡弗蒂低頭思考了幾秒鐘，然後抬起頭，開始對部下大聲下令，指著躺在地板上的艾蜜莉和她父親，喊道：「給他們打一針腎上腺素，把人叫醒，趕快讓他們穿上浸水服！」

海豹隊員突然紛紛解開安全帶，凱西聽不清楚卡弗蒂接下來說了些什麼。

「到底發生了什麼事？」凱西問布雷迪，同時注意到兩架 UH-70 都飛到海上了。

「一分鐘！」暗夜潛行者大叫。

布雷迪瘋狂轉頭，似乎也不清楚現在是什麼狀況。

「導彈鎖定！」另一名暗夜潛行者大叫。

直升機內一片混亂，凱西旁邊的大塊頭海豹隊員替她解開安全帶，然後伸手去拿他原本坐在上面的藍色袋子。他打開袋子，取出四套浸水保溫服。

大塊頭把兩套浸水服扔給蹲在凱西父親和姊姊旁邊的海豹隊員，兩人已逐漸恢復意識。接著，他把另外兩套浸水服遞給凱西和布雷迪，說道：「快穿上！」

凱西立刻接過笨重的浸水服，拉開前面的拉鍊並穿上它，問道：「大家都要跳進海裡嗎？」

「不是所有人。」大塊頭回答。

「這話是什麼意思！」凱西一邊拉上拉鍊，一邊說道，但留著鬍子的海豹隊員已經轉過身去，協助她的父親和艾蜜莉穿上浸水服。

凱西突然感覺到UH-70開始朝水面俯衝，便轉向布雷迪。他也已經穿好浸水服，緊緊抓住機身上的握把。

「導彈發射了！」暗夜潛行者飛行員大叫。

兩架UH-70突然停止俯衝，在海面上方盤旋，卡弗蒂跌跌撞撞走向他們。

「幹，西默斯，這到底是怎麼回事?!」布雷迪向卡弗蒂大喊。

「我們要去游個泳！」卡弗蒂說完，就用全身的重量撲向兩人。

凱西從二十英尺高的地方掉進冰冷的海洋，頓時喘不過氣來。她雙腳亂踢，扭動著虛弱的身體，掙扎著浮出水面。她終於破水而出，正好看到其他海豹隊員和人質從UH-70跳下來。她好像有看到同樣穿著浸水服的阿圖爾和馬爾科落水，但西邊傳來了響亮的呼嘯聲，吸引了她的注意力。

凱西吐出海水，往聲音傳來的方向看，看到兩條凝結尾朝UH-70飛去。現在機上已經沒有乘客，飛行員便把油門催到底，迅疾如追風逐電，飛向遠方。

暗夜潛行者要為了我們犧牲自己。

「潛入水面下!!」當導彈從他們的頭頂上方呼嘯而過，朝著逃跑的UH-70飛去，卡弗蒂在凱西身後某處咆哮道。

凱西深吸一口氣，潛入水中。

即使在海面下，爆炸聲也震耳欲聾，甚至還能感受到些許的衝擊波。凱西浮出水面，只見兩顆火球墜入海中，同時有兩架黑色的俄羅斯米格戰鬥機從頭頂上方飛過，開始轉彎。

「媽的，快回到水面下!!」卡弗蒂再次大喊。「他們要轟炸我們了!!」

凱西看著米格戰鬥機在空中劃出一道死亡弧線，忍不住心想就到此為止了。

過去幾週發生了很多事，她吃了那麼多苦，撐過了無數難關，此時此刻卻要在大海中迎來終結。

凱西閉上眼睛，心裡想著德瑞克。

突然，雷鳴般的呼嘯聲蓋過了米格戰鬥機的轟鳴聲。

聲音更響亮，聽起來也更加強大。

凱西猛然睜開眼睛，看到東邊有兩個灰色斑點迅速接近，縮短與米格戰鬥機之間的距離。

四道小小的橘色軌跡從灰色斑點射出，飛向米格戰鬥機。

一隻強而有力的手按住凱西的頭，她轉頭看到布雷迪。「深吸一口氣！」布雷迪大叫。

凱西吸了一大口鹹鹹的空氣，最後一次潛入水中。

尾聲

美屬維京群島
聖托馬斯島

六個月後

現在雖然是一月，氣溫卻超過攝氏二十度，奈德・福格特十分享受這個宜人的氣候。他吸了一口古巴雪茄，靠在遊艇上最舒適的座位上，然後閉上眼睛。在溫暖的夜風中，停在碼頭的大船輕輕晃動，彷彿在哄他入睡。

他閉著眼睛，想起將近六個月前，自己過著什麼樣的生活。俄羅斯人在伊格爾企圖將他和他的妻子滅口，兩人僥倖存活，然後花了將近一個月的時間逃跑，幸好他們的逃跑計畫和路線都經過精心策劃。他們從阿拉斯加徒步回到加拿大，然後開一輛事先藏好的車到蒙特婁，再飛到墨西哥城。他們從那裡去了古巴，再航行到牙買加，最後抵達聖托馬斯島。

他們把所有跟俄羅斯有關的銀行帳戶清空，並將資金轉移到塞席爾的各個銀行，再把錢轉入盧森堡的幾個帳戶，供奈德隨時取用。

他正是用這筆錢買了一艘七十八英尺長的豪華機動遊艇，遊艇上不僅有著造型優雅的飛橋，內部的櫻桃木裝潢更是令人驚豔。

現已化名為保羅・馬瑟斯的奈德想到自己有多麼幸運，不禁微笑，又抽了一口雪茄。明天，他和達琳會航行到祕密港海灘，享受在各種珊瑚礁中浮潛的樂趣。

畢竟這是他們應得的。

他們為俄羅斯人做牛做馬超過三十年，過上這樣的生活也是應該的吧。

去年夏天在阿拉斯加發生的一連串事件造成了嚴重的影響。奈德和達琳都非常關注兩人逃跑後的新聞報導，從安克拉治到紐約的新聞媒體全都刊登了他們的照片，從聯邦調查局到國際刑警組織，所有機構都在尋找他們。

但他們永遠找不到奈德和達琳。

古巴的一名整形醫生確保了這點。

去年夏天的種種事件，包括飛機失事、堪察加半島事件，以及美國政府指控俄羅斯人在美國領土綁架美國公民，導致俄羅斯、加拿大和美國之間的國際關係惡化，但奈德・福格特一點也不在乎。

這已經不關他的事了。

他會開著遊艇，去遍世界上所有美麗且溫暖的地方，就這樣度過餘生，死而無憾。

他放鬆下來，又抽了一口雪茄，享受著勝利的喜悅，沒有注意到遊艇在碼頭上微微顛簸了一下。要不是前方有人輕聲嗚咽，他根本什麼都不會注意到。

奈德睜開眼睛，看見妻子的身影出現在船艙門口；因為背光的關係，奈德看不到她的臉。

「達琳，親愛的，妳怎麼還沒睡？」

突然，一個冷酷無情的女人的聲音從達琳身後傳來：「你們兩個還真難找。」

達琳向前踏出一步，一個身材苗條的黑衣人從他妻子身後走了出來。

奈德立刻去拿桌上的手槍。

「別輕舉妄動喔！」黑衣人說道，並將一把消音手槍的槍口抵在達琳的頭上。

奈德一看到消音手槍，就整個人僵住了。

「妳是誰？妳想幹什麼？」

「你認不出我的聲音嗎？」黑衣人問道。「我想也是。這些年來，你綁架了那麼多受害者，應該很難每個都記得，我說得沒錯吧，『科迪亞克』？」

奈德終於認出了那個聲音，一股刺骨的寒意席捲全身。

「卡珊卓拉．蓋爾。」

「不錯嘛。」

「妳想怎樣？」奈德盡可能保持鎮定，問道。

「我們想要你們。」另一個聲音從遊艇的右舷傳來。另一個人從陰影中走了出來，沒有遮住臉，是詹姆士．蓋爾，他也拿著一把消音手槍。「美國政府想要你們。他們發現你們兩個可能掌握了有用的情報，而且還是累積了超過三十年的重要情報。」

奈德瞥了一眼自己放在桌上的武器。

詹姆士・蓋爾舉起手槍，說道：「想都別想。」

「我們有錢。」達琳說道。「很多錢。」

「我也不意外。」凱西說道。「的確，從你們在盧森堡的銀行帳戶看來，你們真的是坐擁一大筆錢財。但你們可能不知道，這些帳戶現在已經空了。」

奈德頓時兩腿發軟。空了？

「你們是怎麼找到我們的？」達琳問道。

「我們在逃離俄羅斯時，帶了一名被俘的對外情報局大將和一名科學家回來，他們教我們如何追蹤資金。他們一追蹤到塞席爾的銀行帳戶，找到盧森堡的帳戶就是小事一樁了。」

奈德背脊發涼，問道：「你們怎麼知道我們會在聖托馬斯島？」

凱西把達琳往前推，一邊說：「你不記得嗎？」

奈德皺起眉頭。

「我們第一次見面時，你說你的夢想是退休後在加勒比海買一艘船，可能會住在聖托馬斯島，還說你不想再忍受那麼寒冷的天氣了。我們後來發現，當你能利用美國政府的資源，追蹤豪華遊艇的銷售紀錄其實不難。」

奈德想起超過六個月前的那段對話，暗自咒罵自己的粗心大意。

「我問你，」凱西繼續說道。「你知道你綁架的受害者會面臨什麼樣的命運嗎？你知道俄羅斯人對我們做了什麼嗎？」

「不知道。」

「你這個騙子。」蓋爾說道。

「我真的不知道。我……我到現在還是不知道。」

「真相遲早會水落石出。」凱西說道。「你們兩個將為你們對威廉・弗倫奇、我的狗和所有其他受害者所做的事付出代價。」

「妳的狗！」奈德嗤之以鼻道，並傾身向前，在手槍旁的菸灰缸裡捻熄雪茄。「別跟我說你們大費周章演這一齣就是為了一隻狗。」

「這是為了你們對無數受害者所做的一切，以及你們給我的女兒和女婿所帶來的痛苦。」蓋爾說道。

「啊，所以他活下來了，真是太好了。但我必須鄭重澄清，打算射殺彼得・特拉斯克的並不是我們，對你的女婿和狗開槍的人不是我的手下。」

「我們知道。」凱西說道。

「那你們就知道錯不在我們！所以不管你們要做什麼，要動手就動手吧！」奈德說完就撲向手槍，一把抓起武器，瞄準蓋爾並扣下扳機。

喀嚓！喀嚓！喀嚓！

奈德低頭看著手槍，震驚不已，這時另一個人從蓋爾身後的陰影中走了出來。

保羅．布雷迪跟其他人一樣，從頭到腳穿著全黑。他凝視著奈德，欣賞他那驚慌的表情，說道：「我們傍晚時取出你槍裡的子彈了，你竟然沒注意到。」

布雷迪打了個響指。突然間，六個人影從水中冒出並跳上船。他們臉上戴著循環呼吸器，身穿黑色潛水服，手持HK416突擊步槍，瞄準奈德和達琳。

「你們絕對沒辦法讓我們開口。」奈德嗆道。

「你說得沒錯，讓你們開口的不會是我們，而是他們。」

特工衝向奈德和達琳，把他們按倒在地，並用束線帶綁住他們的手腕。為兩人戴上手銬後，特工把他們拉起來並從遊艇上押送到碼頭。

遊艇上的三人目送他們離開，然後布雷迪問道：「那接下來呢？」

凱西走上前，抓住布雷迪的手，輕輕捏了一下，說道：「你不是說你想看看蒙大拿州嗎？」

蓋爾把武器塞進槍套裡，看到女兒這麼開心，他也很高興。他看向布雷迪，問道：「你沒去過蒙大拿州嗎？」

「沒有耶。」

「那裡很可怕，一點也不美。」凱西笑著說。

「真妙。」布雷迪說道。「幾乎每個蒙大拿人都這麼說。」

「這樣才不會有人來啊。」蓋爾說道。「來吧，我答應過海豹隊員，如果我們能活著離開沙拉什卡，我就要請他們喝啤酒。」

「那我們就趕快回美國吧。」布雷迪說道。「最好不要違背這種攸關生死的承諾。」

「那是當然的。」

Storytella 236

寐熊行動
Sleeping Bear

寐熊行動/康納.沙利文(Connor Sullivan)作；楊睿珊譯. --
初版. -- 臺北市 : 春天出版國際文化有限公司, 2025.03
面 ; 公分. -- (Storytella ; 236)
譯自 : Sleeping Bear.
ISBN 978-626-7637-48-7(平裝)

874.57 114001364

ISBN 978-626-7637-48-7
Printed in Taiwan

作　者　康納・沙利文
譯　者　楊睿珊
總編輯　莊宜勳
主　編　鍾靈

出版者　春天出版國際文化有限公司
地　址　台北市大安區忠孝東路四段303號4樓之1
電　話　02-7733-4070
傳　真　02-7733-4069
E—mail　bookspring@bookspring.com.tw
網　址　http://www.bookspring.com.tw
部落格　http://blog.pixnet.net/bookspring
郵政帳號　19705538
戶　名　春天出版國際文化有限公司
法律顧問　蕭顯忠律師事務所
出版日期　二〇二五年三月初版

定　價　599元

總經銷　楨德圖書事業有限公司
地　址　新北市新店區中興路二段196號8樓
電　話　02-8919-3186
傳　真　02-8914-5524
香港總代理　一代匯集
地　址　九龍旺角塘尾道64號 龍駒企業大廈10 B&D室
電　話　852-2783-8102
傳　真　852-2396-0050